APTICA

10

Annamaria Albertini

'Anawîm

Edizioni
NOUBS

PRESENTAZIONE

Ho il piacere di presentare *'Anawîm*, il diario di Annamaria Albertini, impegnata nel volontariato con generosità ammirevole.

Il testo è un documento di non poco valore per le espressioni profonde e umane che evidenziano un grande amore verso chi vive in uno stato di continua sofferenza; è un libro di intensa emozione condotto con un gioco vivace di colori e di sentimenti.

Nel diario la sofferenza ha la capacità di essere mutata in un canto melodioso del cuore che sa di dolcezza infinita.

La sofferenza, alternata alla bellezza della natura nella descrizione dei luoghi, di aspetti suggestivi o inquietanti della creazione, offre una pittorica e bella combinazione che fa scaturire dal cuore una preghiera al Signore che tutto e tutti consola.

L'amore e la tenerezza esplodono in un canto che esalta i sentimenti per le creature e dipinge con le parole la completezza della natura.

Francesco Cuccarese
Arcivescovo Metropolita di Pescara-Penne

PREFAZIONE

Nel leggere questo libro mi sono accorto che più andavo avanti nella lettura e più ci mettevo attenzione e più vedevo le immagini, respiravo gli odori, udivo le voci, percepivo la sofferenza e il dolore, e soprattutto l'amore di chi aveva fatto del proprio vissuto un racconto per gli altri.

Mi hanno colpito la semplicità e la pienezza delle descrizioni, l'impegnarsi, il coinvolgersi, il vivere se stessi e il regalarsi agli altri, soprattutto se questi altri sono bambini, soli, malati, abbandonati.

Ammiro e stimo chi ha il coraggio di catapultarsi in un mondo tanto lontano e tanto diverso, un mondo fatto di dolore, di sofferenza, di guerra, un mondo che per molti è sconosciuto ma che ognuno di noi dovrebbe conoscere.

Spero che questo libro aiuti chi lo leggerà, a comprendere che a volte, dietro a ciò che si guarda con distacco, semplicemente perché *distante*... c'è molto di più da vedere, da capire e soprattutto da fare.

Prof. Antonio Guidi
Sottosegretario di Stato
Ministero della Salute

"In verità vi dico, tutto quello che avete fatto
ad uno dei più piccoli dei miei fratelli
l'avete fatto a me".

Matteo 25,40

I piccoli di Jahvé

Via delle sorgenti: il viottolo che sale da Ain Karem all'Istituto Saint-Vincent

22 aprile 1993. - Pescara. Sono i primi giorni di questa stanca primavera. Stasera sono tornate le rondini. Volavano fra le case alla ricerca dell'antico nido. Ho pensato allora ai bambini di Ain Karem, con i quali ho trascorso il periodo più significativo della mia vita, alla mancata libertà di quei piccoli, prigionieri di tante menomazioni.

La lontananza ed il trascorrere del tempo accendono, invece di sfumare, i ricordi e mi riportano al periodo vissuto in Israele. Particolari che erano apparsi insignificanti, ora spiccano, e rendono vive certe immagini allora appena sfiorate, ma rimaste incise con un segno profondo.

Vorrei tornare a Gerusalemme!

Lontana da quei bambini, la vita sembra perdere il suo significato più vero e i giorni, i giorni del presente, e quelli da venire, sono ora per me giorni senza tempo...

26 ottobre 1992 - Ain Karem. Sono da due giorni a Gerusalemme.

Gli interrogativi, le perplessità ed anche qualche dubbio precedenti la partenza, sono ora fugati.

Ain Karem, il luogo dove vivo, è come l'immaginavo, pieno di verde, di fiori. C'è silenzio intorno, ma non nella grande casa in cui abito, perché i suoi piccoli ospiti, circa settanta bambini da due a tredici anni sono, in genere, cerebrolesi con deformità più o meno particolari e con un quoziente intellettivo molto al di sotto del normale. Quelli affetti dalla sindrome di Down sono gli unici che camminano da soli. Tutti si esprimono con gridi, spesso acuti e prolungati, con lamenti e versi, uggiolii che improvvisamente si trasformano in un pianto sconsolato del quale non è facile individuare il motivo. Rivelano, assai spesso, sensazioni non di dolore, ma di divertimento e di gioia per il coinvolgimento alle diverse sollecitazioni di chi li assiste e riesce, talvolta per caso, a trovare il modo giusto per risvegliare le loro capacità comunicative. Qualcuno, invece, si lamenta con una continuità ossessionante ed angosciosa per chi vorrebbe aiutarli e non sa!

Di giorno, alle loro si aggiungono le voci dei volontari che li accudiscono e delle maestre ebree cui sono affidati per alcune ore, al mattino, per insegnar loro quel poco che possono apprendere.

Siamo in un antico convento, attualmente proprietà delle suore di San Vincenzo, che un sacerdote benefattore volle venisse adibito a casa di assistenza per i bambini handicappati della regione.

La costruzione grande ed austera, in pietra grigia, sorge in mezzo al verde di orti, di giardini ricchi di alberi e di piante rigogliose. Vi si giunge dalla via principale di Ain Karem, salendo per l'erta di un viottolo battuto che si inerpica fra due siepi di arbusti verdissimi e ciuffi di edera bianca e della pianta del pepe dalle foglie sottili e dalle bacche piccole e rosse. Al di là si estendono campi coltivati, prati colorati di salvia e di basse piante aromatiche, fra cui spiccano le spighe verdi dei giacinti selvatici. Ci accompagna, nelle varie ore della giornata, un cielo quasi sempre sereno con sfumature straordinarie, dall'azzurro intenso al rosato o al blu scuro. Uno sfondo unico per questa città unica e bella, per questa suggestiva bianca Gerusalemme.

Il silenzio comincia a notte, e qui la notte comincia presto. Addormentati i bambini dopo le 18, ognuno si ritira nella propria stanza, anche se c'è un ampio locale dove il personale può trattenersi. Dalla stanchezza e dalla tensione scaturisce il bisogno di ritrovare se stessi.

28 ottobre. Ho fatto conoscenza con i quattro piccoli che mi sono stati affidati. Dovrò lavarli ogni mattina, cambiarli, imboccarli, curarli, e, nel pomeriggio accudirli fino all'ora del pasto e del sonno.

Sono tre maschietti ebrei, di cui due gemelli di quattro

anni, ed una bimba araba di sette, piccola e deforme. Quando li ho visti, distesi ed allineati nei loro seggiolini (non sono delle vere e proprie carrozzelle) e mi sono soffermata a guardare i loro occhi, grandi e luminosi, fermi in una fissità trasognata, le manine chiuse, le gambe sottili ciondoloni ed i piedi già deformati dall'immobilità, non ho potuto trattenere la commozione.

Non ho pensato ad un Dio crudele che permette tanto orrore, ho solo considerato che ho una figlia sana e se io, nonostante l'età, ho ancora forza e salute, è giusto ed è bello - o è addirittura un dovere? - dedicare i giorni del tramonto della mia vita a queste creature.

29 ottobre. Oggi ho trascorso, per la prima volta, alcune ore con i piccoli che mi sono stati affidati. Zohar e Maor sono gemelli: Maor è il più gracile ed il più grave, infatti si lamenta e piange in continuazione. Omer mi attrae particolarmente. È bello. Ha lineamenti delicati in un visetto bruno e smagrito. Non piange. Non si muove, ma sembra consapevole della sua condizione. La bimba, Revital, è molto scura di carnagione e

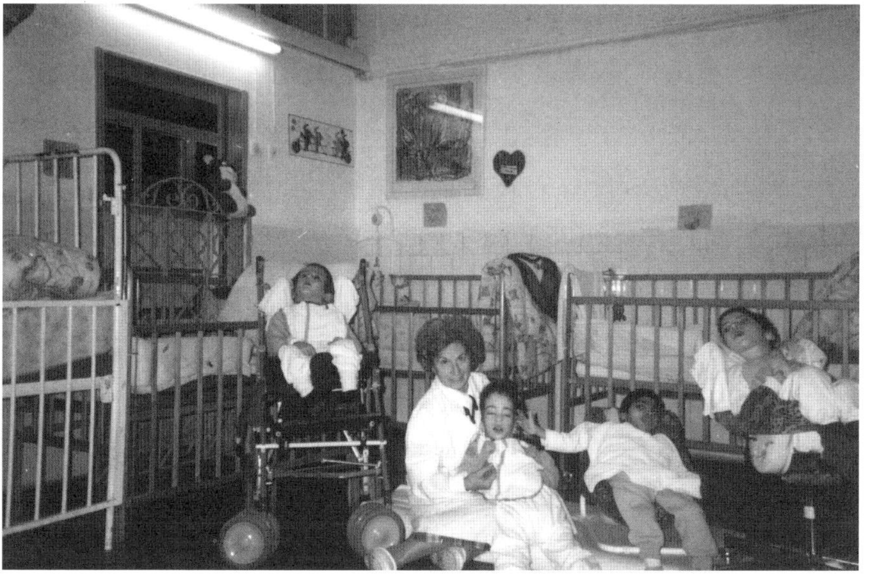

I bambini della camera n° 7

coperta da una fitta peluria, ha grandi occhi neri, mobilissimi ed il visetto tondo. È l'unica che vede un poco e recepisce alcuni suoni. Agita spesso le mani, troppo grandi rispetto alle braccia magrissime, che muove quasi freneticamente mentre mangia: è questo l'unico segno di vitalità nel suo corpo deformato. Le gambe fanno impressione tanto sono sottili ed è necessario sostenerle con dei tutori.

Molti bambini sono sorretti nel busto e negli arti da apparecchi che, non tollerati, sono spesso causa di irrequietezza e di pianto. Più tranquilli sono, invece, gli idrocefali, che trascorrono il tempo, quando vengono sollevati dai lettini, per terra su materassi di gomma da dove seguono, anche abbastanza divertiti, i movimenti attorno a loro, circondati da giocattoli e da pupazzi che non hanno la capacità di toccare.

I miei non si reggono in piedi, neppure se aiutati, né hanno indipendenza nei movimenti. Ognuno ha un seggiolino particolare, adattato alla sua malformazione da un volontario, arabo del Libano, professore a Tel Aviv in una scuola superiore, e "tuttofare" qui al *Saint Vincent*: è Josef e vive in una minuscola casa nel giardino, insieme con la giovane moglie, Sophie, guardarobiera, e la figlioletta Mariot.

I piccoli ospiti dell'istituto, in genere, sono audiolesi e percepiscono solo alcuni suoni particolari. Non vedono. Eppure, guardando i loro occhi, ho l'impressione che ravvisino le nostre sagome. Forse mi illudo. Comunque, sono sensibilissimi alla nostra presenza e, a modo loro, riconoscono le persone che hanno vicino. Infatti, in questi giorni in cui è al mio fianco Giuseppe, il volontario che li ha accuditi prima di me, avvertono la differenza del tocco delle nostre mani e talvolta lo fanno capire, rifiutando la pappa se sono io ad imboccarli.

Non è certo facile dire che cosa si sente quando ci si trova accanto a creature come queste, e come le altre, tante, che vedo attorno a me.

30 ottobre. Una giornata calda, luminosa. È l'estate nel suo fulgore! Una corsa con il pullmino delle suore lungo le vie affollate di Gerusalemme, per impegni vari in uffici e negozi, insieme con Suor Letizia, la superiora, simpaticissima figura di donna, dolce ed energica, instancabile nel pensare e nel realizzare iniziative sempre nuove.

L'ho sentita subito amica. Infatti, mi ha dimostrato simpatia sin da quando mi ha visto emergere, al mio arrivo, con il viso spaurito e teso, dalla folla chiassosa di arabi e di israeliani assiepati ai cancelli dell'aeroporto di Tel Aviv.

In questi giorni è impegnata nel superare non poche difficoltà per realizzare la costruzione di un grande ascensore esterno al corpo centrale dell'edificio, che consentirebbe ai bambini di scendere nel giardino altrimenti difficilmente raggiungibile!

Nell'istituto *Saint Vincent* vivono altre quattro suore collaboratrici, con mansioni diverse da quelle di Suor Letizia, missionaria per trenta anni in Libano, da due ad Ain Karem. È lei l'unica italiana e parla l'arabo con maggior disinvoltura della sua lingua madre.

Suor Norma, filippina, è l'infermiera cui sono affidate le incombenze più delicate. All'amministrazione è addetta Suor Marie Jeanne, una anziana francese, discreta e silenziosa.

Anche ieri è stata una giornata molto calda. A Gerusalemme si è ricordato il Battesimo di Gesù ed a tutti i cristiani è stato concesso di entrare nel territorio giordano non controllato da Israele. Appena superata Gerico, scendendo da Gerusalemme con diversi mezzi, abbiamo varcato il confine e, poco oltre, è iniziata a piedi la processione verso il Giordano.

La strada in discesa attraversa il deserto cosparso, per ampio tratto, di reticolati e di mine. Una gran folla scendeva giù verso il fondo della valle. Ogni tanto uno si affiancava all'altro, entrambi sconosciuti, di nazionalità diverse, poi si cambiava compagno. C'erano cristiani di tutte le confessioni. Riconoscibili i religiosi dagli abiti e dai copricapo tipici.

Presso l'ansa del Giordano dove il Battista battezzò Gesù è stata eretta una cappella e qui molti sacerdoti hanno concelebrato in latino. Soldati giordani a piedi o in camionetta, isolati o a piccoli gruppi, scortavano i fedeli, con i mitra costantemente puntati e pronti a bloccare qualsiasi movimento sospetto.

In prossimità del fiume, che scorre fra due sponde irregolari e coperte da fitta vegetazione, il paesaggio si anima per la presenza di alcune sottili palme polverose. Qua e là, nella sabbia, crescono ciuffi di erbe grigiastre. È il deserto nella sua suggestiva bellezza. Il Giordano scorre lento con una massa di acqua densa, verdastra. Siamo a 200 metri sotto il livello del mare.

31 ottobre. Oggi è stato il primo giorno dedicato interamente alla cura dei bambini. Le mie preoccupazioni e le paure si sono placate, quando mi sono trovata a dover risolvere i problemi da sola.

Se un impegno si vive con dedizione e per una scelta ben precisa, si trovano forza e capacità per affrontare qualsiasi compito e per vivere le situazioni più impensabili. E con questi piccoli, così "difficili" per le loro necessità legate alle gravi menomazioni che li affliggono, si possono incontrare momenti imprevedibili in ogni istante.

Stasera, mentre imboccavo Omer e Zohar, alternandomi fra loro, e Maor, nel lettino in attesa del suo turno, "faceva il neonato", come dico quando vagisce, stanco di aspettare, improvvisamente si è messa a piangere, disperata, la minuscola Revital, prigioniera nel seggiolino nuovo, troppo grande per lei, probabilmente per la posizione scomoda, e non perché si sentisse trascurata, come ho pensato io, desiderosa di scoprire in questi bambini delle reazioni normali.

Un momento di affanno. Non riuscivo a sciogliere le allacciature troppo complicate per la mia inesperienza. Finalmente sistemata nel suo vecchio infant-seat, la piccola si è calmata ed ho potuto iniziare con lei l'"operazione-pappa", fra sbuffi in ogni direzione. Infatti l'asma, collegata alla sua malformazione, che la tormenta e la fa respirare sempre affannosamente, le rende difficile deglutire. Bisogna attendere l'istante in cui apre la bocca per infilarle fra le labbra il cucchiaino colmo.

Quel corpicino scosso dai singhiozzi e gli occhi lucidi di lacrime erano l'espressione del patimento. Soffriva? Quanto? Che cosa capiva? Chi può dire fino a qual punto, e come, questi piccoli percepiscono il disagio? e il dolore fisico e la paura di essere trascurati? Come vivono la sofferenza che indubbiamente c'è nei loro corpi irrigiditi e contratti dagli spasmi della malattia?

E mi chiedo tormentosamente che cosa potrei fare di più e meglio per migliorare le loro condizioni.

Carezze, baci e parole affettuose come li raggiungono nel silenzio misterioso di cui sono prigionieri e che ci rende quasi impotenti?

Quale sollievo ricevono dalle nostre mani, quale calore dalla nostra tenerezza, quale aiuto dalla nostra vicinanza?

Come arrivare alla loro anima?

Con il lamento, con il pianto che cosa vorrebbero dirmi?

I bimbi normali escono a mano a mano dal loro mondo piccino, attratti dall'"altro", voci, suoni, colori, movimenti. Per loro è ogni volta una scoperta, una conquista piccola o grande.

Per questi bambini è tutto diverso: l' "altro" deve continuamente stimolarli, aiutarli ad acquisire la conoscenza (quale conoscenza?) di quanto li circonda, ed in modi del tutto particolari, adatti alle loro menomazioni, affidando soprattutto al tatto il compito dell'esperienza ed alle parole sillabate o cantate la possibilità di un collegamento con le persone e con le sensazioni.

E rimangono pur sempre tante incognite e dubbi sui risultati che si possono conseguire e sulla durevolezza dei progressi.

1 novembre. Quando esco dalla mia stanza, al mattino, e percorro un cortile fra gli ulivi ed una rampa di scale per raggiungere il reparto in cui vivono i bambini, è ancora notte. Intravedo, ad oriente, un lembo sereno dove brillano le ultime stelle. Talvolta, invece, le brume sono basse e banchi di nebbia, vagando a stracci sui colli di fronte, nascondono a tratti le case bianche di Ain Karem alta e le sagome scure degli alberi fra le luci sfocate dei lampioni ancora accesi.

Il mio primo lavoro è senz'altro il più faticoso: sollevare i bambini quasi irrigiditi nella posizione della notte, spogliarli e portarli alla vasca per il bagno a cui, per regolamento, non è assolutamente permesso venir meno, neppure quando si verificano casi di febbre elevata o di raffreddamento, purtroppo frequenti come le crisi spastiche, che rendono più difficile, e non scevra di rischi, tutta l'operazione del lavare, rapidamente asciugare e rivestire.

L'acqua scende dal rubinetto non miscelata ed il getto arriva ora troppo caldo ora freddo, ed è continua la tensione per evitare a quei piccoli corpi "accartocciati" impressioni improvvise.

Se questo accade, Omer, di solito calmo e silenzioso, emette un gemito; Maor, che si lamenta in continuazione, piange spaventato; Revital, invece, più assuefatta all'acqua, si limita a sgranare gli occhi.

Solitamente svolgo questa operazione nella penombra. Infatti non accendo subito la luce, perché penso dia loro fastidio essendo appena svegli. È una delle mie illusioni.

Non vedono!

2 novembre. Oggi è stata una giornata calda, afosa, di piena estate!

Le piante del giardino e degli orti e le palme cominciano a risentire l'arsura. Solo i rampicanti dei gelsomini e delle buganvillee, fioriti di azzurro e di viola, sembrano godere ancora del sereno.

Al tramonto, mentre riordinavo la camera dei bambini, di tanto in tanto guardavo oltre l'inferriata che sbarra la finestra. Sullo sfondo, lontano, vedevo i paesi attorno a Gerusalemme e, più vicino, il campanile della chiesa di St. John.

Il cielo da rosato andava a mano a mano azzurrendo nei colori morbidi della sera. Si accendevano le prime luci ad Ain Karem.

E noi chiusi lì dentro, distaccati da tanta bellezza. Ma io, dopo non molto, sarei uscita nella sera, avrei respirato l'aria odorosa della notte, quasi intrisa della calura della terra, avrei potuto guardare il cielo non più limitato dalle grate di una finestra! Mentre i miei piccoli sarebbero rimasti lì, fermi nei loro lettini, in attesa che una mano premurosa andasse a coprirli o a cambiare posizione alle loro gambette inerti.

3 novembre. Oggi soffia il vento del deserto e porta la sabbia fin qui. Gerusalemme ed i paesi vicini scompaiono dietro una fitta coltre azzurrina. Ad Ain Karem, raccolta in una piccola valle, l'aria è ancora pulita, ma il sole è velato.

Stasera è tornato il sereno.

Quando sono uscita dalla stanza dei bambini, mi sono ritrovata con piacere al fresco della sera.

Dopo la foschia del giorno, il cielo era terso. Dalle zolle della campagna intorno saliva un gradevole odore di terra lavorata. Lungo la linea delle colline si accendevano le luci dei paesi vicini.

Sorge la luna.

4 novembre. Ogni giorno di più mi sento coinvolta da queste creature. Ogni giorno di più mi lego a loro.

Omer comincia a farsi imboccare con maggior facilità. Le prime volte, appena gli accostavo il cucchiaino alle labbra, le serrava ostinatamente e si irrigidiva. Ho subito capito che dovevo "farmi" conoscere meglio perché si rendesse conto del momento in cui doveva mangiare. Così, dopo averlo disteso nel seggiolino, con la testa appoggiata al mio grembo (la posizione a lui gradita), ho cominciato a rassicurarlo con il tocco delle mani, passandogliele lievemente fra i capelli, sulla fronte ed infine sulla bocca, indugiando nella mossa di schiudergli le labbra. All'inizio erano rifiuti seguiti dal mio smarrimento. Poi, una sera, inaspettatamente la piccola bocca rosata si è dischiusa e la minestrina di semolino è scivolata giù... un cucchiaino dopo l'altro!

In un impeto di gioia l'ho accarezzato, l'ho baciato, ho portato al mio viso le sue mani. "Imà Imà " gli ripetevo a bassa voce. "Bravo, bravo... così, così!" Ha allora mosso gli occhi ed abbassato le palpebre.

Ma dunque vede! Vede, anche poco vede... Come? Che cosa vuol dirmi? Mi riconosce, finalmente?

In questo piccolo corpo immobile l'intelletto vive!

Sono arrivata fino a te, Omer, creatura mia!

5 novembre. Dopo la bufera di sabbia dell'altro giorno, il tempo si è rasserenato. La luce, come schiarita, mette in risalto i tenui colori della natura. L'aria purificata, tiepida dapprima, si è fatta più calda fino a divenire afosa.

È presto notte in questi luoghi. L'azzurro acceso dagli ultimi bagliori, diviene improvvisamente più vivido ed intenso, e poi più cupo, ma sempre di una straordinaria limpidezza.

Ieri sono andata sola a Gerusalemme. Ormai so orientarmi, e bene, nei quartieri centrali della città ove ho indugiato, gironzolando come una turista in cerca di emozioni in terra straniera.

Questa città, con la sua popolazione eterogenea, mi piace sempre di più. Nella parte nuova alcune zone, come quella di King David o di Ben Yehuda, mi ricordano i centri commerciali delle città inglesi. Caffè all'aperto, ornamenti floreali. Qualche suonatore di fisarmonica o... di tromba. Un cantastorie inesauribile, immobile, e sempre allo stesso posto!

Nota locale, i soldati, anche ragazze, tutti giovanissimi. Con il mitra spianato sorvegliano i punti caldi della città, le scuole, gli uffici, i ministeri. Ma qui ai soldati ed ai mitra non si fa caso davvero né agli attentati quasi sempre "annunciati". Infatti, solitamente si sa quando e dove una bomba esploderà. La sera in cui sono arrivata a Tel Aviv, in prossimità dell'aeroporto ci sono state tre deflagrazioni. La gente, messa in allarme dai poliziotti, ovunque numerosi, è rimasta ferma in attesa che venisse dato il permesso di muoversi. Io ero lì con la superiora, accanto ai miei numerosi bagagli, e confesso di non aver provato emozione alcuna.

Le vie di Gerusalemme sono per lo più ampie, alberate e fiancheggiate da un susseguirsi ininterrotto di negozi, alcuni eleganti, di preziosi e manufatti tipici; altri piccoli, pieni zeppi di lavori artigianali. Si incontrano, talvolta, delle vetrinette polverose, incassate nel muro e colme, quasi in un voluto disordine, di oggetti fra i più svariati, di orologi e gioielli, veri o falsi non saprei dire. Di fianco ad un uscio aperto si intravede una scala stretta e ripida che porta ad una specie di soppalco oppure ad un seminterrato, dove, rintanato in un suo bugigattolo, dietro un tavolino mezzo sgangherato, sta il mercante ebreo, facilmente riconoscibile dal *kippah* (lo zucchetto) e dallo *streimen*, l'immancabile palandrana nera.

Piuttosto frequenti, e per turisti, sono i negozi dei caratteristici copricapo. Ve ne sono di vari colori, in velluto semplice o preziosamente ornato, in raso, in tessuti modesti. Il *kippah*, se nero, distingue gli ebrei ortodossi dagli altri, così come le cuffie, di fogge e tinte svariate, sono proprie delle donne coniugate, che nascondono accuratamente i capelli, anche al lavoro, negli uffici, nelle scuole e perfino negli ospedali sui camici da medico o da infermiera!

Le arabe, invece, hanno il capo avvolto in ampi fazzoletti bianchi generalmente ricamati, piegati sulla fronte, ed indossano il *chador*, tradizionale abito lungo nero, ornato in rosso o in colori vivaci, ma calzano moderne scarpette di vernice con i tacchi a spillo!

È un bel popolo sia l'arabo sia l'israeliano. Le donne, le fanciulle sono attraenti, hanno carnagione bruna e grandi occhi neri.

6 novembre. I miei bambini israeliani e la bimba araba hanno le stesse caratteristiche somatiche. Nei piccoli corpi deformati attirano gli occhi, belli e luminosi, dalle lunghe ciglia nere e ricurve. Guardandoli, mi sembra impossibile non debbano avere una vista normale.

Ma Revital vede abbastanza, anche se ha un ristretto campo visivo e mi pare focalizzi meglio le figure lontane. Infatti, non reagisce a dei giocattoli colorati, sistemati in un angolo della stanza, quando ve la metto vicino, o a quelli che ho legato alle sponde del suo lettino, mentre invece ride alla sua immagine riflessa nello specchio appeso alla parete discosta dalla culla; inoltre mi segue con lo sguardo, quando mi muovo lontano da lei e spesso piange se, al momento dei pasti, mi dedico prima ai "fratellini".

Le prime volte non riuscivo a capire il motivo di questa sua reazione, poi mi sono resa conto che la sua è una manifestazione di gelosia! Ed allora le sue lacrime, anziché turbarmi, hanno suscitato in me un senso di gioia. Revital è gelosa! Revital è gelosa degli altri bambini e questo mi rende contenta perché in qualche modo sono riuscita a far scattare in lei la molla di un sentimento. Revital vive, si affeziona e vuole per sé tutte le attenzioni! Talvolta il suo pianto è così sconsolato che devo lasciare tutto e correre a sollevarla e coccolarla, parlarle piano perché si rassicuri, perché si senta amata.

Chissà cosa rimane in queste creature del legame prenatale con la madre!

7 novembre. Viviamo nella camera n° 7.

Siamo la volontaria ed i bambini del "7". Una stanza molto ampia con una sola finestra prospiciente il giardino fiorito di rose ed un ampio cortile, in parte protetto da una tettoia dove, dalla mattina alla sera, sono stesi i tanti panni dei piccoli ospiti dell'istituto.

Lungo le pareti sono allineati quattro lettini. Al centro un tavolo su cui si alternano mucchi di tutine, di maglie, di tovaglioli da piegare, vassoi con tazze e bicchieri speciali, perché le bevande vanno somministrate goccia a goccia, fiale con le medicine, sedativi per prevenire crisi spastiche o epilettiche. Molto raramente si aggiunge qualche ricostituente.

Dirimpetto ai letti è la vasca per il bagno di foggia antica con attiguo fasciatoio ed accanto l'armadio della biancheria. Su di una mensola è il necessario per l'igiene e per un immediato soccorso. C'è anche un piccolo apparecchio radio. La musica, dal mattino presto, accompagna le varie operazioni della giornata.

8 novembre. Molto attesa da noi volontari italiani, si è tenuta, ieri sera, la preannunciata riunione di tutto il personale che opera nell'istituto: suore, assistenti sociali e terapisti israeliani, "operai" arabi e volontari. Questi ultimi sono circa trenta, provenienti da diverse parti del mondo. Ci sono un giovane ingegnere del Messico, Daniel, una ragazza russa laureata in medicina, due studenti inglesi, un africano, una maestrina svizzera, una giovane canadese, una norvegese ed alcuni francesi. Fra gli italiani (i più numerosi) prevalgono uomini e anziani!

Può sembrare strano che uomini, ed anche non giovani, siano volontari in un ambiente forse più adatto alle donne... Il nostro lavoro, infatti, può sembrare prettamente femminile per la tenerezza e per la carica d'amore di cui questi bambini hanno bisogno. In realtà, alcuni di loro, i più grandi specialmente, così legati nei movimenti, non sostenuti da un normale sistema muscolare, sono assai pesanti ed è faticoso sollevarli, lavarli, vestirli, quindi l'energia maschile diviene un elemento fondamentale. I giovani, che sono qui da mesi, stanno dando prova, oltre che di grande resistenza e disponibilità, anche di delicatezza e pazienza non comuni.

Noi italiani abbiamo chiesto, nell'ambito delle proposte da discutere, che ci vengano date, anche solo in visione, le cartelle cliniche dei bambini, per avere conoscenza della natura delle loro menomazioni e delle eventuali possibilità di recupero, in modo da poter offrire, oltre all'assistenza, la nostra collaborazione per la riabilitazione che si dovrebbe integrare con l'opera dei diversi terapisti che supponevamo costante e continua...

Le espressioni dei visi e le risposte vaghe hanno fatto ben presto capire che la richiesta non era stata opportuna! Suor Letizia taceva. Dopo un imbarazzante silenzio, è arrivata, da parte di Zulema, "psicologa segretaria", in un misto concitato di ebraico e di inglese poco comprensibile, l'affermazione che quanto richiesto da noi era stato più volte, in passato, oggetto di considerazione.

Ed allora? Perché attendere tanto?

9 novembre. È una giornata limpida e fredda dopo il caldo dei giorni scorsi. Poco prima del mattino, banchi di nebbia azzurrognola nascondevano il fondo della valle mentre, più in alto, il sole arrossava le case sulla cima della collina.

Questi spettacoli della natura sono sempre suggestivi!

Ieri la pioggia è caduta abbondantemente su Gerusalemme e la temperatura si è abbassata bruscamente di diversi gradi. Un fenomeno comune, qui.

Io ero a Tiberiade. Con alcuni volontari e con Suor Marie Jeanne sono andata al mare di Galilea, nei paesi della costa ed a

Nazareth. Il viaggio è iniziato presto, sotto un cielo solcato da nubi foriere del cattivo tempo. Fino a Gerico non è piovuto.

Ci veniva incontro il noto paesaggio solitario, immobile nella sua particolare bellezza, mentre la strada scendeva sotto il livello del mare. Modeste alture, terreno arido, deserto. Di tanto in tanto superavamo tende di beduini fatte di ampi teli neri. Qualche pastore dietro poche pecore. Un gruppetto di case, ciuffi di erbe polverose. Una figura scura si inerpica nella solitudine di una strada bianca. Un autobus sgangherato e traballante, diretto a Gerusalemme, raccoglie due arabi in attesa sul ciglio di un viottolo.

Immagini singolari nella loro asprezza e nella nuda desolazione dei luoghi.

Prima di Gerico comincia a piovere.

Il paesaggio cambia. Fiancheggiamo il confine con la Giordania e compaiono i fili spinati, i soldati, isolati o a piccoli gruppi. Da un lato il territorio franco, dall'altro i campi coltivati degli israeliani.

Estesi palmeti con le grosse sacche blu e nere che difendono i datteri dall'assalto degli uccelli. Basse piantagioni di banani e di cotone con i semi già sbocciati. Pini, abeti e colture varie caratterizzate da moderni sistemi di irrigazione e di diffusione di calore che impediscono alle piante in crescita, soprattutto agli ortaggi, di risentire dell'abbassarsi della temperatura notturna.

Al ritorno, l'illuminazione dei campi mutava aspetto al paesaggio, sul cui sfondo risaltavano le luci dei paesi giordani, quasi allineati lungo il corso del fiume e nascosti, al mattino, dietro una bassa coltre di nubi.

A mano a mano che ci si avvicina al lago di Genèzaréth, le zone coltivate si fanno più frequenti.

Sorpassiamo un cimitero, non si capisce se arabo o israeliano. Le tombe sono piccole e bianche.

Il cielo si rasserena quasi improvvisamente e nell'azzurro spicca il biancore delle case, costruzioni basse con una pretenziosa eleganza.

Metulla... Afula... e Tiberiade in un fulgore estivo.

Caldo, mare calmo.

È sabato ed è giorno di festa per gli ebrei.

Nel pomeriggio, dopo aver attraversato in battello il mare di Galilea da Tiberiade a Cafarnao, ci siamo fermati sull'altura di Tabga da cui si domina il lago. La costa è articolata appena e la luce segna con una linea ineguale le piccole baie, le sporgenze verdeggianti. In lontananza si delineano le cime candide di neve del monte Hermon: da qui nasce il Giordano.

Siamo scesi, poi, sulla riva, nei pressi della chiesetta di Pietro, percorrendo un viottolo nel folto di un giardino che circonda un antico convento affidato alla custodia dei francescani.

La spiaggia qui è breve. Gli alberi ed il verde giungono molto vicino al litorale bianco di ciottoli levigati dall'acqua ed alcune piante sporgono anche dalla superficie marina.

Siamo rimasti a lungo in silenzio, ciascuno assorto nei propri pensieri.

Serenità? Rimpianti? Nostalgia della casa lontana?

Ognuno di noi, giovane o anziano, venuto in Israele per un richiamo interiore o un desiderio di carità, ha portato con sé il suo mondo, la sua storia!

10 novembre. Ho deciso di rinunciare alla piccola somma, trecento *scechelim,* che la superiora offre ai volontari per le piccole spese.

L'istituto non è ricco. Le suore che lo reggono si giovano soprattutto delle offerte di benefattori, anche dall'estero, perché il contributo che lo stato israeliano eroga per ogni bambino non è sufficiente per le numerose e sempre nuove necessità.

Così, quando ho visto le calzine bucate (anche se non camminano!) ed i tovaglioloni della pappa, ricavati da vecchi asciugamani, di queste creature, mi sono detta che anche i miei pochi soldi potranno servire a qualcosa!

11 novembre. Distensivo ed interessante è per me girovagare, nelle pause del lavoro, per le vie dei Bazar nel quartiere ortodosso ed in quello cristiano.

I turisti non sono numerosi, in questo periodo, e la persona sola è subito notata dai venditori arabi che si fanno premurosi ed invitanti sulla soglia dei negozi.

Comincia a disarmarli il mio sorriso accondiscendente, accompagnato da parole di spiegazione "I'm not tourist. I'm not English. Sono italiana. I'm volunteer in Aim Karem for children!".

Il viso del negoziante muta espressione, il suo sorriso da diplomatico ed accattivante diviene aperto, affettuoso, grato, direi. "Not tourist? Tu 'nurse' in *Saint Vincent*? Good... good!"

A questo misto di inglese e di italiano si intrecciano espressioni in arabo mentre sono invitata ad entrare nella bottega e mi vengono mostrati oggetti fra i più svariati, magari ninnoli esotici, forse rari, che emergono da misteriosi recessi!

Intanto da una porticina sul retro compare, silenzioso, un ragazzetto smilzo e coperto da pochi logori indumenti, che sorregge in perfetto equilibrio, sulla mano sollevata, un piccolo vassoio sul quale ondeggiano minuscole tazze colme di caffè fumante! È il segno dell'ospitalità, della pace!

Non accettare la gradevole bevanda sarebbe rifiutare la gratitudine, l'amicizia!

Continua, frattanto, in un intreccio di movimenti e di parole, l'offerta della mercanzia i cui prezzi scendono, scendono... È un modo per ringraziare la persona che viene da lontano per amare i loro piccoli!

La stessa riconoscenza ed ammirazione ho incontrato negli israeliani. Questi sono più contenuti, un po' distaccati, forse, ma ugualmente gentili. Lo sguardo, l'interesse sono quelli di chi desidera ringraziare e dimostrare amicizia.

Ebrei, arabi, italiani! Amici. Uniti, anche se da sentimenti diversi verso quei bambini affidati alla carità cristiana!

13 novembre. Vacanza, oggi, per me.

Dopo la pioggia ed il freddo improvvisi di due giorni fa, una mattinata luminosa e calda. Non una nuvola nel cielo morbido.

Dopo tanta arsura, l'acqua, accolta l'altro ieri, come un dono, ha lasciato tutto più nitido e chiaro.

Appena torna il sereno, il caldo si fa di nuovo sentire; invece, di notte, la temperatura si abbassa repentinamente.

È venerdì, giornata festiva per gli arabi.

Sono andata nella città vecchia. Gran folla variopinta ed interessante, soprattutto di donne e di giovani, lungo le vie che portano alle moschee di Omar e di El Aqsa. Gruppi di arabi indaffarati e vocianti tanto da sembrare litigiosi entravano ed uscivano dai negozi, quasi tutti angusti ma stracolmi di merce esposta soprattutto all'esterno. Cascate di stoffe, in gran parte scadenti e coloratissime, tuniche e mantelli di velluto riccamente ornati, scarpe di tutte le fogge. E poi vasellame, frutta, ortaggi, pane e tanti dolci odorosi ed invitanti!

Le strette vie coperte, illuminate qua e là, risuonavano di musiche e canzoni moderne a cui si mescolavano il clamore della gente, i richiami dei venditori, il correre delle ruote dei biroccini carichi di merce di ogni tipo, trainati da ragazzini sudici ed urlanti per farsi largo fra la calca.

Le vetrine degli orafi, splendenti di ori finemente lavorati, mi attraggono in modo particolare.

Ma tutto di questo mondo mi affascina, mi piace intimamente. Lo sento mio e provo sensazioni strane, come fossi vissuta qui da un tempo incalcolabile e quasi fosse questa la mia gente.

Numerosi i turisti, isolati o in gruppo, soprattutto inglesi, americani e giapponesi. Pochi gli italiani. Alcuni pellegrini percorrevano salmodiando la " Via dolorosa" con una grande croce sulle spalle e muovendosi a stento fra la calca degli arabi rumorosi ed indifferenti. Ogni tanto l'aria portava l'odore fragrante del pane appena sfornato e quello, non altrettanto gradevole, delle carni arrostite sulle braci!

In prossimità della porta di legno, che si apre sul piazzale delle moschee, son dovuta tornare indietro respinta da un gruppo di donne che si affrettavano per la preghiera.

Sono andata, allora, al Lithostrotos, il luogo del processo a Gesù. Ero sola.

Al ritorno mi sono trovata in una via Jaffa più animata del solito. Negozi affollati, ingorghi di autobus e di altri autoveicoli.

Il venerdì è vigilia di festa per gli ebrei.

Persone frettolose, cariche di pacchetti. Molti con mazzi di fiori con cui ornare le case per il rituale del Sabato.

14 novembre. Questa mattina sono andata al mercato al centro di Gerusalemme, sistemato in due strade parallele e coperte.

In bell'ordine, ma con igiene discutibile, sono allineati i banchi ricchi di frutta bella e fresca, locale ed esotica, di ortaggi, di verdure, di carni, salumi, di pesce.

In alcune strade traverse si susseguono negozi di generi vari. Nulla manca. Dalle scarpe al vasellame, dagli abiti ai giocattoli, ai casalinghi ed ai dolci... sempre tanti!

In una via laterale si svolge il mercato delle "pulci".

Vecchie calzature, storte e sudicie, vestiti rattoppati, giacche fuori moda, un catino sbeccato, qualche tazza scompagnata, un lume di ottone incompleto, orologi senza lancette! Roba da macero e da buttar via diremmo noi, ed anche i nostri poveri, immigrati compresi. Ma non è così qui, dove la povertà degli arabi è "una cosa seria"! Infatti diversi avventori si aggiravano fra le vecchissime polverose automobili che fungono da banco da esposizione!

Le venditrici invitavano gli acquirenti con monotoni richiami; gli uomini, invece, indifferenti o dignitosi ?, accoccolati sui marciapiedi fangosi, attendevano, assorti in chissà quali meditazioni, di concludere qualche affare...

Considerando queste povere persone e "gli altri" e "gli altri" ancora, ricchi o poveri, felici o tormentati, tutti a me sconosciuti in questa città straniera, pensavo che l'umanità, considerata nel suo insieme, ci appare ricca ed interessante e che, confondendosi con la folla anonima, si provano sentimenti di solidarietà, di amicizia e, insieme, un senso non facilmente determinabile di libertà.

Quanto diverse sono, invece, e spesso nostro malgrado, le impressioni e le reazioni, quando ci si incontra singolarmente con gli elementi di questa nostra umanità!

Ho lasciato Gerusalemme al crepuscolo.

Si sentiva l'avanzare dell'oscurità e del fresco della notte. Scendendo verso la valle in cui è Ain Karem, diretta al *Saint Vincent*, sentivo l'aria farsi fredda: mi piaceva averla sul viso e fra i capelli, perché mi dava una incredibile sensazione di leggerezza. Si può provare sollievo, infatti, anche in cose innocenti e semplici, perché la vita è fatta pure di queste piccole gioie: lasciarsi accarezzare dal vento, camminare al sole, indovinare l'azzurro del mare e del cielo all'orizzonte, confondersi fra gente sconosciuta e sentirsi amici, sentirsi liberi.

E per me, ad Ain Karem, la vita è fatta anche della gioia di capire che, alle mie carezze, uno dei bambini mi "sente", o dall'ascoltare la vocina di Omer che con un "ooo" prolungato si accompagna, all'improvviso, alle mie interminabili nenie, o dal vedere il faccino di Revital tutto un sorriso quando, al mattino, mi avvicino a lei per sollevarla dal letto! Infatti Omer può udire, anche se solo i toni più bassi. L'ho capito, osservando le sue reazioni, mentre Antonio, un volontario, suonava l'armonica a bocca, e lo noto anche quando gli parlo piano nei momenti in cui lo accudisco.

E Revital, non ho più dubbi, mi riconosce!

Ed io gioisco di tutto questo, come una mamma alle manifestazioni vitali dei suoi figli!

15 novembre. Qui la sera giunge presto. O sembra così a me che, di solito, sono nella nostra camera con i bambini o nel grande atrio comune dove generalmente, il pomeriggio, riuniamo tutti i piccoli e cerchiamo di farli partecipare alla vita, suonando la chitarra, cantando in ebraico cantilene e ninnenanne, accostando alle loro mani dei giocattoli perché imparino a conoscerli al tatto.

Le stanze sono ampie ma scarsa è la luce dalle finestre, troppo piccole, perciò le lampade vengono lasciate accese quasi per l'intera giornata.

Mentre mi occupo dei preparativi per la cena e per la notte, di tanto in tanto lo sguardo va al di là dei vetri e scorgo le cime delle palme del giardino sottostante e, più lontano, le poche case di Ain Karem ed il minareto di una moschea non più frequentata e, più lontano ancora, sulle colline, il biancore dei villaggi vicini a Gerusalemme.

Quando il cielo è terso ed il sole è già tramontato, tutto è come avvolto da una luce grigio-cilestrina per i vapori della sera. Un paesaggio come sognato, fuggente.

Cominciano, poi, ad accendersi le prime luci, alcune vicine, altre lontane o lontanissime, bianco-rossastre. La visione cambia e diviene più reale. Ma sempre suggestiva. E rasserenante, portatrice di pace. Invita all'abbandono, alla fuga dai pensieri, dalle preoccupazioni, dalle ansietà.

Vale interrogarsi? Tormentarsi?

La nostra vita può anche essere, se vogliamo, se riusciamo ad esserne capaci, questa pace, questa "libertà" che "beviamo" dall'essenza, dalla serenità di uno spettacolo della natura.

Ogni tanto, e non sempre alle stesse ore, mi giungono i rintocchi delle campane di una delle chiese vicine, quella di St. John o del Santuario della Visitazione, costruito sulla grotta dove Maria, che già portava Gesù nel grembo, visse con la cugina Elisabetta in attesa di Giovanni.

Ho la sensazione che quel suono appartenga ad un tranquillo mondo normale a molti negato.

17 novembre. Questa mattina mi si è offerta la possibilità di conoscere, anche se rapidamente, Tel Aviv.

Ci sono andata con Giuseppe, il volontario italiano, per acquistare, su incarico di Suor Letizia, un macchinario per la lavorazione del legno.

L'aria tersa scopriva, lungo l'autostrada, immagini di un paesaggio ormai noto. All'orizzonte si confondevano, sotto la furia del sole, i confini fra la distesa di sabbie, di terreni pietrosi o di campi erbosi con il cielo reso più chiaro, laggiù, dalla caligine.

Difficile l'ingresso in una città rumorosa e congestionata dal traffico, ed ancor più difficile per noi stranieri individuare, nonostante l'ausilio di una cartina, la via per arrivare al quartiere arabo. Abbiamo girato a lungo, deviati da indicazioni approssimative o, addirittura, errate, prima di giungere all'agognato negozio di ferramenta: il solito bugigattolo semibuio, più o meno anonimo all'esterno e che all'interno si apre in un intrico di corridoi, di spazi inattesi, di soppalchi, pieni tutti di attrezzi, di macchinari fra i più sofisticati!

È stato rapido l'acquisto di questo arnese che permetterà a Giuseppe, aviatore in patria e falegname ad Ain Karem, di fabbricare nuovi lettini per i bambini che crescono!

In questo modo ho avuto occasione di vedere Tel Aviv. Una città grande, moderna con grattacieli, palazzi nuovi accanto a bianche case basse, circondate da giardini, portici, eleganti negozi, viali alberati con le solite palme dai grandi rami a ventaglio inclinati quasi fino a terra, aiuole ridenti di siepi azzurre del gelsomino giapponese, recinte da ciuffi di aggrovigliati arbusti, tipici della flora mediterranea.

È vicino il mare.

18 novembre. Una tranquilla passeggiata al sole, un sole d'estate, per le stradine di Ain Karem, in parte inerpicate sul fianco di una modesta altura. L'istituto è stato costruito nel fondo di una piccola valle.

Silenzio, poche persone in giro. Case di pietra bianca, ad un piano, seminascoste fra le palme e la fitta vegetazione dei giardini, recinti coperti dalle buganvillee e dai rampicanti dai fiori gialli a grappolo.

Sono arrivata fino al convento delle suore di Sion che hanno in custodia, a Gerusalemme, il Lithostrotos. Un ampio porticato lastricato di mattoni rossi come tutto l'interno della costruzione. Un giardino molto grande e campi coltivati, un vigneto carico di grappoli.

Un viottolo in discesa porta ad un cimitero di tombe di terra e croci in legno verde. Qui è sepolto anche il fondatore dell'ordine, vissuto nel secolo scorso, Padre Marie Ratisbonne, un giudeo che, dopo aver avuto una visione della Madonna, si convertì al cristianesimo.

Le suore offrono ospitalità a chi voglia pregare e riposare in questo angolo di pace.

19 novembre. Una sera particolarmente lucente. Dal pomeriggio si è levato un vento caldo che rende l'aria più trasparente.

Le luci, infatti, vicine e lontane, scesa la notte, sono divenute più vivide. Il cielo è pieno di stelle. Tra poco sorgerà la luna.

Sono questi spettacoli, ormai a me familiari, sempre uguali, anche se, quando ci si sofferma a guardarli, si prova l'impressione di vederli per la prima volta. E comunicano un profondo senso di pace, specialmente al termine di giornate difficili accanto ai nostri piccoli difficili, e non tanto, o non solo, per la fatica fisica alla quale si finisce con l'abituarsi, ma per la visione di queste creature con le menomazioni, le infermità e la loro "diversità"!

Ogni giorno si scopre qualcosa di nuovo, qualcosa che non si era notato prima, ed ogni volta è una stretta al cuore ed è un ripetersi: *Non domandiamoci "perché". Non c'è. Non può esservi risposta!*

20 novembre. Stasera lezione di ebraico.

Continuano questi incontri con una giovane insegnante che da circa un mese tiene un corso accelerato, per metterci in condizione di capire "un po'", quando ci muoviamo nel loro mondo, ma soprattutto di rivolgerci ai bambini, per quello che possono comprendere, nella loro lingua.

21 novembre. Le mie giornate sono molto intense. Mi sento sempre più profondamente coinvolta dai tanti problemi dei piccoli del *Saint Vincent.*

Questi bambini hanno un particolare bisogno di affetto, di tenerezza, di essere tenuti fra le braccia ed accarezzati per sentirsi accolti, per sentirsi "parte" degli altri.

Sono persuasa che qualcosa di noi può raggiungerli nell'intimo, anche se il loro è un confuso "sentire" le sollecitazioni esterne in relazione al grado di sviluppo della sensitività e della percezione psichica. Mi sono via via convinta che si potrebbe fare di più e meglio per accrescere le loro possibilità, ma con interventi continui e mirati, con esercizi fisici e psicoterapeutici finalizzati al singolo ed alle sue caratteristiche.

Certamente percepiscono, in qualche modo, il calore e, quindi, il senso di protezione che può venire da una persona che li ama.

Penso debbano, anche se confusamente, avvertire la mancanza della madre da cui sono stati distaccati.

E qui hanno molte mamme, ma non hanno la loro madre!

Alcuni sono stati abbandonati, altri sono stati allontanati piccolissimi dalla famiglia che li ha affidati alla carità cristiana, perché "scomodi". Sono bambini "riusciti male". Bambini di seconda serie. Ma per noi sono creature da amare!

Sono cerebrolesi, distrofici, storpi, affetti da gravi menomazioni fisiche e da turbe psichiche. E pure sono dolcissimi nelle loro limitazioni che li rendono così deboli e inermi e bisognosi di tutto. Sono particolari. Sono bambini preziosi!

Per noi che ci prendiamo cura di loro sono belli pur nelle deformazioni, le più impensabili!

Li vediamo ogni giorno più belli!

Ognuno di loro ha una storia di abbandono o di povertà, di mancanza d'amore. Una storia sempre triste.

Ruth ha due anni. È una graziosa "mongolina", morbida e snodata come un pupazzo di gomma; tiene le gambe e le braccia sempre intrecciate fra loro. È stata abbandonata due volte. Sua madre, dopo averle dato la vita, l'ha "dimenticata" ai margini di una strada. Raccolta e strappata alla morte, due giovani sposi l'hanno adottata ma poi, resisi conto della serietà delle sue menomazioni, l'hanno affidata alle suore del *Saint Vincent*!

Ester sembra non aver contatto alcuno. Una testina arruffata di riccioli neri, gli occhi sgranati su di un mondo che le è stato subito ostile, porta indelebili, nel corpicino paralizzato, i segni delle percosse con le quali la madre, che la rifiutava, voleva toglierle la vita...

Ruth, Ester ed altri piccolissimi che presentano difetti ed anomalie degli organi interni, per cui hanno bisogno di cure e di una assistenza particolari, vivono nella Baby-room, una specie di infermeria attrezzata alla meglio, dall'impegno delle suore.

Qui sono più frequenti le visite del medico israeliano che, di solito, fa una rapida comparsa, la sera, e non costantemente, per informarsi da suor Norma, più che direttamente da noi volontari o visitando i bambini stessi.

Sovente egli fa il suo giro, quando io ho già concluso il mio turno pomeridiano, e così non mi è possibile riferirgli le mie osservazioni sulle condizioni dei bambini, che finalmente dormono, dopo essere stati male tutto il giorno e dopo che per ore io mi sono tormentata nel tentare di individuare le cause della febbre, spesso assai elevata.

Per tutti i mali, dalle dermatiti all'influenza, alla costipazione o altro, il primo e ripetuto rimedio sono le supposte di Acamol (paracetamolo). Non sempre condivido queste prescrizioni o, per lo meno, le ritengo incomplete ed insufficienti.

Ma devo tacere e... andare avanti!

22 novembre. Revital mi riconosce! Ora ne sono certa! A suo modo si è affezionata a me perché è "gelosa" - "mekanà" - dice suor Marie Jeanne - e piange! Spesso devo lasciare tutto, prenderla in braccio e parlarle fino a quando non si placa. Talvolta, se non è possibile a me, mi rivolgo a Giuseppe, sempre pronto ad offrirmi il suo aiuto nell'assistenza ai bambini, perché la consoli lui.

Tutto questo mi colma il cuore di sentimenti indescrivibili.

Revital "c'è"! In lei qualcosa vive come nei bambini normali. Piange per un motivo naturale in un piccolo.

Mi commuovo e gioisco per queste lacrime che finalmente manifestano un sentimento della bambina.

23 novembre. Da un mese sono qui. Un mese passato fra le preoccupazioni dei primi giorni legate alle difficoltà dell'ambientamento. La sicurezza è seguita abbastanza presto.

È divenuta più controllata la fatica perché scandita dagli orari ed organizzata sulla base di espedienti piccoli e grandi, che mi permettono di svolgere in maniera serena l'assistenza a questi piccoli. Così, quando non c'è qualche diversivo, come la visita della terapeuta che viene a cantare accompagnandosi con la chitarra, i pomeriggi, dopo le cure consuete, diventano monotoni.

Ho chiesto più di una volta e vanamente ad Helga, la fisioterapista, di dedicarmi un po' del suo prezioso tempo (viene due volte alla settimana per la ginnastica a molti bambini!) e di insegnarmi i movimenti esatti per esercizi e massaggi alle mani ed alle gambe, soprattutto di Zohar e di Omer che vanno, di giorno in giorno, peggiorando nelle articolazioni. Potrei lasciarmi guidare dal buon senso e dalla mia, se pur limitata esperienza, ma il timore di commettere errori è grande.

Il lavoro diviene più pesante quando il pianto di Maor è continuo, e non certo per la fatica, ma per la mia impotenza davanti ad una sofferenza di cui non conosco le cause.

Finisce con lo stancare anche la lenta ripetitività, dare da bere goccia a goccia a tutti e quattro, cambiarli, mettere in ordine nell'armadio la biancheria che Anuli, l'aiutante araba, mi porta in camera dalla lavanderia, preparare il cambio per il bagno del mattino seguente... Il susseguirsi di mosse sempre uguali nella solitudine e nel silenzio interrotto solo dalla mia voce che ripete le nenie, "Nerli nerli nerli dakik. Imà yekara li yekara".

Ognuno di noi è occupato nella propria stanza e, talvolta, non c'è musica neppure nella sala comune che rimane vuota.

Tutto questo può stancare. Allora bisogna far appello allo spirito di sacrificio molto più di quando si è impegnati in compiti delicati e di maggiore responsabilità.

Il canterellare ed il parlare a sillabe o, addirittura a vocali, rimane senza risposta... Maor e Zohar sono completamente assenti. Gli altri due partecipano un poco: Revital con le sue lacrime di protesta e Omer con qualche verseggiare debole e delicato come lui.

Talvolta penso che, alla fine, anziché riuscire ad insegnar loro a modulare qualche suono, sarò io ad esprimermi con versi privi di un significato comprensibile!

Riuscissimo almeno ad intenderci! Ma queste creature non arriveranno mai a farsi capire e continueranno a piangere per i bisogni e le sofferenze e i disagi, e chi li assiste continuerà a dar loro da mangiare nelle ore stabilite con ossessiva puntualità, quando forse hanno sete, e a dar da bere secondo le regole, a metterli a dormire quando, invece, vorrebbero sentire una presenza accanto a sé e così via...

Sempre più mi rendo conto di quali beni siamo dotati e di quali beni, invece, siano private queste creature alle quali dobbiamo perfino sistemare noi gambe, braccia e corpo nelle posizioni ritenute idonee, ma non sempre comode per loro.

Che cosa avranno? Perché ora piange? Perché si lamenta?

Si pensa subito a grandi sofferenze e può essere solo la stanchezza di un piedino in una posizione di disagio...

Ci si affanna attorno a loro e non si riuscirà mai a farli star bene!

E a mano a mano che cresceranno, cresceranno anche i problemi.

Bisognerebbe far venire qui tutti quelli che godono del sole, dell'aria pura, delle cose belle, superflue o indispensabili, dell'indipendenza fisica, e possono muoversi liberamente e camminare e disporre di sé e dei propri desideri, ma non paghi di queste ricchezze, di cui non sanno apprezzare il valore, si tormentano in sterili angosce e nella ricerca di beni diversi che non possono certo dare felicità.

25 novembre. Questa mattina, sotto un gelido vento di tramontana, mi sono recata nella città vecchia per assistere alla Messa solenne in latino nella chiesa di San Salvatore dei francescani della custodia di Terra Santa.

Quando sono partita da Ain Karem il cielo era tempestoso.

La prima pioggia era caduta, la sera prima, all'improvviso e violentemente, ed aveva continuato con forti scrosci a cui seguivano pause più o meno lunghe. Si è sentita per tutta la notte picchiare sulle lamiere che proteggono i ballatoi presso la mia camera, quelli che percorro per coprire il breve tratto di giardino che mi separa dal corpo principale dell'edificio, ove sono le stanze dei bambini.

Mi accorgo subito quando comincia a piovere. Se dormo, mi sveglia l'acqua che batte sugli orli dei terrazzi, sulla gronda di metallo. E mi piace sempre ascoltare questi rumori nel cortiletto su cui si affaccia la finestra della mia camera. Di solito, dopo acquazzoni improvvisi, la pioggia si calma e scende più lenta e raccolta ed allora la sua voce si confonde con lo stormire delle foglie.

Mi sono mossa presto, stamattina, approfittando di una schiarita temporanea, nella speranza che il tempo non peggiorasse.

Sono arrivata in chiesa durante la Messa per gli arabi cristiani. Così ho potuto assistere ad una celebrazione in una lingua a me completamente sconosciuta. Ho ascoltato con ammirazione i bellissimi canti ed ho notato la compostezza ed il raccoglimento dei fedeli. Ancora una volta, trovandomi in un paese straniero, ho dovuto, e non senza amarezza, ammettere che noi italiani siamo, in genere, superficiali e distratti nell'osservare le pratiche del culto.

Molti bambini si sono comunicati. I francescani impartiscono la prima Comunione in età precoce.

26 novembre. La consueta passeggiata del mattino mi ha portato per le solite e ormai ben note strade di Ain Karem. In realtà si tratta piuttosto di viottoli solamente battuti o con un rudimentale selciato, che vanno fra giardini folti di verde.

La pioggia di ieri ha lasciato tutto levigato e pulito, lucide le foglie. È scomparsa, finalmente, quell'atmosfera polverosa, dovuta alla calura dei giorni scorsi, che avvolgeva strade e case.

Un gran mazzo di fiori è stato il dono di questo giro solitario.

29 novembre. Il tempo vola e dovrebbe portare via con sé i ricordi.

Ma non è così. Il tempo passa ed i ricordi restano. E ricordi recenti si allacciano ad altri più lontani. Una catena dalla quale, talvolta, ci si sente quasi soffocare.

Sono qui da più di un mese, un mese trascorso in fretta fra responsabilità, perplessità e le curiosità, anche, dei primi giorni, e il desiderio di uscire e di conoscere la città.

Poi le difficoltà sono diminuite e sono diventate familiari ed ora non sembrano più tali. È subentrata l'abitudine e l'impegno è meno pesante nonostante le incognite di ogni giorno per la salute dei bambini. Ma ci sono anche più sicurezza ed un maggior controllo di sé nell'affrontare i problemi e nel trovare le soluzioni.

C'è, quindi, il rischio dell'assuefazione alla monotonia di alcune ore, dei giorni scanditi dallo stesso ritmo, dalle faccende rituali, anche fin troppo umili e prive di significato, che possono finire con l'avvilire: pulire i pavimenti, lavare le scodelle, portare via i Pampers ed i cesti sempre colmi di panni in lavanderia!

Rimane, però, il punto focale dei bambini a tener vigile la mente e costantemente acceso l'interesse interiore.

La ripetitività può sembrare un'ancora cui poggiarsi. È, invece, un rischio.

Vivo, comunque, giornate più movimentate, più vive e intense anche se la partecipazione di questi piccoli è tanto fuggevole. Bisogna saper cogliere gli attimi, che diventano preziosi, nelle loro così limitate reazioni o in quelle che si ritengono tali. Non si riesce a capire come siano coinvolti da quanto si muove intorno a loro. Eppure, talvolta, danno l'impressione di "sentire". E forse qualcosa percepiscono a modo loro.

30 novembre. Per tre giorni tempo grigio e pioggia hanno accompagnato le nostre giornate. Poi, quasi inaspettatamente, due mattine fa, il cielo ha ripreso la sua azzurra luminosità. Sole, aria trasparente ma pungente, specialmente all'alba, quando esco in giardino per attraversare il ballatoio che separa la mia stanza da quella dei bambini.

Le luci delle case sono ancora accese ed il filare dei lampioni della via che corre sul crinale della collina rosseggia sullo sfondo del cielo. Ad oriente si scoprono i primi chiarori, al diradare dell'ombra della notte, sopra la bruna distesa dei bassi colli. Se è sereno, il cielo, in quel punto, ha nel suo pallore delle sfumature bellissime. Come la sera, al tramonto.

Il bel tempo mi ha consentito la progettata visita all'Orto degli ulivi. Da lì sono salita sulla cima dell'altura che è tutto un uliveto interrotto solo dalla presenza di conventi e di chiese.

Siepi fiorite lungo le vie ripide ed assolate. File di cipressi si stagliano cupe su di uno sfondo compatto, turchino.

Dall'alto si scopre, in una visione stupenda, il panorama di Gerusalemme. Sul biancore delle costruzioni della città nuova domina l'oro della Moschea di Omar.

Poi, sotto un tepore primaverile, la discesa verso la città vecchia; il percorso fino al Muro del Pianto ritmato dalla voce del muezzin che invitava i fedeli alla preghiera.

Dall'ampio piazzale antistante il Muro, salendo per una breve, ripida scala, in parte di legno, rigorosamente presidiata da soldati israeliani, si accede alla zona più elegante di Gerusalemme antica: il Jewish Quarter, il quartiere ebraico, che si estende sul pendio della valle che scende verso la fontana di Siloe.

Una aggraziata piazzetta, su cui si affacciano piccoli, raffinati negozi, un affollato caffè all'aperto e poi tutta una teoria di vie, ora assai strette, ora larghe, fiancheggiate da moderne costruzioni lineari in pietra bianca.

Quasi all'improvviso appaiono cortili, giardini nascosti fra le case, fioriti di verde e di buganvillee rosse.

Pochi passanti: sono tutti israeliani nei tipici abiti neri. C'è silenzio e le abitazioni si direbbero vuote se non fosse per qualche rara luce che traspare dalle finestre piccole e protette da inferriate.

La sera si approssimava con le sue ombre, quando sono arrivata alla Porta di Jaffa, dopo aver velocemente attraversato il quartiere armeno.

2 dicembre. Valentina è la psicoterapeuta che, dopo diverse sollecitazioni, ora viene regolarmente, una volta alla settimana, ma purtroppo per pochi minuti soltanto, a suonare la chitarra ed a cantare...

Per me è molto, e cantiamo insieme: "Ima Yekara li Yekara Ki ani ohevotach ohevotach...; Shalom Shalom..."

Mi impegno a seguirla con il mio faticoso ebraico perché capisco che questo esercizio è importante, soprattutto per Omer e per Revital, nei quali scorgo, dopo attimi di fissità che mi sembrano interminabili, qualche reazione positiva.

Omer abbassa le palpebre come ormai fa abitualmente

quando vuol comunicare con me. Così, infatti, risponde al mio abbraccio ed alle carezze sui capelli e sulle mani. Poi ritorna di nuovo con gli occhi nel vuoto, ma si ha la sensazione che segua il suono.

Revital, invece, diviene subito più vivace e manifesta la sua partecipazione agitando le mani in modo quasi convulso, mentre il suo sguardo cambia direzione continuamente.

" Nerli nerli ba kanukà."

" Nerli nerli scirim ascir."

Allora mi chiedo quali risultati si potrebbero conseguire se questi esercizi musicali si potessero ripetere ogni giorno costantemente e più a lungo...

Valentina è la più cordiale e la più simpatica delle "maestre" israeliane che prestano servizio nell'istituto. Di origine russa, alta e bionda, è sempre sorridente. Solleva i bambini come fossero bambole!

Con le altre terapeute i rapporti sono più difficili.

Helga, la fisioterapista, giovane ebrea della Germania, vuole essere ascoltata, ma ascolta poco... Non ha tempo! I bambini da seguire sono tanti. Arriva prima delle otto per controllare rapidamente se i piccoli sono sistemati nella posizione giusta.

Esamina, corregge tutori, legacci.

Ha sempre qualche osservazione pronta!

Oramai mi sono abituata ai suoi richiami, anche se non sempre mi paiono giustificati. Sono, comunque, pronta a dire sottomessa di sì... Come mi sono decisa a fare massaggi e ginnastica alle mani dei bambini senza il suo insegnamento!

In verità, la sistemazione mattutina è problematica sia perché i bambini sono ancora sotto l'effetto dei sedativi somministrati la sera, quindi più rilassati e, di conseguenza, più pesanti sia perché usufruiscono di sedili e seggiolini non nuovi, adattati alle loro dimensioni e malformazioni dall'ingegno di Josef, il volontario libanese, insegnante di arabo, che si adopera come può ed assai spesso con materiale rimediato.

L'istituto è povero e, per richieste agli enti statali, bisogna mettere i bambini in lista di attesa sia per queste necessità sia per le visite specialistiche.

Il mio Maor, che evidentemente soffre di gravi disturbi alla spina dorsale, piange in continuazione quando è costretto sul suo seggiolino in una posizione che probabilmente acuisce la sua sofferenza anziché alleviarla.

Talvolta il suo pianto è tanto insistente che devo sollevarlo e distenderlo prono sulle mie ginocchia per fargli massaggi sulla schiena. Allora si calma. Così capisco che ci vorrebbe qualcosa di meglio e di più per lui. Ho tentato di far presenti queste mie osservazioni. Mi è stato risposto che piange perché idrocefalo. È, comunque, in lista di attesa per una visita ortopedica e per un seggiolino più idoneo!

A Zohar mi dedico il pomeriggio, massaggiandogli mani e gambe, fra una faccenda e l'altra...

Sono molto in pena per lui che deve aver avuto, di notte, un attacco ischemico. Infatti, una mattina, l'ho trovato con gli arti del lato destro irrigiditi e contratti.

Spogliarlo, lavarlo, vestirlo è ora un problema. Non mi asseconda nei movimenti, anzi si ripiega su se stesso. Vederlo così mi addolora perché è bello e ben conformato.

Mi domando cosa sarà di lui in futuro. Peggiorerà? Se si potrà intervenire (il medico ha parlato di intervento chirurgico, in questi casi), probabilmente sarà troppo tardi. C'è sempre il problema della lista di attesa! Saranno ancora vivi questi bambini, quando arriverà il loro turno?

3 dicembre. Questi interrogativi destinati, probabilmente, a rimanere senza risposta prima che io vada via, ed altre considerazioni sul futuro dei bambini mi turbano profondamente. Mi tengono desta la notte, specie se mi giunge il loro pianto. Vivere così è una pena, resa più acuta dall'incapacità di migliorare la situazione, dall'impossibilità di intervenire per ottenere un più continuo ed idoneo contributo alla riabilitazione.

Questi problemi sono presenti anche a suor Letizia, che con le altre suore si impegna come meglio può, lavorando spesso in condizioni di disagio e con carenze d varia natura, nonostante la partecipazione ed il contributo dello Stato israeliano.

Naturalmente io vivo questa esperienza con principi, valori, cultura, convinzioni religiose diversi da quelli ebraici, se non contrastanti.

Io sono cristiana e vedo l'immagine di Cristo in ogni creatura, in ogni piccolo che soffre.

Io riconosco il volto di Gesù nel viso di questi bambini, che servo ed amo.

Spesso meditando sulla pagina del Vangelo che parla dei "piccoli di Gesù", mi sono chiesta, accostando malati, handicappati, infelici, se erano proprio quelli i più piccoli dei miei fratelli, ed istintivamente "sentivo" di doverli cercare altrove...

Ecco ora la risposta. Sono questi i "piccoli" del Signore!

4 dicembre. Da tre giorni piove quasi ininterrottamente. Il grigiore avvolge Ain Karem, le case, i giardini, il minareto; i campanili di St. John e di Santa Elisabetta sono nascosti dalla bruma.

Di solito, a sera, la pioggia si fa pacata, la nebbia si dirada ed allora, prima che il buio nasconda il paesaggio, lo si vede come attraverso un sottile velo grigio da cui filtrano le luci delle case e delle vie più lontane.

Le stesse immagini che, nello splendore del giorno, donano serenità sono ora cariche di malinconia e la malinconia si respira nell'aria. I passeri, numerosi e sempre più petulanti, volano in gruppi, si posano in terra a becchettare, si alzano frullando verso le bacche dei cipressi. Hanno compagni, oltre alle tortorelle dal petto azzurro, altri uccelli dal lungo becco. Si fermano al suolo senza paura. Neanche il grasso gatto delle suore riesce ad intimorirli.

5 dicembre. Fra venti giorni sarà Natale.

Un Natale tutto particolare. Certamente più significativo e diverso da ogni altro per vari motivi.

I cattolici lo celebrano, qui, in un mondo in cui sono presenti diverse confessioni e dove prevalgono il giudaismo e l'islamismo. Un giorno lavorativo, quindi, come tanti altri. E questo mi aiuterà a farlo passare senza troppi pensieri, forse!

Ma i pensieri mi assalgono! Ora.

Un Natale lontano dalla casa, dalla patria. Un Natale, il primo, e non certo l'ultimo, lontano dalla famiglia.

Un Natale triste.

Sarà difficile allontanare altre considerazioni.

6 dicembre. Questa notte sono stata destata più volte da un acuto dolore alle mani ed ai polsi. Il male era più insistente di altre volte e poco mi giovava una speciale pomata procuratami presso gli arabi dal sempre premuroso Giuseppe, l'aviatore volontario.

Gli attacchi, già avvertiti in passato, si sono fatti frequenti in questi ultimi giorni in cui, probabilmente, si vanno sommando le conseguenze della fatica per sollevare i bambini, che mi sembrano pesanti ogni volta di più, e dell'uso continuo dell'acqua calda e fredda.

Ora è chiamata la mia coerenza a dare risposta ad affermazioni spesso proclamate, certo con convinzione, ma non con esatta cognizione della realtà.

L'offerta fatta a Dio delle proprie mani, della vista, dei propri beni per chi non ne ha, esige una risposta.

Rispondere è dire sì, e non solo con le labbra!

11 dicembre. Una splendida giornata, ieri, a Bethlehem!

Alcune nubi solitarie, al mattino presto, erano state disperse dal vento che aveva levigato il cielo da oriente e tinto di turchino l'aria divenuta più calda con il passare delle ore.

Una Bethlehem triste, nonostante la presenza di numerosi pellegrini, e quasi greve per un'atmosfera di tensione. Sbarrati i negozi delle poche strade in salita, posti di blocco un po' ovunque.

La sera prima, al Campo dei pastori, era stato ucciso un ragazzo arabo. Da chi? Si parla di israeliani e di integralisti arabi.

Queste notizie trapelano come per caso. Passano a mezza bocca, quasi ci fosse la paura di diffonderle. E probabilmente la paura c'è.

Apparentemente vi è tranquillità.

Nella grande piazza antistante il Santuario della Natività affollata di militari israeliani e di arabi, a fianco a fianco, giungevano, uno dopo l'altro, i taxi-bus a scaricare gruppetti, soprattutto di donne nei caratteristici lunghi abiti neri, il capo avvolto nello scialle candido. Tutti indaffarati, tutti con una meta.

Andare in giro a guardare, a curiosare, a rivedere luoghi noti, sostare al sole è distensivo e riposante.

Poi il ritorno verso una Gerusalemme calda e congestionata dal traffico di fine mattina, nell'automobile di un medico italo-israeliano, gentile e ciarliero, conosciuto per caso in una via del paese. Si intrecciano discorsi.

"Amo l'Italia. Mia madre è italiana e mi piace parlare la sua lingua. - La medicina in Israele? È all'avanguardia. Problemi per l'AIDS? No, non ne abbiamo. Ebrei ed arabi sono molto rigidi nel loro sistema di vita. La leucemia? No. Pochissimi casi."

Così i miei interessi per questioni simili restano, in un certo senso, delusi.

Nel primo pomeriggio, quando la luce comincia insensibilmente ad addolcirsi e, più tardi, quando il cielo si arrossa per il tramonto, Gerusalemme diviene ancora più bella. I colori si smorzano e spicca, allora, maggiormente la tinta rosata della pietra delle costruzioni.

A guardarla da lontano, chiusa fra le mura brune, la città antica appare come un forziere custode di misteri.

Il centro della città nuova, nell'isola pedonale, con i bar e i negozi e la gente che passeggia o sta ad oziare ai tavolini dei caffè all'aperto dà, invece, la sensazione di trovarsi in una metropoli europea.

Illusione presto fugata dall'apparire della figura alta ed austera di un sacerdote ortodosso con la barba bionda ed i lunghi capelli legati a codino fuori del piccolo copricapo rotondo, o dal passaggio frettoloso dell'immancabile giudeo (sembrano tutti uguali, usciti dalle stampe di un libro antico!), inconfondibile fra la folla internazionale per l'immancabile *streimen*, sotto cui spicca la camicia candida, ed i *peyot* fuori dalle falde tese di una specie di lobbia, nera come tutto l'abito, che quasi sottolinea l'esilità delle caviglie, messa in risalto dalle calze di filo nero e dalle grosse scarpe, sempre troppo grosse!

Questo mi piace a Gerusalemme!

Il coesistere del passato con il presente, perché questi ebrei sembrano venire proprio dal passato, e dell'antico con il moderno

Moderni gli edifici che ospitano l'Università, i Musei, i Ministeri; moderni alcuni locali di ritrovo con tutte le raffinatezze delle città occidentali, da Parigi a Londra a Roma; antichi diversi negozi situati negli anditi di modeste case, con delle vetrinette sistemate alla meglio nelle pareti laterali, colme degli oggetti più disparati, e affastellati, tanto che non si capisce di quale merce sia venditore il proprietario, fermo sulla porta in attesa di avventori. Immancabile, sulla sommità del capo, il tipico *kippah*!

15 dicembre. Anche oggi aria tiepida, dopo tre giorni di pioggia e freddo.

Qui è così: passata la burrasca, finisce l'inverno e torna la primavera o, addirittura, in alcune ore, l'estate!

La pioggia incessante, furiosa a tratti, ha lavato ben bene strade e giardini e nel chiarore del mattino tutto appare lucido e nuovo. L'acqua caduta in abbondanza ha rimosso dalla terra, lavorata da poco, gli odori freschi e penetranti dei tanti umori della campagna.

16 dicembre. Come temevo, le condizioni di salute di Maor sono andate peggiorando di giorno in giorno. Da tempo lo vedevo pallido, quasi esangue. Il suo pianto continuo diveniva il lamento di chi non ha più forza. Le mie segnalazioni si sono risolte con le solite risposte attendiste! Ho provato, per calmarlo, a tenerlo per terra, disteso su di un materassino per eseguire più agevolmente massaggi sul piccolo corpo magro e contratto.
Ieri mattina, improvviso il peggioramento. Ha smesso di piangere e labbra e mani sono divenute viola. Suor Norma, giunta in fretta, ha precipitosamente deciso il ricovero all'Ospedale pediatrico.

"Finalmente!" ho pensato. "Così lo visiteranno bene, eseguiranno analisi ed accertamenti e prenderanno in considerazione anche lo stato del suo sistema osseo".

Presto avrei dovuto ricredermi!

Questa mattina, il medico del reparto, ove Maor è ricoverato, ha chiesto la collaborazione di un volontario, perché il personale infermieristico non può assicurare l'assistenza ad un bambino senza famiglia! Sono andata subito.

Un ospedale moderno, attrezzato, elegante quello dei bambini, come tutti gli altri qui, a Gerusalemme, a cominciare da Hadassah, quasi un villaggio non lontano da Ain Karem, con reparti altamente qualificati e all'avanguardia per terapie e ricerche in campo internazionale, e prezioso, nella Sinagoga, per le belle vetrate disegnate da Chagall.

Un gran movimento di medici, infermieri, impiegati. Tutti israeliani, facilmente riconoscibili, sia gli uomini sia le donne, dall'immancabile copricapo colorato sui camici candidi!

Molti i parenti accanto ai piccoli degenti.

Maor, naturalmente solo, in un letto d'angolo, sotto una finestra accecata dal sole, l'ago della flebo ad un piede, il pigiama imbrattato di sangue. Vicino, un vassoio pieno di tazze, tazzine, piatti con i cibi più svariati (lui può ingerire solo pappe semiliquide!).

Non gli avevano dato da mangiare. Ma è normale qui. Maor è un bambino solo! Maor è un bambino diverso.

Mi è parso riconoscesse le mie mani, infatti ha socchiuso gli occhi e sono riuscita ad imboccarlo un poco. Sono passate le ore. Attendevo con ansia la visita dei medici.

Una infermiera frettolosa non mi ha degnato di uno sguardo quando l'ho pregata di ascoltarmi...

Mi son dovuta allontanare. A casa aspettavano gli altri tre...

17 dicembre. Questa mattina si sono aggravate le condizioni di Zohar, già da alcuni giorni con febbre alta persistente, nonostante le somministrazioni dell'insostituibile Acamol. Avevo pensato a complicazioni all'apparato respiratorio ma per sottomissione avevo taciuto, anche perché era venuto il medico.

Finalmente, stamattina, la suora infermiera si è preoccupata del persistere della temperatura così elevata e, d'accordo con Suor Letizia, ha disposto per il ricovero in ospedale.

Corsa in automobile. Visita accurata in Accettazione e assegnazione al reparto - malattie respiratorie.

Un respiro di sollievo. Ma ora sono due i bambini "soli"!

A metà pomeriggio sono stati dimessi. Tutti e due. Non era stato possibile trattenerli per mancanza di assistenza continua da parte nostra e le loro condizioni non erano state giudicate gravi!

Maor mi è stato messo fra le braccia avvolto in una coperta, perché in quel momento non si trovavano i suoi abitini.

A casa, dunque, ma dopo visite ed esami accurati e con alcune prescrizioni nuove. Molti antibiotici per combattere la broncopolmonite di Zohar, e ferro e ricostituenti per curare l'anemia di Maor. Tutto qui. E gli altri problemi? Rimangono, perché devono essere trattati da specialisti.

I bambini sono, comunque in lista di attesa per visite e per esami radiologici...

20 dicembre. Vento freddo a raffiche spinge verso occidente masse minacciose di nubi nere e viola. Una tempesta insolita in questa regione, almeno in base alla mia esperienza.

Andare alla Porta di Jaffa, al Centro della Cristianità, per avere il permesso di ingresso, dopo aver dato prova di essere cristiana, al Santuario della Natività per la Messa di Natale, è stata un'avventura vera e propria, una difficile "traversata" di Gerusalemme sotto le sferzate del vento che sembrava voler abbattere persone e cose.

Se bellissima è Gerusalemme nel sereno, che mette in risalto le tonalità dei suoi colori, accendendo l'azzurro del cielo e il verde degli alberi ed il rosato della pietra delle case, altrettanto triste ed invivibile diventa quando piove.

Le strade si trasformano in ruscelli e pozze fangose, dai tetti senza grondaie e senza scoli l'acqua scende a rivoli (e non c'è possibilità di difesa), trascinando nelle vie in discesa le immondizie dei mercati, solitamente ammucchiate lungo gli inesistenti marciapiedi di alcuni quartieri specialmente, abitati prevalentemente da arabi, in attesa che passi un netturbino di buona volontà.

Le più trascurate e sudicie sono, infatti, le strade presso la Porta di Damasco, dove si susseguono le botteghe degli arabi, sempre stracolme di merce di ogni tipo, dai generi alimentari al legname, ad arnesi da lavoro, e presso le quali si ammassano i residui derivanti dalle soste degli acquirenti, che si fermano a contrattare, con un mezzo di trasporto ancora diffuso fra loro: l'asinello!

21 dicembre. Stamattina da un cielo cupo, percorso da nubi provenienti da nord e sempre più basse, è scesa la neve. Sempre più fitta. Ain Karem è apparsa subito diversa. Scomparsi le case, gli alberi e il minareto e i campanili...

Sotto una luce livida, nel turbinio dei fiocchi bianchi, si intravedeva solo il nostro giardino. Uno spettacolo insolito. Bellissimo. "La neve, la neve!" avremmo gridato a bambini normali e sarebbe stata festa per loro. Ma i "nostri" non sono come gli altri. Non vedono, non sentono. Non possono godere di queste piccole gioie. Ed anche quelli che hanno un po' di vista, hanno limitate capacità intellettive.

A loro sono negate tante felicità dell'infanzia!

Raccolti come in un guscio che li isola da tutto, anche dal bello della natura e delle cose semplici, trascorrono i loro giorni così, uno dopo l'altro, nella ripetitiva monotonia di tutte le operazioni, delle mosse, calcolate addirittura al minuto, per assicurare la loro sopravvivenza vegetativa.

22 dicembre. Dalla tettoia, che copre in parte il cortile davanti alla casa, pende un malinconico Babbo Natale di gomma rossa. Più in basso è stato collocato uno sparuto pino con qualche fiocco ornamentale.

Intorno corre festosa Mariot, l'unica bimba normale, la figlia di due anni di Josef, il volontario "ortopedico" libanese.

La festosità della piccina diverte Pippo, il barboncino biondo sempre indaffarato nell'intrufolarsi fra i bambini, specie quando vengono messi per terra, nei momenti di svago. Che sia lui il portatore ignaro della dermatite che va diffondendosi fra i piccoli?

È vicino il Natale. Ma a Gerusalemme, tranne che nelle non numerose chiese cattoliche, non vi sono segni di questa festività.

24 dicembre. Vigilia di Natale. Un Natale insolito. E non solo per me.

Non c'è pace in questa terra. Gli uomini si combattono, si uccidono proprio dove il Signore ha vissuto la sua storia umana per insegnarci ad amare.

Da circa dieci giorni Bethlehem è chiusa in un cerchio di armi, di posti di blocco, di reticolati. Soldati armati controllano l'accesso al centro abitato. La recente uccisione di una guardia israeliana, il cui corpo è stato ritrovato nelle campagne di Gerico, ha acuito la tensione con gli oltranzisti arabi, proprio in questi giorni, e la situazione è divenuta più difficile.

Si teme non venga consentita la celebrazione della Messa di mezzanotte. Il tempo contribuisce a questa atmosfera con un cielo pesante e grigio e con folate di vento gelido e scrosci improvvisi di pioggia che rendono deserte le vie periferiche, quasi del tutto impraticabili.

Nel centro di Gerusalemme, invece, il traffico è convulso e disordinato, affollati le vie ed i negozi. Viene da pensare alle nostre città in questi giorni, ma qui non vi sono luci ed ornamenti natalizi. Gli ebrei, in questa che è la nostra settimana di Natale, celebrano la "festa delle luci" o della *Hanukkah*, simbolo della libertà conquistata contro i nemici dell'Ebraismo, in tempi assai lontani.

Le scuole fanno vacanza perché in ogni famiglia ci si prepara a questa festività. Tutti, infatti, posseggono la *Menôrah*, il candelabro a nove bracci, basi delle candele che vengono accese, una al giorno, durante l'ottavario, fino alla solennità quando si fa ardere la nona luce. Nelle Sinagoga si canta l'*Hallel*, un inno antichissimo, e si leggono passi dell'Antico Testamento.

Anche per i nostri piccoli sono stati organizzati festeggiamenti, nei pomeriggi precedenti la ricorrenza, con canti, suoni e dovizia di candelabri a nove bracci, con candele colorate che vengono accese, una al giorno, a conclusione di una breve processione.

La festa per noi era tutta nel grande salone comune, ma quanto pochi erano i bambini che, nel chiasso e nell'agitazione degli adulti, riuscivano a cogliere un poco di tanta festosità!

Alcuni seguivano con un sorriso stanco e lo sguardo vuoto, più frastornati che divertiti, altri gridavano eccitati dal movimento e dalla musica.

Alla maggior parte, costituita da bimbi sordi e ciechi, non giungeva che un lontano e confuso riflesso. Inerti, distesi nelle carrozzelle in posizioni obbligate, gli occhi smarriti in un mondo, il loro, nel quale mai sarà dato di penetrare alle persone normali.

Allora queste feste assumono un sapore assurdo, anacronistico, pietoso.

La mia piccola Revital, che sembra più partecipe degli altri, quando tentavo di farle battere le mani, quasi le accartocciava volgendo altrove la faccetta spaurita, come se volesse schermirsi dai rumori e dalle luci.

Saranno, domani, due mesi che sono qui. Sono passati in fretta. E passeranno anche gli altri tre. Cinque mesi. Un nulla in confronto alla lunghezza degli anni, ormai non pochi, della mia vita!

Cinque mesi sofferti, per un complesso di motivi che si sono via via delineati con il passare dei giorni. Le difficoltà, infatti, anziché diminuire, si sono accentuate. Difficoltà soprattutto nel lavoro di assistenza a questi piccoli, dovute a problemi molteplici e vari, connessi alla loro salute.

Infatti, stanno quasi sempre male, oltre alle già precarie condizioni generali legate alla loro infermità congenita.

Il loro è uno "star male" difficile. Bisogna indovinare la causa dei malesseri, della febbre, sovente assai elevata.

L'assistenza medica non è regolare e la suora filippina infermiera ha cognizioni di medicina piuttosto particolari per quanto concerne le malattie infantili e le cure e, con il suo impegno veramente lodevole e la buona volontà, non sempre riesce a sopperire a tutte le emergenze. Io, per la mia esperienza di madre (e di madre occidentale!), ho concezioni diverse e principi di comportamento che non sempre collimano con i suoi.

"Bagnato" e "bibato" (bagno e bere) sono il toccasana per ogni indisposizione. Ed una bella doccia è un buon rimedio per far abbassare la febbre da cause sconosciute! Può essere vero. Ma non sempre! Le vicende attuali mi insegnano, comunque, a tacere, ad ubbidire ed a prepararmi ad affrontare fisicamente e psicologicamente l'aggravarsi spesso inevitabile della malattia!

Le mie conoscenze, la mia osservazione attenta di tutti i giorni non possono contare di fronte ad idee e consuetudini derivanti da una formazione, oltre che da una cultura, diverse.

Non posso mutare uno stato di fatto, non posso lottare con un mondo differente dal mio!

Questo "disagio" interiore ora mi fa avvertire di più la stanchezza, il peso di tante ore passate in un lavoro a volte estenuante. I piccoli sono pesanti e lo divengono sempre più, o sembra così a me, per l'immobilità. Sento molto la fatica, quando devo sollevarli, più volte al giorno, per le loro necessità.

È probabile che io vada esaurendo le mie energie, anche perché il dolore alle mani, con le poche cure possibili qui, si acuisce, e spesso mi assale il timore di non poter sostenere i bambini.

Talvolta sono così provata e smarrita da chiedermi quanto riuscirò a resistere ancora, e nello stesso tempo rifuggo dal pensiero di non portare a termine l'impegno preso.

Mi sento molto sola e scoraggiata, specialmente la sera quando, dopo la cena alla "cafeteria", mi ritiro nella mia stanza con l'unica compagnia dei miei pensieri.

Continua a piovere.

Mi preparo per andare a Bethlehem. Sarà una non facile impresa. Si dovrà raggiungere la chiesa sovrastante la Grotta della Natività attraverso un lungo percorso che eviti il centro dell'abitato ed i posti di blocco.

25 dicembre. Natale. Il primo lontano dalle persone care, il primo in un paese tanto diverso dal mio.

Un giorno come molti altri trascorsi qui, anzi reso più pesante dalla malattia di Maor e di Zohar che non mi concede tregua ed aumenta la mia tensione nervosa. Quella di ogni giorno, ormai.

Notte di Natale a Bethlehem. Nella chiesa di Santa Caterina custodita dai francescani di Terra Santa e costruita sulla Grotta della Natività, accanto a quella antica di rito ortodosso.

La sera è fredda e piovosa. Gente, confusione. Soldati e frati ovunque per controlli e servizio d'ordine. Diversi posti di blocco da superare per giungere all'ingresso del tempio. Il permesso speciale, il passaporto. Esaminati, frugati, scrutati. Militari e sacerdoti sono affiancati da giovani arabi cristiani.

La chiesa è illuminata da luci supplementari ed ornata da serti di fiori rossi e bianchi. Sull'altare una grande stella argentea.

Uno spettacolo interessante, certamente indimenticabile!

Uno spettacolo per la bellezza della coreografia, del suono dell'organo, del canto dei numerosi frati riuniti nel coro.

Uno spettacolo per la partecipazione del Patriarca di Gerusalemme circondato da chierici, sacerdoti e vescovi in lussuosi paramenti.

Davanti all'altare, nelle prime file, il corpo diplomatico e le personalità israeliane ed arabe che assisteranno al rito. Ambasciatori, consoli con il loro seguito, tutti in abito da sera. Molto più modestamente vestiti il sindaco di Bethlehem, scortato da numerose guardie e quello di Gerusalemme con il suo seguito. All'ingresso tutti sono stati preceduti dal gran cerimoniere, paludato in azzurro e oro e con una pretenziosa scimitarra al fianco.

Presenti numerose reti televisive internazionali.

Poco prima dell'Eucarestia gli israeliani sono usciti dal tempio, perché, come giudei, non possono assistere a questa parte della Messa.

Canti festosi e scampanio al Gloria.

Il Bambinello viene deposto ai piedi dell'altare. Al termine della celebrazione il Patriarca lo porrà nella "mangiatoia", dopo essere passato in processione con la piccola statua, alta fra le braccia, in mezzo alla folla dei fedeli silenziosa e commossa.

Spettacolo bello ed emozionante. Raccoglimento ben poco. Troppe luci, troppa gente, troppo movimento.

Non sono facili il raccoglimento né la preghiera, quando si intrecciano elementi anche mondani che finiscono con l'esulare dal religioso.

28 dicembre. È morta Suor Marie Jeanne, l'anziana sorella francese.

Una grave improvvisa malattia l'ha portata rapidamente alla fine.

Era da alcuni giorni in Libano, dove avrebbe potuto avere più assistenza, perché a Beyrouth le suore di *Saint Vincent* hanno una casa di riposo per anziani.

Le era vicina Suor Letizia che l'aveva raggiunta, all'aggravarsi delle sue condizioni, dopo un viaggio drammatico, sia per la neve caduta in questi giorni sia per le difficoltà incontrate alla frontiera per la vicenda dei palestinesi confinati in quella zona.

Se ne è andata Suor Marie Jeanne, silenziosamente come silenziosamente aveva vissuto, specialmente negli ultimi tempi.

La vedevo, al mattino, quando passava con il suo cesto pieno di bottiglie di tisana, la bevanda per i bambini e, a sera, per ritirarle vuote. Camminava quasi sfiorando il terreno. Rivolgeva in francese parole di tenerezza ai piccoli, sorridente e convinta come se davvero potessero comprenderla.

29 dicembre. È arrivata da Beyrouth Suor Aurora. È giovane e aggraziata.

Da piccola, è stata accolta ed allevata dalle suore durante la guerra nel Libano. Divenuta grande, non ha più voluto lasciare il convento. Affabile ma autoritaria, sicura di sé, non nasconde il desiderio di cambiamenti nell'istituto. Si è subito interessata ai bambini, proponendo iniziative che certamente potrebbero essere efficaci, se i piccoli non fossero condizionati da tante menomazioni delle quali non si è ancora resa pienamente conto.

Mi vede consenziente e... critica!

Nell'entusiasmo dei suoi giovani anni non considera che certi sistemi di gioco e di apprendimento che lei propone, validi per bimbi normali, sono non adatti o addirittura inutili per bambini limitati nelle capacità intellettive e fisiche.

Ma forse dalla sua tenacia qualche miglioramento potrà venire all'andamento dell'istituto.

30 dicembre. Maor e Zohar lentamente migliorano. Il loro stato fisico ha richiesto e richiede ancora tante cure, tanta attenzione ed una continua sorveglianza.

Ho scoperto (!) che nell'istituto esiste un aspiratore per schiudere le alte vie respiratorie quando i bambini sono raffreddati e non possono liberarsi dal muco neppure con il nostro aiuto. Il prezioso apparecchio è gelosamente custodito nella Baby-room, ma ora forse potrò servirmene...

Avverto sempre più la stanchezza e non ho requie dal fastidio, che diviene dolore, alle mani, che vanno perdendo energia.

I piccoli mi sembrano ogni giorno più pesanti.

Giuseppe si è accorto delle mie condizioni e spesso, la mattina presto, viene ad aiutarmi in quello che è il compito più gravoso: il bagno!

31 dicembre. Ultimo giorno di questo 1992 così pieno di avvenimenti tristi che resterà segnato nella mia storia.

Di solito, come al compleanno, si è portati a fare una specie di consuntivo dei mesi passati. Per me fare il consuntivo di questo anno significa ripercorrere gli ultimi anni della mia vita e, forse ancor più, ripercorrere tutta la mia vita. Ho dato e ricevuto. Non so dire qual è il risultato del bilancio: stabilire se ho donato più che ricevuto dipende dal modo di valutare.

Mi rendo conto che spesso è collegato allo stato d'animo del momento stimare eventi, comportamenti, persone.

Bisogna non pensare a ciò che si è donato per soffermarsi, invece, di più su quanto si è avuto dagli altri. Per non giudicare, per non indulgere ad amarezze e rammarichi, per non vivere di sterili rimpianti, di tormentati ricordi, di pensieri sconsolati, per accettare con serenità, in ogni situazione, quello che si può cogliere di buono e di positivo.

1 gennaio 1993. Tempo di luce, di serenità dopo le tempeste dei giorni scorsi. Il sereno scopre, come all'alzarsi di un velario, la dolcezza del paesaggio nella pacatezza dei colori della stagione invernale. Il sole imbianca le case là dove comincia Ain Karem.

Mi accorgo del ritorno del bel tempo, ancor prima dell'alba, ai rintocchi della campana di St. John che annuncia il mattutino, dal tubare delle tortorelle sotto la mia finestra.

Quando piove, i numerosi uccelli del giardino si nascondono sugli alberi e sotto le tegole.

Questa mattina, era un gran fervore di becchettii e frullare di ali dei passeri e delle colombe.

Sulle siepi vanno scomparendo i fiori.

Qualche margherita occhieggia ancora nel verde dei giardini e fra le radici tormentate degli ulivi.

Sono, invece, accese di violetto, fresco della recente pioggia, le buganvillee, che scendono a grappoli dal muro sbrecciato del giardino.

6 gennaio. Epifania del Signore. Non mi è stato possibile assistere alla Messa. Il servizio agli altri costa rinunce piccole e grandi.

Ed i miei "altri", questi piccoli ai quali mi dedico, con i loro numerosi bisogni non concedono tregua. Ma quando si dona, non è possibile fare calcoli, o meglio, non si devono fare calcoli!

Amare è difficile e costa molto, mi diceva un tempo qualcuno. Amare è difficile perché richiede tante capacità.

Mai mi ero soffermata su questa considerazione: è vero, amare costa molte rinunce, ma io ho sempre pensato che sia molto più semplice voler bene che non amare.

L'amore chiede disponibilità, generosità, umiltà e semplicità di cuore.

Amare non è facile.

Mi sembra strano meditare su certi pensieri ora, mentre mi avvio al tramonto della vita.

E mi domando se ho sempre amato e amato bene o se non ho saputo credendo di amare.

7 gennaio. Dopo un primo pallido sole, è scesa la nebbia, compatta, a coprire tutto il paesaggio di Ain Karem.

In un attimo sono scomparse le poche nubi e le case rosate e gli alberi. È cominciata, poco dopo, a cadere, fredda e nemica, acqua mista a neve.

Pochi turisti infreddoliti si dirigevano verso il Santuario di St. John dove andavo anch'io per assistere alla Messa celebrata da Padre Pio, il mio amico francescano.

12 gennaio. Ieri il mio compleanno. Quasi me ne dimenticavo.

Del resto, in questo periodo, tutte le ricorrenze, dalla più importante quale il Natale del Signore, alla meno, quale il mio, sono passate in modo del tutto particolare.

13 gennaio. Per una settimana ha piovuto sempre.

Il cielo non ha conosciuto pause, anzi, in alcune ore, le nubi scendevano basse a colmare la piccola valle di Ain Karem.

Oggi è ricomparso, ma per poco, il sole. Poi un accenno di pioggia. Di nuovo azzurro e ancora masse minacciose di nubi si sono addensate da nord, sospinte dal vento, foriere del mal tempo.

Inquietudine nel cielo. Inquietudine nel mondo.

Si parla di nuovo di guerra in questo tormentato Medio Oriente.

15 gennaio. Peggiorano le mie condizioni di salute.

Le notizie sull'equilibrio politico in questa parte del mondo sono preoccupanti.

A noi giungono inesatte, frammentarie, riportate da Angela, una ragazza araba che lavora qui e, conoscendo l'ebraico, segue i comunicati alla televisione.

Il pensiero di anticipare il ritorno in Italia si concreta ogni giorno di più.

16 gennaio. Quattro settimane ancora, cinque al massimo, e sarò di nuovo in Italia.

La mia città, la mia casa.

Dovrò riorganizzare la mia vita. Non sarà facile per la monotonia dei soliti visi, la noia dei discorsi di sempre che ora, qui, giudico sterili, vuoti.

Ma non si può, alla mia età, cercare a tutti i costi la diversità, l'intensità della vita in terre lontane...

E quale diversità... quale intensità!

20 gennaio. Quasi improvvisamente ho dovuto prendere la decisione di partire. Ultima passeggiata per Gerusalemme in una tiepida giornata, quasi di primavera, dopo le burrasche dei giorni scorsi ed il freddo che ci ha accompagnato fino a ieri.

Il quartiere arabo, la Porta di Damasco erano un tripudio di colori della frutta, degli ortaggi, delle verdure fresche ed invitanti. Profumo di salvia, di rosmarino. Negozi affollati con le porte spalancate al sole e la merce esposta all'aperto in modo confuso, abiti, scarpe, giacche dalle tinte vivaci, ricami lucenti, giocattoli.

Davanti alla Porta di Damasco il mercato degli ambulanti, policromo e rumoroso. Arabi: uomini, donne, ragazzini affaccendati, ovunque.

Un profondo senso di malinconia al pensiero che lascerò questi luoghi, questa gente.

25 gennaio. Parto. Torno in Italia.

2 febbraio - Pescara. Per la prima volta, dopo il mio ritorno, sono uscita per le vie della mia città.

Mi sento un'estranea nel luogo ove sono nata e dove vivo da anni.

Estranei i visi, le strade, le case.

Avverto un disagio profondo, indescrivibile.

Non è più questo il mio paese.

Penso a Gerusalemme, la "mia" città.

4 febbraio. Non avevo capito, piccoli miei, mentre vivevo con voi quanto vi amassi, quanto fossi legata alla vostra infelicità.

Me ne rendo conto oggi, e sono tanto lontana. E per sempre. Forse. Non so se un giorno potrò tornare da voi.

Ora mi chiedo se mai diventerete grandi, se il tempo passerà per voi come per i bambini normali e se ritroverei nei vostri corpi mutati la tenerezza di oggi.

10 febbraio. Sto sempre male. Le mie condizioni fisiche non migliorano.

Mi è compagna la malinconia.

25 febbraio. In Italia da un mese. Un mese di ricordi, di nostalgia.

Nostalgia di un luogo dove ho anche molto sofferto. Ma sono riuscita ad essere me stessa, a guardare con obiettività le persone e la storia della mia vita. O, almeno, a costituire in me le premesse per avere questa capacità.

Gerusalemme ha segnato un punto fermo nella mia esistenza.

Un mese difficile, tormentato, questo primo del mio ritorno.

Ho misurato me stessa e gli altri. E tanto da poter capire e sentire la mancanza del silenzio di quella stanza N° 7 che custodisce il mistero dei "miei" bambini.

Qui non c'è silenzio. Non ci sono misteri. I comportamenti delle persone sono scontati.

Nella mia confusione interiore di questi giorni, nell'impatto con questo che è - o era? - il mio mondo, si è andata a mano a mano facendo più chiara la realtà della mia solitudine.

Per giorni e giorni dopo il mio ritorno, il telefono non ha squillato. Quasi fossi per gli altri ancora tanto lontana.

E forse lo sono.

Vorrei tornare in Israele. Lì, la solitudine, la lontananza avevano un valore, un significato. Qui, la mia solitudine ha il sapore della inutilità.

Gli altri? Si perdono nei sentieri dei loro particolarismi, dei loro problemi.

Non chiedono. Ma sanno dare? Ed io? Che cosa dovrei chiedere?

Amore, amicizia, conforto trovano ancora un posto nel

modo di vivere, oggi?

Quello che io cerco in questo nostro mondo insoddisfatto è, forse, solo lì, fra quei bambini ciechi, sordi, muti che nulla e tutto possono donare.

Il significato della vita, la completezza dell'amore sono lì...

Tal

Bambini a perdere

11 marzo 1995 - Pescara. Parto. Torno in Israele.

Questa sera, fra non molte ore, sarò di nuovo ad Ain Karem.

E' avvenuto tutto così in fretta, la decisione, i contatti con l'Istituto *Saint Vincent*, i preparativi, la sistemazione della mia casa da cui starò lontana per diverso tempo, che quasi mi sembra di essere spettatrice di me stessa.

Mi seguo come su di uno schermo che non mi riguarda. Invece tutto mi appartiene! Specialmente i dubbi, le ansietà, le incertezze, gli interrogativi di questi ultimi tempi che stavano portandomi alla depressione ed all'angoscia.

Vuoto, indifferenza. E più per me stessa che per gli altri.

Perché Gerusalemme? Perché tanto lontano?

Non sempre è facile dare una risposta alle inquietanti esigenze dell'animo.

12 marzo - Ain Karem. Una giornata strana, oggi, che mi vede combattuta ed in preda ad una irrequietezza interiore a cui non so dare un nome.

Ieri, dopo un volo tranquillo, l'arrivo a Tel Aviv. Trovo ad attendermi all'aeroporto due giovani volontari francesi affabili e cordiali.

Un dialogare veloce nella loro lingua di cui non riesco ad afferrare tutti i significati. Ma già respiro aria di famiglia.

Una rapida corsa verso Gerusalemme.

E' l'ora accesa che prelude al tramonto. Vanno veloci, al nostro fianco, bassi aranceti, limoneti dai frutti colorati accanto alle chiome brune dei pini e dei cipressi che si alternano a distese di erbe verdissime. Questo paesaggio potrebbe far pensare ad una delle nostre regioni, se non comparissero, ad un tratto, biondi filari di palme dal fusto alto e sottile con le larghe foglie piegate fin quasi a terra. In alcuni punti le brevi alture a coltivazione arborea scendono a terrazze in direzione dell'autostrada. Diverse case, piccole e squadrate, biancheggiano qua e là, isolate e a gruppi, in mezzo alla vegetazione in alcuni punti assai rigogliosa. Un rigoglio contrastante con vasti tratti desertici che compaiono all'improvviso.

Quando arriviamo ad Ain Karem, il tramonto ha già steso un velo rosa sulle costruzioni chiare, sui declivi. Riconosco le vie. Ain Karem mi accoglie con il suo respiro fresco e riposante.

L'automobile ora va piano, sale lungo il viottolo a me familiare, che si inerpica nel silenzio della campagna e dei prati circostanti. Quanto verde! Quanta nostalgia ho provato per questi luoghi, quando ero in Italia!

Non ritrovo le tinte assolate dei rampicanti che, in estate, davano gaiezza alla stradina tortuosa che arriva al *S. Vincent*!

13 marzo. Sono di nuovo nella camera N°7, ma sono cambiati i suoi piccoli ospiti! Revital, prima, Zohar, poi, sono morti. Non si sono più svegliati dal sonno della notte. Omer e Maor sono stati trasferiti in un'altra stanza, che accoglie bambini più grandi. Infatti sono cresciuti molto. Maor non piange più in continuazione come faceva, quando era con me. Forse un medico volenteroso, in questi due anni, è riuscito ad individuare la causa dei suoi lamenti ed a curarlo, forse la natura è venuta in suo aiuto! Chi può dirlo? Omer ha perso quei tratti del viso così dolci e delicati che mi attraevano tanto. E' molto alto per la sua età ed è magrissimo. Le sue mani ed i piedi sono deformati e contratti. Il tempo inesorabile, l'immobilità lavorano ed accentuano le malformazioni di questi piccoli.

Omer mi ha riconosciuto. Forse è una mia illusione, ma mi piace crederlo. Mi sono avvicinata al suo letto. Lui stava piegato su di un fianco. La sua posizione abituale, non corretta. Nessuno ha provato a modificarla o non si è potuto. La testa poggiava contro le sbarre del lettino. L'ho accarezzato sui capelli, come ero solita fare, quando cominciavo a comunicare con lui, e l'ho chiamato. Mi riconoscerà? Un attimo. Sgrana gli occhi. Che cosa sarà rimasto in lui di me?

Ha battuto le palpebre come soleva reagire quando gli giungevano i miei stimoli ed ha mosso le labbra, quasi volesse rispondere.

Ma Omer non parla!

"Annemarie, Annemarie... - gli ripeteva piano suor

Aurora, sopraggiunta accanto a me. " Il te connait! Il te connait, Annemarie!".

14 marzo. Nella "nostra" stanza ora vivono sei bambini, tre dai sei ai dieci anni gravemente menomati. Due, Nathan e Orthal, fratello e sorella, assai simili, hanno continui movimenti rapidissimi e scoordinati, si mordono le mani e sbavano in continuazione ed è necessario, specialmente quando li si imbocca, legare loro le braccia alla sedia su cui trascorrono quasi tutta la giornata. Si esprimono solo con dei suoni gutturali, strillano; a volte, i loro versi sembrano manifestazioni di dolore e, se li guardo in quei momenti, mi accorgo che hanno una espressione ridente. O è una smorfia?

Alti per la loro età ed esili, non si reggono diritti, perciò, dopo il bagno del mattino, è necessario proteggerli nel busto con dei corsetti rigidi e sostenere gambe e braccia con dei tutori.

Ma vedono e, forse, un poco odono. E' sempre molto faticoso seguirli come è faticoso seguire Naama, l'altra bambina, la più grande, curva e rattrappita, che viene nutrita mediante una sonda, costantemente applicata alle narici ed usata per somministrarle i medicinali, per lo più sedativi, che la tengono quasi sempre assopita. Solo quando la si mette a letto, la sera, dopo che ha trascorso tutta la giornata sulla carrozzella, a parte brevi soste sul tappeto per terra, emette dalla bocca, che tiene semiaperta, un suono che è una specie di sospiro piagnucoloso.

Forse percepisce il buio? Avrà paura della notte?

Gli altri ospiti di questa "mia" camera N°7 sono tre piccolissimi. Tal, di un anno, Rahel, di tre, ebrei, e Hassan, un paffuto beduino di due anni. Sono stati affidati tutti e tre alle mie cure.

Per la mia esperienza? O per la mia età? Non me lo chiedo.

La mia compagna di lavoro, Marie Luce, è una giovanissima francese, scrupolosa fino all'eccesso e sempre affannata nelle sue incombenze, quasi si sentisse continuamente sorvegliata e giudicata.

Con lei scambio solo le parole necessarie, in un perfetto

- naturalmente - e veloce francese, lei, in un imperfetto - ovviamente - e lento francese io, “ça suffit!”.

Di questi tre piccoli il più bello e, all’apparenza, normale è Tal. Ha dodici mesi ed è stato affidato all’Istituto poco prima del mio arrivo. Rifiutato dai genitori che lo hanno pur tenuto, allevato - e amato? - per alcuni mesi, è stato portato qui nella sua carrozzina fiorata e con il suo biberon, accompagnato da ciondoli e sonagli e da un grosso papero di peluche.

Si nutre ancora di solo latte. A me sembra abbia vista, udito e movimenti quasi normali. Non parla, ma per un bimbo della sua età potrebbe rientrare nella norma. Non so bene in che cosa consista la sua menomazione e rimango perplessa e dubbiosa davanti alla sua cartella clinica che presenta di lui una diagnosi grave. “Cerebroleso, spastico, non controlla i movimenti della testa e degli arti. Non ha udito né vista”.

Più lo guardo e lo seguo, più aumenta la mia confusione.

Capisco che egli deve sentire la mancanza della mamma, della sua vicinanza e del calore della tenerezza materna.

Non so se già mi riconosca un poco o se semplicemente gioisce con me perché si sente coccolato e accarezzato. Ogni volta che lo tengo fra le braccia e lo stringo a me, sorride, emette dei versi di gioia, mi guarda con quegli occhi grandi e luminosi, appena strabici.

Tal, infatti, vede, ne sono sicura, anche se non posso capire in qual modo arrivino a lui le immagini. Tal percepisce i suoni. Ed allora? Che cosa pensare della diagnosi che ha sancito il suo ricovero qui? Tal “chiede” di essere vezzeggiato, come ogni bimbo della sua età. Se lo tengo a lungo in braccio, piange appena lo metto nella culla; pronto, però, a ridere quando mi avvicino, lo tocco e lo chiamo “Cri-Cri”. Non so perché mi sia venuto spontaneo dargli questo nomignolo; forse perché è uno scricciolo e mi fa pensare ad un passerotto che non ha più il nido...

“ Cri- Cri”... e Tal si quieta e ride e agita gambe e braccia, poi afferra il ciuccetto e se lo mette in bocca. Da solo!

Tal vede, Tal ode, Tal ha movimenti coordinati. Non parla, è vero, emette solo dei suoni, ma questo è un comportamento comune a molti piccoli come lui. Non ha che un anno!

Ed allora? Perché Tal è qui? Questo interrogativo sta diventando la mia ossessione.

Sul registro di cui è fornita la stanza e che riporta tutte le disposizioni relative ai bambini ed alle medicine, che si devono somministrare loro, ho anche letto che Tal ha attacchi di epilessia, ma finora io non ne ho avuto prova alcuna! Attualmente questo male nei piccoli si cura e bene. Si può, per questo, decretare di rinchiudere un bambino in un istituto per tutta la vita?

Senza dubbio, qui è accudito, curato in qualche modo, in qualche altro modo si provvede ad una certa riabilitazione; qui è amato, perché i volontari che si prendono cura di queste creature sanno, soprattutto, amarle, ma è lontano da quelli che sono gli affetti naturali e sacrosanti. Qui ci si preoccupa del suo nutrimento, della sua pulizia, anche del suo bisogno di tenerezza, ma ... è sufficiente tutto questo?

15 marzo. Il cielo, oggi, è carico di calore. Densi vapori violetti, che il sole non riesce a sconfiggere, celano alla vista anche le case più vicine ad Ain Karem. Pure il nostro giardino viene avvolto, a tratti, da questa massa caliginosa che si muove lentamente verso occidente, combattuta dal vento.

Ieri mattina sono andata a Gerusalemme.
Una rapida "visita" alla città, in una corsa da un negozio all'altro, nel mercato ebraico di Mahane Yehuda per l'acquisto di quanto non mi è stato possibile portare dall'Italia e che mi occorre per completare l'arredamento della mia camera e per sopperire ad inderogabili necessità. Era caldo, dopo il freddo dei giorni scorsi, e la città movimentata e festosa per la ricorrenza dei *Pûrîm*, aveva già assunto l'aspetto estivo.

E' straordinario come in queste regioni si verifichino, da un giorno all'altro, notevoli mutamenti di temperatura, tanto che sembra di passare dall'autunno all'estate e viceversa!

La luce vivida che inondava le strade, le vaste macchie di colore dei fiori, che i venditori avevano sistemato un po' dovunque, data l'importanza che i fiori hanno per i giudei in occasione di ogni ricorrenza religiosa, sottolineavano l'aria di festa.

Sull'autobus, che mi portava in città, erano salite alcune ragazzette allegre e vocianti che, pur recandosi a scuola, si erano abbondandantemente colorate il viso di rosso e di bianco, con simboli e strani segni.

I bambini più piccoli, a passeggio con le madri, erano in maschera. Nei festeggiamenti per i *Pûrîm* si riscontrano punti di somiglianza con il nostro carnevale. Si rievoca la storia biblica di Ester con manifestazioni di allegria e con danze, la sera, nelle sinagoghe. Giovani e piccini indossano abiti che ricordano le vicende della bella giudea che salvò il suo popolo.

Confrontavo i loro costumi, modesti ed evidentemente arrangiati, con quelli che si è soliti vedere nelle nostre città e non potevo evitare termini di confronto e considerazioni varie, non tutte positive, relativamente alle nostre manie di lusso e di esibizionismo ed anche alla nostra indifferenza allo spreco. Certamente gli israeliani sono molto più sobri di noi e questo lo si nota soprattutto nell'abbigliamento.

L'altro ieri, nella sala grande del *Saint Vincent*, le maestre ebree avevano organizzato la festa anche per i nostri piccoli, invitando noi volontari a partecipare. Non sono andata. La vista di queste creature deformi, assenti, lontane, con il viso dipinto e buffi cappellini, mi dà tanta pena.

16 marzo. Oggi, gli ebrei festeggiano la solennità che ricorda la biblica Ester e che precede la Pasqua di circa un mese.

Piove.

Questa mattina presto, mi ha destato la pioggia che batteva irrequieta irritata sulle tettoie, sugli alberi del giardino.

Quando piove a Gerusalemme, è un diluvio. Si formano subito rivoli di acqua fangosa che scorrono veloci per le vie in discesa, e camminare è un vero problema!

Questa volta non sono sistemata nell'abitazione delle suore, all'interno dell'Istituto. Mi hanno assegnato una stanza con bagno in una piccola costruzione nel parco. Da un lato ho un aranceto ed alberi di nespole fioriti di bianco, in questo periodo, e due snelli cipressi davanti alla porta.

Un angolo appartato e silenzioso, riposante e adatto alla

distensione e alla meditazione. Ma mi chiedo se sono ancora capace di pensare ai problemi dell'esistenza.

Qui sento solo i problemi relativi ai bambini.

Stamane, non dovendo alzarmi presto, come al solito, perché il mio turno avrebbe avuto inizio alle 11 per protrarsi fino alle 18 e 30, ho indugiato nel caldo del letto. Mi sono riscossa - dopo quanto tempo? - e mi sono resa conto di essere rimasta con gli occhi al soffitto, ferma, senza pensare. E' possibile, allora, mi sono chiesta, non accorgersi di pensare o, davvero, l'animo, la mente si svuotano, si liberano da sollecitudini e affanni?

17 marzo. Sono in giardino con tre dei bambini.
Nathan sbava in continuazione e tenta disperatamente di portarsi alla bocca le mani che abbiamo dovuto legare ai braccioli della carrozzella, perché non si ferisca; Orthal, sua sorella, alterna risate senza senso a scoppi improvvisi di pianto.

La più piccola, Rahel, dopo essersi disperata, senza che fosse possibile capire il motivo di tanta disperazione, si è addormentata, esausta. La guardo. Le ciglia incredibilmente lunghe sulle gote pallide, nel faccino rotondo bocca piccola e piccolo naso; sguardo smarrito, quando è sveglia, negli occhi grandi e lucidi. Spesso è molto agitata, piange, muove freneticamente gli arti, rifiuta decisamente il cibo. Indossa indumenti sempre troppo ampi per lei - è quello che fa parte del suo "corredo" - e calza un grosso paio di scarpe da tennis, che devono contenere anche le protesi, sostegno delle gambe esilissime.

Una cinciarella è volata sul ramo di un ulivo che porge la ricca chioma verso di noi.

18 Marzo. Giardino fresco di odori, al mattino, risvegliati dalla frescura dell'alba. Fra le erbe alte, passeri voraci e merli dispettosi si bisticciano il cibo, costituito dalle bacche cadute dai cipressi.

Sulle siepi folte dell'edera spiccano, verdissime e lucide, le foglie nuove. Il cardo selvatico è in rigoglio con i suoi ciuffi di fiori violetti, il muro del giardino è coperto da rampicanti dai boccioli gialli, prossimi a schiudersi, le prime rose occhieggiano nel campo prospiciente l'istituto dove le acacie fioriscono di bianco.

Silenzio. E pace nella trasparenza serena dell'aria .

Giorno di riposo per me. Sono lontani il pianto ed i lamenti dei bambini.

La chiarità del cielo, il respiro tranquillo della natura comunicano un indicibile appagante senso di leggezza e di libertà. Estraneo è "quel mondo" dove tanti non riescono ad afferrare il significato vero della vita.

Ieri ho fatto un rapido giro nel mercato ebraico di Mohane Yeduda, affollatissimo, il venerdì, giorno precedente la festa del Shabbat, che vede i giudei lontani dagli affari e completamente dediti alle celebrazioni religiose nelle loro case, nella Sinagoga ed al Muro del Pianto cui accedono solo gli uomini.

Le persone, con sporte e con un numero inverosimile di involti di varie grandezze, si accaloravano nelle vie, strettissime e coperte, illuminate artificialmente; si urtavano, si spingevano attorno ai banchi carichi di ogni bene, davanti alle botteguce. C'è di tutto... basta cercare! Frutta in gran quantità, bella ed invitante, verdure fresche, carni, pesce, olive, sottaceti in grossi vasi di terracotta, biscotti e dolci a mucchi, montagne di datteri, di nocciole, di semi, grappoli di banane profumate; e berretti, cappelli, abiti dai vivi colori e di qualità pessima, stoffe per tendaggi, cuscini, chincaglieria, vasellame...

Si possono fare ottimi affari... ma non bisogna lasciarsi riconoscere se si è turisti...

Per me la difesa è nel mio solito ritornello: I'm not tourist! I'm voluntaire..." "Oh! Ken..Ken.." (sì, sì). Disponibilità massima. " Italiano tu?" "Ken!" "Savon tu?" "Ken, ken!" " Oh! yes! On the right it is a savon!".

In questo modo ho scoperto i negozi più forniti del quartiere e più a buon mercato. Certo non eleganti, anzi una sorta di magazzini polverosi, sovente sudici e con una quantità incredibile di articoli confusi e affastellati in qualche modo: si deve cercare con pazienza ciò di cui si ha bisogno. I prodotti inglesi sono di casa; moltissimi, però, anche quelli locali, nelle confezioni assomiglianti in tutto a quelli stranieri. Cerco un cappello per il sole. Il negoziante, un ebreo di mezza età, gli occhi furbi, la testa ricciuta, vuole accontentarmi ad ogni costo. " Lo... Lo!" (No, no) "Non va bene..."

Sono troppo tipici quelli che mi mostra. "Grazie, no!". Lui sorride, ma si capisce la sua delusione. Per non aver accontentato una straniera o per la mancata vendita?

Vorrei spiegargli che con un copricapo del genere sarei una perfetta.... ebrea!

Arrivo alla stazione degli autobus anch'io carica di pacchi, pacchetti, pacchettini. Come loro. Un anziano signore, il *kippak* in bilico sulla testa, si alza dal seggiolino, giallo un tempo, nerastro ora, e mi offre premuroso il posto. Sorrido. "Lo...Lo.. Thank you! Grazie, grazie!" Ora capisce che sono straniera. Sorride, accattivante.

19 marzo. Domenica. Giornata difficile per la tensione, la preoccupazione, la fatica, lo scoramento. Resistenza fisica e capacità sono messe davvero alla prova. L'usare con difficoltà le lingue, inglese e francese, con le quali si comunica, aumenta l'agitazione interiore.

I bambini sono tanto piccoli ed hanno problemi tanto grandi e non sempre intuibili, problemi legati all'età ed alle loro menomazioni.

Piangono. Perché? Comunicano solo con il pianto ed anche le reazioni agli stimoli di chi li accudisce sono particolarissime e non facilmente interpretabili. Hanno male! Dove? Perché?

Non molto è cambiato con l'arrivo delle due suore americane, Suor Ann e Suor Susan, alla direzione dell'istituto, al posto di Suor Letizia, l'anziana superiora di prima, tornata a Beyrouth.

La mentalità, fondamentalmente, è la stessa, nonostante le innovazioni positive e, forse, per cause di forza maggiore. Le direttive non sono state modificate notevolmente, per lo meno in relazione ai miei punti di vista. Ma io ho idee e convincimenti quasi certamente non realizzabili in un luogo come questo, in

un paese come questo con una cultura tutta particolare. Ci si preoccupa che i bambini mangino bene e mangino molto.
Ogni due, tre ore, si somministra loro qualcosa: frullati, yogurt, tisane si alternano ai pasti principali, fissati per le 7, le 11 e le 17. Ai più piccini viene dato il latte due volte anche durante la notte.

"Ils doivent manger! Ils doivent manger toût !". E' l'imperioso ritornello!

Imbocco. Piange. Imbocco. Rifiuta. Insisto, vomita....

Non è possibile! Spesso il lavandino mi soccorre e mi aiuta a non ricevere illogiche pressioni ed a dover cercare giustificazioni, mentre esistono motivi obiettivi perché questi bambini non siano tormentati oltre misura dall'ingestione di cibo.

Hassan, il piccolo beduino, è quello che mangia di più e difficilmente si rifiuta, ma anche lui appare esausto, specialmente alla prima colazione, dopo le tre porzioni di pappe, semolino, frullati di cetriolo e wurstel o passato di pomodoro ed il bicchiere di cioccolato. Socchiude gli occhi, imbambolato. Gli si piega la testina da un lato e dall'altro, legato com'è nel seggio-

Tal e Rahel

lino, che lo costringe ad una posizione costantemente eretta, con l'ausilio di un corpetto e di cinghie varie. Un armamentario che a me pare più dannoso che necessario.

Ma io non sono l'ortopedico! E' un problema scioglierlo, per sistemarlo nel lettino, anche perché i movimenti, cui inevitabilmente deve essere sottoposto, finiscono per provocargli il vomito.

Allora, lasciamolo lì, povero piccolo, ad iniziare la faticosa digestione!

Rahel, al contrario di lui, rifiuta decisamente il cibo. E' scossa continuamente da movimenti convulsi delle braccia e delle gambe. Bisogna legarla fortemente al carrozzino e tenerle ben ferma la testa, per farle ingerire qualcosa. Apre la bocca a scatti e respinge il cucchiaio. Nutrirla è un problema oltre che difficile, penoso per la violenza che si è costretti a farle.

Mentre scrivo, sento le sirene di ambulanze. Certo più di una. Siamo vicini all'ospedale di Hadassah, il più grande ed importante di Israele. In questi casi non si pensa a comuni incidenti, il pensiero va subito agli attentati o a scontri alla frontiera con il Libano. La televisione non sempre dà notizie relative ad attacchi nei territori occupati, perché avvengono quasi tutti i giorni, e noi stranieri finiamo con il sapere ben poco!

Ain Karem, al tramonto, come altri luoghi della Palestina, si colora di una particolare suggestione.

Qui, mentre le prime ombre coprono il fondo-valle, fitto di abeti e di pini, l'ultima luce, rosata ed azzurrina, tinge di pastello le case, il minareto, i campanili delle due chiese vicine, quella della Visitazione e quella di St.John. Poi il buio, quasi repentinamente, spegne l'ultima luce del giorno. Si accendono, allora, isolati, a grappoli, vicini, più lontani, i lumi delle case e dei paesi.

Uscendo nel giardino dalla stanza dei bambini, mi investe l'aria fresca della sera, un'aria profumata di terra smossa e di zagare. Ristora il fisico. consola l'anima.

Nel pomeriggio è venuta la terapista, una ragazza di Gerusalemme, per fare ginnastica ai piccoli. In verità, attendevo da alcuni giorni questa visita, programmata per una volta alla settimana! Non posso non pensare alle dodici ore di esercizi giornalieri del "programma Doman", per il recupero dei cerebrolesi e non posso non pensare al genere di movimenti ai quali dovrebbero essere sottoposti questi bambini, mentre guardo la delicata signorina che con grazia fa rotolare sul tappeto e voltare da un lato all'altro Tal, Hassan e Rahel. Hassan, che tiene le gambette sempre rigide, sembra provare piacere per alcuni movimenti che è costretto a fare. 5-10 minuti! E tutto finisce qui! Ma Tal aveva già provveduto da solo a strisciare ed a rotolarsi, per venire nel punto in cui mi ero messa io e lo stimolavo con l'aiuto di un coniglietto di gomma verde, capace con il suo suono di suscitare sonore risate anche da parte di Hassan.

20 marzo. Questa mattina, una densa foschia cancellava il cielo ed il paese.
Il verde dei cipressi e dei pini del giardino spiccava, cupo, sullo sfondo grigio e minaccioso.

Quando sono impegnata nell'accudire i bambini, grande è la tensione e mi dimentico di quello che c'è all'esterno. Il mio sguardo alla finestra è spesso fugace e distratto. La mia concentrazione, infatti, è tutta nelle operazioni che impegnano le prime ore di queste mie giornate, spesso difficili e faticose per una molteplicità di motivi. Devo fare appello a tutte le mie energie interiori per non essere sopraffatta dallo scoramento.

21 marzo. Merli, eleganti verdoni, taccole indaffarate e petulanti, passerotti affamati volano, a nugoli, fra l'erba fitta del giardino. I passeri, meno paurosi degli altri, arrivano a becchettare anche davanti alla mia porta che si affaccia sul prato.

Il muro del giardino ora è rallegrato da ciuffi di fiori gialli, da grappoli di campanule, piccole e bianche.

22 marzo. Questa mattina, nella pausa del lavoro, ho fatto una lunga passeggiata verso la campagna, percorrendo viottoli che si snodano dietro la Chiesa di St.John. Una campagna verde e ricca di colori. Ho camminato per strade scoscese fra le case, quasi tutte piccole e bianche, e giardini protetti, per lo più, da alti muri di cinta di pietra rosata.

Oltre la valle, sentieri e stradine si inerpicano, a perdita d'occhio, sulla breve collina circostante, macchiata, qua e là, dalle chiome degli abeti e dei pini.

Sole, silenzio... ero investita piacevolmente dal tepore. Mi sono trovata, così, nella pace, in un mondo tanto diverso dal mio, tanto lontano dal mio. E la mia città, la mia casa, le persone mi sono sembrate ancora più lontane. Avevo la sensazione che non avrei potuto raggiungerle più o, forse, era il pensiero che potrei non raggiungerle più?

Ed allora tutto quello che mi fa soffrire mi è apparso meschino, assurdo, crudele.

Quale diritto si può avere di disporre dei sentimenti, della libertà degli altri?

23 marzo. Vivo in una bella casetta di pietra in mezzo al giardino, in compagnia di molti animali, alcuni piccolissimi, formiche, forbicette, ragni trasparenti provetti fabbricanti di ragnatele, ed altri più grandi, come passeri golosi, merli vagabondi, gatti aitanti e giocherelloni. Spesso si aggiungono a loro fringuelli e cinciarelle ed un uccello assai bello di cui non sono riuscita a sapere il nome. E' grigio con un lungo becco nero e piume gialle sotto la coda; è molto elegante e probabilmente lo sa, perché ama stare distaccato dagli altri. E' un "signorino" di famiglia aristocratica, non so se... giudea o araba!

Quando passeggio per gli assolati sentieri di campagna, gli incontri sono tanti e, soprattutto, di mici, neri, tigrotti, grigi.

Non parlo dei cani! Sempre impegnati e pensosi vanno per la loro strada. Li chiami? Uno sguardo distratto per tutta risposta e... via!

24 marzo. Naama ha tredici anni. Vive nell'istituto da quando aveva otto mesi. Non è mai uscita. La conoscevo già. Nulla si sa dei suoi genitori che l'hanno "dimenticata" qui. Naama è gravemente deformata. Non parla e non so in quali condizioni siano vista ed udito. Penso, comunque, che abbia forti limitazioni. Tiene le mani ripiegate all'indietro e le sue dita

sono accartocciate; i piedi, rattrappiti, hanno spesso delle piaghe, causate dalle posizioni forzate che le si impongono, nel tentativo, penso vano, di non aggravare la situazione degli arti. Viene nutrita da quando è nata, attraverso una sonda che non le viene mai tolta, se non per le indispensabili operazioni di disinfezione a cui, ora, provvede una infermiera o un medico, un ebreo russo, assunto recentemente. Quindi nutrimento e medicine, tutto liquido, arrivano al suo stomaco dal naso. Questa ragazzina non conosce il gusto dei cibi solidi.
Quanto vivrà? Senza dubbio le sue condizioni fisiche e psichiche sono gravemente compromesse. Mi è difficile capire quale sia il suo livello intellettivo e non posso, e non voglio, chiedermi se qualcosa di più e di meglio si sarebbe potuto fare per arrestare il suo aggravamento, che deve essere stato progressivo. Nell'istituto si opera come è possibile.... Ed allora penso a Bat-El, una piccina arrivata qui da pochi giorni, fatta ricoverare dai giovani genitori, benestanti, a giudicare dagli abitini che sono nel suo corredino. Bat-El ha otto mesi ed è bellissima, perfetta. Infatti, solo quando sarà cresciuta di più, la lesione avuta al cervello, forse al momento della nascita, metterà in evidenza i suoi danni. A differenza dei piccoli ebrei, che rivelano una delle caratteristiche della loro razza proprio nel colore bruno della pelle, questa bimba ha la carnagione molto chiara, il viso paffuto, naso e bocca piccolissimi, grandi occhi grigio-azzurri, riccioli neri.

Vive nella Baby-room e giace sempre nella sua culla circondata da bambole e pupazzi. I volontari la sollevano solo per lavarla e cambiarla. Viene nutrita con la sonda, ma io credo che sarebbe in grado di bere dal biberon. Questo batuffolo, questo uccelletto senza nido è irrimediabilmente condannato! So che è soggetta a crisi spastiche, ma egualmente mi domando se le sue condizioni generali sono tanto gravi da condannarla... Sono convinta che qualche tentativo si potrebbe fare, finché è così piccola. Ma non qui, senza dubbio.

Chiedo, cerco di informarmi anche se non posseggo una soluzione.

"Poni troppe domande, Annamaria!" - mi sento dire spesso.

E' vero. Pongo, mi pongo molte domande... sulle persone, le buone e le cattive, sulle intenzioni, sull'onestà, sugli egoismi e sui condizionamenti, anche, delle diverse mentalità, delle forme di cultura.

E non so se è giusto che esseri umani, sotto un qualsiasi cielo, possano decidere della sorte, della vita di creature che non hanno voce per difendersi, ma hanno tutti i diritti, come ogni uomo. E non mi riferisco solo all'ambiente particolare nel quale vivo attualmente, ma penso a tutti i bambini, a tutti gli innocenti che soffrono, a causa degli altri, in tante parti di questo nostro mondo!

25 marzo. Dafna è una graziosa bambina di sei anni. Un caschetto di capelli neri, il visino tondo, lo sguardo triste nei grandi occhi scuri. Perché Dafna capisce! Vede e sente, ma non parla e non ha movimenti indipendenti. E' stata normale fino all'età di due anni, poi, non so per quale malattia, è sopraggiunta la menomazione.

Capisce bene l'italiano, perché è nata a Milano, nel periodo in cui suo padre era addetto all'ambasciata israeliana in Italia.

La bimba, quindi, ha condotto vita normale con i genitori e con un fratello, prima di ammalarsi. Al suo ritorno in Israele, è stata ricoverata al *Saint Vincent*, perché sua madre non ha possibilità di accudirla. Ho conosciuto questa signora. Giovane, elegante, vivace.

Quando ha saputo della presenza nell'istituto di una italiana, ha voluto conoscermi e mi ha raccontato, in modo agitato e confuso, la storia di sua figlia ed ha cercato di spiegarmi, senza che glielo avessi chiesto, per comprensibili motivi di delicatezza, le ragioni per cui non la tiene con sé.

Che cosa avrei dovuto dirle? Quello che pensavo?

La bimba, infatti, anche per la sua mitezza, non costituisce un impegno gravoso e, poiché capisce, rende più agevole l'assistenza, mentre assai triste è la sua condizione di creatura prigioniera su di una carrozzella, in una stanza che condivide con bambine afflitte anche da turbe psichiche!

Ha graziosi indumenti, calze e scarpette eleganti, bambole e giocattoli. Infatti, quando la mamma arriva, frettolosa, per una breve visita, ogni quindici giorni, forse per farsi perdonare, ha sempre molti doni fra le mani e tante parole affettuose per questa sua disgraziata bambina, e di commiserazione per se stessa che è costretta a rinunciare a sua figlia, di cui sente "moltissimo la mancanza". Sono parole sue, forse le prime con cui si è rivolta a me, per poi raccomandarmi di parlare con Dafna, che conosce la mia lingua, e di cantarle qualcuna delle nostre canzoni che lei ama ascoltare...

Sono rimasta accanto alla bambina, dopo che l'indaffarata signora si era allontanata, nella speranza di vederla sorridere all'ascolto di un mio canto italiano. Ma, ahimé!, non so perché, la mia testa si è fatta improvvisamente vuota! Svanite tutte le nenie, le filastrocche che divertivano mia figlia, dimenticate tutte le canzoni.

La storia di Dafna, le sue condizioni presenti ed il pensiero dei suoi giorni futuri, della sua infelicità decretata mi avevano come svuotato! La bambina, seria seria mi guardava ed aspettava la mia canzone che, infine, è arrivata...

Prima lentamente, poi con più sicurezza, le ho cantato "Nella vecchia fattoria!" e così, dopo le prime parole, ho continuato, sicura, con l'imitazione dei versi degli animali e via via... il cane e il gatto, l'asinello e il maialino e aggiungevo aggiungevo e Dafna muoveva gli occhi, batteva le palpebre, come a seguire il mio ritmo, ma non sorrideva... Lo capivo bene! Dafna pensava ancora alla mamma!

Da quel giorno, appena mi è possibile, e spesso con Tal fra le braccia che pure si diverte, vado da lei per cantare, ma non mi riesce che ripetere le solite parole....

Dafna è amorosamente accudita da una volontaria inglese, Sandy, che lavora da mesi nella sua stanza ma, fra non molto, completato l'anno, partirà e non tornerà più qui. La bimba si è molto affezionata a lei ed io mi chiedo cosa proverà, cosa penserà, quando non l'avrà più accanto. Si sentirà ancora una volta abbandonata, si vedrà ancora una volta ingannata! Infatti, nella storia di questi piccoli, soprattutto di quelli che più capiscono, c'è anche questo dramma, quello della separazione dai volontari che li curano, li amano teneramente, ma sono costretti a lasciarli, un giorno, per tornare alla loro vita e non potranno mai far comprendere a queste "loro" creature quanto le amano, quanto soffrono nel doverle lasciare e quale importante e vivo ricordo porteranno di loro nel cuore, per tutta la vita, e dell'amore da loro ricevuto, del bene di cui sono stati arricchiti dalla loro vicinanza, e da tutto quello che sono: pianti e necessità, capricci e malattie, ed anche da quel che costano di fatiche, impegno, sacrificio, rinunce, preoccupazioni!

E mai sapranno che proprio loro, con quelle povere vite private dei tanti beni di cui godono le persone normali, hanno donato proprio a delle persone "normali" quanto di più bello e di più grande e insostituibile una creatura può dare ad un'altra!

26 marzo. Piove ed è freddo. E' una giornata di pieno inverno dopo settimane di sole. Qui è così. Nel giro di poche ore, si passa dalle temperature estive a quelle autunnali o, addirittura, invernali. Già l'altra sera, alcune nubi scure, che salivano ad occidente dalla dorsale della collina, avevano annunciato il cambiamento del tempo. Ieri mattina, la pioggia. Prima rada, sottile, quasi un gioco di fili lucenti fra gli aghi cupi dei pini e dei cipressi. Poi, più fitta e a scrosci, fino a divenire bufera, anche perché si era levato un forte vento di tramontana.

Poco fa, prepotentemente, il sereno si è aperto un varco tra ciuffi di nuvole bianco-grigie, spinte dal vento verso levante. E l'azzurro, lucido, pulito sembrava più intenso al di là dei segni scuri tracciati dalle cime degli alberi.

Questa mattina, è venuta da noi Suor Norma, l'infermiera, per comunicarmi che porteranno Tal all'ospedale pediatrico perché venga sottoposto ad elettroencefalogramma e ad altri esami relativi allo stato del cervello. E' possibile che le mie osservazioni abbiano smosso qualcosa? Mi pongo non poche domande. Era questa una decisione presa da tempo? Ed allora, da dove e perché quella infausta diagnosi trascritta sul registro della stanza? Sono state le mie obiezioni e le relative deduzioni scaturite dalla mia continua osservazione del bambino e l'affermazione della sua, se pur parziale, normalità a far rivedere tutta la situazione?

Infatti, Tal, a parte un lieve ritardo nello sviluppo fisico, si comporta come un bambino della sua età. Riconosce chi si prende cura di lui, piange e ride per dei motivi ben precisi, muove coordinatamente gambe e braccia. Più lo osservo nelle reazioni e nei movimenti e più mi convinco che, tenendolo prigioniero qui, gli si preclude definitivamente la possibilità di raggiungere una qualsiasi normalità. Si cerca di provvedere alla sua riabilitazione, ma in modo discontinuo e non coordinato. Trascorre ore ed ore, intere giornate in questa stanza, dove mai arriva il sole e dove sono scarse pure la luce e l'aria, con accanto dei bambini, più grandi di lui, che si esprimono con versi che ben poco hanno di umano. Tal finirà con l'imitare quel verseggiare e non imparerà parole normali! Io gli parlo e lui mi guarda e sorride; devo, però, contenermi nelle mie manifestazioni, perché sono controllata dalla francesina, mia compagna nella stanza, perché mi ha poco cortesemente redarguito, accusandomi di avere più attenzioni per lui che per Rahel e Hassan.

Ma Tal è un bambino ben diverso, perché ha molte possibilità di recupero. Infatti continuamente fa progressi e notevoli sono quelli che ho riscontrato dal mio arrivo qui. Per gli altri due bambini, due casi indubbiamente più gravi, non bastano certo una canzone ed una carezza per vederli partecipi!

Hassan capisce solo il mangiare ed apre meccanicamente la bocca, quando gli si accosta il cucchiaio. Ha movimenti riflessi, passa dal pianto al riso, improvvisamente e senza motivo alcuno.

Nel pomeriggio, di solito rimaniamo in camera per qualche "attività", come si suol dire qui, infatti la passeggiata in giardino è programmata per una sola volta alla settimana, caldo o pioggia permettendo!

Il martedì, arriva Valentina, insegnante di musica, e solo per Tal. Se lo pone sulle ginocchia e gli canticchia un motivo a bocca chiusa oppure gli fa ascoltare dei suoni, con un piccolo strumento. La "lezione" dura dieci minuti! Quale beneficio può trarne il bambino?

- Ma io canto sempre, e gli parlo, mentre lo accudisco e lo imbocco! - vorrei dire! - Ma devo tacere.

Il mercoledì, invece, è il turno della fisioterapista, sempre per Tal. Lo distende prono sul tappeto, poi lo mette di fianco e gli fa flettere alternativamente braccia e gambe. Per quattro - cinque volte. L'esercizio si conclude così!
Ci vuole ben altro per curare il cervello di un bimbo cerebroleso! - vorrei dire. Taccio, anche se ho idea di quanto si potrebbe fare meglio e di più. Ma come e con chi parlarne? Il regolamento, e le consuetudini anche, mi vietano di esporre le mie opinioni, le mie se pur limitate conoscenze, e non ho possibilità alcuna di dare la voce a questi piccoli che voce non hanno. E non l'avranno mai!

Quante cose spesso affermiamo senza renderci conto che mai potremo realizzarle! Sempre più mi rendo conto che troppo spesso si parla, per soddisfare se stessi, senza la consapevolezza di ciò che in effetti si può effettuare!

27 marzo. E' bella Gerusalemme, e di una bellezza particolare. Affascina quando il sole accende i suoi colori, ma respinge allorché incupisce sotto la pioggia.

Questa mattina è tornato il sereno. Passeri ingordi e merli arruffoni becchettavano davanti alla mia porta, contendendosi le bacche che la furia dell'acqua ha fatto cadere dai cipressi.

Ho camminato per sentieri di campagna. L'aria tranquilla donava leggerezza ai pensieri.

Un albero piccolo, ma ricco di fiori bianchi mi è apparso, all'improvviso, alla svolta della strada che stavo percorrendo, un albero seminascosto da un basso muro di cinta, costruito con grosse pietre.

Vorrei distaccarmi dal passato.

28 marzo. Il tepore dell'aria ed un giorno straordinario di libertà, concessomi benignamente da Suor Ann, mi hanno invogliato ad andare in città. Così, per la prima volta dopo il mio arrivo qui, tre settimane fa, mi sono recata nella Città Vecchia.

Mi ero prefissa come meta la Chiesa del Santo Sepolcro. E' vicina la settimana santa ed avevo desiderio di ritrovarmi in quei luoghi. Per godere il sole, in verità desiderato, ho percorso un lungo tratto di strada a piedi, attraverso la Città Nuova.

Ho trovato migliorata ed abbellita Gerusalemme, se così può dirsi di una città già bella e ricca. Giardini ben curati, pieni di verde, odorosi di terra mossa di fresco, strade asfaltate recentemente, rigogliosi palmeti in prossimità delle antiche mura.

Lungo Jaffa Street ho notato diversi negozi nuovi ed abbelliti alcuni che conoscevo già, grandi magazzini e centri commerciali, che in tutto ricalcano quelli delle capitali europee. Comunque, mancano la ricercatezza, il lusso, spesso eccessivi ed inutili, che vedo nei negozi italiani. Anche in questa moderazione si evidenzia l'oculatezza del popolo israeliano che, pur avendo notevoli possibilità, non spende più del necessario là dove è superfluo. Infatti, accanto a negozi di una certa pretenziosità, si allineano ancora bottegucce ricavate in minuscoli anditi; spesso il limitato androne di una abitazione privata viene sapientemente sfruttato per l'esposizione e la vendita degli articoli più svariati. Qui si trova di tutto. Anche l'impensabile, ma tutto è molto caro.

Ho cominciato ad incontrare, in prossimità della Porta di Jaffa, i soliti immancabili gruppi di pellegrini allegri e ciarlieri. Presto sempre attenzione alla lingua, ma raramente incontro degli italiani.

Mi sono ritrovata, dopo tanto tempo, nelle vie dei Bazar. Gli stessi negozietti, gli stessi venditori affacciati alla porta o seduti su bassi sgabelli, gli stessi inviti, gli stessi richiami.

Mi è parso di riconoscere alcuni di questi mercanti che passano ore ed ore accoccolati sui gradini delle vie, in paziente attesa del compratore, specialmente nei punti meno frequentati.

Camminavo speditamente. Mi sentivo leggera e senza pensieri, piacevolmente confortata dall'idea del tempo che avrei trascorso, sola, senza una meta precisa, senza orari da rispettare, senza impegni. Avevo, comunque, ansia di giungere al Sepolcro. Mi sarei fermata, come era stato mio solito, in passato, su di una panca, un po' in disparte, vicino alla cappella degli Ortodossi. In pace e lontana dalle malinconie, dai rimpianti del tempo vissuto e dal rammarico per quello che rimane, senza più attese né illusioni.

I giorni fuggono. Gli anni passano come giorni, e giunge presto il momento in cui ci si trova a percorrere l'ultimo tratto di strada, soli e delusi. Ma qui, almeno, la solitudine ha un nome, ha un significato!

29 marzo. Talvolta mi chiedo come mai non mi si spezzi il cuore. Mi meraviglio di essere ancora viva.

So perché mi dedico con tanta dedizione a questi piccoli, nonostante il sacrificio, la fatica, la pena.

Assomiglio a loro. Vivo come loro di surrogati. Vivono dei surrogati dell'amore della madre che li ha lasciati. Surrogati sono anche le loro scarpette sempre nuove su piedini che mai conosceranno le corse nei prati, mai sapranno le strade della vita.

30 marzo. Stamattina il cielo ha una straordinaria chiarità. Profonda, rasserenante. Bisognerebbe volgere più spesso gli occhi verso il cielo.

31 marzo. Naama, distesa a terra, sul tappeto, ride divertita dal carillon, a forma di pupazzo, che le abbiamo messo accanto.

Naama ha tredici anni. Sua madre l'ha lasciata piccolissima e non l'ha più cercata.

Naama vive da sempre su di una carrozzella.

Ieri sera, ho letto su un giornale italiano, di una ragazzina di tredici anni, che si prostituisce, a Firenze, per comperarsi abiti eleganti.

1 aprile. Taluh è nella sua culla. Fa il broncino e piange. Ha sonno ma gli strilli di Nathan lo disturbano. Forse lo spaventano.

Allora lo prendo in braccio e lui sorride. Tal, Taluh, come lo chiamiamo vezzeggiandolo, ha poco più di un anno e capisce molto, a dispetto di quanto è stato diagnosticato e scritto sulla sua scheda.

Rimanendo in questo ambiente, diventerà, un giorno, come Nathan?

Siamo in giardino per trascorrere una parte del pomeriggio. Passerotti e bambini. Gli uccelli volano, becchettano a terra, si dondolano, e sono tanti!, sulle grandi foglie delle palme. Poi tornano a volare. Liberi. I bambini, fermi al sole, legati alle carrozzelle, immobili. Prigionieri.

2 aprile. Dopo una calda giornata estiva, oggi, si è abbattuta su Gerusalemme una bufera di vento gelido e di pioggia.

In queste regioni il tempo cambia repentinamente. Il cielo perde le magiche tonalità dei suoi colori e diviene minaccioso e cupo, ingrigiscono sotto il buio delle nubi dense e basse, alberi, case, strade.

Mentre cadeva una pioggia sottile e fredda, sono andata, questa mattina, a Behtlehem. Mi accompagnava Padre David, il cappellano dell'istituto, con l'automobile di Joseph, l'arabo, libanese come il sacerdote, che lavora e vive qui insieme con la moglie Sophie e le figliolette, Mariot ed Eleonora.

Si avanzava nel grigiore. Grigie le strade, larghe e perfette, grigie le case squadrate, isolate o in agglomerati, sulle alture circostanti. Sembrava grigio anche il verde dei pini, allineati ai margini della strada, e quello della bassa vegetazione, che si alterna agli arbusti, al di là dei margini del viale.

Sosta obbligata, ma breve, al solito posto di blocco israeliano, all'ingresso della città.

Su Behtlehem soffiava un vento di tempesta che, però, non impediva una notevole affluenza di arabi, essendo giorno di mercato.

Sul piazzale antistante il Santuario della Natività, sostavano i soliti pullman, carichi di pellegrini, anch'essi per nulla preoccupati del freddo e del vento.

Impossibile entrare in chiesa per la gran folla che si accalcava davanti all'angusta porta.

La strada a scale, in salita, su cui si aprono botteghe di

artigiani e negozi di generi vari, era gremita di acquirenti e di curiosi come noi. Gli articoli più svariati facevano bella mostra di sé, soprattutto indumenti piccoli e grandi e caffetani, dondolanti al vento, appesi alle porte di bugigattoli disadorni e semibui. Poco discosti i negozi degli orafi espongono gioielli in oro, finemente lavorati.

3 aprile. Ieri sera, domenica, con Giuseppe e Giovanni, i volontari italiani, amici, sono andata al Canon, il più grande centro commerciale - naturalmente americano! - di Gerusalemme, che sorge lungo la strada per Behtlehem. Ci accompagnava Abuna David, il Padre monaco maronita.

Egli è molto giovane, spontaneo e simpatico. E' stato naturale per me instaurare con lui rapporti cordiali, che sono divenuti addirittura affettuosi quando, avendogli per caso detto che so il greco, mi ha pregato di aiutarlo nel suo difficile impegno di imparare questa lingua, che studia per poter leggere i Vangeli nella scrittura originale. David frequenta l'Istituto Biblico Francescano ed ha, come insegnante, un severo ed un po' particolare frate italiano; particolare perché, rivolgendosi a studenti di varie nazionalità e con limitate conoscenze della nostra lingua, impartisce complicate lezioni, esprimendosi solo nel nostro idioma, con la pretesa che tutti lo capiscano!

Povero David! Annaspava in un complesso mare di coordinate e di subordinate, di consecutive e di periodi ipotetici, senza riuscire a trovare un approdo! La mia presenza qui è, dunque, per lui, secondo quanto afferma convinto, un vero dono di Dio! Così, ogni sera, ci "scambiamo" le lezioni! Egli, infatti, impara da me la sintassi italiana e greca ed io apprendo da lui molte interessanti notizie di teologia, di archeologia paleocristiana e sul giudaismo, le materie che studia, e soprattutto mi racconta del Libano, del suo paese, della guerra che lo ha sconvolto e delle vere cause di questo conflitto, di cui ancora i libanesi stanno pagando un durissimo prezzo, per le devastazioni e per la povertà.

Giovanni è una persona singolare. Vive qui da quattro anni. Venne per un breve periodo di volontariato ed è rimasto!

Ha certamente una storia difficile, ma si capisce che non vuol parlarne. In questi anni si è sempre dedicato agli stessi bambini, che lo riconoscono e si sono molto affezionati a lui, specialmente Ruth, una ragazzina dodicenne che non conosce la sua famiglia e concentra tutte le sue capacità di affetto su di lui.

Giuseppe, ex vigile urbano, è originario di un paese del bergamasco, dove vive solo.

Viene periodicamente ad Ain Karem e le suore gli affidano sempre la cura dei più piccini nella Baby-room. E' molto bravo e scrupoloso, e si dedica con vero spirito di sacrificio all'assistenza di questi bambini che costituiscono, tutti, dei casi clinici, per malformazioni e malattie. Egli conosce ogni loro problema e sa come affrontarlo. In questi giorni, si sta occupando, in modo particolare, della minuscola Bat-El e, quando lo guardo mentre l'accudisce e l'accarezza e la tiene fra le braccia, con una delicatezza che le ragazze non hanno, non so non commuovermi.

Anche lui certamente è "una storia", che trova in questo piccolo mondo di dolore e di amore la risposta più vera e più bella alle sue domande, alle sue rinunce, alle sue delusioni!

Ieri sera, quindi, eravamo tutti e quattro insieme, in questo grande centro commerciale, che occupa un edificio vastissimo a tre piani. Rimane aperto in continuazione, giorno e notte, e vi si trova di tutto, dal bottone al fuoristrada... e negozi piccoli e grandi, eleganti e no, e cinema, pub, caffé, ristoranti... C'è solo l'imbarazzo della scelta, anche se si vuole soltanto curiosare, ammesso che si abbia la capacità di non smarrirsi e di sopportare il rumore, spesso assordante, delle musiche diffuse ad alto volume e del vociare dei numerossimi presenti.

Mi sono sentita presto frastornata ed il desiderio di silenzio e di aria ha prevalso sulla curiosità...

Uscendo, David, con fare innocente, mi ha chiesto se avevo notato il grande spiegamento di guardie e di soldati nel magazzino!

- "In verità, no!" - gli ho risposto e non senza sorpresa. Subito dopo, colta da improvviso timore, gli ho domandato se riteneva normali quelle misure di controllo. Senza alcun "pensiero di timore", mi ha risposto che no! Quelle erano misure eccezionali, essendo stata fatta la minaccia, dal fronte rivoluzionario palestinese, di una bomba proprio al Canon! E noi avevamo tranquillamente gironzolato né il buon padre aveva sentito la necessità di avvisarci!

Questo significa essere abituati a vivere in un paese dove gli attentati possono verificarsi ovunque ed in qualsiasi momento!

Ebbene, è così! Ho imparato anch'io, oramai, a non pensare a queste terribili eventualità, che la cronaca ci testimonia troppo spesso come tremende realtà... Non ci si pensa più! Altrimenti non si potrebbe vivere qui ed in particolare sarebbe impossibile per noi stranieri, che siamo in questo paese per una missione umanitaria e di nostra volontà. Si può convivere, allora, con il pericolo, con la guerra, senza l'assillo della morte? Credo proprio di sì...

3 aprile. Spesso mi chiedo fino a qual punto l'amore - o quel sentimento a cui comunemente si dà il nome di "amore" - nasce dall'amore, cioé dal disinteresse, dal dono di sé, e quanto, invece, nell'amore giochino i moti dell'animo, anche egoistici e personali. Fino a qual punto andiamo "al di là", fino a qual punto siamo capaci di superare noi stessi, i nostri particolarismi, le nostre esigenze spirituali e materiali e di dominare questo nostro "io", spesso malato, oltre il nostro volere e la nostra consapevolezza?

Ma allora non è amore!

E mi domando se sia logico chiedersi in qual modo siamo amati e se non ci si debba soltanto impegnare a dare il "meglio" ed il "di più", senza attese e senza inutili ricerche.

4 aprile. Quando sono impegnata nell'accudire i bambini, è così grande la tensione che dimentico tutto quanto è all'esterno.

Il mio sguardo alla finestra è spesso distratto e fugace. La mia concentrazione, infatti, è solo nelle operazioni che impegnano le prime ore di queste giornate spesso difficili e faticose, per una molteplicità di motivi.

Difficili sono, tra l'altro, le mie relazioni con Marie Luce, la volontaria francese che lavora con me, molto graziosa ed altrettanto scostante nella sua ostentata presunzione di perfezione!

Devo fare appello a tutte le mie energie interiori per non essere sopraffatta dallo scoramento. E pensare che potrei essere sua madre, anzi! sua nonna!

5 aprile. Giorno di libertà! Sarei rimasta a riposare un po' di più, se non ci fosse il rotolio cigolante del carrettino di Anuli carico di biancheria da stendere. Bavette, tutine, panni lavati nelle macchine in funzione anche durante la notte e portati, all'alba, nel cortile vicino al parco, dalle solerti Anuli e Yasmin. Così calzine, giubbetti, lenzuolini formano un gioioso festone colorato!

6 aprile. Questa mattina, sono venuti i genitori di Hassan, i beduini, per vedere il loro bambino. Lui alto, grosso, con uno sguardo fra il sorpreso e lo smarrito. Lei, giovanissima, avvolta nel nero costume arabo, il viso delicato, gli occhi tristi.

Ho sollevato il piccolo, disteso, in quel momento, sul tappeto e l'ho porto al padre perché lo tenesse fra le braccia. Ma Hassan non l'ha "riconosciuto" e si è messo a piangere. Si è calmato solo quando si è sentito al sicuro in braccio a me.

Un attimo di silenzio. Poi i due si sono allontanati, mentre il padre ripeteva "Thank you, thank you!", certamente soddisfatto per aver visto il figlio accudito da una nurse straniera con tanto di camice bianco! Hassan, piccolo beduino dagli occhi a mandorla, come avrebbe potuto vivere, avere le cure che gli si prodigano qui, se fosse rimasto sotto la tenda di teli neri, vaganti nel deserto? O sarebbe comunque stato meglio lì, vicino alla sua mamma?

Quale sarà la vita di questa creatura e quella di tutti questi piccoli, se diventeranno grandi? Nell'istituto, infatti, rimangono fino a tredici, quattordici anni. Diversi muoiono alla crescita, perché facilmente sopraggiungono complicazioni all'apparato respiratorio. Poi alcuni vengono trasferiti ad Haifa, dove le suore hanno un altro centro simile a questo, altri sono affidati all'assistenza israeliana. Mi hanno raccontato qualcosa!

7 aprile. Un giorno, Padre Taddeo, un sacerdote polacco, mio amico, che vive in Israele da alcuni anni, parlando del volontariato in questo istituto, ebbe a dire che solo con una grande fede si possono fare esperienze simili. Certamente è così. La fede è dono di Dio ed è una forza ineguagliabile, e sostiene l'uomo nelle sue opere di carità.

Ma, dopo queste mie esperienze ad Ain Karem, posso dire che la fede non è la sola ad aiutare! C'è bisogno, infatti, anche di molte qualità prettamente umane. Coraggio, spirito di sacrificio, capacità di adattamento alle situazioni più imprevedibili, energia ed umiltà, prontezza di riflessi, controllo delle proprie reazioni e degli impulsi, buon senso, ubbidienza, modestia e... un po' di spirito di avventura a condire il tutto!

12 aprile. Stanotte, improvvisamente, si è svegliato il vento.

Lo sentivo urlare fra i rami degli alberi del giardino e sbattere quelli più lunghi contro le lamine della tettoia, che copre in parte il cortile adiacente alla lavanderia.

Poco prima dell'alba, il canto degli uccelli mi ha annunciato il ritorno del sereno, dopo giorni di pioggia. Il cielo, infatti, quando ho rivolto gli occhi verso l'alto, era intatto nella sua azzurrità, ed il giorno era tornato con i suoi colori più belli, levigati puliti.

13 aprile. Sono stata male per diversi giorni.

All'infreddatura ed alla febbre si è aggiunto il cumulo della stanchezza di quest'ultimo periodo. Infatti, dopo un mese di lavoro, la fatica comincia a lasciare i suoi segni, e non sono segni da poco.

Alzarsi presto, accudire per ore, senza un attimo di tregua, incalzati dagli orari da rispettare, questi piccoli che offrono, invece, spesso degli "imprevisti", con la tensione, la preoccupazione che le loro condizioni comportano, sottopongono fisico e mente ad una prova non facile. Questo è un periodo dell'anno in cui c'è carenza di volontari, e sovente si è chiamati ad aiutare là dove c'è più bisogno....

I giovani, a quel che mi dicono, saranno numerosi all'inizio dell'estate, quando ci si trasferirà, giornalmente, nella spiaggia di Haifa.

Non avevo molto pensato ai miei bambini in questi giorni in cui sono stata assente, vinta com'ero dalla prostrazione.

Appena li ho rivisti, questa mattina presto, ancora addormentati, sono stata afferrata dalla tenerezza e mi sono ancora una volta sentita presa dai loro problemi e dalle mie preoccupazioni per le loro condizioni.

Un mese trascorso qui non è molto, ma i cambiamenti, positivi e negativi si possono notare.

Mentre li lavavo, li vestivo, li imboccavo, li studiavo attentamente. Dopo la mia assenza, si sarebbe dovuto evidenziare ai miei occhi, che per giorni non li avevano seguiti, un, anche minimo, segno di miglioramento, se è vero che le cure, soprattutto fisiche, cui vengono sottoposti, devono avere qualche effetto. Invece... nulla!

Osservavo i piedini di Tal, mentre lo asciugavo. Non mi sbaglio. Hanno i primi segni della deformazione. Avevo notato questo particolare e ne avevo già parlato ad Helga, la terapista, che non vedo venire, come dovrebbe, tre volte alla settimana, proprio per Tal.

Mi aveva risposto con un movimento delle mani, senza parlare, per farmi capire di non preoccuparmi.

La guardavo attentamente, mentre faceva eseguire degli esercizi al bambino. Indubbiamente è abile ed attenta, le sue mosse sono caute, misurate, ma in esse non noto una sequenza logica di movimenti ed ancora non sono riuscita a comprendere a che cosa con esattezza mirino le sue sollecitazioni su Tal.

E non lo capirò mai!

Ho rinunciato, pena l'essere considerata una esaltata, ai miei riferimenti ai programmi del dottor Doman per il recupero dei cerebrolesi, ed ai risultati, constatati anche da me, in

Italia, dei suoi metodi. In altri ambienti, è vero, perciò è assurdo fare dei confronti. E' come paragonare una goccia d'acqua al mare!

Le buone suore sono contente di questa ragazza e, forse, sono anche onestamente convinte di futuri risultati positivi dei suoi interventi, che dovrebbero farsi vedere, prima o poi... Ma un giorno, e non lontano, Helga andrà via da qui ed i suoi diligenti esercizi rimarranno, probabilmente, senza seguito!

Se le intenzioni sono lodevoli, non si possono certo giudicare! Intanto, io ho ordinato in Inghilterra il libro scritto da Doman su cure ai disabili, nella speranza che Suor Ann e Suor Susan lo leggano, un giorno, con la stessa passione e convincimento con cui l'ho letto io. La scienza e la medicina hanno fatto e fanno progressi. Ma forse questi devono valere solo per bambini normali! E gli altri? Lasciamoli così, dato che la natura li ha creati così.... Lasciamoli in pace!

Ma io sono convinta che molto si potrebbe ottenere per Tal che vede, sente ed è intelligente. E' incredibile, infatti, come abbia reagito positivamente, in questo mese, alle mie sollecitazioni affettive e psicologiche.

Tal avverte la mia presenza, distingue la mia voce dalle altre e si capisce dalle sue reazioni, ride ai miei giochi, muove, divertito, braccia e gambe, se lo vezzeggio o gli parlo.

Ma ogni mio intervento deve avvenire con misura o, addirittura, di sotterfugio!

Marie Luce mi controlla! Guai una parola, una attenzione, una affettuosità in più! Verrei meno alle regole. E lei è subito pronta ad osservare che i bambini sono tutti eguali! Certo! Ne sono convinta anch'io, ma ho un concetto diverso di questa decantata eguaglianza.

I bambini sono tutti eguali per l'amore che dobbiamo loro, per le cure, ma come non vedere che non tutti hanno le stesse reazioni, le stesse possibilità di riabilitazione? La natura ci mette continuamente davanti questa drammatica realtà. E forse, proprio in nome di quell'amore che andiamo proclamando, si dovrebbe tentare "qualcosa", anche nei casi apparentemente disperati. E se, per uno di questi piccoli ricoverati qui, è possibile fare una minima cosa in più, perché ha maggiori possibilità di altri, ebbene, bisogna fare quel "qualcosa", senza temere di toglierlo ad altri, ai quali, in verità, nulla si toglie!

Per uno la parola può essere inutile, perché completamente sordo; se un altro ha un minimo di udito, per questo soltanto, bisogna parlare, cantare.

Tutti questi problemi sono per me motivo di pena, anche per gli interrogativi che ne derivano.

14 aprile. Venerdì santo. Via Crucis lungo la Via dolorosa.

Una mattina agitata dal vento e con un cielo bizzarro e mutevole.

A ciuffi di nubi bianchissime, spinte disordinatamente verso occidente, si alternano ampie schiarite in un turchino intenso e pulito.

Ho attraversato alcune vie della Città Vecchia, affollatissime di pellegrini in gruppi e di turisti isolati. Le botteghe, più di sempre, facevano mostra delle loro mercanzie in una festa di colori e di forme negli oggetti e negli indumenti più svariati.

La processione della Via Crucis, organizzata dai francescani, sarebbe partita da un edificio, nel quartiere musulmano, all'altezza della prima Stazione e, precisamente, dal cortile di una scuola elementare araba il cui accesso è consentito ai cristiani solo una volta all'anno, in questo giorno, appunto. La costruzione, che si raggiunge per mezzo di una scala ripida e stretta, sorge quasi dirimpetto al Lithostrotos e, secondo la tradizione più accreditata, ebbe inizio qui il "cammino della croce". Cortili, brevi scalinate interne, balconi, ballatoi in un intreccio davvero singolare, erano affollatissimi di pellegrini e di religiosi di tutte le parti del mondo. Tutti facilmente riconoscibili dalle scritte su borse e cappelli, ma soprattutto dai tratti somatici e per i commenti che si scambiavano nella loro lingua. Francescani, domenicani, carmelitani, isolati ed in gruppo. Soldati dell'ONU, polacchi, con il basco azzurro. Molti i giovani fra gli arabi cristiani, della Chiesa di San Salvatore, facilmente riconoscibili dalla divisa blu.

Poco prima delle 11 e 30, è stata portata nel cortile principale la grande croce di legno che, posata orizzontalmente sulle spalle, alcuni devoti avrebbero sostenuto fino alla Chiesa del Sepolcro.

Un'impresa non facile muoversi fra la calca, un problema trovare lo spazio per i propri passi.

Un mare di persone avanzava a fatica lungo la via stretta, addirittura angusta, in alcuni punti.
Un numero incredibile di televisioni nazionali ed estere, un numero incalcolabile di fotografi, appostati ed appollaiati negli angoli più strani!

La processione, piuttosto disordinata di necessità, si muoveva tanto lentamente che i frati delle prime file non si vedevano né era possibile udire il loro salmodiare. Così ognuno pregava per proprio conto.

I francesi cantavano, gli arabi sembravano accompagnarli con le loro nenie!

Ad un tratto la folla ha cominciato ad ondeggiare pericolasamente per la nostra incolumità. I miei piedi non erano più appoggiati a terra... venivo, inerte, trascinata nella calca. Sono questi i momenti in cui si può essere travolti e soffocati senza che nessuno se ne accorga o si possa chiedere aiuto. Tanto scompiglio era stato causato da un gruppo di donne musulmane, abbigliate con il tipico *chador* e con il capo avvolto in scialli bianchi che, urlando e agitando braccia e mani, erano riuscite a rompere il fitto cordone protettivo di soldati isrlaeliani e avanzavano, compatte, verso la non lontana moschea di Omar. Per loro erano giorno ed ora della preghiera!

Era stato superato da poco questo momento critico, quando il percorso è stato turbato, questa volta, da un gruppo di pellegrini ortodossi, facilmente individuabili dagli abiti e dai copricapo, rigorosamente neri, guidati da un Pope orante, che avanzavano in senso contrario, perché diretti alla chiesa della Flagellazione. I cristiani ortodossi, infatti, celebrano la festa delle Palme, nella nostra domenica di Pasqua, perciò cerimonie e processioni loro seguono le nostre posticipate di sette giorni! E' così! Gerusalemme, checché ne dicano o ne pensino i giudei, è di tutti! Ognuno per la sua strada, ognuno con le sue tradizioni, ma sempre, credo, con eguale intensità di fede...

Così, la domenica delle Palme, mentre i cattolici romani scendevano con palme e stendardi dal Monte degli Ulivi verso la Chiesa di Sant' Anna, i cristiani maroniti, in abiti candidi, inneggiavano al Figlio di Davide, in processione nel cortile del Patriarcato maronita, nella Città Vecchia.

Sono arrivata alla Chiesa del Sepolcro, stanca e stordita, quasi incredula.

Preghiera, raccoglimento, meditazione... come potevano essere possibili?

La Via Dolorosa attraversa il centro del quartiere arabo dei bazar e i negozianti, da bravi affaristi, colgono qualsiasi occasione per magnificare i loro prodotti!

Entrare in chiesa sarebbe stata una non facile impresa e non mi sono sentita di affrontarla. Starò qui dei mesi, avrò tanti momenti di silenzio e di solitudine, solo “miei”....

15 aprile. Nel pomeriggio, è venuta la mamma di Dafna

Jerusalem. L'orto degli ulivi

per la solita visita periodica alla bambina, accompagnata, come sempre, da giocattoli e da dolci! Vive in una località non lontana da Gaza e ci ha raccontato di un altro attentato, avvenuto in questi giorni.

Un terrorista palestinese, imbottito di tritolo, si è lanciato su di un autobus affollato di soldati israeliani.

Si è ucciso ed ha ucciso.

16 aprile. Domenica di Pasqua. Una giornata di solitudine e di pensieri. Pensieri vaghi, ma di una incisività da stupire me stessa.

Suggestiva la cerimonia, ieri sera, nel cortile della Chiesa di St. John, prima della Messa delle luci.

Eravamo in pochi attorno al fuoco, che i frati avevano acceso.

Silenzio assorto, dopo le preghiere di rito.

La chiesa, buia, ci ha accolto mentre entravamo, in processione, con le candele accese.

Dopo la messa, i frati ci hanno ricevuto nell'antico refettorio e ci hanno offerto frutta fresca, fragole e dolci. Qui si usa così: si cominciano i festeggiamenti pasquali, subito dopo la messa di mezzanotte. Anche Suor Ann all'istituto aveva fatto preparare una tavola imbandita con frutta, biscotti e latte caldo!

Sono ancora debole per la malattia recente e non ho avuto la forza di andare fino a Gerusalemme per assistere alla messa in latino, nella parrocchia di San Salvatore.

Messa, quindi, al mattino presto, nella vicina chiesa di St. John.

Padre Philippe, il superiore, ha rivolto una breve omelia in francese. Poche semplici parole, penetranti. Sovente basta "un nulla" per arrivare in fondo all'animo, per toccare il cuore e certe verità emergono dai pensieri di sempre e si incidono in noi profondamente.

Così è avvenuto a me.

Nel pomeriggio, ho trascorso le ore fra la mia camera e il giardino, con un senso particolare di sollievo, dopo il travaglio di pensieri che hanno accompagnato i giorni della mia malattia.

Dimenticherò, certo, il viso di quel francescano, ma non

dimenticherò le sue parole che sono venute a riportarmi ordine e serenità!

17 aprile. Debolezza ed un persistente affanno mi preoccupavano.
Questa mattina, dopo la messa celebrata da Padre David nella cappella dell'istituto, Suor Susan e Suor Norma mi hanno consigliato di rivolgermi al vicino ospedale per un controllo cardiologico.

Mi sono presentata all'accettazione e solo la tessera del volontariato internazionale ha reso avvicinabili gli... addetti ai lavori!

Anche se fossi stata capace di spiegarmi meglio, non credo mi avrebbero consentito semplicemente una visita. In men che non si dica, mi sono trovata ricoverata nel Day Hospital, spogliata e sistemata in un lettino, in una piccola stanza, accanto ad una signora in gravidanza che smaniava per un attacco di asma. Con l'immancabile copricapo sulla testa!

Per me si sono susseguiti, immediatamente, prelievi di sangue, misurazioni della temperatura e della pressione; medici ed infermiere si alternavano vicino a me, immobile e con un ago infilato nella vena, pronto per eventuali flebo. Palpazioni, auscultazioni, elettrocardiogramma. Prima un solerte medico giovane, poi uno anziano, poi una dottoressa. Consultazioni fra loro, davanti a me, sempre più allibita e rassegnata, che nulla potevo capire del loro parlare! Intanto passavano le ore, ed ho cominciato a chiedermi che cosa avrebbero deciso di me! Già mi vedevo definitivamente ricoverata per chissà quale male!

Mezzogiorno. Arriva un gustoso pranzo.

Mi sento meglio, ma il tempo passa e non si accenna a dimettermi.

Riprende l'andirivieni di medico e infermiere. Vengo sottoposta ad esami radiologici con una prontezza sorprendente.

Mi rendo conto che non mi lasceranno andar via, se non saranno sicuri delle mie condizioni di salute.

Così è stato!

In un solo giorno, sono stata sottoposta a tanti esami ed

accertamenti per i quali, in Italia, non mi sarebbe bastato un anno!

A sera, tranquillizzata dal giovane e gentile medico, che mi aveva seguito di più, sono stata dimessa con la mia cartella clinica, scritta fitta fitta in ebraico, ovviamente incomprensibile, e con il conto per questa giornata di ricovero. Mille e trentacinque *scequelim*! Un milione circa! Gli stranieri, in Israele pagano tutte le prestazioni mediche. ma ho avuto la soddisfazione di sentirmi "curata" ed ho potuto conoscere ed apprezzare l'efficienza, l'ordine, la tempestività degli ospedali israeliani, la serietà dei medici, la gentilezza del personale, e non ho potuto fare a meno di fare paragoni con certi nostri ospedali.

18 aprile. Veronique, l'aiutante araba di Bet-Jalla, mi diceva, mentre facevamo il bagno ai bambini, che difficilmente gli arabi abbandonano i loro figli. Lei ne ha sei ed è in attesa del settimo. Veronique ha 36 anni!

Le operaie arabe vengono da Bet-Jalla, da Bethlehem e da Bet-Sahur, come Arice. Sono servizievoli, diligenti e, nei miei riguardi, particolarmente sollecite e premurose nell'evitarmi le fatiche maggiori.

In verità, sono molto più simpatiche delle "maestre" ebree, sempre cortesemente distaccate.

Ed è sorprendente come con queste arabe, che parlano il francese ed hanno imparato, a modo loro, l'inglese, io sappia coniugare insieme quello che so di queste due lingue, riuscendo a farmi capire! La stessa cosa avviene da parte loro, così finiamo con il conversare alla... perfezione!

19 aprile. Il cielo è gonfio di nuvole bizzarre. E' l'ora in cui l'azzurro si accende dei riverberi del tramonto.

20 aprile. Oggi Orthal è stata riportata dall'ospedale pediatrico, dove era sata ricoverata d'urgenza, diversi giorni or sono. Ha subito un delicato intervento all'apparato digerente e le hanno applicato allo stomaco una sonda per mezzo della quale la si dovrà nutrire.

Negli ultimi tempi non riusciva ad ingerire il cibo e spesso vomitava sangue.

Non ho capito per quale malformazione congenita soffrisse e, soprattutto, non mi rendo conto perché si sia atteso tanto prima di intervenire.

I suoi genitori sono stati avvisati, ma non si sono fatti vedere, così l'assistenza durante il non breve ricovero, l'hanno fatta i volontari. Ora non potremo più tenerla nella nostra stanza, perché ha bisogno di cure particolari. L'hanno messa nella Baby-Room dove sono riuniti i bambini più piccoli e più gravi.

Il posto di Orthal è stato occupato da Riina, una bimba di otto anni, magrissima, con una accentuata scoliosi che l'ha deformata in modo irreversibile.

Riina non parla, ma i suoi occhi ridenti e luminosi dicono che capisce... e, poiché capisce, è gelosa degli altri bambini e con un piagnucolio continuo cerca di attirare su di sé la nostra attenzione. Inoltre serra le labbra, quando si tenta di imboccarla, mettendo a dura prova la pazienza di chi si prende cura di lei. Solo Giuseppe conosce il "segreto" per farla mangiare!

21 aprile. Hassan ha pianto tutto il giorno. Era facile comprendere che qualcosa per lui non andava! Non sapevo cosa fare per calmarlo, per placare la sua irrequietezza. Mi sono rivolta a Suor Norma perché mi desse un rimedio per la sua digestione, da cui con molta probabilità derivava il malessere. Mi ha risposto di diminuire un po' la dose al prossimo pasto.

"Ma non posso dargli da mangiare nello stato in cui è!" - ho replicato! Ma lei, irremovibile: "Il doit manger!".

Nonostante l'ordine perentorio, questa sera non ho dato da mangiare ad Hassan. Mi sarebbe sembrato di infierire su di lui...

Finalmente il piccolo si è addormentato, dopo un pomeriggio di agitazione sua e di impotenza mia.

Queste creature non parlano e l'unica possibilità di comunicare con loro è nel tatto. Quando stanno male è difficile capirli, intuire come li si possa aiutare, perciò è necessario procedere per tentativi e con molta cautela. Tutto diviene tremendamente penoso e complicato.

22 aprile. L'irrequietezza di Hassan di ieri si è tradotta in febbre a 39°. Per quale causa? Non si sa! Il pediatra passerà solo domani, quindi solo domani si saprà - forse! - che cosa ha o che cosa ha avuto il povero piccino curato, finora, con due supposte di Acamol, somministrate ogni due ore! Questo medicinale non ha avuto effetto alcuno, perché la febbre è stata sempre alta ed Hassan non è riuscito neppure ad ingoiare l'acqua. Piangente e smanioso, probabilmente dolente, voleva solo stare in braccio. Come ogni bambino!

A metà pomeriggio, è venuta la mamma di Tal a riportarmi il piccino che aveva preso con sé, prima di Pasqua, per le festività che per i giudei si sono protratte fino ad oggi, ottavo giorno dopo la Pasqua.

L'ha riportato come un fagotto, con la sua carrozzina ed una grossa busta di plastica contenente tutine e magliette.

Tal piangeva, lei si è allontanata in fretta ed il pianto del bambino è diventato presto disperazione. Anche lui, come Hassan, si è calmato solo quando l'ho preso fra le braccia. E dopo poco, mentre lo imboccavo, ogni tanto mi sorrideva.

Mi avrà riconosciuto? o credeva di essere ancora con sua madre?

Troppo bello pensare che mi riconoscesse!

23 aprile. Domenica in Albis. Giorno di riposo per me. Giorno di sole con un cielo così intenso, turchino e lucido come non vedevo da tempo. Difatti, in quest'ultimo periodo è la sera a riportare il sereno, mentre al mattino è un alternarsi disordinato di schiarite e di grigiori improvvisi, che sembrano dover annunciare solo pioggia.

Ottava di Pasqua per i cattolici. Pasqua per gli ortodossi. Primo giorno lavorativo, dopo gli ultimi tre collegati alle festività pasquali, per gli ebrei.

Importante è non confondersi!

Presto mi sono diretta verso la Città Vecchia, che avrei attraversato per poi fermarmi alla Chiesa del Sepolcro e proseguire, quindi, fino alla Porta di Damasco, essendo diretta alla Home Polski, la casa polacca del pellegrino, dove ero stata invitata dall'amico Padre Taddeo dei Resurrezionisti.

Andare per le vie del quartiere arabo mi affascina sempre. I colori, la festosità, la ricchezza dei bazar mi attraggono infantilmente!

Guardo ciò che ho visto chissà quante volte, oramai, osservo ciò che conosco, con gli stessi interessi, gli stessi stupori della prima volta, e questo mi dà un senso incredibile di leggerezza, di distensione.

Mentre vado per la via del Quartiere cristiano, sento un rumore a ritmo cadenzato... avanzano due battitori in antichi costumi, che aprono una lunga processione di sacerdoti ortodossi. Completamente vestiti di nero, avvolti in ampie tuniche, il capo coperto da un cappuccio, sono preceduti da un Pope che ha sul petto una grossa croce dorata - o d'oro? - che accompagna una altrettanto grande effigie del Cristo e catene e ciondoli preziosi a non finire!

In questi giorni giungono a migliaia gli Ortodossi da Cipro e da tutto il Medio Oriente.

A breve distanza, segue questo gruppo singolare una lunga fila di Africani, completamente coperti da candidi tabarri! Sono questi gli spettacoli davvero unici che ci offre Gerusalemme!

Arrivo alla Chiesa del Sepolcro, percorrendo a stento gli ultimi metri, in mezzo ad una folla incredibile di pellegrini vocianti.

Davanti alla cappella che custodisce il Sepolcro di Cristo, mi vedo fermare da alcune guardie del servizio d'ordine dei francescani. Si sta preparando l'altare per una celebrazione.

Mi passa accanto un frate. "Celebreranno una messa "nostra"? - gli chiedo. Mi guarda sorpreso. "Nostra? Ma siamo tutti "nostri"! Siamo tutti fratelli, signora, siamo tutti uguali!"

".. Si, sì, è vero! perché mai ho rivolto questa domanda? Penso anch'io come lei!"

Tutti fratelli. Avanzo lentamente nella calca e nella confusione.

Mi guardo attorno. Gente. Gente che prega, gente che mangia, gente che beve, gente in ginocchio, gente che scatta fotografie, gente che guarda, gente che piange.

Gente che pensa?

Gente, gente, gente.

Non si può venire qui, specialmente in questi giorni, sperando di trovare silenzio, raccoglimento. Bisogna saper entrare in una dimensione particolare.

Del resto, la vita di Gesù si è svolta tra la folla. Il processo, la condanna, tra la folla; il cammino verso il Calvario, lungo queste strade, tra la folla.

Oggi come allora? Persone vocianti, rumorose, indifferenti, prese, coinvolte. Allora come oggi?

In un certo senso, non molto è cambiato. L'umanità, fondamentalmente, è sempre la stessa. E sempre più importante diviene quello che portiamo "dentro", quello che siamo "dentro".

Improvvisamente sento desiderio di sole.

24 aprile. Dagli alberi del giardino pendono grossi limoni dalle forme strane, limoni venuti male. Come i miei bambini.

Due di questi frutti ora sono sul mio tavolo, con il compito di reggere i pochi libri che ho portato con me. I salmi, alcuni vocabolari, una guida di Israele ed il testo del dottor Doman sulle cure per il recupero dei piccoli cerebrolesi, del quale ben poco mi si consente di parlare!

Infatti potrebbe rimuovere pensieri, suscitare problemi che è meglio lasciare alle soluzioni antiche. Errate? Tutte? Chi può dirlo con certezza? Fino a qual punto si può essere certi nel campo così vario, delicato e difficile dei traumi cerebrali e di certe malformazioni devastanti nei piccoli? E' forse saggio procedere come sempre si è fatto!

Nutriamoli, puliamoli, culliamoli, portiamoli in giardino a godere il sole, quando il programma della settimana lo stabilisce. E se quel giorno piove? Resteranno in camera! Verrà il giorno di sole, verrà il loro turno... ma, ora, a loro il cielo non possiamo raccontarlo...

25 aprile. Dopo quattro giorni di febbre alta, Hassan non ha più neppure la forza di piangere. Ogni tanto devo sollevarlo dal letto per assicurarmi che respiri. Continuo a curarlo - o a tentare di curarlo - abbassandogli la temperatura, con supposte di Acamol.

L'altro giorno, l'ha visitato il pediatra, ha diagnosticato una semplice otite ed ha ordinato la somministrazione di gocce dal nome per me oscuro!

Mi sembra impossibile che un mal d'orecchi causi febbre così elevata e vomito. Ma io non sono medico e... sono sempre pronta a criticare, quando si tratta di questi "miei" piccoli, anche se mi rendo conto quanto sia difficile individuare una malattia in bambini come loro, che comunicano solo col pianto con il mondo che li circonda.

Così, anche se molto penso, nulla dico.

Nel sistemare il suo lettino, ho trovato una bambola di pezza, messa sotto il materasso evidentemente per tenergli sollevata la testina allo scopo di alleviare il dolore...

Qui i pupazzi di peluche vengono usati molto per queste necessità, per garantire particolari posizioni alle varie parti del corpo, perciò orsacchiotti, papere, conigli di varia grandezza si trovano sistemati qua e là....

26 aprile. E' arrivato il caldo all'improvviso, un caldo che ha l'afa e tutta l'intensità dell'estate.

Essendo libera, ho fatto un giro, come è mio solito, nella Città Vecchia e, senza essermelo prefisso, sono giunta fino al Muro del Pianto. Pochissimi gli ebrei a pregare. Oggi non è giorno delle loro funzioni religiose.

Piazza assolata e accaldata. Pochi anche i turisti, forse per l'ora. Un nugolo di rondini, con volo radente, ha attraversato la spianata. Le prime viste da me a Gerusalemme. Mi sono fermata a guardarle mentre disegnavano ampi voli sullo sfondo azzurrissimo del cielo e del muro bianco di luce.

27 aprile. Oggi gli ebrei commemorano la fine dell'Olocausto.

Squadriglie di aeroplani eseguono evoluzioni acrobatiche ad alta quota. Nel sacrario, che conserva i nomi delle vittime dei campi di concentramento nazisti, si susseguono manifestazioni e discorsi.

Alle dieci, in memoria, è suonato l'allarme.

Io ero nella camera dei bambini insieme con due maestri ebrei che vengono, al mattino, per intrattenerli con giochi ed esercizi vari.

Al suono della sirena si sono immediatamente fermati: sembravano due statue tanto erano immobili! Ed io con loro. Deve aver fatto piacere questa mia partecipazione, infatti, quando mi hanno salutato, erano particolarmente sorridenti e calorosi!

28 aprile. Gli stessi versi, gli stessi strilli, gli stessi pianti, uditi per ore ed ore, divengono alienanti.

Fatalmente si finisce con l'entrare in un meccanismo che influisce lentamente e negativamente sulla psiche.

Ci si ritrova, e senza accorgersene, a ripetere le mosse di sempre, gli stessi gesti, a dire le stesse parole, ad imitare gli stessi versi dei bambini...

Ogni tanto devo uscire dalla stanza per guardare il cielo. E mi domando se la vita è crudele o se, invece, sono gli uomini malati di indifferenza e di egoismo e incapaci di amare e anche di "non amare", perché c'è una incapacità anche nel "non amore"!

29 aprile. I carrettini di Anuli e di Jasmine, carichi di biancheria da stendere, cominciano presto, al mattino, a rotolare nei cortili. Spesso si sentono prima del canto degli uccelli, quando ancora non è sorto il sole e, poco dopo, il singolare pavese, costituito dagli indumenti dei bambini, è affidato al vento. Tutine, camiciole, maglie, calzine... belli e brutti, nuovi e vecchi...

30 aprile. A passeggio per le vie di Gerusalemme. Questa

città unica unisce il fascino misterioso dell'Oriente all'ampio respiro delle metropoli occidentali: l'Oriente, nei vecchi ed arruffati bazar del Muristan Market, nelle buie ed anguste fumerie, dove indugiano gli arabi, avvolti nei tipici manti bianchi, nei mercati sudici e vocianti, nei mezzi di trasporto costituiti, spesso, da mal nutriti asinelli; l'Occidente, nei non lontani grattacieli arditi, nei parchi lussureggianti, nelle ampie strade, nei giardini, nei negozi moderni, nei caffé all'aperto della Ben Yehuda.

Primo maggio. Il *sârâb*, il vento del deserto, ha portato fin qui una tempesta di sabbia.

Una grigia caligine ha coperto il sole e nascosto dietro la sua coltre i paesi vicini ad Ain Karem, le brevi colline ed anche gli alberi del nostro giardino.

L'afa rendeva l'aria pesante, irrespirabile.

I bambini erano irritabili, strani. Piangevano senza un comprensibile motivo.

Tal sta male.

Ieri, guardando la sua scheda, mi sono accorta che è stata cambiata la diagnosi che lo riguarda. Dagli ultimi accertamenti è risultato che il bambino è recuperabile. Nulla mi era stato detto in proposito! Recurabile, quindi! L'avevo capito! Ma come e dove? Qui?....

2 maggio. Sono andata nella Città Vecchia, come mia abitudine, entrando, questa volta, dalla Porta di Damasco.

Sulle scale che scendono dalla via principale, la Sultan Suleiman Rd., sostano, di solito, venditori di indumenti e di oggetti usati.

Un vecchio, coperto dalla *descdascia*, un tempo bianca, offre scarpe di tutte le misure, di tutti i tipi e tutte egualmente sgangherate, scompagnate e sudicie.

Un gruppo di ragazzini urlanti, invece, tenta di vendere vecchi giocattoli, pupazzi che ben poco hanno della fattura originale, macchinucce storte e prive dei pezzi fondamentali, palle e palline semisgonfie.

Mi deciderò a fare qualche acquisto! Infatti non ci sono

clienti e, ogni volta che passo, noto sempre gli stessi cenci....

Ero diretta al quartiere armeno, per andare, poi, al Cenacolo. A causa di complicate impalcature, ho faticato ad arrivare alla sala grande dell'ultima Cena e, probabilmente per la presenza degli operai addetti ai restauri, non ho provato l'emozione che mi attendevo.

Dopo l'oppressione di ieri, oggi, si respirava una fresca e tranquilla aria di primavera.

Stamattina presto, uscendo in giardino, ero stata sorpresa dall'intenso e gradevole odore delle zagare in fiore. Anche le rose sono fiorite nel vasto campo del nostro parco e i loro colori accesi si confondono con il giallo delle ginestre, offrendo una immagine veramente bella.

3 maggio. Per la latitudine, l'aria ha, qui, una particolare trasparenza e limpidezza che rendono, nelle varie ore del giorno, i colori del cielo nitidi, pastosi, al mattino, e lievemente sfumati, la sera, poco dopo il tramonto.

Di notte, le stelle sembrano più vicine.

4 maggio. Festa nazionale. Gli israeliani celebrano la loro indipendenza. Festa dall'alba al tramonto. Negozi chiusi, mezzi di trasporto fermi. Tutta la nazione partecipa ai festeggiamenti in questa data così importante per la patria.

A Tel Aviv le forze di terra, di mare e dell'aria testimoniano, in una imponente parata militare, la grande potenza di questo giovane paese ed antica nazione.

E' bella Gerusalemme vissuta dai turisti e da quelli che non posseggono un mezzo per allontanarsi, come fanno i più.

La giornata è fresca, il sole, di tanto in tanto, è velato da sottili nubi di passaggio.

Famiglie intere - i bambini sono tanti! - si sono spostate verso la periferia. Ain Karem è affollatissima.

Bandiere bianco-azzurre di tutte le dimensioni sventolano ovunque. Dalle automobili agli edifici pubblici, nei giardini privati. Anche il nostro istituto è pavesato a festa.

E' un istituto retto da cristiani, è vero, ma i piccoli ospiti, per lo più, sono ebrei. I pochi arabi... si adeguano! Qui non si può altrimenti! Nella Città Vecchia, invece, la festa è ignorata e fervono commerci e traffici, come sempre. Le botteghe arabe sono aperte e numerosi sono i visitatori, soprattutto stranieri.

L'aria di festa regnava già da una settimana, con celebrazioni al Muro del Pianto alla presenza del Presidente della repubblica e dei comandanti di tutte le forze armate. Armate di tutto punto!

Fuochi di artificio hanno allietato le serate sulla collina del Ricordo dove è lo Vad Vashem Memorial.

Quando mai - è proprio il caso di dire - gli ebrei non sono armati in questo piccolo stato che è, probabilmente, la prima potenza del mondo?

5 maggio. I bambini. Bisognerebbe tenerli il più possibile per terra e stimolarli perché striscino sul pavimento. Indispensabili spazio ed un grande tappeto. Lo spazio nella nostra stanza c'è. Manca il tappeto! Infatti, quello di cui dispongo è insufficiente e può accogliere i piccoli solo distesi l'uno accanto all'altro. Difficile, se non del tutto impossibile, farli muovere, anche osservando dei turni. Così, quando sono per terra, finiscono con lo stare costretti più di quanto lo sono nei loro lettini. Ho esposto il problema ad un giovane arabo, Shamir, incaricato di organizzare il tempo libero. Sono riuscita a farmi capire e mi ha dato ragione! Sono passati diversi giorni, ma nulla è cambiato.

Giuseppe mi esorta a non pensare che questi bambini si potrebbero, anche minimamente, recuperare e sostiene che nostro compito è soprattutto amarli.

E certamente li amiamo, altrimenti come sopporteremmo sacrifici, stanchezza, rinunce, fatiche?

Ma, secondo me, amarli è pure desiderare per loro anche una, seppur minima, normalità. Per molti questa è un'impresa perduta sin dall'inizio, ma per altri, no, perché può essere possibile migliorare la loro vita. La scienza medica ha fatto progressi un tempo impensabili, anche per le lesioni cerebrali.

Viviamo in un paese ricco e progredito in ogni campo,

ma in un mondo legato a principi, a consuetudini che affondano le radici in un passato lontano di secoli.

E questi "nostri" bambini sono "bambini a perdere"!

6 maggio. Vivendo qui, impossibile non pensare che, proprio in questi luoghi, Gesù realizzò il comandamento dell'amore!

Qui Egli guariva i malati, qui donava la vista ai ciechi ed accoglieva quanti venivano allontanati dalla gente che collegava le loro infermità al peccato. I rifiutati, gli emarginati erano i suoi "piccoli" più amati.

"Se gli è accaduto questo, certamente ha offeso Dio!" - dicevano. "Chi ha peccato? Lui o i suoi genitori?" - si chiedevano. Ed il "diverso" era segnato! Così venti secoli fa! Ed oggi?

7 maggio. Il tubare dei colombi, poco dopo l'alba, mi aveva annunciato il sereno. Poi era arrivato il suono delle campane di St. John, particolarmente nitido quando l'aria è tranquilla.

Appena in giardino, sono stata investita dalla luce bianca di un cielo denso, lucido, e mi ha accolto il respiro quieto di una calda giornata oramai estiva.

L'azzurro del cielo sembra più intenso là dove più intenso è il verde cupo delle cime degli alberi.

L'aranceto è carico di profumi. Ha insieme frutti e fiori, che emanano un odore penetrante, gradevolissimo.

8 maggio. Le brevi alture intorno ad Ain Karem sono fiorite di ginestre.

Il giallo splendente dei fiori occhieggia fra il verde scuro dei cipresssi, sullo sfondo del cielo purissimo di una straordinaria azzurrità.

Una passeggiata solitaria, nell'aria tiepida del mattino, fino alla chiesa del Magnificat, non lontana dalla nostra casa.

Sotto il portico, già ricco di rose, Padre Gerard, il superiore francescano, il breviario fra le mani, prega e medita.

Uno scambio sereno di idee con lui, poi il ritorno.

Pace e tranquillità. Pacato distacco da tutto quanto, in questo momento, è lontano!

9 maggio. Abbaiano irrequieti i due cani del convento ortodosso che sorge dietro il nostro istituto.

Una porta sbatte. Voci concitate.

Il cielo è pieno di luce. Il sole, non ancora apparso da dietro il colle, arrossa la linea nitida delle alture.

L'aria, oggi, stranamente è pungente. Il freddo della notte ha lucidato gli alberi del giardino.

Arrivano frettolosi gli operai arabi. I carrettini di Anuli e di Jasmine corrono, come sempre, nei cortili con il loro carico variopinto. Le due donne ora parlano concitatamente. Sembra ci sia un alterco fra di loro, invece, forse stanno solo raccontandosi qualcosa...

Le arabe, anche quando chiacchierano amichevolmente, sembrano prese dal desiderio del litigio!

Sbatte di nuovo la porta. Arriva il furgone del latte.

Comincia, così, un'altra giornata di lavoro con le fatiche di sempre, scandite dal ritmo di sempre, e con gli impegni, i problemi, le sorprese e le difficoltà... vecchie e nuove!

Inizia, oggi, per i musulmani la festa religiosa di primavera. Questa solennità, celebrata insieme dalle famiglie imparentate fra loro, riunite nella casa di uno dei tanti, culmina con il sacrificio di un agnello che viene poi arrostito e consumato dai partecipanti, analogamente a quello che avviene per la Pasqua dei giudei ed anche per la Pasqua cristiana.

La vigilia di questa, come di altre ricorrenze, viene vissuta, nella Città Vecchia, con una frenesia parossistica.

Diviene allora un vero problema transitare nel quartiere arabo, soprattutto per la strettezza delle vie che, in alcuni tratti, si restringono tanto da divenire dei veri budelli arroventati dall'affollamento nei negozi delle merci e delle persone, che si riversano fuori vociando e gesticolando.

La folla è un'onda di teste avvolte in scialli bianchi; infatti, numerosissime sono le donne, in gruppo e, spesso, con i bambini in braccio, che si dedicano alle spese ed avanzano a fatica, urlando, inveendo, chiamandosi, spingendosi.

E se, per caso, davanti ad una di quelle stracolme botteghe, si ferma uno di quei carrettini che si rincorrono, bizzosi ed irritabili come i loro proprietari, per scaricare le varie mercanzie, muoversi nell'ingorgo, che viene a formarsi, è davvero un'avventura!

Non si va avanti né indietro, mentre tutti vorrebbero andare avanti o indietro, senza riuscire, peraltro, a fare né l'una né l'altra cosa. Gli articoli in vendita, precariamente esposti, fuori dei negozi, su sostegni di fortuna o su panchetti traballanti, rischiano di rovinare addosso alla gente accalcata e... noncurante del pericolo incombente!
Ci sono momenti in cui si prova davvero il timore di rimanere travolti e di non poter riemergere da quel mare di umanità eccitata.

Sono, queste, situazioni ben note a chi vive qui, eppure può capitare che una persona, disattenta come me, si lasci prendere dal desiderio di arrivare alla Porta di Damasco, attraversando il quartiere arabo, proprio in un giorno come è oggi, vigilia della così detta "Pasqua" dei musulmani! Un anfratto insperabile in un muro mezzo sgretolato mi ha offerto un provvidenziale aiuto e non so neppur io come sia riuscita, poi, a continuare il mio cammino con i piedi per terra!

Comunque, a parte qualche istante di perplessità circa la mia completa integrità, mi piace e mi diverte, e con un interesse tutto particolare, direi con un interesse antico, muovermi fra questa gente che mi attrae anche per le fogge del vestire così diverse dalle nostre, per il modo di parlare talvolta apparentemente aggressivo.

Mi piacciono questi arabi che sono, a conoscerli bene, gentili ed ospitali!

10 maggio. Il nostro giardino è popolato da molti uccelli, di diversa grandezza: cardellini, fringuelli, merli, tortorelle, con diverse abitudini, ma tutti sempre impegnati nel procurarsi il cibo.

Stamattina, mentre ero al sole nel prato, ho seguito le

evoluzioni di un gruppetto di taccole indaffarate, che non hanno gradito la presenza di due tortore azzurre, che si sono presentate, ad un tratto, per rivendicare il loro diritto agli approvvigionamenti!

Si sono azzuffate contendendosi una mollica o un vermiciattolo, emettendo stridii indispettiti. Alla fine hanno avuto il sopravvento i piccoli corvi!

Dalle crepe del muro dell'istituto, dove hanno il nido, continuamente queste taccole, sempre affamate, planano veloci sotto l'aranceto per cercare nel prato semi e lombrichi.

Qui gli uccelli sono abituati a stare fra gli uomini e la mia presenza, questa mattina, non li intimidiva minimamente.

Li guardavo interessata, mentre andavo considerando fra me che gli uomini assai spesso si comportano come gli animali.

Quante volte una "briciola" è causa di inimicizie, di odi, di contestazioni inutili e ci si combatte, mentre si parla, convinti, d'amore... Una farfalla bianca volteggiava su quell'arruffio: indifferente, cercava fiori a cui suggere il polline.

Proprio come fra gli uomini!

11 maggio. Con Sandy, Nicole e Giuseppe, che guidava il pullmino delle suore, nel pomeriggio, abbiamo portato quattro bambini nel parco di Gerusalemme, che sorge in uno dei punti centrali della Città Nuova.

Un susseguirsi di prati vastissimi fra alberi ad alto fusto, proprio nel cuore della città, quasi a ridosso della *Knesset*, edificio tozzo e squadrato, un vero bunker, sede del Parlamento israeliano.

Queste "passeggiate" sono nel programma delle "attività" dei bambini. Due volte alla settimana, quattro dei piccoli ospiti escono a turno. Un turno che, in verità, non ho ancora ben capito come venga organizzato. Comunque mi impegno a non fare ed a non pormi domande dalla difficile risposta!

A me hanno affidato Maor, uno dei gemelli (l'altro è morto) di cui mi sono presa cura durante il mio precedente soggiorno qui.

Appena nel prato, ho disteso il piccino sull'erba, dopo averlo liberato, il più possibile, dei suoi indumenti, perché godesse del tepore del sole. In effetti, osservando le sue reazioni ed ascoltando il suo verseggiare, mi sono convinta che stava bene. Ed era contento!

Essendo vigilia del Shabbat e, quindi, già all'inizio della festa ebraica settimanale, il Parco era affollatissimo. Bambini piccoli e grandi, famiglie al completo, genitori, figli e qualche nonno, cani festosi, biciclette.

Molti, giovani e meno giovani, avevano improvvisato un incontro di calcio. Più di una volta, qualche giocatore premuroso mi si è avvicinato per chiedermi scusa di un pallone arrivato troppo vicino a noi. E' sorprendente come, in queste occasioni, io riesca a farmi capire ed a capire chi parla una lingua da me poco o per nulla conosciuta! Infatti, chiamo a raccolta le minime conoscenze che ho dell'ebraico e dell'inglese, mi sostengo con il francese, aggiungo qualche parola in italiano e.... conversare non è più un problema!

Giorni fa, in autobus, ho sostenuto una conversazione, a base di "ken" (sì), di "lò" (no) e di "todà" (grazie), accompagnati da un continuo sorridere, con un gentile signore ebreo che, prima di scendere, mi ha salutato con un cavalleresco inchino.

Il "ken", il "lo" e, soprattutto il "todà" sono provvidenziali per me, mentre i miei interlocutori snocciolano una sfilza di parole a me incomprensibili...

Così è avvenuto, oggi, con i giocatori del Shabbat, nel Parco!

Alcuni di loro, giudei irreprensibili, conservavano negli indumenti sportivi la compostezza dell'abitudinario vestire... *kippak* incollato sulla sommità del capo, calzoncini neri, opportunamente lunghi, di seta nera, maglietta bianca, scarpe nere, certo non da partita calcistica!, e calze bianche. Mancavano solo le cordicelle delle preghiere legate ai fianchi. Sarebbe stato davvero troppo!

12 maggio. Questa mattina, sono andata in città.

Mi diverte e mi interessa passeggiare per le vie del centro.

Nella Ben Yehuda, la zona pedonale più elegante di Gerusalemme, quella dei caffé all'aperto, delle pasticcerie, dei fiorai e dei tanti negozi, sostano, in ogni ora del giorno, cantanti e suonatori, specialmente il venerdì.

Alcuni sono bravi davvero, altri sono arditi improvvisatori in attesa di qualcuno che si muova a pietà e doni loro qualche *agorôt*!

Fra questi c'è un vecchietto che, di solito, si sistema sotto un grande albero, all'ombra, e porta appesa al collo una radiolina e, compassato e serio, offre ai passanti, assai spesso indifferenti, l'ascolto di musicassette.

Cosa vuol dire sapersi ingegnare!

13 maggio. Camminare, al mattino presto, per le vie di Gerusalemme, è un'impresa davvero ardua!

Le attività dei commercianti iniziano per tempo. I negozi aprono presto ed i proprietari si affrettano a pulire i locali, generalmente non spaziosi, gettando in terra acqua in abbondanza che, poi, completamente noncuranti dei passanti, spingono sugli stretti marciapiedi, con dei larghi spazzoloni.
Bisogna, quindi, avanzare con gran cautela, se non si vuole rimanere investiti da un'onda sudicia che trascina di tutto un po': cartacce, mozziconi di sigarette, qualche lattina vuota... Questo "tutto un po'" va a ristagnare ai bordi della via, nell'attesa, spesso vana, di un netturbino di buona volontà!

In circostanze simili, per evitare incontri spiacevoli, è necessario arrestarsi con prontezza, saltellare, se si può, o deviare, correndo magari il rischio di essere travolti da qualcuna delle automobili che qui vanno ad altissima velocità.

14 maggio. Calura. Aria pesante da clima tropicale.

E' domenica ed ho ascoltato la messa nella chiesa di San Salvatore, tenuta dai francescani, nella Città Vecchia.

Messa solenne, in latino. Per me un piacevole tuffo nel passato, accompagnato da tanti ricordi.

Ho trascorso parte del mio pomeriggio di riposo nel

nostro giardino.

La mia lettura, in vero poco attenta, di un giornale arrivato dall'Italia, era spesso interrotta dall'attenzione richiamata dai voli di uccelli, radenti il prato, sotto l'aranceto, da una lunga fila di formiche, impegnate a spingere grosse briciole di pane, e da una lucertola che inseguiva .... un piccolo corvo gracchiante!

15 maggio. Canto di uccelli nel giardino. Pianto di bambini. Arice, una ragazza araba, intona una nenia.

Le buganvillee rosse e violette accendono il vecchio muro di cinta che vedo dalla finestra della stanza dei bambini.

Fuori è già piena estate. In questa stanza non entra mai il sole ed i miei piccoli, prigionieri qui per tante ore, non possono goderne il calore.

16 maggio. La nostra stanza, la stanza N°7, è molto ampia, sebbene lo spazio sia ridotto dalla presenza dei sei lettini. Ha una sola finestra, chiusa da inferriate, che si apre sul giardino.

Quando sto seduta sul pavimento, accanto ai piccoli distesi sul tappeto, per farli giocare o per far loro massaggi o esercizi fisici, volgendo lo sguardo in su, nel riquadro che si disegna nel cielo sereno, vedo solo le cime sottili di due giovani cipressi, spesso rallegrati dai voli dei passeri, che arrivano dovunque, pur di sedare la loro fame!

Questi cipressi stanno diventando un simbolo per me!

17 maggio. Benché facesse già molto caldo da alcuni giorni, i bambini continuavano ad indossare abiti e pigiami invernali e spesso, pur non muovendosi, erano accaldati. Il semplice contatto con i materassi dei loro letti li faceva sudare.

Oggi, finalmente, è stato deciso il cambio degli indumenti pesanti con quelli estivi.

Gran traffico, quindi, ed un continuo andirivieni, dal guardaroba alle stanze, di Suor Aurora e di Anuli, con sacchi e sacchettini colmi di abiti e di coperte leggere.

Confusione. Poi, tutto in ordine.

Marie Luce ed io abbiamo subito alleggerito i piccoli,

perché la giornata è molto calda. Scomparsi, quindi, tutine, goltini e magliette, sono comparsi camiciole e calzoncini corti.

Quanto diverse, in un attimo, mi sono apparse queste creature, e impressionanti, alcune, nelle loro anormali nudità.

Hassan, no, perché è un grasso bambolotto, sodo e ben fatto!

Tal, poi, è graziosissimo; Rahel, invece, mette in evidenza le gambe magrissime, sostenute dai tutori e, come Naama, rivela senza riserve tutto il dramma delle sue deformazioni.

Sono andata nella Baby-room, per vedere Bat-El. Dormiva nel suo carrozzino con indosso un abitino leggero, rosa. Perfetta. Ho pensato a sua madre! Questa bella creatura - dicevo fra me - è destinata a trasformarsi, a diventare come Naama? Le sue manine paffute, un giorno, saranno accartocciate, ed i suoi piedini, oggi senza difetti, diverranno arti deformi in cui impossibile è distinguere le dita?

18 maggio. Questa mattina, passando attraverso il quartiere ebraico della Città Vecchia, elegante, silenzioso, pulito, sono andata al Muro del Pianto, per assistere alla cerimonia durante la quale i fanciulli, che hanno compiuto tredici anni, vengono iniziati alla lettura della Torah e introdotti alle preghiere riservate agli uomini, secondo la tradizione giudaica. Luminosa fresca mattina, come di primavera, sebbene qui sia già estate!

La piazza era affollata da gruppi di turisti e, soprattutto, dalle famiglie dei ragazzi che, accompagnati dal padre e da un rabbino, erano, in gruppetti più o meno numerosi, attorno ai tavoli del cerimoniale.

Donne e bambini si accalcavano dietro la ringhiera che separa la parte riservata al culto dal resto della grande spianata.

Molta eleganza. Signore in abiti ricercati, anche lunghi, ricercati cappellini, qualche ombrellino variopinto a riparo dal sole. Bambini ben vestiti, irrequieti. Numerose le cineprese e le macchine fotografiche, che spuntavano da ogni dove e si spostavano da un punto all'altro sulla marea ondeggiante delle teste.

A mala pena, fra tanta confusione, si potevano distinguere i giovanetti che, con il *kippak* ed il *tallith,* il manto bianco a righe azzurre, indossato per la prima volta, svolgevano, sotto gli occhi attenti degli adulti, il rotolo della Legge.

Gironzolavo nella piazza e ben lontana dalla zona del rito, quando mi si è accostata una guardia israeliana, per farmi osservazione circa le maniche del mio abito, troppo corte, a suo avviso, per un luogo sacro come quello. Non mi sembrava, in verità, che le signore ebree, sedute presso la ringhiera come in un palco di proscenio, allegre e rumorose, fossero più pudiche di me, a parte il cappello che, d'altronde, portavo anch'io...

Ma ben altri particolari dicevano in me la non appartenenza a loro! In fretta mi sono infilata la giacca. Paese che vai... ubbidienza che devi!

Ai lati della piazza, su sedili di fortuna, alcuni gruppetti festeggiavano, con pasticcini e Coca-Cola, l'avvenuta accoglienza del ragazzo fra gli adulti, tanto che, secondo le usanze giudaiche, potrebbe addirittura contrarre matrimonio!

Intanto io pensavo che il mio Tal mai avrebbe letto la Torah e mai avrebbe festeggiato il suo ingresso nel mondo dei grandi... Certamente una vergogna per suo padre che aveva decretato il suo allontanamento dalla famiglia!

Nonostante i progressi che mi auguro possa fare, Tal è stato destinato a rimanere per sempre "bambino"!

19 maggio. E' nata una affettuosa amicizia fra me e Alla, la terapista, una simpatica e gentile signora ebrea. Certamente siamo unite dallo stesso interesse e dalle stesse preoccupazioni per Tal. Ed oggi mi ha insegnato quali massaggi fare ai piedini del piccolo che vanno - come avevo previsto e temuto - deformandosi. Finalmente potrò intervenire anch'io, dopo due mesi dalle mie richieste. Ma fra non molto partirò e mi chiedo con preoccupazione se, chi mi sostituirà, avrà la mia stessa sollecitudine...

Mentre imboccavo Tal, si è presentata una signora mai vista prima. "E' la logopedista" - mi ha spiegato Arice. Mi ha tolto dalle braccia il bambino, che stava mangiando, senza troppi complimenti, adducendo la sua gran fretta come spiegazione!

Ha guardato il piccolo e controllato le sue reazioni a dei vocalizzi, poi è andata via senza profferir parola! Tornerà?

20 maggio. E' molto caldo. Arrivano dal deserto folate brucianti. Gerusalemme soffoca sotto i densi vapori della calura; il biancore del sole acceca.

La temperatura dell'aria continua a salire.

La gente cammina in fretta, il cappello calato sulla fronte, una bottiglia d'acqua in mano. Due accessori immancabili. Infatti, per difendersi dai colpi di calore, è necessario bere spesso.

Anche la mendicante, che ha il suo posto fisso all'angolo fra la Ben-Yehuda e la King George Street, è ricorsa a dei provvedimenti. Seduta, come sempre, su di un grosso barattolo, si è sistemata, con uno scatolone di cartone, una copertura che le fa ombra. Per terra, accanto al piattino in cui i passanti gettano pochi spiccioli, la bottiglia d'acqua!

Nonostante il gran caldo (il termometro raggiunge facilmente i 40°), gli ebrei ortodossi vanno sempre rigorosamente vestiti di nero. Sempre uguali a se stessi, anche sotto la canicola!

Hanno, però, sostituito la pesante palandrana con una specie di vestaglia di un tessuto lucido, una specie di raso damascato, ma non hanno alleggerito il copricapo, anzi alcuni anziani ansimano sotto una sorta di lobbia di pelliccia.

Mentre cammino e mi guardo attorno, uno di loro, giovane, con lunghi riccioli, i *peyôt*, ai lati del viso, correndo, mi sfiora. Non mi ha visto! Accaldato, sotto la giacca sbottonata lascia intravedere il manto bianco, orlato di blu, che i giudei indossano quando pregano. Non posso evitare di osservarlo: è costellato di pillacchere!

21 maggio. Questa mattina, il mio turno di lavoro avrebbe avuto inizio alle undici, ora di pranzo per i bambini.

Sono arrivata nella stanza qualche minuto prima e l'ho trovata occupata da sei o sette maestre ebree, che "intrattenevano" (per loro è "fare scuola") altrettanti piccoli, alcuni dei quali stavano sui tappeti sparsi disordinatamente sul pavimento.

Uno piangeva, un altro strillava, per qualche suo males-

sere o semplicemente perché eccitato dalla confusione, che regnava intorno. Macedo, un ragazzo di dodici anni, batteva le mani, felice, su una specie di pianola.
Le insegnanti parlavano ad alta voce, chiamavano, a turno, tutti e li esortavano, non capivo a che cosa e perché, ridendo e scambiandosi - credo - delle osservazioni, spostandosi da un punto all'altro per le loro incombenze e camminando tranquillamente, con le calzature davvero non asettiche, sui tappeti, e accanto ai visi di quelle creature che, anche volendo, non erano in grado di evitare tali vicinanze...

Così, anche il concetto di igiene per me andava a finire fra quelle che io considero "opinioni" della vita!

Intanto una ragazza, grassoccia, un viso sereno e paffuto sotto un caschetto di capelli neri, suonava motivi vecchi e nuovi con un piccolo armonium, completamente presa dal suo compito di "educatrice musicale" e non si curava della confusione che regnava intorno e che è aumentata quando si sono presentate due ragazze arabe, che avrebbero dovuto aiutarmi, una a cambiare i bambini, "i miei", e l'altra a riordinare la stanza che aveva funzionato da aula... Ma le maestre non hanno dato a vedere di averle notate, quindi la loro presenza non ha sollecitato la "ritirata"! La suonatrice continuava il suo "concerto", rapita ed assorta, estranea a tutto, come fosse sul palco di una sala da concerto. Veronique mi lanciava sguardi eloquenti, e forse si attendeva un mio intervento per sollecitare lo sgombero...

Ma io... sono "ospite" e volontaria straniera...

Intanto Hassan e Tal, i miei più piccoli, relegati nei loro lettini avevano cominciato a piangere, mentre io ero turbata ed impotente!

22 maggio. Sono andata presto in città, avendo come meta la Cittadella di Davide, nella parte antica, dove è ospitato un interessante museo di storia della nazione israeliana.

Pensavo di salire, poi, alla Moschea di Omar, un luogo molto suggestivo. Invece mi sono smarrita in un intrico di viuzze nella Città Vecchia e, inaspettatamente, mentre cercavo di orientarmi, mi sono trovata al Cardo, la ricostruzione della strada principale della Gerusalemme romana.

Ed è stata una piacevole sorpresa!

Il Cardo è, oggi, una larga via in cui si susseguono negozi piccoli e grandi, tutti eleganti, che espongono oggetti tipici israeliani, raffinati e costosi. E', quindi, la versione moderna di quello che deve essere stato un pittoresco mercato.

In alcuni punti, sono ancora visibili i resti di antiche mura ed un colonnato ben conservato.

Interessante una mostra di fotografie scattate il giorno in cui il quartiere ebraico, nel 1948, cadde in mano ai Giordani.

Mattinata serena, passeggiata piacevole.

23 maggio. Anche oggi giornata di fuoco. Alle sei del mattino, quando il sole non era ancora sceso nella valle di Ain Karem, l'aria già scottava.

I bambini smaniano, sono irrequieti, piangono senza un evidente motivo. Non possiamo portarli fuori perché rischierebbero un colpo di calore, anche all'ombra degli alberi.

Ho eliminato tutti gli indumenti inutili, corsetti e tutori compresi, nonché calze e scarpe.

Non ho ancora capito perché Suor Selma, addetta ai controlli, badi tanto scrupolosamente che queste creature portino sempre le scarpe!

Scarpe belle e sempre nuove! Non cammineranno mai!

24 maggio. Tal ha la febbre alta.

E' venuta Suor Norma, l'infermiera, è passato il così detto "dottore" russo, incaricato della distribuzione dei medicinali. Acamol Acamol Acamol! Ma la temperatura non accenna a diminuire. Acamol Acamol Acamol!

Mi chiedo quando questo rimedio si deciderà a fare i miracoli che evidentemente si attendono da lui!

Il bambino sta male ed io sono qui, accanto, con la mia impotenza e la mia pena!

25 maggio. Le sette. Elias lavora nella falegnameria. E' arrivato presto da Ramallah, dove abita. Si sente il suo martello ritmare i colpi. Joseph lo chiama e lui non risponde. Anuli e Jasmine discutono animatamente - come sempre - mentre stendono i panni. Il militare di guardia, con il mitra spianato, è al suo posto di vedetta.

Due gatti si rincorrono nel cortile. Merli e colombi si affrettano a becchettare sotto gli alberi, nell'aranceto.

Il sole è già alto e il cielo, laggiù, verso l'orizzonte, offre il suo azzurro in tutte le sfumature, dalle più intense alle tenui.

Da oltre un'ora, i volontari sono nelle camere dei bambini. Al *Saint Vincent* riprende la vita di ogni giorno.

26 maggio. La gran calura ed il vento hanno bruciato, in poche ore, il roseto. Restano le accese buganvillee, le verbene rosate ed i gelsomini giapponesi che colorano i muri del giardino.

27 maggio. Prima della porta di Jaffa, nella Old City, un anziano arabo, nella sua *descdascia,* una specie di manto, di un bianco perduto, testa e spalle coperte dalla *kaffia,* lo scialle tipico, accoccolato nella via polverosa, parla animatamente al suo.... cellulare!

Mi inoltro nel cuore della vecchia città.

Via delle carni, via del pesce, via delle erbe, via dei tessuti, via delle scarpe: in vero, più che vie sono dei larghi corridoi, paralleli fra loro e coperti, alcuni, illuminati, quindi, da luce artificiale; altri hanno la volta ad archi di ferro, e perciò vengono rischiarati dalla luce del sole. Partendo a raggio dalla via dei bazar, vanno a confluire tutti nella zona della Porta di Damasco. Questa è la parte in cui il mercato arabo, specialmente il venerdì, giorno di preghiera e di festa per i musulmani, raggiunge il massimo dell'affollamento delle persone e della varietà e ricchezza di mercanzie. Frutta, dolci, pane, scarpe, vasellame, abiti e biancheria, musicassette, dischi, scialli, ed una quantità incredibile di semi di vario genere e di spezie, di verdure, soprattutto di erbe odorose che le donne arabe, sedute in terra, offrono, invitando in particolare i turisti, con una cantilena nella loro incomprensibile lingua, che rendono comprensibile con eloquenti gesti. Specialmente sotto l'arco della Porta, il profumo è acuto e piacevolissimo.

Affollata la fumeria, la *abvé*, un locale stretto e lungo, semibuio, sotto il livello della strada e frequentato solo da uomini, per lo più anziani, che trascorrono le ore, immobili, seduti attorno a dei piccoli tavoli con accanto il *nargilé* , la tipica pipa con acqua, appoggiata per terra. I fumatori, in silenzio, avvolti nell'ampia *abja*, che scende dalla testa, coperta dalla *kaffia*, fino ai piedi, sembrano statue scolpite nella pietra. Si ha timore a guardarli!

Sul piazzale prospiciente le scale che portano alla Suleiman Road, una delle vie più importanti, che gira attorno alle mura della vecchia città, quando dardeggia il sole, il caldo è insopportabile. Nelle giornate più afose, sosta qui un caratteristico personaggio, un arabo, che regge sulle spalle una enorme caraffa di metallo, della tipica forma locale, e vende da bere agli "assetati". Dato l'armamentario, che sostiene sulle spalle, è fornito di un solo bicchiere di cui si servono tutti, mentre un'allegra campanella dà l'avviso della refrigerante presenza!

28 maggio. Via delle Sorgenti. E' questo il nome del viottolo che sale dall'abitato di Ain Karem fino all'istituto *Saint Vincent*.

In questa stagione, la stradina è quasi sommersa nel verde. Da un lato è fiancheggiata da alte siepi di edera, lucida e rigogliosa, dall'altro si innalza con una breve parete terrigna fitta di erbe e alti arbusti.

Percorro questa via, quasi ogni giorno e sempre lentamente perché, al ritorno, la salita è faticosa per me ma, soprattutto, perché mi piace guardarmi attorno, specialmente in un punto, quello più alto, da cui si domina tutta la piccola vallata.

E' un rincorrersi di prati verdissimi, di file di cipressi, di cespugli di felci, di enormi fichi d'India, di campi fioriti. Il giallo delle ginestre macchia, a perdita d'occhio, le alture che circondano la valle, su, fino al crinale sul quale si allineano alcune case bianche.

Il paesaggio è dominato, da un lato, dal campanile,

quello della Chiesa della Visitazione e, poco discosto, da quello più tozzo della chiesa del convento delle suore ortodosse e, dall'altro, dalle sagome snelle del campanile di St. John e del minareto di una moschea, oramai abbandonata, essendo pochissimi i musulmani, qui. Infatti quelli che vi abitavano, da tempo hanno lasciato il paese.

29 maggio. Tal ha la polmonite.

30 maggio. Fra pochi giorni tornerò in Italia.

Penso alla partenza con sentimenti inquieti e contrastanti e cerco di prepararmi al distacco da queste "mie" creature.

Certamente mi porterò dentro tanto di questo paese, di queste immagini, di questi paesaggi.

Certamente mi porterò dentro i miei bambini e la gente di questo singolare mondo israeliano. Israeliani ed arabi, e tante persone di nazionalità diverse così come li incontro per le strade assolate di Gerusalemme.

Rabbini e musulmani, preti ortodossi, francescani, sacerdoti cattolici, giapponesi e americani, inglesi e africani. Una folla varia, colorata. Mi porterò dentro la bellezza e la mutevolezza del cielo di Palestina, la sua purezza azzurra, al mattino, i morbidi colori in tante sfumature, dalle intense alle più tenere, colori densi compatti, e i tramonti dorati che tingono le cime delle alture attorno ad Ain Karem.

31 maggio. Questa mattina, nella Chiesa della Visitazione, durante una solenne celebrazione in latino, hanno pronunciato i voti alcuni francescani di diverse nazionalità.
Una giornata luminosa nel silenzio dell'antico convento.

Padre Gerard, il superiore, un colto francese, perfetto conoscitore della lingua ebraica e di quella araba, ci ha accolto con la consueta cordialità.

Vengo spesso qui, sulla collina dove sorgeva, probabilmente, la casa di campagna di Zaccaria e dove Maria, che attendeva il Bambino, rimase con Elisabetta che portava nel grembo Giovanni.

E' un luogo molto suggestivo, ricco di verde e di fiori, da

cui si domina la vista ridente della vallata e dei paesi intorno a Gerusalemme. E' un luogo di pace in cui è bello stare e lasciarsi andare ai ricordi, che inteneriscono nell'abbandono dei pensieri e della preghiera.

Poco dopo le dodici, tutti i volontari del *Saint Vincent* hanno avuto una riunione con Suor Ann, la superiora, e con due rappresentanti, un rabbino ed una psicologa, del Ministero israeliano degli Affari Sociali.

Essi si sono trattenuti con noi molto cordialmente, chiedendo a ciascuno notizie sulla sua attività ed eventuali desideri relativi al nostro soggiorno qui.

Si sono stupiti quando, parlando con me, hanno appreso che questa è la mia seconda esperienza nell'istituto e si sono stupiti ancora di più, allorché ho spiegato che sono tornata perché il loro paese mi affascina e, soprattutto, perché dai "loro" bambini menomati e "rifiutati" ricevo tanto calore quanto mi sarebbe difficile dire.

Pensavo che l'aver accennato al "rifiuto" poteva averli colpiti, invece, la signora mi si è avvicinata per stringermi la mano....

Nel pomeriggio sono andata a Gerusalemme.

Nel quartiere cristiano della Città Vecchia, i francescani hanno concluso il mese dedicato alla Madonna portando in processione una piccola e graziosa statua di Maria, di una freschezza particolare!

Serti di fiori, bambini, ragazze vestite di bianco e i frati in lunga fila che cantavano "Bella tu sei qual sole!". Ascoltare un canto in italiano, in quel momento, in quel luogo, ha suscitato in me una gran commozione. Una donna araba accanto a me mi ha guardato fra sorpresa e preoccupata. " Sono italiana!" - ho spiegato - senza essere sicura che mi capisse!

Vivo questi giorni quasi bevendone l'essenza, perché sono gli ultimi qui e prossimi alla mia partenza, e potrebbero essere gli ultimi in senso assoluto, perché non so se, un giorno, potrò ritornare....

Primo giugno. Ho trascorso le ore libere della mattina,

passeggiando per le vie semideserte del paese. Alcune non sono asfaltate e vanno a perdersi nella campagna. Sono fiancheggiate da piccole linde case, protette da bassi muri di cinta fioriti, in questa stagione, dell'azzurro dei gelsomini giapponesi e dal rosso e bianco dei grappoli di certe piante rampicanti assai rigogliose nella zona. Nelle crepe dei muri crescono numerose le piante del cappero, in folti cespugli con piccole foglie lanceolate verde cupo e delicati fiori dai petali bianchi con i pistilli viola.

Ero serena perché mi sento tranquilla per Tal che ha superato la polmonite. Quando i piccoli stanno male, la mia pena è accresciuta dalla consapevolezza di poter fare ben poco per loro. Altro non mi è concesso, infatti, che seguire le disposizioni anche quando non le condivido!

2 giugno. Tal sta bene e sorride... Quando ride, e il suo è il riso di un bambino normale, ho il cuore pieno di tenerezza, ma anche di pena, perché non so non pensare alla sua prigionia qui.

Tal è intelligente, Tal capisce e si fa capire.... ma Tal è uno scricciolo senza nido!

3 giugno. La mia mente piena di pensieri fastidiosi, indiscreti, assillanti... inutili!

E' molto difficile riuscire a creare entro di sé una sorta di intercapedine particolare ed estraniarsi, per rimanere isolati in una benefica indifferenza!

4 giugno. Domenica di Pentecoste. Questa mattina, ha ricevuto la Prima Comunione Bernadette, Berny, come la chiamiamo affettuosamente noi. Berny è una bambina dawn di dieci anni ed unica cattolica fra i piccoli ospiti!

Affollata la cappella, adorna di fiori. C'erano le suore e tutti i volontari liberi. Si sono presentati anche i genitori della bambina, arabi di Bet-Sahur, giovani, elegantemente vestiti. Non li avevo mai visti. Ogni tanto si hanno di queste sorprese!

Bernadette ha sempre vissuto qui e domani sarà trasferita a Nazareth, dove sarà ospitata in un centro di rieducazione perché ha delle possibilità intellettive di recupero.

Anche Macedo, che non parla e non cammina, ma riesce a cantare ed a suo modo suona la pianola, fra qualche giorno andrà ad Haifa, in un istituto delle nostre suore, dove potrà essere seguito meglio.

La riabilitazione di Berny e di Macedo avrebbe potuto iniziare prima? Forse non si poteva! Non conosco le "procedure"... ma penso a Tal!

Bernadette, con il suo abituccio bianco, cucito da Suor Géneviève, era impegnatissima nel baciare ed abbracciare tutti, con accanto Suor Aurora raggiante. Berny è una sua creatura!

Più tardi, dopo il rinfresco, con Padre David e Giuseppe sono andata al convento ortodosso di San Giovanni del deserto, che sorge sullo sperone di un colle e domina tutta la valle che porta a Tel Aviv. Abbiamo sostato nel giardino adiacente la chiesa, un giardino piccolissimo. Pieno di fiori, di silenzio e di pace.

Il padre superiore: codino, ampio mantello e copricapo neri, ci ha offerto un bicchiere di gustoso idromele, accompagnato da un nugolo goloso di mosche!

Strade, prati, boschi sono, oggi, affollatissimi. La Pentecoste, infatti, è una delle festività più importanti per i guidei, la festa del raccolto, del trionfo della natura.

5 giugno. Questa mattina, sono andata al Monte Scopus a visitare la seconda Università di Gerusalemme. Ho attraversato, all'andata, il quartiere arabo della nuova città, affollato nei negozi, numerosi e grandi e relativamente eleganti. Al ritorno, invece, sono passata nel quartiere ebraico della zona ovest. Ampie strade alberate, belle case dai balconi fioriti, banche, negozi. Nelle vie solo giudei.

Il complesso dell'Università, costituito dagli edifici dei vari istituti, da bar, ristoranti e, superfluo dirlo!, dalla sinagoga, sorge sulla altura del Monte Scopus che domina, a perdita d'occhio, la valle del Giordano e il deserto della Giudea, offrendo, sotto il sole, uno spettacolo unico e davvero indimenticabile.

Costruzioni moderne e di ampio respiro si alternano a

larghi spiazzi e vie, animati da una incredibile ricchezza di piante, arbusti tipici della flora mediterranea accanto a snelle palme.

Sembrava di trovarsi in uno dei Campus inglesi, se non fosse stato per la caratteristica vegetazione e per la luce vivida del mattino di sole.

Questa Università ospita anche un interessante Museo archeologico dove sono conservati numerosi reperti dei recenti scavi in Palestina.

6 giugno. Conquiste. Piccole, grandi conquiste. Una dopo l'altra!

Tal, divertito, ride. Tal si scuote, se gli parlo, se lo chiamo. Tal mi sente! Tal volge gli occhi dove sono io. Tal mi guarda. Tal vede! Tal sorride quando mi avvicino a lui e lo accarezzo. Tal riconosce!

E' disteso nel suo lettino, quando entro nella stanza. Lo chiamo, solleva la testa e si guarda attorno. Tal partecipa alla vita!

Io canto e lui modula la voce quasi tentasse di articolare dei suoni. Tal protesta, se ha fame, si fa capire, se vuole essere cambiato, perché piange indispettito. Si fa capire se si sente trascurato e vuol essere preso fra le braccia. Accontentato, si placa, si rasserena e nasconde il faccino contro la mia spalla, con un sospiro di contentezza.

Tal capisce! Tal potrebbe diventare come gli altri bambini perché, nonostante la lesione al cervello (dove e quanto grave?), è intelligente. E dovrà rimanere relegato in questo istituto, dove è materialmente impossibile aiutarlo più di quanto si fa, per una molteplicità di ragioni?

E'condannato ad una prigionia che, anziché migliorare le sue capacità, lo fossilizzerà in uno stato di involuzione che lo renderà, e sempre più, simile a tante creature che pure vivono qui e sono, disgraziatamente, molto meno dotate di lui.

Seduto su di una carrozzella, le gambe ciondoloni, i suoi piedi si deformeranno perché non saranno stati educati a camminare, le mani strette a pugno, perché non saranno state sufficientemente esercitate a chiudersi ed a stringere gli oggetti; i suoi vocalizzi di oggi, che potrebbero divenire parole, domani, si trasformeranno, invece, in versi, in suoni inarticolati, perché non gli sarà stato insegnato ad usare bene la voce.

I giorni, i mesi passeranno, passeranno gli anni. Il suo fisico non potrà irrobustirsi: non gode il sole, non si ossigena, non è adeguatamente esercitato.

Tal diventerà come Omer, come Maor, che ho ritrovato, dopo due anni, cresciuti, smagriti e con più deformità. E con gli stessi lamenti, con lo stesso sguardo smarrito.
Diceva uno dei Padri Bianchi, venuto a farci visita il giorno di Pasqua, mentre guardava commosso queste creature: " E' la contemplazione! Questa è la contemplazione!".

Sì, è questa la contemplazione. Sono questi i prediletti del Signore, sono questi i piccoli che Lui più ama! Lo so, lo capisco. Lo capisco ogni giorno di più. Ma c'è anche la "vita".

E diamo tutto, noi normali, tutto quanto è possibile, perché questa "vita" sbocci, fiorisca e si avvicini alla normalità?

- Ma questi bambini non sanno la loro infelicità - mi diceva un volontario, un giorno.

E come possiamo affermarlo? Come esserne sicuri? Chi di noi, che pure li amiamo, li curiamo, stiamo loro vicini, può dire fino a qual punto non si rendono conto delle loro limitazioni o non capiscano la sofferenza? Perché "sentono", ed alcuni più di altri.

Posso dirlo con certezza. Altro non so. Non sono in grado di rispondere a tanti interrogativi. E questo mi angoscia.

Nelle domande, alle quali è difficile dare risposta, è la mia pena.

Che cosa si potrebbe, si dovrebbe fare di più?

Non so, non so.

7 giugno. Il rumore lontano della strada, il canto degli uccelli nascosti fra le siepi del giardino, gli strilli dei bambini che ben poco hanno di umano. Il suono del pianoforte: Daniel, il volontario svizzero, suona la sua malinconia.

8 giugno. Tempeste di gran caldo si abbattono improvvise

in questi luoghi. Una densa caligine smorza i colori, il cielo da azzurro si fa lattiginoso. La calura, allora, sembra palpabile, toglie il respiro, l'aria è ferma e pesante.

Di solito, per fortuna, dopo il tramonto, si leva il vento che disperde rapidamente i bassi vapori ed il cielo riacquista la sua nitidezza. In giornate simili, come appunto è avvenuto oggi, i bambini soffrono molto. Hanno caldo ed avvertono di più l'alta temperatura per l'immobilità cui sono costretti. Sudano, piangono. Non si fa in tempo a cambiarli che subito le loro magliette sono intrise di sudore.

9 giugno. Ultimo giorno con i miei piccoli.

Oggi, sono stata sola nella stanza con tutti e sei i bambini. In questo periodo c'è penuria di personale volontario.

Diversi giovani sono partiti ed altri ne arriveranno solo a fine giugno. Le aiutanti arabe, in genere, lavorano solo al mattino, perché quasi tutte abitano in paesi lontani, intorno a Gerusalemme, perciò chiedono orari che consentano loro di non tornare tardi a casa. Alcune sono studentesse ed hanno impegni scolastici.

E' davvero un problema accudire da sola sei di queste creature! Uno strilla e non è possibile sapere perché, l'altro piange sconsolato perché ha fatto "cacà" e vuol essere cambiato. Rahel è scivolata dal tappeto e bisogna affrettarsi perché, con il suo particolare modo di crawling a sghembo, non si sa dove può finire; Riina piange perché si sente sola e trascurata; Hassan, colto da una crisi spastica, urla disperatamente: occorre massaggiarlo subito! Naama tossisce, ed a causa della sonda che porta sempre nel naso, dà l'impressione che stia per soffocare; Nathan, eccitato dal trambusto, che involontariamente provoco, muovendomi in fretta e passando dall'uno all'altro, smette di succhiarsi le mani, sua occupazione preferita, e si fa sentire con una serie interminabile di versi senza senso, che a mano a mano diventano urli.... Tal, che nel suo carrozzino sembrava interessato ad un grosso orsacchiotto, mi guarda disorientato e fa il "groppino". Oramai conosco bene certi suoi segnali! Fra poco si metterà a piangere per chiedere di essere preso in braccio! Bambini miei... bambini miei... vorrei accontentare tutti, curare tutti insieme e nello stesso modo, ma le mie braccia sono due e la stanchezza comincia a farsi sentire...

E' così! Ma è anche il mio ultimo pomeriggio con voi... Domani sera, sarò in Italia, nella mia casa, e lontana, e le ore trascorse dalla mia partenza da qui, mi sembreranno già tante, e sarà difficile da sopportare la mia separazione da voi. Vi penserò, vi vedrò e sentirò la mancanza dei vostri gridi e dei vostri pianti ed il vuoto mi stringerà l'anima... Impossibile dire quanto costi il distacco e quale pena sarà, nei giorni a venire.

Quando sarò di nuovo nella mia casa silenziosa, mi sembrerà di non avere scopo nella vita senza voi e non saprò dire ad altri quanta ricchezza di affetti, di sentimenti, inconsapevolmente mi avete dato, e più, molto di più di quelli che cercano di volermi bene perché vedono, perché capiscono, perché sanno... e non si rendono conto di non poter dare come voi che non vedete, non udite, non capite... ... e tu, Tal, Talush, mio scricciolo senza nido, camminerai, un giorno, con quelle tue esili gambette che tante volte ho massaggiato? Potrai andare anche tu alla scoperta del mondo?

5 novembre. Pescara. In un attentato, a Tel Aviv, è stato ucciso Itzak Rabin, primo ministro del governo israeliano.

Un giovane ebreo ha ucciso l'"uomo della pace"!

Ora sono tanti gli interrogativi su quello che potrebbe accadere in questo paese diviso da contrasti ideologici, da nazionalismi ed integralismi esasperati.

Forse mi sarà più difficile tornare in Israele. Forse non vedrò più i "miei" bambini. Non li vedrò cresciuti. Non vedrò cresciuto Tal e mi rimarrà nel cuore l'immagine di lui, piccolo, di lui che ride, di lui che piange e volge lo sguardo indifeso attorno e mi cerca ...

Tenerezza

26 aprile 1997. Ain Karem. Da ieri sera sono di nuovo - per l'ultima volta? - in Israele, nell'istituto di Ain Karem.

Ho la sensazione di non essermi mai allontanata, e pure manco da quasi due anni!

Ho ritrovato "tutto", ma non tutti, purtroppo!

Mi sembra un sogno il tempo trascorso lontano da qui ed ora mi appare distante quel mondo che è il mio mondo...

Dopo un volo tranquillo - ma, in verità, ero io serena entro di me, l'arrivo a Tel Aviv, che accoglie chi arriva dal cielo con una distesa brillante di luci gialle, azzurrine, rosse.

L'aeroporto, ampio, adorno di fontane interne - e quanto diverso da quello di cinque anni or sono, quando venni qui per la prima volta! - era molto movimentato, nonostante l'ora avanzata della notte.

Dopo l'abituale controllo del passaporto - non mi era mai accaduto prima - ho dovuto affrontare, ed uso questo termine a causa della difficoltà della lingua, un interrogatorio cavilloso, pressante da parte di due giovani addetti alla "Sicurezza" israeliana. Quando, finalmente, hanno capito il motivo della mia presenza in Israele, si sono profusi in sorrisi e in ringraziamenti...

Ma forse dovrei essere io a ringraziare loro...

Due visi sorridenti tra la folla sconosciuta... e mi sono sentita abbracciare con trasporto... Abuna Daoud e Giuseppe erano venuti a prelevarmi! Padre Davide, poi, era fuori di sé dalla gioia!

La mia presenza qui, infatti, potrà risolvere molti dei problemi relativi alla stesura della tesi in Teologia, che dovrà presentare il ventidue maggio. Si tratta di uno studio critico, storico e teologico su di un carme del profeta Isaia.

"Io sono ignorante in materia!" - cerco, vanamente, di difendermi!

"Ma sai bene l'italiano e sai scrivere!" - ribatte lui, ridendo.

"Hai ragione!- e penso alle sue notevoli e numerose approssimazioni, per non parlare degli errori, quando usa per iscritto la nostra lingua.... Una tesi in italiano, lui, monaco arabo!...

Uscendo dall'aeroporto, sono stata investita dall'aria tiepida, carica del profumo delle ginestre.

26 aprile. Sera. Questa mattina, sono andata subito nel reparto, dove sono ricoverati i bambini.

Oggi, qui è festa per la Pasqua ebraica, perciò è vacanza per le "maestre" israeliane, che vengono da Gerusalemme, per intrattenere alcuni dei nostri piccoli, al mattino. Quindi, niente "scuola", se tale definizione si può dare a quei trastulli ed a quegli esercizi, che dovrebbero sviluppare le capacità intellettive, a cui sottopongono questi allievi, quasi sempre addormentati per i sedativi o completamente assenti, proprio per mancanza di quelle capacità che andrebbero potenziate...

Ho trovato ovunque molti cambiamenti: suppellettili e mobili nuovi, complicati attrezzi da rieducazione, bei lettini colorati con eleganti coperte ricamate; arazzi e quadri alle pareti, un tempo spoglie, e tanti giocattoli... inutilizzati, come sempre!

Due grandi televisori fanno bella mostra di sé, sistemati negli angoli opposti del salone vastissimo nel quale, di solito, teniamo i bambini, nelle così dette ore di svago!

Loro, no... i piccoli sono sempre eguali...

Non ci sono più i grandi; diversi, al compimento del dodicesimo anno, sono stati trasferiti nel centro, gestito dalle stesse suore della Carità, che ha sede ad Haifa; alcuni, come Naama, sono morti.

Infatti, dopo i dodici, tredici anni, inizia per loro un periodo particolarmente critico, collegato ai problemi della crescita al quale, in genere, non sopravvivono.

Così è stato per Naama, morta a quattordici anni, senza aver mai conosciuto i genitori, che non è stato possibile informare perché irreperibili. Ma per loro lei non esisteva già più!

L'avevano abbandonata dalla nascita. Naama è stata amata, sì, ma da persone estranee: le suore, i volontari, che pure sono diventati la sua famiglia!

Ho pensato che se ne è andata silenziosamente, come silenziosamente aveva vissuto, accompagnata da una quantità indicibile di sofferenze. Si è addormentata - mi hanno raccontato - una sera, e non si è più svegliata.

Che cosa può significare - mi chiedo - una vita come quella di questa bambina non amata da chi le ha donato questa vita, e abbandonata!

Deforme, rattrappita sulla sedia a rotelle, nutrita solo per mezzo di una sonda, circondata da giocattoli che non vedeva e neppure riusciva a toccare....

Che cosa ha portato con sé nell'eternità una creatura come Naama?

Solo i segni dell'amore "sconosciuto" delle persone, che negli anni della sua esistenza, si sono alternate accanto a lei per accudirla, curarla.

Ho cercato gli altri "miei" di due anni fa. E non li ho riconosciuti.... Erano tutti nel folto gruppo in sosta davanti al televisore, che trasmetteva coloratissimi cartoni animati, che nessuno di loro poteva vedere... Testine ripiegate su se stesse, altre riverse sullo schienale della carrozzina, occhi semichiusi.

Tal... Hassan... Raquel... non li vedevo! Li chiamavo, pur sapendo che non potevano udirmi.. Ma erano lì!.. Eccoli! E' lì Tal, il mio prediletto. Non mi sembrava più lui! Cresciuto, smagrito, lo sguardo assente, il viso alterato!

L'ho accarezzato, gli ho parlato, piano, come ero solita fare. Tal vede. Dopo un po' mi ha sorriso. Aveva riconosciuto le mie mani, la mia voce? O il suo era un riflesso condizionato? una reazione alle mie sollecitazioni, che potevano essere anche quelle di un'altra persona? Probabile...

Sono uscita dall'istituto, rattristata e mi sono diretta verso il paese. Ho trovato una Ain Karem particolarmente affollata per le feste ebraiche della Pasqua e per la presenza dei soliti gruppi vocianti di pellegrini al seguito del solito prete-cicerone!

Le stesse vie, gli stessi campi, le stesse siepi di cardi bianchi e violetti. Ritrovavo un paesaggio caro e familiare!

Ho notato migliorie nei pochi negozi conosciuti, ai quali se ne è aggiunto qualcuno nuovo.

E' una giornata settembrina più che di primavera avanzata e, stamattina, il cielo di un azzurro evanescente era percorso, a tratti, da ciuffi di nubi sospinte dal vento che, fattosi d'improvviso freddo e irrequieto, mi ha costretto a ritornare in fretta verso casa.

Questa volta, sono alloggiata nella parte più vecchia dell'edificio, in quella che deve essere stata la cella di un frate dell'antico convento. Una stanza minuscola dove sono riuscita, con "giochi d'azzardo", a sistemare me stessa e le mie cose. Ora dovrò renderla più accogliente!

27 aprile. Domenica. Ancora una giornata di riposo, che avrebbe dovuto essere anche di solitudine, poiché ho promesso a me stessa e agli altri, familiari e no, di non servirmi dei mezzi pubblici, che potrebbero essere oggetto di attentati.

Questo significa rinunziare a Gerusalemme!

Una grossa rinunzia per me che amo tanto camminare senza meta nella nuova e nella vecchia città, soprattutto per l'appagante senso di libertà che me ne viene. Invece, inaspettatamente, Abuna, ossia Padre Davide, mi ha invitato ad andare con lui che avrebbe celebrato la Messa al Patriarcato maronita nella Città Vecchia.
Così mi sono ritrovata piacevolmente in uno dei punti che più mi piacciono, oltre la Porta di Jaffa.

Dalla piazza dove si erge la Torre di Davide, sede, oggi, di un museo della storia di Israele, si dipartono alcune strette vie che portano al centro del souk.

Strade anguste ad acciottolato sconnesso, a scale, alcune, e fiancheggiate da antiche costruzioni in pietra grigia su cui si aprono i numerosi bazar. In una di queste è il Convento dei Maroniti, sede del Patriarcato, dove tre suore libanesi gestiscono una pensione per turisti. Vi si giunge dalla piazza, percorrendo una stradina tortuosa e sudicia, e vi si accede attraverso un modesto portoncino di ferro bruno, che contrasta con la severità e con la vastità interna della costruzione antichissima.

Su di un piccolo buio ingresso si apre un grazioso cortile, che sfoggia al suo centro un caratteristico pozzo; tutto intorno si aprono delle stanze e iniziano due scalinate che portano ai ballatoi del piano superiore, dove è situata anche la cappella, attigua ad una sala bislunga, ammobiliata solo con divani, tappeti e cuscini sparsi un po' dovunque.

Qui ci si riunisce per chiaccherare e sorbire lentamente il caffé, dopo il rito religioso, la mattina della domenica.

Dopo la celebrazione della Messa, vissuta con vivo interesse perché, per la prima volta, ho seguito il rito maronita, avrei voluto gironzolare per le vie dei bazar, ma il mio accompagnatore, elegantissimo nel suo *clergy-man*, aveva già ben altro programma...: andare a pranzo a Betania, dalle suore della Carità, anch'esse arabe maronite del Libano.

Una tranquilla corsa in automobile, attraverso il quartiere arabo, oltre la Porta di Damasco, come sempre affollatissima di venditori e di acquirenti, presso banchi di merci di ogni tipo e cascate di ortaggi e di frutta.

Ho riconosciuto strade ben note.

Siamo passati davanti all'Orto degli Ulivi ed alla Chiesa della Passione.

Il convento delle suore sorge non molto oltre, in una zona ora territorio palestinese. Il complesso, suddiviso in alcuni edifici, con cortili e giardini, è in pietra bianca come, qui, tutte le costruzioni. Il giardino è ricco di fiori e di palme.

Tre giovani Sorelle, Lody, Pascale e Marcelle, si prendono cura di bambini arabi, appartenti a famiglie in difficoltà.

Accoglienza affettuosa e festosa per me, ospite straniera, in quel momento davvero sorpresa e un po' frastornata. Ho stentatamente risposto nella loro lingua, suscitando un divertito plauso, ma poi la conversazione è continuata piacevolmente in francese! Pranzo all'uso arabo, con specialità libanesi! Primi piatti a base di carne cruda di agnello, sapientemente condita, di fegato sminuzzato con gustoso accompagnamento di salse varie; il tutto molto accuratamente presentato in larghi vassoi ornati da foglie di lattuga, stecchini di carote e rondelle di pomodori.

- Est ce que tu ne mange pas? - mi si chiede premurosamente.

- Oh! no! Je mange, je mange tout! - E tutto ho mangiato, *cous-cous* compreso, seguendo diligentemente i loro usi, copiando i loro gesti, senza usare le posate e prendendo il cibo con pezzetti del tipico pane arabo, fatto a sottili focaccine.

Ho trascorso il resto della giornata, una volta rientrata all'istituto, immersa nella lettura dei primi capitoli della tesi di Daoud ed ho azzardato le prime correzioni. Questo mio inatteso e particolare compito si presenta non scevro di difficoltà, per motivi diversi.

Domani comincerò la mia attività di volontaria nella Baby-room, la stanza che ospita alcuni dei bambini più piccoli e più gravi.

Prima dell'alba, mi ha destato il suono festoso delle campane del vicino convento russo. Gli Ortodossi festeggiano la Pasqua in questi giorni e, al mattino, spesso si levano scampanii che segnano l'inizio delle loro liturgie. Dopo non molto è cominciata la mia giornata.

Nella Baby-room vivono i bambini affetti dalle malformazioni più gravi e colpiti da malattie, che richiedono una sorveglianza continua.

Alcuni di loro, per complicazioni bronchiali, devono essere costantemente liberati dal muco, perché possano respirare. Così l'aspiratore è sempre in funzione!

Quasi tutti vengono nutriti per mezzo di una sonda applicata al naso o allo stomaco.

Qui è Nadav. Ha circa sei anni e ricordo bene quando fu ricoverato, cinque anni fa. Sembrava non dovesse vivere!

Pallido, magrissimo, non reggeva la testa, priva della scatola cranica, con un gran ciuffo di capelli sulla fronte bassissima; teneva gli occhi sempre chiusi. Nadav è ancora molto minuto, respira a fatica e spesso è necessario aiutarlo con l'ossigeno. Ma vive...

E' qui anche Bat-El, arrivata due anni or sono. Aveva pochi mesi. Era stata portata direttamente dall'ospedale, dove sua madre, informata delle sue anomalie, l'aveva lasciata, e non aveva più voluto vederla.

Bat-El era bellissima. Oggi, non la riconoscevo. Cresciuta, smagrita; il suo piccolo corpo, in cui si sono fatti evidenti i segni del male, è spesso scosso da crisi che devono farla soffrire molto, perché piange. Sommessamente, accoratamente. Non possiamo aiutarla in alcun modo....

29 aprile. Sono andata a prestare aiuto, in un momento "difficile", nella camera N° 7, quella che è stata la "mia" camera di lavoro, negli anni scorsi.

Ed ho conosciuto Amne, una bimba araba di due anni. E' figlia di beduini, quelli che vivono sotto le tende di pelle nera, nelle zone desertiche fra Gerusalemme e Gerico.

Amne è una bimba normale, anche se ancora non parla, ma non si regge sulle gambe troppo deboli, ed i suoi genitori, avendo altri figli cui provvedere, hanno preferito portarla al *Saint Vincent.* Ma qui non le si possono certo prodigare le cure perché un giorno possa camminare.

Il padre viene a vederla, di tanto in tanto, Alto, vestito di nero, il capo avvolto nella *kaffia* bianca, che gli copre anche le spalle, spaventa la piccina, che non lo riconosce, e piangendo rifiuta il suo abbraccio. La madre, giovanissima ed in attesa dell'ottavo figlio, un giorno, ha espresso il desiderio che sua figlia

Amne

divenisse cristiana. Così Amne è stata battezzata dalla volontaria che si prende cura di lei!

Amne è scurissima di pelle, ha corti capelli neri e ricciuti; sotto un ciuffo arruffato e dispettoso ridono i suoi grandi occhi furbi e intelligenti. Ha un visino tondo e paffuto, il naso piccolo e la bocca rotonda sempre pronta al sorriso. Guarda intorno, riconosce e ride ed anche se non parla, riesce a comunicare con gesti eloquenti delle manine...

Rimarrà qui. E sarà così per tutta la vita?

Poco fa, al termine della mia giornata con loro, prima di lasciarli per la notte, guardavo i bambini nei loro lettini, ognuno in una posizione obbligata, studiata ed ottenuta con l'ausilio di cuscini poggiati in varie parti del corpo. Raggomitolati, piegati, proni o supini, non si sarebbero mossi sino al mattino, se qualcuno non l'avesse fatto per loro. Spente le luci, messe a tacere radio e televisione, il silenzio rimane custode delle loro storie.

Storie che gran parte dell'umanità ignora o vuole ignorare. Che cosa può contare, oggi, il dolore di un bambino in questa società in cui imperano sempre più l'egoismo, l'arrivismo, il desiderio di potenza e di ricchezza, gli individualismi sfrenati?

Che cosa possono contare le malattie di Tal, di Hayat, di Bat-El? E dicevo fra me " Signore... Signore"... ma non riuscivo a proseguire, e nella confusione interiore di quel momento non riuscivo più a pensare...

Ho letto in un libro - non ricordo più quale - che hanno bisogno di molto amore quelli che amano molto. Anche questi piccoli hanno bisogno di tanto amore, e come possono trasmetterci l'amore?

Una comunicazione davvero unica e misteriosa, quella loro, e dai contorni imponderabili e sfumati. Certamente si fanno amare da noi con tutte le infermità, le menomazioni, le limitazioni di cui soffrono! E chiedono di essere amati.

Vivendo qui, mi sono resa conto che il loro è, soprattutto, un grande bisogno di tenerezza, quella tenerezza immediata, primigenia, che nasce ancora prima dell'amore, quella che ha le radici nel legame intimo che unisce una creatura alla madre.

Primo maggio. Dopo il grigiore e l'aria fresca dei giorni scorsi, il mattino ha riportato il sereno ed ha riacceso l'azzurro intenso e morbido di questo bellissimo cielo di Palestina. E già dalle prime ore si avvertiva un tepore piacevole.

Forse è arrivata l'estate, un'estate tarda, in vero, per queste regioni!

Mentre scrivo, dalla finestrella della mia minuscola camera entra, acuto e penetrante, il profumo delle zagare. Presto fiorirà anche il roseto. Sono tante e di diversi colori le rose nel giardino dell'istituto. Ho davanti ai miei occhi - e mi nasconde il cielo - un fitto cespuglio dalle foglie lanceolate e trasparenti; tanto sono sottili che sembrano dorate quando, nelle ore del pomeriggio, vengono investite dal sole. Al di là, si alza una breve erta, tenuta a prato, che si estende fin nei pressi del convento ortodosso, quasi nascosto nel folto dei cipressi. E qui è tutto un frullio, un cinguettio.

2 maggio. Oggi è stata una giornata caldissima.

La mia attività è iniziata, come sempre, molto presto. Nelle prime ore, quando cominciamo a prenderci cura di loro con il bagno, i bambini sono ancora intorpiditi dal sonno, alcuni a fatica tengono gli occhi aperti e con difficoltà riusciamo a lavarli, vestirli e, soprattutto, ad imboccarli. Piegano la testina da un lato o all'indietro e si rifiutano di aprire la bocca. E carezze e cantilene non bastano mai per far dischiudere le loro labbra...

Secondo me - e non è un pensiero solo attuale - le porzioni, che dovremmo somministrare in base alle direttive, sono eccessive, e non solo alla colazione del mattino. Si finisce con il trascorrere alcune ore della giornata impegnati solo nel dare da mangiare e da bere. Questi bambini non sanno il sapore dell'acqua! Infatti, somministriamo loro solo camomilla e tisane sedative, quasi non bastassero le pillole, per lo più tranquillanti. Per questo sono spesso storditi e silenziosi, a meno che abbiano seri motivi per piangere o per lamentarsi. Probabilmente hanno disagi anche per le posizioni cui sono costretti nelle carrozzelle e nei lettini, che invece dovrebbero, a parere dell'ortopedico in funzione qui, essere curative per le loro malformazioni. A questo proposito ho - come ho sempre avuto - dei seri dubbi!

Un tempo si faceva un uso "discreto" dei tappeti su cui, nel pomeriggio, nella stanza o in giardino, i bambini venivano distesi, liberi da tutori e da corsetti, nella speranza - o solo illusione? - che qualcuno potesse strisciare.

Ma sono cambiati i terapisti, sono diverse le direttive. Le stanze, nel pomeriggio, sono piene di attrezzi vari, piccoli e grandi, piuttosto complicati, almeno per me, ai quali i bambini vengono legati, a turno, e lasciati, diritti e immobili. Solo davanti ad alcuni vengono messi giocattoli, che dovrebbero stimolarli, ma in realtà non hanno effetto alcuno... Allora mi chiedo cosa direbbe il dottor Doman, che è contrario a metodi simili, se vedesse queste nostre creature costrette in quel modo!

Le suore non si interessano a questi problemi, contente di vedere movimento di attrezzi e di terapisti. I risultati passano in secondo ordine. Ma incoerenze ed approssimazioni - se non ignoranze!- balzano agli occhi anche degli ignoranti "dichiarati" come me!

Non posso non pensare, a questo proposito, alla gran quantità di pappe, di frullati e di composte che vengono somministrati ai bambini con ritmo incalzante, come se l'unico scopo da raggiungere per loro, non sia altro che farli ingrassare.... mentre non ci si riuscirà mai!

Tal ha ora tre anni ed è cresciuto in altezza, ma è sempre molto magro e si è costretti a proteggere le sue esili gambe con dei tutori.

Bat-El, arrivata qui due anni or sono, era rosea e paffuta; oggi, è smagrita con evidenti segni di deformazioni. Del batuffolo di un tempo sono rimasti solo gli occhi, grandi e bellissimi, e i riccioli neri. Spesso è scossa da crisi per le quali noi nulla possiamo. Allora piange e l'unico rimedio è prenderla fra le braccia e cullarla fino a quando si calma. E "la tenerezza" diviene l'unico rimedio.... così è anche per molti altri.

3 maggio. La scorsa notte, all'improvviso, si è ridestato il vento. Raffiche improvvise scuotevano i laminati messi a copertura dei ballatoi, che si intrecciano attorno alla costruzione dell'Istituto. Una costruzione antica con molti passaggi, scale, terrazzini. In parte gli spazi sono stati coperti per ricavarne ambienti dove far "giocare" i bambini.

- Giocare - verbo difficile per questi piccoli! Infatti, dei settanta, che sono ospitati qui, solo tre o quattro si reggono in piedi da soli e ne ho visto solamente uno capace di muoversi normalmente, ma è aggressivo e assume comportamenti violenti nei riguardi degli altri non in grado di reagire. Per questo Natal, di solito, è tenuto prigioniero nella sua cameretta, sbarrata da un cancello dietro il quale lui si dimena e piange. E trascorre così delle ore... Avrà 8 o 9 anni e nessuno si preoccupa della sua infantile follia!

Dopo la burrasca notturna, stamattina, ho sentito la pioggia picchiettare piano sulle lamiere. Ho guardato fuori. Il cielo era percorso da morbidi ciuffi di nubi grigiastre in fuga verso ponente.

Ieri, al tramonto, c'era stato un preannuncio di questo cambiamento, dopo il caldo afoso del giorno. Una cappa di cali-

Jerusalem. La Moschea di Omar

gine si era abbassata sulla valle di Ain Karem, smorzando i colori, e sottraeva alla vista le brevi colline intorno, e gli alberi e le case.

Gli ultimi raggi del sole, filtrando tra le nuvole basse, attraversavano obliquamente la massa caliginosa più alta e la coloravano di rosa, creando contrasti di una non immaginabile suggestione.

Piove! E, quando in queste regioni piove, la pioggia è diluvio. Qui, nell'istituto, l'acqua si raccoglie sulle tettoie e sulle lamiere dove si formano dei bacini da cui cadono grossi rivoli che, quando investono, non consentono possibilità di riparo.

Quest'anno, l'estate tarda a venire. Di solito, in questo periodo, le giornate sono già molto calde e bisogna attendere la sera per avere un po' di refrigerio dalla brezza.

La temperatura ancora bassa giova ai bambini, costretti, come sono, all'immobilità. Infatti, quando è caldo, aumentano i loro problemi anche perché l'afa spesso non ci consente di portarli in giardino. Ma ho notato, fra le altre innovazioni, la presenza di condizionatori nelle stanze esposte al sole. Una novità ben giustificata, al contrario, a mio parere, delle tende, degli arazzi alle pareti, delle copertine ricamate, a proposito dei quali sento spesso discutere alcune volontarie con Suor Susan, incaricata dell'abbellimento dei locali, riguardo ai disegni, ai colori e alle sistemazioni.

Problemi essenziali dal loro punto di vista! Non ho saputo frenare un mio impulso e sono intervenuta con tono critico, pensando alla carenza di sussidi e di interventi fondamentali e di ben altra natura.

" Tutto questo a chi giova?" - ho osservato.

" A noi che lavoriamo in ambienti confortevoli - mi sono sentita rispondere - e a chi capita qui per visitare l'istituto, per esempio ai turisti, e ai genitori dei bambini".

"Quali genitori?" - Se ne vedono ben pochi ed a distanza di mesi... - E' il solito punto fondamentale per tutti, evidentemente, in occidente e in oriente... E' molto più importante l'apparenza che la sostanza; vale più colpire favorevolmente con delle esteriorità che affrontare un problema; è importante soddisfare la vista, senza preoccuparsi troppo di quello che dovrebbe contare di più!

Finisco, così, con i miei dissensi, con il diventare "straniera" anche con i miei connazionali...

5 maggio. Iniziano, oggi, i festeggiamenti per l'indipendenza dello Stato israeliano e gli Ebrei ricordano l'Olocausto.

Alle dieci, per cinque minuti è cessata, ovunque, ogni attività ed hanno suonato a lungo le sirene.

E' l'alba. S'arrossa il cielo ad oriente, fra i rami bruni dei cipressi. Dal lato opposto indugia l'ultima azzurrità. I prati sono ancora freschi del passaggio della notte. Si annuncia una giornata di sereno e di tepori primaverili.

La temperatura gradevole ha favorito una lunga passeggiata nella Old City. Ho percorso strade ben note e mi sono ritrovata - dopo tanto! - e con tanta serenità nel cuore, in luoghi che hanno per me un fascino particolare. La Grande Moschea, la Moschea di El-Aqsa, la spianata del Muro del Pianto. Ho passeggiato nell'elegante e silenzioso quartiere ebraico così diverso dalle colorate e rumorose vie del souk! Ma sono proprio questi contrasti, questo passare da un mondo ad un altro che, in questa città, ha una suggestione unica!

Yitzak sta male. Yitzak soffre e non è possibile capire come, ma certamente più di quanto noi possiamo immaginare. Si lamenta, piange, si addormenta; talvolta ha dei singulti anche nel sonno, ma forse non dorme, rimane stremato, con gli occhi chiusi.

Yitzak ha un corpicino esile e deformato, non regge la testa e sembra molto più piccolo dei suoi otto anni. Mi dicono che sua madre si informa saltuarialmente delle sue condizioni, ma non viene a vederlo.

Distacco? Paura? Paura di confrontarsi con una realtà che non si può o non si vuole accettare? Rinuncia sofferta ad un figlio o incapacità di amare? Non è facile dare una risposta.

Penso - e non mi riferisco a questa madre che non conosco - che uno dei mali del nostro tempo - o di sempre? - siano l'indifferenza e il disamore o, più esattamente, l'incapacità di amare per il prevalere degli egoismi, degli individaulismi esasperati.

Unico rimedio a questi mali è affermare la cultura di Dio, operando per il prossimo, quello più derelitto e più solo.

Ed allora, nell'ambito di questo pensiero, tutti sono "nostro prossimo",anche quelli a proposito dei quali si potrebbe dire " Ma non appartengono al Terzo mondo!".

Infatti, mi sono sentita dire spesso "Perché Israele? E perché tanto lontano?"

Ma sono bambini anche i loro! Anche i "loro" come quelli del Biafra e di Serajevo! Non sono, forse, anche questi bambini vittime di una "violenza"? Perché tanto lontano? Perché il "tanto lontano" non esiste, quando c'è l'amore!

8 maggio. Gli uccelli si destano ancor prima del giorno e i cipressi si animano di frullii e di cinguettii. I passeri scendono, a nugoli, dagli alti alberi e si affollano davanti alle porte della cucina e della "Cafeteria", che si affacciano sul giardino, e becchettano, si azzuffano, si accoppiano, si contendono, dispettosi, le molliche con le tortore che, più miti, battono in ritirata, a salvaguardia del loro delicato piumaggio, e si allineano sui fili della luce, in attesa.

Il cielo è denso, pastoso, carico d'azzurro. L'aria è intrisa di odori penetranti.

9 maggio. In questi giorni, Israele ricorda il "The indipendence day", il giorno dell'Indipendenza. I festeggiamenti, che culmineranno il dodici, iniziano da questa settimana. Tutta la città, gli edifici pubblici e le scuole, compreso il nostro istituto sono pavesati di bandiere con la tipica stella di Davide. Il bianco e il blu dominano ovunque:sono i colori del *tallith*, lo scialle di seta rituale con il quale gli ebrei si coprono le spalle durante la preghiera.

Furono scelti, insieme con l'inno nazionale, la sola unica ricchezza di allora, lo *Hatikvah*, "Speranza", per uno Stato che non esisteva ancora, dai delegati del movimento sionista fondato a Basilea, dal giornalista ebreo Theodor Herzel, nel 1817.

Così mi raccontava una gentile signora israeliana, docente di storia all'Università, durante una visita al Museo dell'eroismo.

I nostri bambini indosseranno tutine di questi colori. Naturalmente questa iniziativa suscita la mia perplessità!

Per i nostri piccoli, che non vedono e non possono capire, una divisa simile può essere anacronistica, oltre che inutile. Essi mai potranno rendersi conto di quanto avviene attorno a loro e tanto meno del valore dell'indipendenza del paese, al quale non sanno di appartenere... proprio loro, dipendenti delle infermità, delle menomazioni, dell'abbandono da parte di genitori che probabilmente, oggi, inneggiano nelle piazze.... Questi bambini sono "diversi" e per loro i beni più grandi sono la tenerezza, l'affetto che ricevono dai volontari.

Ieri sera, con gli altri italiani sono andata a passeggiare per le vie di Ain Karem. Sono strade di campagna, solo in parte asfaltate, che si inerpicano, scendono, salgono, con un piacevole andamento, fra alte siepi fiorite. Fiancheggiano giardini ben curati che quasi nascondono, nel folto degli alberi, case modeste e ricche ville, quasi tutte ad un piano. Essendo la vigilia del Shabbat, le stanze erano illuminate per la cena e per i rituali della preghiera. Dalle finestre spalancate giungevano voci e suoni. Immagini di serenità!

Nei nostri paesi si pensa ad Israele, agli Israeliani come ad uno Stato, a persone continuamente sotto l'incubo degli attentati e della morte. Invece, vivendo qui, si conosce una realtà diversa.

Le immagini, talvolta sconvolgenti e che ci preoccupano, riguardano, soprattutto, le zone di confine con il Libano e i così detti territori occupati. Non c'è paura a Gerusalemme e la vita trascorre - almeno apparentemente - in una normale tranquillità ed operosità.

Fatalismo? Rassegnazione? Coraggio? Capacità di convivere serenamente con il pensiero della morte? Forza di un popolo abituato da tempo a vivere giorno per giorno e ad affrontare un destino particolare? Fiducia illimitata in Javhé che stabilisce con giustizia le sorti degli uomini? Quel Dio dell'Antico Testamento che abbatte e che consola, secondo le colpe e i meriti?

10 maggio. E' arrivato il gran caldo, dopo la variabilità dei giorni scorsi. Ed è subito piena estate! La calura accende l'aria di tonalità intense, specialmente al mattino presto e al tramonto, quando le prime ombre, che scendono da oriente, sembrano indugiare prima di avvolgere tutte le cose. Ieri sera, in un cielo cupo e di una insolita limpidezza si distingueva bene la cometa Hale Bop oramai bassa all'orizzonte. Un esile spicchio di luna non poteva certo oscurarla!

11 maggio. Oggi, ho aiutato Avygai, una giovane ebrea, che lavora qui, ad accudire Lior e Aviaur, due piccini di circa due anni.

Lior è una bimba piccola piccola ed è tutta snodata. Quando la si prende in braccio, si ha il timore di romperla! Infatti, anche se la tenerezza, che suscita con la sua piccolezza, induce ad abbracciarla, si preferisce distenderla nel suo lettino, ingombro di pupazzi e di bambole.

Aviaur è un maschietto, piccolissimo anche lui. Ha due occhietti scuri e vivaci in continuo movimento come le minuscole mani, con le quali afferra tutto ciò che gli si pone vicino, perché Aviaur vede! Riesce a far suonare un carillon e parla in continuazione, se così può dirsi di una specie di cantilena con la quale si accompagna. Trascorre la giornata nel suo letto, perché per la fragilità delle sue ossa è impossibile tenerlo a lungo fra le braccia o in carrozzella.

12 maggio. The indipendence day!

Tutto fermo, tutto chiuso. Silenzio.

La città è come avvolta in un nembo di calura, che nasconde anche il sole. Ieri sera, vigilia della festa, gran movimento nelle piazze. Pellegrinaggio ininterrotto di grandi e di piccini al cimitero dei caduti per la patria, che si estende sulla collina del Ricordo, poco lontano da Ain Karem, in un vastissimo parco.

A sera, un gran numero di persone ha affollato tutte le vie nei pressi del Sacrario, per assistere ai fuochi d'artificio, durati solo cinque minuti. Non di più, perché il governo non avrebbe potuto permettersi una spesa maggiore!

13 maggio. Tal piange accoratamente e si dibatte tra le cinghie, che lo tengono saldamente legato alla carrozzella. Mi avvicino per imboccarlo, ma da me rifiuta il cibo. Mi riconosce - perché Tal vede - e vorrebbe essere preso in braccio. Lo affido a Giuseppe. Ai suoi canti si placa e comincia a mangiare...

Questi bambini, nonostante le limitazioni di cui soffrono, "capiscono" con le loro misteriose capacità di percezione e afferrano della realtà, che li circonda, più di quanto si possa immaginare. Specialmente alcuni ci riconoscono, hanno delle preferenze e assumono, di conseguenza, comportamenti diversi. Per loro - ed anche per noi - sono conquiste che si affermano giorno per giorno, attimo per attimo. E' necessario essere capaci di cogliere e di interpretare la più piccola sfumatura, importante segnale di comunicazione.

Allora si stabilisce uno scambio particolare, che diviene fondamentale nei rapporti fra loro "anormali" e noi, così detti "normali".

Ed io mi chiedo qual è il confine che divide la "non" normalità dalla presunta "normalità". Come stabilirlo, senza sbagliare, nel mistero dell'inconscio in cui questi bambini vivono?

Ieri sera, c'è stato allarme in città a causa di una bomba, vera o presunta, collocata in una zona centrale, fra la stazione e i grandi alberghi. Poi, scongiurato il pericolo, nulla più si è saputo.

Naturalmente le notizie allarmistiche passano subito sotto silenzio. Probabilmente c'è tensione, ma gli israeliani non la lasciano trapelare. Gerusalemme ferve di vita, tutti si dedicano normalmente - e con apparente tranquillità - alle quotidiane attività, al lavoro, allo studio, ai divertimenti. La città, di notte, è una festa di luci ed è particolarmente animata nei locali di svago.

Soldati, certo, si vedono dappertutto, anche sulle spiagge del Mar Morto, ma fanno parte del "contesto" e circolano anche, senza dubbio, molti poliziotti in borghese, specialmente sugli autobus ed in prossimità delle fermate. Anzi, mi dicono che tutti gli uomini sono armati...

14 maggio. Elias, l'operaio, si muove stancamente dal magazzino degli attrezzi alle parti dell'istituto che hanno bisogno del suo intervento.

Elias è originario di Ramallah, ma attualmente abita a Bethlehem, località, occupate dagli Israeliani nel '67, e fra le prime ad essere state reintegrate recentemente sotto la giurisdizione palestinese.

Egli arriva presto, al mattino, con un pullmino che porta altri lavoratori arabi, e riparte, la sera, con lo stesso mezzo.

Ho notato che è più affabile e ciarliero, rispetto agli anni scorsi. Evidentemente è contento. Ora si sente libero. In verità, io lo vedevo muoversi liberamente anche prima... Ma la libertà è qualcosa di ben più profondo! Ora egli sta bene e, probabilmente, stava bene anche in passato, ma non il suo paese, che non era indipendente.

Ramallah era stata occupata, dopo la guerra del '67, dagli Israeliani insieme con tutta la parte della Palestina fino al confine naturale del fiume Giordano e tutto il territorio venne chiamato Cisgiordania. Recentemente, in seguito agli ultimi accordi con il governo di Netanyahau questa parte è stata divisa in zone, che vengono restituite ad Arafat in tempi ed in modi, in vero, poco chiari. Così, almeno, mi dicono, qui.

Proprio domenica scorsa, sono stata a Ram, nella Cisgiordania, a pochi chilometri da Gerusalemme, per partecipare, con Abuna Daoud, alla cerimonia di fidanzamento di due giovani, lui ebreo, ma di religione cattolica romana, e lei libanese, cristiana maronita.

Ram è una delle zone recentemente restituite al governo palestinese, insieme con Gerico e Gaza.

Vi si arriva imboccando un ampio viale, che inizia dalla piazza di un villaggio arabo, situato oltre il Monte degli Ulivi, ed attraversa il quartiere est di Gerusalemme. E'un susseguirsi di case, di palazzi, di ville, in bugnato bianco e nello stile architettonico squadrato, caratteristico di questi luoghi.

E se non si incontrasse il posto di blocco sulla linea immaginaria di confine fra i due stati, non ci si accorgerebbe davvero di essere passati da Israele in Palestina!

Si attraversa anche, e non lontano da questa linea di demarcazione, un quartiere nuovo con edifici perfettamente quadrati, sorto per l'intervento dei Francescani della custodia di Terra Santa e destinato agli arabi cristiani, di rito cattolico latino, e libanesi, in particolare.

Ci si accorge di essere in territorio palestinese soprattutto per le condizioni delle strade, anche ampie e alberate, ma dal fondo dissestato e piuttosto sudicie nel susseguirsi disordinato dei souk, i tipici mercati, dove contadini e artigiani offrono di tutto, dalle verdure agli oggetti per la casa, dagli abiti ai mobili.

Proprio lungo una di queste vie, ho notato un gruppetto singolare: un giovane arabo, vestito secondo la foggia occidentale, camminava con i figli accanto, tre o quattro bimbetti, e lo seguiva, a qualche passo di distanza, la moglie completamente coperta da un velo nero che, naturalmente, le nascondeva il viso e le scendeva dalla testa ai piedi.

15 maggio. L'estate oramai trionfa con il suo calore e la luce accecante, specialmente nelle ore in cui l'afa si fa opprimente, nonostante gli improvvisi respiri di aria fresca.

Le rose del giardino sono sbocciate in una notte ed il loro profumo si unisce a quello delle erbe aromatiche; rosmarino, salvia, origano e verbene crescono ovunque rigogliosi.

Le brevi alture intorno sono ricche di ginestre.

Improvvisamente il cielo si è fatto inquieto, stasera, disordinato e percorso da un arruffio di nuvole grigie.

Si ode lontano, oltre la valle, il brontolio del tuono. Forse stanotte pioverà. La terra è assetata, riarsa, sente già il peso della calura, anche se alberi e piante conservano intatta la lucentezza delle foglie novelle.

Nelle stanze dei bambini sono spente tutte le luci.

Qualche pianto, un grido, deboli lamenti, prima del sonno. La voce metallica di un televisore.

Fra poco sarà silenzio.

Riprenderò il mio impegno serale, che spesso si protrae fino a tarda ora, con Abuna Daoud. Insieme rileggeremo, rivedremo, correggeremo la sua tesi in teologia.

Il profeta Isaia e l'interpretazione del suo carme sul servo di Iahvé cominciano a crearmi non poche difficoltà per la complessità dell'argomento e per il notevole numero di studi critici sul testo biblico, ma soprattutto per quanto Daoud viene scrivendo in proposito, in un italiano di difficile comprensione, infatti lui traduce in italiano quello che pensa in arabo, e non si può dire che fra queste due lingue vi siano affinità!

16 maggio. Preceduto da lampi e da tuoni, questa notte si è abbattuto sulla valle il temporale che si era annunciato, ieri sera.

Un fenomeno atmosferico davvero non consueto in maggio, in queste regioni, dove in aprile cessa la stagione delle piogge.

Dalla finestra della mia camera entra l'aria fresca, intrisa dell'odore che pini e cipressi emanano, acuto e piacevole, quando sono investiti dall'acqua, e del sentore denso degli umori della terra bagnata.

Prima del sorgere del sole, il cielo, nitido e lavato, sembrava essersi immerso in un bagno turchino.

Oggi, la temperatura è mite e l'aria leggera invita a passeggiare per le vie di Ain Karem piacevolmente in ombra, fra siepi fiorite.

Oramai sono sempre, a meno che necessità improvvise mi chiamino in altre stanze, nella Baby-room, con altri due italiani, Giuseppe, ex vigile urbano, e Vittorio, studente. Poiché la loro presenza si protrae qui per alcuni mesi, si ritengono più esperti e responsabili e silenziosamente si contendono la priorità nello stabilire quanto si deve o non si deve fare per i bambini, specialmente allorché si presentano problemi di una certa serietà. Non è presente, infatti, nell'istituto un medico cui rivolgersi tempestivamente. Il pediatra, come cinque anni fa - in questo campo nulla è migliorato! - passa solo una volta alla settimana. E, purtroppo, non sono sempre reperibili neppure l'infermiere, un ebreo russo, responsabile della distribuzione dei medicinali, né Suor Norma, filippina, qui da molti anni, che si prende cura dei bambini più gravi.

Io “eseguo” in silenzio gli ordini dei miei amici, anche se non sempre mi sento di condividerli, ma non posso fare diversamente. Assisto, talvolta divertita, talaltra sconcertata, a sottili battibecchi, a piccole ingiustificate gelosie e ai malcelati malumori dei miei compagni di lavoro! E mi chiedo perché debba essere tanto difficile far tacere se stessi, per un poco almeno, e mettere da parte le presunte priorità, soprattutto come si dovrebbe quando, come in queste circostanze, ci si impegna insieme per il bene degli altri, e di questi “altri”!

17 maggio. Dopo il temporale dell'altra notte, l'aria si mantiene fresca e i bambini ne traggono beneficio. Il caldo, infatti, aumenta i loro disagi, se non si vuol parlare di sofferenza, costretti come sono in posizioni che le terapiste tedesche ritengono salutari, insieme con il corredo di corsetti, di busti e di tutori. Tutti ausilii, che non mi convincono, come mi lasciano perplessa certi energici massaggi a cui sottopongono quelli con più gravi malformazioni al torace. Devo continuamente ripetermi che non sono un'esperta, che sono qui per un breve periodo e non posso intervenire a proposito di situazioni oramai consolidate. Mio compito è solo quello di donare amore e tenerezza a questi piccoli e devo stare al di là di critiche e giudizi.

Infatti chi si pone al servizio degli altri nel nome di Dio non può pensare ad altro che a testimoniare l'amore.

18 maggio. Domenica. Una domenica serena e piacevole sulle rive del Mar Morto, il Yam HaMelah. Si giunge in questa caratteristica località di Israele, unica al mondo, perché si scende fino a più di 400 metri sotto il livello del mare, percorrendo una strada ampia che, dopo aver attraversato Gerusalemme e superato l'incrocio della via per Gerico, si inoltra nelle regione di Giuda. Estesi tratti desertici, in cui gli unici segni di vita sono le tende nere dei beduini che vivono qui, pascolando le capre, si alternano a zone coltivate, che si fanno più frequenti a mano a mano che ci si avvicina alla costa.

E' una varietà di vegetazione veramente inconsueta. Giovani vigneti, piantati da poco e ancora senza frutti, polverose tamerici, equiseti, estesi palmeti ad alto fusto e palme basse e tondeggianti.

La strada, superato il deserto, scende fra la costa, variamente articolata, da un lato, e le colline di Giuda, dall'altro. Sono, queste, modeste alture di arenaria, dalle cime tondeggianti e quasi completamente spoglie, se non si considera la presenza, qua e là, di bassi cespugli di mirto.

Le acque di questo grande lago salato, chiamato mare per la sua ampiezza e per la profondità sono, di solito, calme e trasparentissime. Quando si attenua la luce del giorno, assai vivida, qui, per la levità dell'atmosfera, assumono, al tramonto, un colore perlaceo che sembra fondersi con quello rosato, di cui si tingono, agli ultimi riflessi del sole, i monti dell'Edom che si innalzano lungo la costa orientale.

In prossimità della riva, l'arenile è molto vario; infatti, a tratti aridi e ad altri fangosi seguono giovani vigne e campi a basse culture, ricavati nel terreno emerso là dove il mare ha lasciato fertili sostanze, nel ritirarsi per carenza di acqua, poiché il fiume Giordano, immissario del lago, utilizzato sia da Israele sia dalla Giordania, è quasi completamente asciutto.

Arabi ed ebrei scendono alle spiagge per il bagno e per godere il sole. La costa, spesso sassosa e alta, là dove si abbassa, diviene fangosa ed è ricca di benefici sali minerali; qui sorgono eleganti ritrovi attrezzati di tutto e frequentati, soprattutto, dagli ebrei e dai turisti stranieri, perché molto cari.

Gli arabi, invece, (ed io con i miei amici arabi) scelgono le zone più solitarie e, direi, primitive. Lo stabilimento, allora, è ridotto all'essenziale: due cameroni separati per gli uomini e per le donne, in cui ci si spoglia, si fa la doccia, indispensabile dopo il bagno che lascia sulla pelle la patina dei sali, salutare ma fastidiosa, e ci si riveste: tutti insieme!

Le divisioni sociali, dunque, non vengono mai meno, e prevalgono anche quando si va a godere di beni naturali, doni del Signore, assolutamente gratuiti, come il sole e l'acqua....

Sul litorale, in ordine sparso, sono piantati degli ombrelloni grandissimi, verdi e gialli, sotto i quali ci si può sistemare liberamente, unendosi, ovviamente, con chi capita. Non c'è traccia di sedili o di altre comodità.

Dopo le diciotto, l'ingresso è gratuito ed allora si vedono arrivare camioncini, grosse vecchie automobili, che scaricano famiglie intere, corredate di un numero impressionante di bambini e di masserizie.

Sono gli arabi più poveri che vanno ad accamparsi sotto le palme di cui non c'è penuria davvero!

Il capo famiglia, avvolto nel suo barracano, seguito da due o tre mogli, gelosamente coperte, e da un nugolo di ragazzini più o meno urlanti e felici, sceglie il posto ove sostare.

Poco dopo, sotto gli alberi sorgono dei piccoli accampamenti. Non mancano i fornelli per preparare il pasto, che verrà consumato dopo il bagno che il gruppetto fa sotto lo sguardo vigile del "padrone". Le giovani mogli entrano in acqua debitamente coperte, perché sguardi indiscreti non violino impudicamente la loro bellezza. E sono davvero belle le arabe! I bimbi piccini esitano sulla riva mentre i più grandi già galleggiano, ridendo, nell'azzurrissimo mare...

Infatti, il divertimento più grande è quello di rimanere a galla per l'alta percentuale di sali.

Anche per me fare il bagno qui è molto divertente oltre che rilassante: ci si sente cullati dall'acqua limpida e pulita, mentre si è accarezzati dal sole, ed è tollerabile, se non addirittura piacevole, la tempetura che, generalmente, in queste zone, raggiunge i 40°!

19 maggio. Ho trovato una Gerusalemme ampliata e migliorata rispetto a due anni fa. Sono sorti, al centro e in periferia, palazzi e quartieri nuovi e numerosi sono i cantieri, che hanno iniziato costruzioni, anche nei dintorni della città, come è Ain Karem, e sono a buon punto i lavori per la metropolitana.

Ampliati e ripuliti gli edifici pubblici, arricchiti da giardini ben curati e da belle fontane, che possono sembrare un controsenso in un paese dove l'acqua è preziosa. Alberi, aiuole e fiori dovunque. Strade larghe e comode.

Una città ricca, espressione di benessere, di stabilità e di pace, nonostante i contrasti fra i due popoli e l'aria di guerra alle frontiere e nei territori occupati. A ricordare questa difficile realtà "pensano" i soldati e le camionette militari che si incontrano dappertutto!

Si sono moltiplicati anche i negozi e sono stati aperti nuovi grandi magazzini. La Ben-Yehuda, il centro elegante, ostenta i suoi numerosi caffé all'aperto, sempre affollati.

Ebrei ed arabi vanno in giro frettolosi e indaffarati con l'ormai immancabile cellulare in mano o incollato all'orecchio e... la pistola sotto la camicia!

Ho notato, invece, segni di recessione nella Old City. Infatti i turisti sono pochi e diversi pellegrinaggi sono stati cancellati.

Le vie dei bazar sono poco frequentate, vuoti i negozi. I proprietari, seduti presso la porta sui caratteristici sgabelli, pigramente invitano i rari passanti stranieri.

Qualcuno mi riconosce e mi saluta affabilmente. Questo mi fa piacere. Io non sono una straniera per loro!

20 maggio. L'altro giorno c'è stato un altro scontro al confine con il Libano. Tre morti e diversi feriti. Né radio né televisione fanno cenno a questi episodi, o perché sono considerati "normali" o per non allarmare l'opinione pubblica.

Le notizie arrivano dall'estero e le riferisce chi di noi ascolta, di notte, i notiziari in lingua inglese.

Non so non ricordare i tempi della seconda guerra mondiale, quando si ascoltava Radio Londra...

I bambini si sono assopiti nei loro lettini. Accosto le imposte delle finestre per attutire la luce del giorno, quasi violenta nelle prime ore del meriggio.

Un raggio di sole filtra, prepotente, nella stanza.

Un cane abbaia in un giardino lontano. Le campane del vicino Convento ortodosso chiamano le suore alla preghiera.

21 maggio. Frignano, sbavano, si lamentano, piangono, vomitano....

Spesso si vive in un angoscioso crescendo, perché non è sempre facile interpretare queste manifestazioni e capire come si deve intervenire per aiutarli.

Li cullo, li accarezzo, li bacio, massaggio gambe e mani...

Li cullo, si calmano, si addormentano... e la storia si ripete...

E non sono soltanto la pena, il sacrificio, la responsabilità, gli orari da rispettare e l'alzarsi presto, al mattino, il programmare la giornata. Questo è nulla di fronte a quello che è il coinvolgimento profondo, continuo, vigile nella cura di queste creature malate, sofferenti per problemi tanto più grandi delle loro indifese piccolezze.

Non è ancora tutto questo che mette a dura prova chi vive simili esperienze. E', invece, il confronto, a cui si è portati, drammatico, terribile, scanvolgente con Dio! Un Dio che chiamo Amore, Provvidenza, Bontà e che, qui, non riconosco più, perché da questa stanza di pena sembra proprio che il mio Dio si sia allontanato. E non poter dire "Mio Dio, dove sei? Perché li hai abbandonati? Perché permetti tutto questo? Perché? Non voglio chiederti "perché?" ma la realtà, in cui vivo, diviene inaccettabile. Sono piccoli, sono "soli", non diventeranno grandi.

Tu sei potente, mio Dio, sei misericordioso! Io non voglio chiederti "perché"!

E' questo il confronto terribile, sofferto con un Dio che voglio "sentire" ancora come Amore. Debbo e voglio.

Ed è proprio a loro, a questi tuoi figli, che sembrano dimenticati, che chiedo aiuto, perché mi diano loro la forza di non cedere davanti al mistero.

Bat-El, scossa dai singulti del suo oscuro male, si lamenta. Si quieta stretta fra le mie braccia. La crisi è passata.

Accolgo il suo calore indifeso dentro me.

E in lei ti ritrovo, Signore, in lei ti vedo piccolo, sofferente, solo!

22 maggio. Il caldo ha indotto, oggi, Suor Selma, cui sono affidati questi compiti, a rinnovare le calzature dei bambini. Più o meno sono sempre le stesse che passano dai grandi ai piccini. E sempre nuove!

Sono arrivati i sandali! Eleganti, bianchi, colorati, con fibbie e con ornamenti e li abbiamo messi su quei piedini che mai cammineranno!

Anche Yunis, il piccolo beduino, ha un bellissimo paio di sandalini a strisce rosse e azzurre. Ho faticato ad infilarli nei suoi piedi deformati, che ora sono lì, fermi sulla predella del seggiolino. Io evito di guardarli.

23 maggio. Questi bambini vengono nutriti - forse anche troppo!- e accuditi con dedizione. Quando è possibile, li portiamo in giardino e li distendiamo sotto le piante. Ad alcuni si fa conoscere il divertimento dell'altalena. Periodicamente i meno gravi sono accompagnati in piscina.

Così vengono aiutati a vivere!

Ma come essere sicuri di agire sempre per il loro bene e di non commettere errori?

Non vedono, non parlano, non hanno udito né movimenti autonomi. Con il lamento ci comunicano un fastidio, un disagio, la sofferenza, e noi dobbiamo osservarli continuamente per intuire quello che dalle loro reazioni non si riesce a capire.

Le loro giornate sono scandite dagli orari, talvolta incalzanti, a cui è conformato l'andamento dell'istituto.

Ma, poi, arriva anche il momento della tenerezza! Ed è certamente il momento più importante per loro, che hanno molto bisogno di calore, di sentirsi abbracciati, cullati, e avvertono, e si capisce, la vicinanza della persona che li ninna, li accarezza.

Certamente questa è la medicina migliore!

24 maggio. I bambini hanno bisogno di affetto, di tenerezza, e affetto e tenerezza ricevono anche da due fraticelli del vicino convento di St. John, che vengono ad aiutarci, nel pomeriggio, per due volte alla settimana.

Sono novizi e si offrono per affiancare i volontari nell'intrattenere i piccoli o per accompagnarli allo Zova, un Kibbutz non lontano da Ain Karem, dove vivono animali tipici di queste regioni, ed alcuni, come le gazzelle, in libertà.

Padre Geremia e padre Natàn sono palestinesi, cattolici e dell'ordine dei Frati minori. Rientra nelle attività del loro noviziato fare esperienza in luoghi di accoglienza. E dove, allora, meglio del *Saint Vincent*?

Uno di loro, Padre Geremia, si è molto affezionato al minuscolo Aviaur. Lo prende fra le braccia, lo culla, lo vezzeggia ed è commovente vedere quello scricciolo vicino a lui, alto e grosso.

Egli, caso non comune fra gli arabi, è biondo ed ha occhi azzurri, trasparenti, in cui si legge l'innocenza, occhi che si illuminano di tenerezza, quando abbraccia il suo piccolissimo amico. Sono immagini toccanti, testimonianza di amore e di quella generosità, troppo spesso ignorati, che riscattano l'egoismo e l'indifferenza che, oggi, sembrano prevalere nell'umanità.

25 maggio. Questa mattina, sono andata a Gerusalemme con il 17, mettendo da parte ogni timore per possibili attentati.

Mi rendo conto che, per vivere in questo paese, bisogna adottare la filosofia degli ebrei, altrimenti è meglio non venire...

L'autobus che congiunge Ain Karem con il centro di Gerusalemme trasporta, per lo più, anziani che si recano al mercato di Mahane Yehuda per le compere quotidiane. Raramente vi si incontrano studenti o qualche turista isolato.

Guardo scendere i miei compagni di viaggio lungo la Jaffa Street, con le vecchie sporte sdrucite e, al ritorno, li vedo risalire con le stesse rigonfie e accompagnate da sacchetti di plastica ricolmi di verdure e di contenitori di uova in precario equilibrio... Gli ebrei consumano molte uova, non so se perché cibo dietetico o economico!

Oggi è venerdì, vigilia della festa settimanale, quindi le provviste sono più consistenti!

Animatissimo anche il mercato degli arabi nella Old City.

Le venditrici, che vengono dalla campagna, accoccolate davanti a mucchi di piante aromatiche, in mazzi e in foglie, erano dislocate un po'dappertutto lungo la via che dalla Porta di Damasco va alla spianata delle Moschee. Strada affollatissima perché è giorno di preghiera per i musulmani, che vanno in gruppo nei luoghi del culto. Sul rumorio della folla e dei carretti rotolanti sul selciato prevale, ad intervalli regolari, la cantilena metallica del muezzin.

I negozi - se così posso chiamarli, perché sono dei bugigattoli - spalancano le vecchie porte di legno su mucchi di merce di ogni genere ed espongono all'aperto campioni delle mercanzie. Davanti all'ingresso sostano donne ciarliere e ragazzini irrequieti, in attesa che si faccia spazio all'interno con l'uscita degli avventori, per poter entrare a loro volta.

26 maggio. Nel pomeriggio, si è levato improvvisamente il *sârâb*, il vento caldo del deserto.

Tornata la quiete, sul finire del giorno, il cielo, prima offuscato dalla calura, si è fatto nitido, levigato e carico dell'intensità della notte.

Stasera sono in "vacanza", infatti Abuna ha consegnato la tesi. Ora i professori capiranno ciò che egli intende dire sulla controversa pericope di Isaia, infatti l'esposizione è corretta e scorrevole....

27 maggio. E' il pomeriggio ventoso di una giornata molto calda.

Il cielo completamente sgombro e pulito, conosce le più belle sfumature dell'azzurro, dal turchino intenso, a nord, al celeste che viene a mano a mano schiarendo fino a divenire quasi bianco, ad occidente, dove è investito ancora in pieno dalla lucentezza del giorno.

E' festa per gli ebrei che si recano a pregare davanti al Muro del Pianto. Ne ho visti alcuni, una mattina, chini sulla Torah, davanti ai loro tavolini, coperti dal manto bianco e con i filatteri sul braccio sinistro e sulla fronte! Dai tempi di Gesù non molto è cambiato!

Questa mattina, con suor Aurora e con Padre Daoud, sono andata in automobile a Gerusalemme-Est, per accompagnare una volontaria malata in un ospedale arabo.

Era presto e le vie erano quasi completamente deserte. Al

ritorno, in prossimità della Sinagoga più importante, nei pressi della King David St., ho notato gruppetti di persone che si allontanavano. Le donne, il capo accuratamente coperto, indossavano eleganti abiti lunghi e gli uomini, i *peyot* fuori del cappello a larghe falde, erano rigorosamente vestiti di nero!

Tutti camminavano in silenzio, quasi in processione.

Immediato - e forse malevolo? - il paragone con la nostra gente, spesso troppo rumorosa, che si attarda, la domenica, a chiacchierare sul sagrato delle nostre chiese.

Comportamenti assolutamente diversi. Meglio loro?... Meglio noi?... O "bene" tutti, noi e loro? Ognuno, infatti, ha le sue caratteristiche,le sue abitudini legate alla cultura, alle consuetudini, che non necessariamente coinvolgono l'intimo.

Tutti, nel profondo, sono seriamente credenti e devoti?

Non so...

28 maggio. Un altro pomeriggio di serenità e di sole sulle rive azzurro-rosate del Mar Morto! Mi sono sentita felice! Felice di poco e di tutto!

La superficie dell'acqua, immobile, rifletteva la chiarità dell'aria piacevolmente calda.

La natura incontaminata del luogo, le lontane alture dell'Edom e quelle più vicine di Qumram portano lo straniero, che viene dai paesi d'occidente, in un'atmosfera che ha dell'irreale.

Ho visto un Pastore canadese, giunto con alcuni pellegrini, rimanere infantilmente incantato davanti a tanta bellezza. Senza esitazione alcuna, come si fosse improvvisamente destato, si è immerso nell'acqua, così com'era, vestito di tutto punto....

Al tramonto, i colori del cielo e del mare si fanno più intensi, pastosi, pur conservando sfumature tenuissime dal celeste pallido al rosa carico, là dove va scomparendo il sole.

Ad oriente, invece, il turchino è denso e morbido e dà la sensazione che possa abbassarsi sulla terra, tanto è vicino, e che lo si possa toccare.

29 maggio. Israele: paese di soldati e... del passaporto!

Lo straniero deve essere sempre munito di questo documento di identificazione, ovunque egli vada!

Passaporto, dunque, al confine fra Gerusalemme e Bethlehem; occorre esibire il passaporto, per andare a fare il bagno al Mar Morto, fra la Cisgiordania ed il territorio israeliano, ed ancora, bisogna avere il passaporto a portata di mano anche quando si va a far visita agli amici libanesi, che abitano a Ram, un centro palestinese ad est di Gerusalemme, praticamente unito alla città, ma in una delle zone restituite di recente ad Arafat, insieme con Ramallah, poco distante, Gaza, Gerico e Bethlehem.

Israele: paese di soldati e di poliziotti. Molti in divisa, moltissimi in borghese, ma tutti opportunamente armati! Addosso ad alcuni le armi si vedono, in altri si intuiscono. Soldati con il viso da bambino e ragazze in divisa e con la mitraglietta impugnata.

Questa è Israele, un paese sempre in armi per difendere la sua pace, il suo diritto alla vita, un diritto talvolta negato...

Ma anche i Palestinesi rivendicano gli stessi diritti! Ed allora?...

30 maggio. Anuli e Jasmine non sono cambiate! Mi sembra di averle lasciate ieri! Cominciano ancor prima dell'alba a farsi sentire, mentre vanno su e giù per i cortili, con i loro carrettini stracolmi di panni da stendere o da portare in lavanderia. Poi, protette dalle ampie falde di vecchi cappelli di paglia, sciorinano al sole lenzuolini, asciugamani, calzine e camiciole, tutine e bavette. Non c'è tregua nel loro lavoro! Infatti, i bambini sporcano molto e, nonostante la notevole quantità di biancheria a disposizione ed il diligente affaccendarsi delle operaie arabe, manca sempre qualcosa!

Nell'istituto lavorano diversi arabi, addetti alle fatiche più pesanti e alla cucina, ma solo le due donne si ritrovano sempre insieme, per caso o di proposito, e si accompagnano ad interminabili "scambi di idee" che, talvolta, sembrano battibecchi, se non litigi! Provengono una dalla Giordania e l'altra da Bethlehem e vivono qui da anni. In verità, non si capisce se sono amiche o rivali, certo è che, quando parlano fra loro, alzano molto la voce ed i loro colloqui hanno tutto il sapore di un alterco, ma forse si tratta solo di difesa delle proprie opinioni!

Ben diversi sono atteggiamenti e tono di voce quando si rivolgono a noi. Anuli, in particolare, dimostra simpatia e desiderio di essermi amica e, con un italiano misto al francese e all'arabo e ricco di infiniti e di strani pronomi, mi racconta di sé e si prodiga di consigli! Anche Jasmine è assai affettuosa con me e sempre preoccupata della mia salute.

Strane frasi nelle tre lingue sono anche quelle che scambio con gli altri arabi che si incontrano mentre lavorano in giardino, nei cortili e nell'interno dell'istituto. Sono tutti giovani, come alcune ragazze che ci affiancano nella cura dei bambini.

Sono molto rispettosi e gentili e si ha l'impressione - forse è solo impressione - che abbiano soggezione nei riguardi di noi europei. Di solito rimangono appartati all'ora dei pasti o dopo la cena, quando ci ritroviamo tutti, più o meno, riuniti nella "Cafeteria".

Questo atteggiamento sollecita, invece, in me il desiderio di avvicinarli. Così, con il solito strano linguaggio, apprendo che sono studenti universitari e che si adattano a lavori anche umili, per mantenersi agli studi! Inevitabile, per me, pensare agli studenti italiani!

In Israele si richiede la laurea anche per diventare infermiere o vigilatrice d'infanzia.

La stessa simpatia suscitano in me gli altri arabi, in gran parte libanesi, e le suore del Patriarcato maronita, che ho conosciuto attraverso Abuna Daoud.

Cordiali, tutti, e affettuosi, ospitali, disponibili in modo genuino e spontaneo.

Ho incontrato in queste persone un'accoglienza, che si traduce in comportamenti ben diversi da quelli cui sono abituata in Italia... Ne parlavo con Suor Jean, superiora del convento maronita di Santa Teresa e lei non si è meravigliata, mi ha spiegato come molti arabi siano rimasti semplici e spontanei fors'anche per uno stile di vita.

Dovevo, dunque, venire in questo angolo dell'Oriente per apprezzare meglio questi valori!

31 maggio. Andrò via e non so se e quando tornerò!

Non voglio pensare che non rivedrò questi luoghi a me tanto cari e familiari, luoghi che mi affascinano, nei quali mi sono sentita serena e intimamente appagata, e non solo perché sono stata "utile". La serenità mi viene da un senso profondo di libertà e dal distacco, che provo da tutto quanto è inconsistente nella vita, ma anche dall'appagamento di vivere in una città straniera, che si sente propria e come conosciuta da sempre, appagamento che nasce dalle relazioni con le persone. Ebrei, arabi, volontari stranieri. Non potranno venir meno l'amicizia, gli affetti che mi legano ad alcuni, in particolare, come Abuna Daoud e il suo amico Joseph, e i sentimenti di fratellanza e di solidarietà che mi hanno unito a questi giovani arabi, Avygai, Shamir...

Ma in questa piena di affetti, senz'altro il sentimento più grande è l'amore per i bambini.

Primo giugno. La partenza si avvicina ed io vivo, ogni giorno di più, la malinconia del distacco. Inevitabile!

Era in programma che non mi sarei fermata più di tanto. Altri doveri mi richiamano in Italia.

Ho vissuto giornate intense, appaganti. Belle! E con esperienze nuove che mi hanno arricchito e rasserenato.

Questa sera, sarò a cena da Padre Taddeo, un resurrezionista mio amico, che vive a Gerusalemme da diversi anni ed è profondo conoscitore di archeologia e della storia e della cultura ebraiche. Da lui ho appreso molte notizie interessanti, non facilmente reperibili sui libri.

Nel pomeriggio, mi è stato chiesto di accompagnare, insieme con altre due volontarie, quattro bambini in un Kibbutz vicino, dove è un piccolo zoo con animali in libertà, che possono piacere ai piccoli e dei quali fanno esperienza, per quanto è loro possibile, mediante il tatto.

Sono tentativi accompagnati da speranze, che molto

spesso vengono deluse. Sovente, purtroppo, i bambini restano indifferenti alle nostre sollecitazioni!

E' fioritó, quasi improvvisamente, il gelsomino azzurro che si arrampica sul muro di cinta del cortile dell'Istituto, intrecciando i suoi rami a quelli nodosi di una buganvillea rossa. Stamane il cielo è denso, pastoso, carico d'azzurro. L'aria è intrisa di profumi penetranti che stordiscono tanto sono forti.

Palestina: gli odori, le trasparenze dei colori, le voci, i volti, i suoni hanno un'attrattiva particolare, di cui non tutti riescono a cogliere l'essenza. Ma chi conosce ed ama questa terra, conosce anche una suggestione indimenticabile, unica.

4 giugno. Il deserto. Il mare. I monti rosati dell'Edom. Spazi senza confini. E' bello lasciarsi avvolgere dalla tenerezza di Dio nell'assoluto di questi silenzi.

Una tranquilla mattinata, al sole, nel prato fiorito di piccole margherite gialle e dei bassi cespugli violetti della lavanda.

Amne si dondola lentamente sull'altalena e mi guarda, seria, da sotto un cappello di jeans, troppo grande per lei!

6 giugno. Come non aver nostalgia di questo paese così singolare per la cultura e le usanze e la molteplicità degli abitanti?

E' incredibile come mi affascini, in ogni sua espressione, questo mondo, del quale non faccio parte! O mi sbaglio? Tutti apparteniamo a tutti? E' indubbiamente interessante quel mosaico di persone, vestite nelle fogge più disparate, che creano accostamenti strani ed armoniosi insieme. Ebree, anche giovanissime, con abiti lunghi ed accollati e i capelli accuratamente raccolti in cuffie o sotto cappellini rotondi o nascosti da parrucche, secondo un'usanza che va diffondendosi, specialmente fra le anziane.

Le arabe indossano i tradizionali vestiti lunghi, neri e adorni di ricami ricercati e coloratissimi; hanno il capo avvolto in lunghi veli bianchi, che mettono in risalto i bellissimi lineamenti. Ed è anche facile incontrare ancora, nei territori palestinesi, giovani donne completamente nascoste da ampi manti neri. Figure anacronistiche accanto ad adolescenti, che, svincolate dalle antiche usanze, spigliatamente sfoggiano pantaloni attillati o minigonne!

Anche fra gli uomini, moltissimi contribuiscono a dare una nota di colore. Gli arabi ed in particolare i beduini, quando vengono in città, vestono di nero o con il caffetano e si coprono con un mantello bianco a frange. Gli ebrei, poi, non abbandonano i loro lugubri pastrani e i cappelli a larghe tese. Tutto in nero, ad esclusione della camicia "candida" e delle lunghe cordicelle bianche delle preghiere, che pendono ai lati dei pantaloni. Presso il Muro del Pianto, poi, vanno ancor oggi con i filatteri, come più di venti secoli fa!

Così abbigliate vediamo queste persone nelle fumerie e nei bazar, nelle moschee e nelle vie della Old City, nel silenzioso quartiere ebraico e nelle sinagoghe, ma anche negli uffici, sugli autobus, per le strade eleganti della Città Nuova o sedute ai caffé della Ben Yehuda!

Ed è proprio in questo mondo di contrasti e di pluralità che avverto quella universalità dell'amore e dell'unione fraterna, di cui tanto si parla ed a cui, in realtà, ben poco si finisce con il credere, nell'intimo dell'io!

Ma, oggi, si sa, è importante ciò che si dice e si desidera far credere piuttosto che l'essere e l'operare....

7 giugno. Parto. Lascio Ain Karem con gli affetti, le esperienze indimenticabili, le conquiste dello spirito, le conoscenze piene di ricchezza e di significati profondi.

Parto e mi porto dentro l'azzurrità di questo cielo, il verde intenso dei cipressi, l'odore acuto delle erbe dei campi.

Mi porto dentro la bellezza eterna e misteriosa di questa terra ma, soprattutto, la tenerezza di queste creature accanto alle quali ho vissuto ore che non dimenticherò.

Bat-El, Yunis, Amne, Tal, Nadav, Avihai, Ytzhak, non so quale sarà la vostra vita. Non so se un giorno vi rivedrò!

Siete piccoli e siete tanto malati; siete fragili e non avete la forza di lottare per vivere. Ma quale vita?

Mai dimenticherò il vostro pianto, i vostri lamenti, le

vostre "bizze", le uniche e, purtroppo rare manifestazioni, che vi avvicinano ai bimbi normali.

Non dimenticherò gli occhi lucenti di Amne, che guardano e sorridono, e quelli senza luce di Rahel, non dimenticherò le manine scure scure di Yunis, il piccolo beduino, e quelle bianche di Bat-El, che si addormentava, la sera, con la testina piegata sulla mia spalla, cullata dal calore dell'abbraccio.

Non dimenticherò la vostra tenerezza, bambini, la tenerezza dei vostri visini smagriti, delle manine deformate, delle labbra che non sanno sorridere....

Pescara 30 luglio. Dolore e lutto a Gerusalemme. Dolore e rabbia.

Un attentato ha insanguinato le vie del mercato di Mahane Yehuda, il più importante della Città Nuova. Una vasta scacchiera formata da strade e stradine affollatissime e delimitata, da un lato, dalla Jaffa Street e, nel lato opposto, dalla Agrippas Rue.

Vi si trova di tutto ed è molto frequentato, anche da turisti, dalle prime ore del mattino fino a notte inoltrata.

- Impossibile difendersi da un eventuale attacco, e difficile difendere - ho pensato, pur considerando la notevole presenza di militari, mentre mi muovevo a fatica nella calca di quell'intrico congestionato e vociante.

Le immagini, che ho seguito alla televisione, ripetono scene drammatiche. Ambulanze, feriti, barelle. Il triste rituale dei rabbini, che raccolgono poveri resti umani per la sepoltura prescritta dalla legge ebraica. La disperazione della gente. Gente comune, innocente; bambini, giovani, anziani, quei compratori abitudinari, come i miei compagni di percorso sul 17, che vedevo scendere proprio lì, al seguito delle loro sporte sdrucite.

Rivedo quel mercato a me ben noto! Una festa di colori nei banchi di frutta e di verdure e nei negozi, che appendono, alti, fuori della porta, indumenti di varie fogge.

Proprio lì, in una delle vie più vicine al luogo dell'attentato, di solito, alcune ebree improvvisano vendite dell'usato, appoggiandosi ad automobili sgangherate. C'è un po' di tutto:

indumenti rattoppati, scarpe vecchie, piatti sbertucciati, oggetti scompagnati.

Povere cose di povera gente per gente povera!

C'è povertà, infatti, anche fra gli ebrei....

Probabilmente sono israeliani quelli cui sono destinate le case che si stanno costruendo sulla collina poco distante. Quelle case controverse e motivo di gravi contrasti.

Mi sembra di vederle allineate sull'altura, non lontano da Bethlehem.

Biancheggiano al sole, sfida impotente nell'azzurro immobile del cielo!

Pescara 4 settembre 1997. Ben Yehuda, "il salotto" della Città Nuova!

Chiome di annosi platani coprono d'ombre la vasta area pedonale. Negozi eleganti, fiorai, caffé all'aperto, dagli ombrelloni variopinti, sempre affollati da ebrei e da turisti stranieri; cantastorie, giocolieri, suonatori ambulanti. Bambini liberi di correre, giovani che chiaccherano spensieratamente, seduti ai bordi di aiuole fiorite.

Immagini serene nel centro di Gerusalemme-Ovest, la zona più frequentata dagli ebrei, ma dove è facile incontrare anche arabi indaffarati e donne avvolte nel *chador.*

E' uno stanco pomeriggio di settembre ed accendo il televisore, sebbene non sia mia abitudine.

Chissà perché, oggi!

Mi si presentano subito immagini drammatiche e tristemente note.

Feriti, barelle, autoambulanze, soldati, gente che fugge...

Immediatamente riconosco il luogo, prima ancora di prestare ascolto alle parole del giornalista.

E' la Ben Yehuda! Uno dei punti più caratteristici e noti della città, dove mi piaceva passeggiare, curiosare davanti alle vetrine, sostare in un bar o in una pasticceria. Quante volte sono stata lì?

Provo una gran pena e non so frenare la commozione.

Penso a quelle persone, ai piccoli, ai giovani!

Come fermare l'odio, il fanatismo che, recano morte dappertutto, anche fra gli innocenti?

Ma si tratta solamente di questo?

Mahane Yehuda e Ben Yehuda sono la testimonianza tragica di come sia impossibile fermare le guerre ed avere pace e giustizia fra i popoli, se non con un vero desiderio di pace e con l'impegno alla tolleranza ed al reciproco rispetto.

Ebrei e palestinesi riusciranno a portare equilibrio e solidarietà nel loro tormentato paese, riusciranno a creare una stabilità duratura?

Esistono ancora in questo nostro mondo uomini di "buona volontà"?

INDICE

APTICA
narrativa e sinestesia

1-Mauro Smocovich, *Imperfetto silenzio / L'angelo curioso*
racconti, pref. di Carlo Lucarelli
2-Mauro Ponzi, *La storia siamo noi*, romanzo.
3-Francesco Iengo, *Esecuzioni Capitali e altre feste*
saggio, pref. di Gianfranco Dioguardi.
4-Mario D'Angelo, *La mente innamorata.*
L'evoluzione poetica di Mario Luzi (1935-1966)
saggio, pref. G. Quiriconi - con 12 lettere inedite
5-Francesco Tozzi, *Le regole del se*, romanzo
6-Tijana Djerkovic, *Il Cielo sopra Belgrado*,
diario, pref. di Erri De Luca e Barbara Alberti.
7-Franco Trequadrini, *Semantica della fiaba e altri saggi*
8-Alfredo Fiorani, *La memoria impura*, romanzo
pref. di Giampaolo Rugarli
9-Gian Luigi Piccioli, *Epistolario collettivo*, romanzo, nuova edizione

PHILOSOPHICA
testi e studi critici

1-Luigi Gentile, *Coscienza nazionale e pensiero europeo in Bertrando Spaventa.*
2-Aldo Marroni, *Maître à sentir. Melchiorre Delfico e il problema del bello*

ANACONDA
altre letterature

1-Alfonsina Storni, *Ultratelefono*, con testo a fronte,
traduzione e note di Pina Allegrini e D. Carril

ACUMINA

1-M. Luzi, *Poesie scelte*
2-AA.VV. Antologia della poesia della ex-Jugoslavia, con testo a fronte,
a cura di S. Smitran
3-AA.VV. *L'esilio della poesia. Poeti italo-canadesi*, con testo a fronte.
A cura di M. Bonincontro
4-Petr Borkovec, *Basni*
5-Dante Marianacci, *Signori del vento/Lords of the wind*, con testo a fronte
pref. di Mario Luzi e Charles Tomlinson

Finito di stampare nel giugno 2002

Via Ovidio, 25 - 66100 Chieti
www.edizioninoubs.50megs.com
Tel. e Fax: 0871 348890
Stampa: Deltalito, Pescara
Impaginazione: Campus

Margot Berger · Stefanie Dörr ·
Ilona Einwohlt · Alice Pantermüller

Beste Freundinnen gegen den Rest der Welt

Vier Geschichten

Weitere Mädchenbücher ab 10 Jahren im Arena-Taschenbuch (Auswahl):
Malin Wegner: Zuckersüße Zimtzicken
(Band 50230)
Stefanie Taschinski: Die Popkörner. Ein Stern für Lou
(Band 50646)
Kirsten John: Verliebt in eine Zeitreisende
(Band 50611)

Weitere Bücher von Margot Berger im Arena Verlag (Auswahl):
Pferde, Sommer, Abenteuer. Die Pferde vom Friesenhof
Ein Pferdesommer ohne Ende. Reiterhof Birkenhain
Pepper und Flo (Reihe)

Weitere Bücher von Stefanie Dörr im Arena Verlag (Auswahl):
Lenas geheimes Wunschbuch. Von unerklärlichen Schulhofkatastrophen, oberpeinlichen Liebeserklärungen und besten Freundinnen in Not (Reihe *Lenas Wunschbuch*)
Melli. Einmal blinzeln und von vorn
Majas total verdrehte Welt

Weitere Bücher von Ilona Einwohlt im Arena Verlag (Auswahl):
Alicia. Unverhofft nervt oft
Alicia. Wer zuerst küsst, küsst am besten
AllerbesteFreundinnenZeiten und ich (Reihe *Sina*)

Weitere Bücher von Alice Pantermüller im Arena Verlag (Auswahl):
Mein Lotta-Leben. Alles voller Kaninchen
(Reihe *Mein Lotta-Leben*)
Superhelden fliegen geheim
(Reihe *Superhelden*)

Margot Berger · Stefanie Dörr ·
Ilona Einwohlt · Alice Pantermüller

Beste Freundinnen gegen den Rest der Welt

Vier Geschichten

In diesem Sammelband enthalten:
Margot Berger: Hitzefrei, ein Pony und die allerbeste Freundin
Stefanie Dörr: Lilly sucht die Superfreundin
Ilona Einwohlt: Eine Freundin ist besser als gar keine Schwester
Alice Pantermüller: Der Zickenzoff oder warum ich plötzlich zwei beste Freundinnen hatte

Arena

MIX
Papier aus verantwortungsvollen Quellen
FSC
www.fsc.org
FSC® C110508

1. Auflage als Sammelband im Arena-Taschenbuch 2015

Dieses Werk wurde vermittelt durch die
Michael Meller Literary Agency GmbH, München.
Coverillustration: Iris Blanck
Umschlagtypografie: knaus. büro für konzeptionelle und
visuelle identitäten, Würzburg
Gesamtherstellung: Westermann Druck Zwickau GmbH
ISSN 0518-4002
ISBN 978-3-401-50678-4

www.arena-verlag.de
Mitreden unter forum.arena-verlag.de

Margot Berger

Hitzefrei, ein Pony und die allerbeste Freundin

Wenn ich Amanda nicht bald treffe, brauche ich einen Blindenhund, um sie zu erkennen. Ausgerechnet Amanda, meine allerbeste Freundin! Seit dem Kindergarten haften wir wie Kletten aneinander, aber gerade sehen wir uns kaum noch. Früher hingen wir ständig zusammen, lästerten über Mädchen und schwärmten für dieselben Jungs. Aber jetzt?

Keine Zeit für nix. Und warum? Weil wir Tag für Tag in Pflichtkurse gescheucht werden. Frust pur! Gut, auf dem Pausenhof sehen wir uns manchmal von Weitem, aber nach der Schule erreichen wir uns nur noch über Handy und Computer. Na ja, irgendwie sind wir selbst ein bisschen schuld an unserem Zeitproblem, weil wir so viele Dinge spannend finden.

»Du willst unbedingt zum Ballett? Aber nur, wenn du auch Nachhilfe in Mathe nimmst. Und regelmäßig Klavier übst«, verlangt Mama. Bei Amanda sieht es nicht anders aus.

Seit Wochen lauern wir auf eine Chance, etwas auf eigene Faust zu unternehmen. Wir wollen endlich mal wieder zusammen Spaß haben! Was Aufregendes erleben. Nur Amanda und ich …

Ein glühend heißer Junimorgen brütet über Berlin.

»Hitzefrei«, verkündet Sportlehrer Reuter. Mit dem Megafon steht er auf der Tribüne unseres Sportplatzes, auf dem sechshundert Schüler auf ihren ersten Wettkampf warten. Ich auch. Die Sonne knallt mir auf den Kopf.

»Das Sportfest fällt aus. Bevor ihr reihenweise beim Hundertmeterlauf umkippt.« Nach Reuters Durchsage brandet begeistertes Geschrei auf. Durch das Gejohle dröhnt seine Stimme: »Ab nach Hause mit euch.«

Nach Hause? Um zehn Uhr? Sonst noch was? Mama hätte sicher jede Menge Ideen, wie ich den freien Tag verbringen könnte. »Tolle Gelegenheit, Klavier zu üben, Leonore. Sollst doch mal richtig gut werden.«

Nein, danke. Hitzefrei – das ist *die* Chance, endlich mal wieder was mit Amanda zu machen.

Ich recke mich über die auseinanderstrebenden Schülermassen, entdecke Amanda aber in dem Gewusel nirgends. Ammi geht in die Parallelklasse, sie ist zwölf wie ich. Ihre 6a hat sich irgendwo bei der Sprunggrube am Eingang gesammelt. Bevor ich zu viel Zeit verschwende, ziehe ich mein Handy aus der Tasche der Sporthose und schreibe Ammi eine SMS:

»In zehn Minuten im S-Bahn-Café.«

Sofort kommt ihre Antwort. Ich muss lachen – Ammi hatte ihr Handy wohl schon startbereit in der Hand. Perfekt...

So schnell habe ich meine Klamotten noch nie angezogen, so voller Vorfreude bin ich.

Bye, bye, Sportplatz.

Bevor mich zwei herannahende Nervensägen aus meiner Klasse ansprechen können, verziehe ich mich Richtung S-Bahn, die nicht weit von unserer Schule weg ist.

Amanda ist vor mir da. Ungeduldig hibbelt sie auf einem Korbsessel im Straßencafé herum und hält Ausschau nach mir. Schon von Weitem erkenne ich sie – an ihrer Frisur. Ihre Mutter verlangt von ihr, sich ihr braunes Haar peinlich kurz schneiden zu lassen. Mit langen Haaren hat sie nämlich ständig nur rumgejammert, weil sich nach dem Duschen ihre Haare so verhedderten, dass sie sich nicht mehr kämmen lassen wollten. Sie hat dann immer einen riesigen Aufstand gemacht, weil es so ziepte. Das wurde ihrer Mutter irgendwann wohl zu bunt. Und dann kommt noch dazu, dass sie mal aus der Kita mit Kopfläusen heimkam. Läuse! In unserem feinen Viertel! Seitdem beharrt Amandas Mutter auf dieser Kurzfrisur. Sie ist Ärztin und im Krankenhaus zuständig für Hygiene. »Nachts träumt Mama von Läusen, Flöhen und Bettwanzen«, hat Amanda mir verraten.

Ich falle meiner besten Freundin von hinten um den Hals.

»Mann, Leo«, jubelt Amanda, bevor ich ein einziges Wort sagen kann. »Wir verdrücken uns.«

Genau das ist das Tolle an unserer Freundschaft: Wir wissen in jeder Sekunde, was die andere denkt. Unheimlich, finden unsere Eltern.

Dann breiten wir unsere Geldvorräte auf dem Tisch aus und überschlagen unsere Möglichkeiten. Was brauchen wir für einen abenteuerlichen Ausflug? Für unseren *Traumtag?*

»Zum Essen nichts«, schlage ich vor. »Dazu ist es sowieso zu heiß.« Wir schauen in unsere Taschen. Letzte Woche haben wir uns nagelneue Retro-Ranzen geleistet, die wir einfach für alles benutzen. Amanda blau, ich rot. Wir kaufen oft das Gleiche, damit jeder sofort sieht, wie dick die Sache mit uns ist. Auf unseren Freundschafts-Armbändern steht: *»friends forever«.*

Zwischen unseren Sportsachen und Handtüchern stecken insgesamt vier Wasserflaschen.

»Reicht bis abends.« Zufrieden packt Amanda wieder alles ein, zieht mich an meinen langen blonden Haaren zu sich herüber und fängt an, mir Zöpfe zu flechten.

»Damit du nicht auf Anhieb als Leonore Schubert zu erkennen bist. Wir sind schließlich in geheimer Mission unterwegs.« Sie teilt die zweite Haarhälfte ab. »Wenn die auffliegt, dann wird unser Traumtag schneller zum Albtraum, als du dir vorstellen kannst.«

Hand in Hand laufen wir in den S-Bahnhof und kaufen zwei Tageskarten für sämtliche Zonen. Natürlich sind wir schon Hunderte Mal S-Bahn gefahren, aber jetzt steige ich mit Herzklopfen die Treppen hoch. Amanda geht es genauso, das merke ich ihr an.

Auf dem Bahnsteig lümmeln Jungs lärmend auf den Bänken und schubsen sich. Acht Augen mustern uns mit unverhohlener Neugier. Wahrscheinlich überlegen die Krachmacher gerade, welchen dummen Spruch sie als Nächstes loswerden wollen. Darauf habe ich nun wirklich keine Lust.

»Die sind mir nicht geheuer«, sagt Amanda im Flüsterton. Vorsichtshalber warten wir an der Treppe, bis die vier in der einlaufenden Bahn verschwunden sind. Ein paar Minuten später rauscht die nächste Bahn heran. Den Zielort kenne ich nicht.

»Hast du auch so ein Kribbeln im Bauch?«, frage ich beim Einsteigen. »Toll und gruselig gleichzeitig? Allein würde ich nie, nie, nie planlos durch die ganze Stadt fahren. Aber mit dir ist das einfach nur cool.«

»Finde ich auch.« Amanda legt mir den Arm um die Schultern. »Endlich mal eine richtig abgefahrene Sache. Unsere Eltern würden ausflippen, wenn sie das wüssten.«

»Wo steigen wir aus?«, frage ich feierlich, als die Bahn anfährt.

»Da, wo was los ist«, antwortet Amanda und wir klatschen kichernd unsere Hände gegeneinander.

»Auf jeden Fall nicht in einem Wohnviertel wie unserem!«, fügt Amanda hinzu.

»Nie im Leben!«, stimme ich zu. Jedes Hamsterhaus ist aufregender als diese Ödnis hoch zehn, wo die Leute mit ihren Laptops im Café sitzen und schlau in die Gegend gucken. Lustig vielleicht für Erwachsene. Für uns einfach nur stinklangweilig.

Die S-Bahn rattert mit uns kreuz und quer durch Berlin. Wir halten an Stationen, deren Namen wir noch nie gehört haben, steigen ab und zu aus und laufen ein bisschen herum, gucken in die Schaufenster, bis wir zur nächsten S-Bahn-Station kommen. Nachdem wir einige Male umgestiegen sind, landen wir endlich in den coolen Stadtteilen, wo es was zu sehen gibt.

In der halb leeren S-Bahn, in die wir jetzt einsteigen, ergattern wir zwei Fensterplätze. Wegen einer Baustelle kommt der Zug nur stockend weiter. Im Schneckentempo holpert er voran. Von hier oben können wir die Straßen ziemlich genau beobachten. Wenn es nur nicht so warm wäre. Meine Jeans pappen am Sitz. Ich ziehe meine letzte Flasche Wasser aus der Tasche und teile sie mit Amanda.

»Klebriger als ich ist höchstens ein Honigbrötchen«, sage ich und wische mir Schweißperlen von der Stirn.

»Guck mal.« Amanda zeigt nach unten. »Ist ja total irre.«

Tief unter unserer Bahn vertreiben sich fünf oder sechs Jugendliche mit Breakdance die Zeit. Mitten auf der Straße! Breakdance! Das ist ja viel cooler als Ballett. Ein paar Straßen weiter schlängeln sich zwei Jungs mit ihren Waveboards zwischen fahrenden Autos hindurch. Wow. Echtes Streetsurfing.

Fasziniert starren wir aus dem Fenster. Amanda bläst die Backen auf. »Wahnsinn. Die trauen sich was!«

Und wir? An jedem Wochentag haben wir irgendwas anderes. Klavier, Ballett, Nachhilfe, fehlt nur noch Chinesisch. Die Hälfte davon machen wir zwar freiwillig, weil es Spaß macht, aber trotzdem wünschen wir uns ein bisschen mehr Freizeit. »Du findest später einen Traumjob«, schwört mein Vater, »weil du jetzt extrem viel Nützliches lernst.«

Mag ja sein, aber es gibt auch extrem viel Nützliches, was wir dabei *nicht* lernen. Zum Beispiel auf dem Skateboard über den Kollwitzplatz zu rasen. Oder auf der Prenzlauer Allee hinter der Straßenbahn herzujagen und uns in letzter Sekunde durch die Türen zu zwängen. Außerdem kenne ich meinen Traumjob längst und es ist logischerweise derselbe wie Ammis: Wale retten. Ammi und ich lieben Tiere nämlich einfach über alles.

Langsam rumpeln wir über die Gleise. Aus unserem S-Bahn-Abteil sehen wir jetzt auf einen Marktplatz hinunter. Die Leute auf dem Platz bewegen sich im Schneckentempo vorwärts. Die Hitze lähmt alle. Über dem Asphalt zittert die Luft. Kein Baum, der Schatten spendet.

Und da sehe ich es, ich traue meinen Augen nicht. Mitten auf dem glühend heißen Platz steht ein mageres weißes Pony, eng an einen Laternenmast angebunden. Kein Sonnenschutz, nichts. Einfach schrecklich.

»Amanda, guck mal!« Vor Schreck schreie ich so laut, dass die ganze S-Bahn zusammenzuckt. »Das kann doch nicht wahr sein!«

Amanda folgt meinem Blick auf den Marktplatz. »Welcher Idiot stellt ein Pony mitten in die Sonne?«

Neben dem Pferd torkelt ein hagerer Mann, in der Hand eine Flasche. Unvermittelt holt er aus und tritt nach dem kleinen Schimmel, der angstvoll einknickt.

Schockiert springe ich von meinem Sitz auf.

»Amanda, hast du gesehen? Der Kerl tritt das Pony.«

Sofort kleben wir an den Scheiben, um mehr zu erkennen.

»Da, schon wieder«, ruft Amanda und hämmert gegen das Glas, aber natürlich hört uns draußen niemand. Die zwei dicken Frauen auf der Nebenbank betrachten uns mit verärgertem Gesichtsausdruck.

»Leo, wir müssen unbedingt aussteigen!«

»Ja, den müssen wir stoppen.«

Immer regen wir uns haargenau über dieselben Typen auf.

Zu blöd, dass wir gerade an der Haltestelle vorbeigefahren sind. Mit Herzklopfen sitzen wir auf unseren Plätzen, bis unsere S-Bahn ungefähr eine halbe Minute später quietschend in den nächsten Bahnhof einfährt. An einer Gruppe laut diskutierender Männer vorbei quetschen wir uns zur Tür und springen als Erste auf den Bahnsteig. Den Namen der Station habe ich noch nie gehört.

»Wo sind wir?« Unruhig sieht Amanda sich um. »Welcher Stadtteil?«

»Hab keinen blassen Schimmer. Egal. Los, wir müssen zum Pony! Ich glaube, es geht in die Richtung.«

Wir stürmen eine lange Treppe hinunter. Unten stoppt uns ein Gitter mit der Tafel »Dieser Ausgang ist wegen Bauarbeiten geschlossen«.

»So ein Mist, auch das noch«, fluche ich. Wir drehen um und rennen durch das andere Tor ins Freie. Vor uns liegt eine alte Straße. Am Bordstein parken Kleinwagen Stoßstange an Stoßstange.

»Weit und breit kein Marktplatz«, seufzt Amanda. »Wo ist das Pony? Vom Gefühl her müssen wir nach rechts.«

Wir joggen los. In den schattigen Hauseingängen hängen Jugendliche herum. Einer ruft uns hinterher: »Zum Kindergarten geht's in die andere Richtung.«

»Krass hier«, hechelt Amanda.

Meine neuen Turnschuhe scheuern an den Fersen. Das nasse Top haftet wie eine zweite Haut am Rücken. Heiß, heiß, heiß. Wo liegt denn dieser Marktplatz?

Wir hetzen an einem Käfig aus Maschendraht mit staubigem Schotterboden vorbei, auf dem ein paar Jungs in der sengenden Hitze Fußball spielen.

»Mehr Kalorien hätte ich auch beim Sportfest nicht verbraucht«, stöhnt Amanda und dann endlich öffnet sich ein kleiner knallsonniger Platz vor uns.

Völlig außer Atem bleiben wir stehen. Durch das Gegenlicht erkennen wir erst ein paar Sekunden später das Pony und den torkelnden Mann, der nicht sehr nett aussieht. Vorsichtig nähern wir uns. Meine Knie fangen ein wenig zu zittern an. So ein mageres Pferd habe ich noch nie gesehen.

»Ob das Pony zu einem Zirkus gehört?«, fragt Amanda. »Aber mit so einem armen Kerlchen kann dieser Typ doch nicht auftreten.«

»Vielleicht hat er es ja nur, um zu betteln?«

Amanda sieht mich entsetzt an. »Was? Du meinst, der lässt ihn halb verhungern, damit die Leute Mitleid haben?«

»Alles möglich.«

»Vielleicht ist das auch gar nicht sein Pferd. Kann ja sein, dass er es irgendwo gestohlen hat.«

Das Pony schwankt vor Erschöpfung. Sein Fell scheint ihm drei Nummern zu groß zu sein. Über dem knochigen Rücken baumelt ein Pappschild, darauf steht mit schwarzem Edding: »Horsti braucht Futtergeld«. Unbarmherzig brennt die Sonne auf sein weißes Fell. Nirgends steht ein Eimer mit Wasser.

Der betrunkene Besitzer schlingert auf alle Passanten zu, die den Platz überqueren, und hält jedem einen Becher zum Sammeln hin. Wenn er nichts bekommt, lässt er seinen Frust an dem Pferd aus und tritt es.

»Der ist sauer, dass sein Horsti nicht genug einbringt«, sagt Amanda entsetzt.

Einige Passanten drohen dem Mann mit der Faust, aber das kümmert ihn nicht. Nach kurzem Zögern gehen die Leute weiter, ohne etwas zu unternehmen. Als ein gut gekleideter Mann um die vierzig, der mit Laptoptasche unterwegs ist, auf ihn zusteuert, feuern wir ihn innerlich an. Er ruft zumindest: »He, hören Sie auf, nach dem Pony zu treten.« Wir laufen dem Mann nach und sprechen ihn an.

»Entschuldigen Sie bitte, aber das Pony kann doch nicht hierbleiben«, sage ich. »Wissen Sie nicht, was man tun kann?«

»Die Polizei rufen?«, schlägt Amanda vor.

Doch der Laptopmann nimmt abwehrend die Hände hoch und beschleunigt seinen Schritt. »Polizei? Sorry, ich habe Termine.«

Weg ist er.

»Superhilfsbereit«, schimpft Amanda hinter ihm her.

»Ich gehe da jetzt einfach hin«, sage ich entschlossen. »Irgendwer muss ja etwas unternehmen, wenn die Erwachsenen schon nichts tun.«

Ich finde mich hundert Prozent mutig, als ich Kurs auf den unbeherrschten Mann nehme. Allein hätte ich mich das garantiert nicht getraut. Aber mit meiner Freundin hinter mir bin ich praktisch doppelt so mutig. Also zweihundert Prozent. Trotzdem schlägt mir das Herz bis zum Hals.

Horsti spielt mit den Ohren, als ich mich nähere, mehr nicht. Seine Augen haben einen furchtbar verlorenen Blick. Mir schnürt es die Kehle zu. Wahrscheinlich hat er die Hoffnung aufgegeben, dass jemand sich um ihn kümmert.

»Sie dürfen das Pferd nicht treten«, sage ich tapfer. »Außerdem muss es in den Schatten.«

»Halt 's Maul«, lallt er. »Blöde Göre.«

Plötzlich werde ich unsicher. Was ist, wenn der

Typ wirklich gefährlich ist? Trotzdem muss ich es weiter versuchen.

»Und Wasser braucht Ihr Horsti auch.« Ich schaue ihm direkt in die glasigen Augen. Auch Amanda tritt einen Schritt nach vorn.

Der Mann macht eine wegwerfende Handbewegung und pöbelt mich an, ohne dass ich etwas von seinem Gebrabbel verstehe. Er hebt die Flasche und wedelt damit unkontrolliert herum. Plötzlich trudelt die Flasche durch die Luft in unsere Richtung.

»Runter!« Instinktiv reißt Amanda mich an den Zöpfen zu Boden, obwohl die Flasche ein Stück vor uns auf dem Marktplatz zersplittert. Ruckartig zieht Amanda mich ein Stück weg. Die Leute gucken nur kurz hinüber und gehen einfach weiter.

»Der ist echt gefährlich«, stöhnt Amanda.

»Und ob er das ist! Aber wir geben nicht auf, oder?«

Energisch schüttelt meine Freundin den Kopf. »Wir zeigen Sie an, Sie Tierquäler«, ruft sie mutig.

»Lassen Sie das Pferd in Ruhe«, brülle ich aus sicherer Entfernung. »Sonst gehen wir zur Polizei.«

Zur Bekräftigung ziehe ich mein Handy hervor und fotografiere ihn mit dem Pony. Wütend tritt er erneut nach dem verängstigten Tier. Mir dreht sich der Magen um. Aus Mitleid mit Horsti. Aus Wut über diesen Tierhasser. Aus Verzweiflung, weil uns niemand hilft.

»Verpisst euch«, brüllt er, so laut es sein Alkoholpegel zulässt. Schon zerrt er eine neue Flasche aus der Cargohose, ploppt sie auf und setzt sie an den Mund.

»Wenn wir ihm weiter drohen, quält er das arme Pony bestimmt nur noch mehr«, sagt Amanda beklommen.

»Fürchte ich auch. Der ist echt unberechenbar. Also ... Rückzug?«

Da dreht Horsti sich zum ersten Mal ein wenig um. Amanda greift nach meinem Arm. Sie fängt denselben Blick auf: *Helft mir doch.*

Horstis Blick trifft uns mitten ins Herz.

»Wir müssen den kleinen Schimmel vor diesem Idioten retten. Egal wie!«, platzt es aus mir heraus.

»Aber wo sollen wir hier denn bitte mit einem Pony untertauchen, Leo?«, fragt Amanda frustriert. »Guck dich doch um. Keine Verstecke.«

Vom Marktplatz führen sonnendurchglühte Straßen in vier Richtungen. Rechts und links türmen sich endlos lang vierstöckige, uralte Mietskasernen auf. Dazwischen laufen die Straßen strikt geradeaus. Keine Biegungen, kein Park, keine Baumgruppe. Nichts, wo wir uns mit Horsti verstecken könnten.

»Wir müssen einfach schnell sein«, sage ich schließlich und lege mehr Mut in meine Worte, als ich eigentlich gerade selbst verspüre. »Horsti losbinden und weg. Der Pferdequäler darf das gar nicht richtig mitbekommen.«

Bist du noch zu retten, Leonore, mitten in Berlin ein Pony zu klauen?

Als wir uns ein Stück zurückziehen und eine Weile warten, hat der Betrunkene uns offenbar vergessen. Er dreht sich zur anderen Seite und spricht zwei Jungs mit Skateboards unterm Arm an. Prompt legt sich einer der Jungs mit ihm an.

Das ist unsere Chance.

»Jetzt«, zischt Amanda. Blitzartig bin ich am Laternenmast, löse mit fliegenden Fingern den Knoten und ziehe das Pony vom Marktplatz, so schnell es geht, in die nächste Straße. Jeder Schritt dehnt sich wie eine Ewigkeit. Mein Herz rast wie verrückt. Horsti sträubt sich keine Sekunde und folgt mir. Seine Hufe trappeln fast geräuschlos über das Pflaster, weil er keine Hufeisen trägt.

Hastig entferne ich das Schild »Horsti braucht Futtergeld« und lasse es in meiner Umhängetasche verschwinden.

»Dieses Ekelpaket ist noch immer mit den Jungs beschäftigt, er hat noch nicht kapiert, dass sein Pony verschwunden ist«, versichert mir Amanda. Benommen schwankt das Pony neben mir an den Häusern vorbei. Auf der schattigen Seite parken Autos auf dem Gehweg, dort kommen wir nicht vorwärts. Wir müssen weiter durch die Sonne. Menschenleer liegt die heiße Straße vor uns. Die Hauswände sind wild und wirr mit Farbe besprüht. Im Erdgeschoss sind kleine Läden untergebracht. Obst, Gemüse, Handys, Tattoos.

»Leo, jetzt hat er gemerkt, dass sein Pony weg ist«, berichtet Amanda nervös. »Er sucht überall auf dem Marktplatz. Hat uns aber noch nicht entdeckt.«

Amanda geht rückwärts, um den Platz besser im Blick zu behalten. Das Pony zockelt langsamer und langsamer neben mir.

»Verdammt! Jetzt hat er uns gesehen«, schreit sie aufgeregt. »Der kommt uns nach.«

Mit einem Blick über die Schulter versuche ich abzuschätzen, wie weit der betrunkene Kerl noch entfernt ist. Im Moment kommt er kaum schneller voran als wir, aber irgendwann wird er uns einholen. Mühsam setzt der kleine Schimmel einen Huf vor den anderen.

»Komm, Horsti.« Ich feuere ihn an. »Oder willst du zurück zu dem Tierquäler?«

Das magere Pony ist am Ende seiner Kräfte. Mir zerreißt es fast das Herz, wenn ich dieses jämmerliche Pferdchen sehe.

»Am liebsten möchte ich Horsti huckepack nehmen und tragen«, sagt Amanda. Er hebt den Kopf. Ob er uns versteht?

Ich mustere Amanda aus dem Augenwinkel. Ammi ist viel ängstlicher als ich, für sie ist diese Sache ein gigantischer Härtetest. Und trotzdem läuft sie hier ganz selbstverständlich neben mir her.

Hinter uns johlt der Pferdebesitzer und droht mit der Flasche. Horsti weitet die Nüstern. Sein Atem geht schnell und flach, er schnappt nach Luft und schließt immer wieder die Augen.

»Ich laufe vor und suche nach einem Versteck«, entscheidet Amanda. »Mit dem Besoffenen will ich nicht aneinandergeraten. Wir müssen weg von der Straße.«

»Ja, beeil dich. BITTE! Horsti schafft es keine hundert Meter mehr.«

Amanda läuft ein Stück voraus und späht durch einige Hausdurchgänge. Sie huscht von einem zum nächsten, damit der Betrunkene nicht sehen kann, wohin sie verschwindet. Endlich kommt sie zurück. Horsti bleibt stehen.

»Nummer achtundvierzig«, stößt Amanda außer Atem hervor. »Durch den baufälligen Torbogen und dann scharf links. Da steht ein kaputtes Abbruchhaus. Leer. Der Eingang liegt etwas zurück.«

Sie verschluckt sich und hustet vor lauter Aufregung. »Direkt hinter dem gelben Warnschild, wo ›Betreten verboten‹ draufsteht. Da sieht uns keiner beim Reingehen. Muss aber blitzschnell passieren.«

»Perfekt.«

Nur noch zwanzig Meter. »Halt durch, Horsti.« Noch fünf Meter, noch zwei.

»Links rein«, kommandiert Amanda.

Gerade als ich Horsti um die Ecke in den Durchgang ziehen will, stolpere ich fast über einen zerzausten eisgrauen Mann, der auf dem Gehweg schläft. Neben ihm steht ein Einkaufswagen mit festgezurrten Plastiktaschen. Leere Bierflaschen rollen über die Betonplatten.

»Der ist harmlos«, flüstert Amanda.

Was? Das sagt meine ängstliche Freundin? Ammi zwängt sich an dem schnarchenden Mann vorbei. Im Hausdurchgang steuert Amanda auf eine ausgeblichene Haustür zu, die schief in den Angeln hängt. Sie steht einen Spaltbreit offen und Amanda drückt die Tür auf.

Mein Herz klopft so laut, dass ich fürchte, der Obdachlose wacht davon auf und verjagt uns.

Mühselig schleppt Horsti sich aus der glühenden Hitze in die dämmrige Kühle des Hauses.

Im Eingang atmen wir tief durch. Horsti senkt den Kopf und seufzt schwer. Das klingt wie *Endlich Schatten. Danke!*

Angestrengt horchen wir aus der leeren Ruine nach draußen. Laut fluchend hören wir jemand vorüberschlurfen.

»Da kommt jemand«, flüstert Amanda und kneift mir vor Aufregung in den Arm. »Pfff, er hat nichts gemerkt.«

Wir dirigieren Horsti ein Stück durch das verlassene Abbruchhaus, um erst einmal vom Eingang wegzukommen, dann binden wir ihn an einem Stützpfosten fest und checken kurz die Lage.

»Hoffentlich wohnt hier keiner. Ich meine ... verbotenerweise«, sage ich leise.

Unsere Schritte hallen im leeren Flur. Mit den Schuhen schiebt Amanda abgebrochene Mauersteine zur Seite. Vor die eingeschlagenen Fenster hat jemand Bretter genagelt; es ist ziemlich dunkel. Putz rieselt von den Wänden. Muffige Luft schlägt uns entgegen.

Vorsichtig lugen wir in einen halbwegs hellen Raum. Auf dem Boden stapeln sich blaue Turnmatten, wie ich sie aus dem Sportverein kenne, außerdem Matratzen mit Brandlöchern, leere Fressnäpfe für Hunde. Im nächsten Zimmer lehnen versiffte Isomatten an der Wand, darüber hängt ein Schlafsack. An einem Nagel baumelt ein Handtuch, das früher mal weiß war. In den Ecken kleben Spinnweben.

»Ob dieser Obdachlose hier haust?«, fragt Amanda mit gesenkter Stimme.

»Kann gut sein. Lass uns wieder nach vorn gehen, da war es kühler als hier, weil Luft durch die zertrümmerten Fenster kommt. Ich glaube, das ist besser für unser Pony.«

Als wir nur noch vier oder fünf Schritte von Horsti entfernt sind, hebt er den Kopf und spitzt seine kleinen Ohren. Im nächsten Moment wissen wir, warum.

Am Flurende prallen wir mit jemand zusammen. Fast gleichzeitig schreien Amanda und ich auf und schrecken zurück. Im Dämmerlicht steht ein ziemlich großer Junge vor uns. Neben ihm strecken zwei gelbe Hunde die Köpfe vor und bellen uns an. Mir stockt der Atem.

»Was sucht ihr hier?«, fährt der Junge uns an.

Stocksteif bleiben wir stehen, während zwei Hundenasen an unseren Knien schnüffeln. Mama, Hilfe! Mein Herz flattert. Mit einem Schlag bin ich wieder sechs.

Blödsinn. Ich reiße mich jetzt zusammen.

Blitzschnell mustere ich den Unbekannten von oben bis unten. Der schlaksige Junge ist deutlich älter als wir. Der Kopf ist an einer Seite geschoren, an der anderen hängt ein langes silberblondes Haarbüschel. Jede Menge Ohr-Piercings schimmern hell. Ärmelloses Shirt. Auf den linken Arm einen Igel, auf die rechte Schulter eine rote Chilischote tätowiert. Helle Jeans und silbergraue Turnschuhe. Mit seinen leisen Tretern haben wir ihn nicht kommen hören.

Eigentlich sieht der große silberne Junge witzig aus. Wie Amandas Querflöte in hochkant. Trotzdem ... Angst kriecht in meine Magengrube.

Ignorieren, Leonore Schubert. Keine Panik zeigen.

»Schläfst du hier?«, frage ich forsch und sehe ihm

direkt ins Gesicht. Der soll sich nicht einbilden, dass wir uns fürchten, dabei zittert meine Hand an Horstis Strick wie Wackelpudding.

»Phhh«, macht der silberne Junge und zuckt gleichmütig die Schultern. »Habe gerade keine Wohnung.« Er tritt ohne ein Zeichen von Verwunderung an Horsti heran und begutachtet ihn. »Sieht nicht gut aus, euer Pony. Hitzschlag, schätze ich.«

»Was?«, ruft Amanda entsetzt. »Hitzschlag? Daran kann man sterben.«

»Allerdings. Los, es braucht kalte Umschläge.« Der dünne Typ dreht sich um, zieht im Nebenraum das Handtuch vom Haken und sagt mit seiner rauen Stimme: »Könnt mich Chili nennen.«

Einerseits klappern mir die Zähne aus leiser Furcht vor dem Fremden, andererseits bin ich total erstaunt über die unerwartete Hilfe. Ein echter Tierfreund kann doch wohl nicht gefährlich sein? Selbst wenn er so aussieht wie dieser Chili und vielleicht auf der Straße lebt.

»Das Pony braucht Abkühlung, Mädels, aber fix.«

Ratlos sehen wir den Jungen an.

»Was sollen wir machen?«, fragt Amanda.

Chili wedelt mit dem Handtuch. »In kaltes Wasser tauchen und über das Pony legen. Wartet...«

Er verschwindet und räumt im Nebenraum herum, während seine Hunde uns misstrauisch fixieren. Wir wagen uns keinen Zentimeter vorwärts.

Chili wuchtet einen weißen Wasserkanister und einen Eimer durch die Türöffnung und schickt uns mit einer Kopfbewegung in Richtung eines weiteren Durchgangs.

»Da ist mehr Licht und frische Luft.«

In einem großen, leeren Zimmer bleiben wir stehen. Ein erfrischender Windzug streicht durch die eingeworfenen Scheiben und Mauerritzen. Die Hunde starren uns an. Vorsichtig, um nichts zu verschütten, gießt Chili Wasser in den Eimer, taucht das Handtuch ein und legt den kühlen Umschlag in Horstis Nacken.

»Mehr Handtücher wären besser«, murmelt er. »Oder andere Tücher, Hemden, so 'n Zeug. Habt ihr nichts?«

Eifrig reiße ich meinen Retro-Ranzen auf und ziehe ein Handtuch hervor. Danach fällt mein Blick auf das frische Poloshirt. Das wird wohl auch als feuchter Umschlag draufgehen. Was soll's, das Pony geht vor. Amanda kramt ein blaues Handtuch und ihr Sportshirt hervor. Wir feuchten alles an und decken Horsti damit ab. Er brummelt ein bisschen, aber es scheint ihm gutzutun.

»Wieso ist das Wasser bei dieser Hitze so kalt?«, will ich von Chili wissen, als ich die erste Fuhre Umschläge abnehme und die warmen Frotteetücher erneut eintauche.

»Erdloch im Hof.«

»Brauchst du das Wasser nicht selber?«

»Logisch. Aber das hier ist ein Notfall.«

»Stark von dir.«

Chili knurrt etwas Unverständliches, füllt Wasser in den Trinknapf seiner Hunde und hält ihn Horsti unters Maul. Horsti fiepst leise. Es klingt wie *Dass es so etwas Leckeres gibt, hatte ich ganz vergessen.* Geräuschlos saugt er das Wasser auf. Im Nu ist der Napf leer. Chili füllt nach.

Jetzt fällt mir auf, warum seine Augen mich komischerweise an Horsti erinnern – beide haben diesen einsamen Blick.

Die letzten Tropfen fallen auf den Boden. »Euer Pony muss schlafen«, sagt Chili. »Ist total erschöpft. Aber auf dem harten Beton kann es nicht liegen. Sekunde.«

Er verlässt das Zimmer und schleift kurz darauf vier Sportmatten hinter sich her, die er vor Horsti dicht zusammenschiebt. »Holt den Rest«, sagt er. »Wir legen den ganzen Vorraum aus.«

Mit angehaltenem Atem zerren wir die alten Matratzen herbei.

»Ich möchte nicht wissen, wie viele Millionen Bakterien in den Dingern nisten«, flüstert Amanda, nachdem sie die angehaltene Luft ausgepustet hat.

Als alles fest auf dem Boden liegt, nimmt Chili

einen von Horstis Vorderhufen hoch. »Komm hoch, Pony. Ja, so ist es richtig.«

Horsti kratzt schwach mit dem Huf auf dem neuen Untergrund, knickt die Vorderbeine ein und lässt sich auf das Lager fallen. Der Schimmel streckt die Beine von sich und schläft sofort ein.

»Der Arme ist fix und fertig«, flüstert Amanda.

Verstohlen mustere ich Chili von der Seite. Ob er echt auf der Straße lebt? Egal. Fakt ist, dass er sich mit Tieren auskennt.

»Gehört euch das Pony überhaupt?«, fragt Chili unvermittelt.

Ich überlege kurz. »Fundstück.«

»Hä?«

»Na ja, richtig gefunden nicht«, gibt Amanda zu und dann erzählt sie die Sache mit dem betrunkenen Pferdebesitzer und den Tritten. Ich zeige Chili das zerdrückte Pappschild »Horsti braucht Futtergeld«.

Chili schwellen die Zornesadern an.

»Starke Leistung für zwei Mädels. Natürlich kriegt der Kerl ihn nicht zurück. Wozu gibt's denn Tierschutzvereine?«

Chili ist offenbar wie wir ein großer Tierfreund. Mir fällt ein Stein vom Herzen. So viel Gemeinsamkeit macht mich übermütig.

»Wirst du von der Polizei verfolgt?«, frage ich.

Er grinst schief. »Nicht dass ich wüsste.«

»Was ist mit deinen Eltern? Lassen die dich nicht suchen?«

»War im Heim. Bin achtzehn.«

»Warum bist du mit Hunden unterwegs«, bohrt Amanda nach, »und nicht mit Menschen?«

»Schnauze voll«, knurrt Chili.

»Hast du überhaupt keine Freunde in Berlin?«

»Hunde sind ehrlicher«, antwortet Chili schroff und schweigt dann. Mehr will er zu diesem Thema offenbar nicht sagen.

Heimlich stoßen Amanda und ich uns an. Ein Leben ohne Freundin können wir uns nicht vorstellen.

Chili knackt mit den Fingern und biegt sie einzeln nach hinten.

»Iiih, hör auf.« Ich halte mir die Ohren zu. »Das klingt grausig.«

»Sorry, meine Finger müssen geschmeidig bleiben. Wegen meines Jobs.« Er guckt mich an. »Ich suche Flaschen aus Abfallkörben. Von dem Pfand kann ich den Hunden Futter kaufen, für mich springt auch noch ein bisschen dabei raus.«

Ein Flaschensammler! So etwas gibt es also echt.

Chili lehnt sich an die Wand und dreht sich eine Zigarette. Kleine, runde Narben übersäen seine Arme. Ich bekomme eine Gänsehaut, als ich sie betrachte. Als hätte man Zigaretten darauf ausgedrückt. Einen besten Freund zu haben, ist das nicht ein Naturrecht? Wie Sonne im Sommer? Wie Schneeflocken im Winter? Wie die großen Ferien? Offenbar nicht. Plötzlich übermannt mich die warme Erkenntnis: Meine Freundschaft mit Amanda ist etwas ganz Besonderes.

Wie ein seltener Diamant.

»Flaschen sammeln ist bestimmt interessanter, als Klavier zu üben, bis einem die Finger brechen«, sage ich, um höflich zu sein.

»Das glaubst du doch nicht wirklich!«

Ich bin echt blöd. Strunzdummer Vergleich.

Ein Schatten huscht an der Wand vorbei. Dieses Mal halte ich den Mund und frage lieber nicht, vom *wem* der Schatten stammt. Obwohl ich es ahne.

»Ra-Ratten?«, stottert dafür Amanda.

Chili zieht an seiner Zigarette, bläst den Rauch gegen die Decke und lacht heiser.

»Vielleicht ein Engel mit vier Beinen?«

Der hat Nerven!

»Wenn Horsti aufwacht, braucht er was zu fressen«, sagt Chili jetzt ernst. »Sonst kommt er nicht wieder auf die Hufe. Saftige Möhren wären gut. Hat eine von euch Geld? Bin selber total abgebrannt. Muss erst wieder einen Sack Flaschen sammeln.«

Kleinlaut geben wir zu: »Alles für Eis ausgegeben.« Während wir hin und her überlegen, schießt mir plötzlich ein Bild durch den Kopf.

»Auf dem Weg vom Marktplatz hierher habe ich

einen Gemüsehändler gesehen. Die Kisten standen draußen unter einer Markise. Und zwar un-be-wacht.«

Amanda greift sich an den Kopf. »Du willst doch wohl keine Möhren klauen, Leo? Das ist La-den-dieb-stahl.«

Das letzte Wort hört sich wie »Raubmord in besonders heimtückischer Weise« an.

Da öffnet Horsti die Augen. Er richtet sich halb auf und zieht die ausgestreckten Beine unter den Körper. Plötzlich wirkt er wacher. Weil er das Wort Möhren gehört hat?

»Siehst du, Horsti will es auch«, sage ich triumphierend. »Ist doch kein Diebstahl, wenn man Futter für ein halb totes Pferd besorgt.«

»Erzähl das mal der Polizei.« Gerade nervt Amanda ziemlich.

»So ein Quatsch. Was hast du denn auf einmal? Wer A sagt, muss auch B sagen.«

»Und *wer* von uns muss B sagen?«

Das ist die große Frage: Wer soll losgehen und die Möhren organisieren? Amanda macht sich vor Angst beinahe in die Hosen. Chili ist entschieden zu auffällig. Es läuft klar auf mich hinaus.

Meine Freundin zieht den Kopf zwischen die Schultern wie eine Schildkröte. Ganz schlechtes Zeichen, wenn Amanda so guckt... Die ganze Sache scheint ihr plötzlich gar nicht mehr geheuer zu sein.

»Und wenn ich meine Eltern anrufe?«, schlägt sie zögernd vor. »Ich frage, was wir mit Horsti machen sollen.«

Jede Wette, Amandas Mutter jagt uns das Sondereinsatz-Kommando für entlaufene Kinder auf den Hals. Bei meinen Eltern wird sie auch Staub aufwirbeln. In spätestens fünf Minuten sucht ganz Berlin nach uns.

»Bist du verrückt? Wie willst du ihnen erklären, woher wir ihn haben? In der S-Bahn gefunden?«

»Mann, Leo. Das hier schaffen wir nicht allein.«

»Und ob! Wir haben es schließlich bis hierher geschafft. Unsere Eltern würden nur alles kaputt machen.«

»Und wenn wir es ihnen erklären?«, versucht Amanda, mich zu überzeugen.

»Glaubst du etwa, die haben Lust, ein halb totes Pony zu retten? Außerdem wissen sie dann, dass wir heimlich in der Stadt unterwegs waren. Dann kriegen wir bis an unser Lebensende Hausarrest.«

»Trotzdem. Die ganze Sache ist echt eine Nummer zu groß für uns, Leo.«

Kämpferisch schaue ich sie an.

»Soll ich dir Pampers mitbringen, wenn ich eh schon gerade dabei bin, meinen ganzen Mut zusammenzunehmen und Möhren zu klauen?«

»Du bist echt gemein.«

»Ich? Du bist ja wohl gerade voll fies. Ich dachte,

du wärst meine beste Freundin, und beste Freundinnen halten immer zusammen, aber da hab ich wohl falsch gedacht!«

Am liebsten hätte ich Amanda jetzt so lange geschüttelt, bis sie wieder die Alte ist. Was ist los mit ihr? Vor fünf Minuten habe ich noch geglaubt, dass unsere Freundschaft so unvergänglich und selten wie ein Diamant ist.

Aufgeregt laufe ich im Flur auf und ab. Ich koche. Und zittere vor Wut.

»Kaum wird die Lage ernst, machst du einen Rückzieher. Auf so eine Freundin kann ich echt verzichten!«, lege ich noch einen drauf. Dabei schrappt meine nackte Schulter an der rauen Mauer entlang. Auch das noch. Vor Schmerz kneife ich die Augen zusammen. Wie das brennt. Alles Amandas Schuld. So habe ich mich noch nie über sie aufgeregt, das ist das erste Mal, dass wir uns streiten.

Chili tritt seine glühende Kippe auf dem Boden aus und sagt: »Kommt runter, Mädels.«

Grimmig blitze ich ihn an. Der hat gut reden. Dem quatscht keiner rein. Seine Hunde jedenfalls sehen nicht so aus, als würden sie mit ihm streiten.

Amanda sagt gar nichts mehr, wirft den Kopf in den Nacken und verschwindet. Vielleicht in einen der anderen Räume oder nach hinten auf den Hof. Bestimmt ruft sie jetzt ihre Eltern an.

Gerade war ich noch fest davon überzeugt, ich hätte alles im Griff.

Wütend stampfe ich auf.

»So ein Scheiß«, rufe ich hinterher, »und was wird aus Horsti? Du bist schuld, wenn er es nicht schafft!«

Das Pony sieht so jämmerlich aus. Wenn der kleine Schimmel nicht bald etwas zwischen die Zähne bekommt, erholt er sich nie. Aber meine angeblich beste Freundin denkt nur an sich selbst. Und die will später Pottwale retten? Pah!

»Ich dachte, dass wir für immer und ewig Freundinnen sind«, murmele ich bitter vor mich hin. Und nun das. Ich starre auf mein Armband mit dem Silberschild. *Friends forever.* Augenblicklich habe ich Angst, dass unsere dicke Freundschaft hier in diesem gruseligen Abbruchhaus zu Ende geht. Ich vermisse Amanda schon jetzt.

Da kommt Chili auf mich zu: »Die kriegt sich schon wieder ein. Seid ja auch irgendwie selber schuld«, meint er dann und verzieht das Gesicht. »Treibt euch in den finsteren Vierteln von Berlin herum, klaut ein Pony und wisst dann nicht, wohin damit. Eins hab ich gelernt: Man sollte nie etwas anfangen, was man nicht allein fertigbringt.«

»Aber hätten wir Horsti einfach diesem Tierquäler überlassen sollen? Das ging ja wohl nicht«, versuche ich, mich zu rechtfertigen. Irgendwie stimmt das schon, was Chili da sagt. Trotzdem weiß ich, dass es richtig war, das Pony zu retten.

»Hast ja recht, echt mutige Aktion von euch, ich hätte es wahrscheinlich genauso gemacht«, sagt Chili.

»Und außerdem will ich die Sache zu Ende bringen, im Gegensatz zu meiner Hosenschisser-Freundin Amanda«, platzt es ein weiteres Mal aus mir heraus.

Plötzlich spielt mein Magen verrückt. Jetzt da ich wieder an Amanda denke, versetzt mir das einen Stich ins Herz. Trennungs-Alarm. Ich presse meine Hände auf den Bauch.

»Egal«, sage ich trotzig, »jetzt müssen wir an Horsti denken.«

Während ich mit Chili über den bevorstehenden Möhrenklau rede, vergesse ich komplett meine Wut über Amanda. Ich bin mir sicher, dass ich das auch alleine schaffe. Zum Glück lebt Chili auf der Straße, er kann mir sicher einen Tipp geben, wie man unauffällig eine Kleinigkeit mitgehen lässt.

Gerade will ich mich auf den Weg machen, als plötzlich Amanda um die Ecke biegt. Ihr Handy hält sie schlaff in der Hand. Ich hätte nicht gedacht, dass sie sich hier noch einmal blicken lässt.

»Na, hast du uns die Polizei auf den Hals gehetzt?«, frage ich bissig, obwohl ich vor ein paar Minuten noch hätte heulen können bei der Vorstellung, den Rest meines Lebens ohne Amanda zu verbringen. Ich bin total durcheinander.

»Du kannst so was von gemein sein. Was hätte ich denn allein machen sollen. Also bin ich abgehauen, um meine Eltern anzurufen, nur um dir eins reinzuwürgen«, sagt Amanda.

»Verräterin«, bringe ich nur heraus. Ist das meine Ammi?

»Mann, Leo.« Verzweifelt ringt sie die Hände. »Echt blöde Idee von mir. Mama würde ausflippen, wenn sie wüsste, dass wir nicht in der Schule sind. Außerdem begreift sie bestimmt nicht, warum wir dringend Futter für ein fremdes Pony brauchen. Bis ich ihr das erklärt habe, ist Weihnachten. Also habe ich nicht angerufen.«

Ich traue meinen Ohren nicht.

»Außerdem«, sagt Amanda, »weiß ich ja nicht einmal, zu welcher Adresse ich sie schicken soll.«

Eine Sekunde später liegen wir uns in den Armen und drücken uns so lange, als hätten wir uns Jahre nicht gesehen.

»Blöde Kuh«, sagt Amanda und schluchzt ein bisschen an meiner abgeschürften Schulter herum.

»Selber Kuh.«

Meine Bauchschmerzen sind weg.

»Na bitte, wusst ich's doch. Ich kann euch sagen, wo ihr gelandet seid.« Chili nennt einen Straßennamen, den ich nicht kenne, aber nun weiß ich wenigstens, was ich zu Hause googeln muss.

Da Amanda jetzt wieder da ist und ich weiß, dass wir noch immer beste Freundinnen sind, erscheint mir meine bevorstehende Aufgabe nicht mehr ganz so schwierig.

»Okay, dann versuch ich mal mein Glück«, sage ich, wische mir über die Augen und leere meine Tasche, bevor ich sie über die Schulter hänge. »Drückt mir die Daumen.«

»Nimm den Hinterausgang«, schlägt Chili vor.

Ich bin länger unterwegs, als ich gedacht hatte, bis ich endlich unter der blauen Markise des Gemüseladens ankomme. »Erkan Yildiz« steht auf dem Türschild.

Auf einem Eisengestell lagern Kartons und Kisten mit Kirschen, Aprikosen, Pfirsichen, Melonen, Bohnen, Auberginen, Tomaten. Die Möhren liegen leider ziemlich weit hinten, die kann ich nicht so einfach unbemerkt einpacken.

Ich denke an Amanda. Während ich hier stehe, harrt meine beste Freundin in einem finsteren Abbruchhaus aus. Mit zwei Hunden, die sie jederzeit anfallen können. Und einem wildfremden Straßenjungen, der Chili heißt, gepierct und tätowiert ist. Auch wenn er nett ist – wer kann schon in seinen Kopf gucken?

Aufgeregt gehe ich vor Yildiz' Gemüseladen hin und her. Ich muss einen günstigen Moment abwarten. Leider sind wegen der Hitze nur wenige Kunden unterwegs und ich traue mich nicht an die Möhrenkiste. Andauernd schweifen meine Gedanken zu Amanda ab. Ich versuche, mich zu beruhigen. Wozu macht Ammi jahrelang Selbstverteidigung? Eine einzige dumme Bemerkung von Chili und er liegt mit einem gezielten Wurf auf dem Boden.

Ich muss lachen, stoppe mich aber sofort wieder. Verdammt, das ist nicht komisch.

Als ich mich zum dritten Mal am Laden entlangdrücke, zerteilt ein schwarzhaariger Mann den Fransenvorhang in der Tür.

»Bitte schön?«, fragt er freundlich. Ich schüttele schnell den Kopf. Mit einer Hand greift er in die vorderste Stiege und schaufelt mir dunkelrote Kirschen in die Hand. Auch das noch! Muss ich ausgerechnet an einen supernetten Händler geraten? Ich werfe mir drei Kirschen in den Mund. Lecker!

Dankend nicke ich ihm zu, verschwinde eilig um die Ecke und spucke die Steine in den Gully. Warum kann dieser Herr Yildiz kein Fiesling sein? Nein, er muss mir unbedingt Kirschen schenken! Jetzt wird das Klauen richtig schwer.

Doch es hilft nichts. Ich muss es versuchen. Herr Yildiz ist wieder im Laden verschwunden. Jetzt oder nie. Auf Zehenspitzen strecke ich mich, greife über Tomaten und Bohnen hinweg nach hinten. Drei Bündel Möhren packe ich am grünen Laub und stopfe sie in meinen Retro-Ranzen. Feine, dünne Möhren. Zu wenig für ein hungriges Pony. Noch vier Bund dazu, nein, lieber mehr. Fünf Bündel. Hastig reiße ich sie an mich, bleibe an der Holzkiste hängen und ziehe mir einen Splitter in den Zeigefinger. Blut läuft über meine Hand.

Hinter dem Fransenvorhang tut sich was. Jetzt aber weg. Ich stürme die glühende Straße entlang und presse den letzten Bund erbeutete Möhren an mein Shirt.

»Halt«, ruft Herr Yildiz aufgebracht und nimmt die Verfolgung auf. Seine Schuhe quietschen auf den Steinplatten. Bitte nicht erwischen, flüstere ich vor mich hin. Bitte nicht. Ich sehe mich schon im Jugendknast enden. Bin ich eigentlich noch ganz richtig im Kopf? Ich und Diebstahl?

Schon höre ich Herrn Yildiz hinter mir keuchend atmen.

Aber er kriegt mich nicht. Meine Lunge brennt vor Anstrengung. Ich renne, renne, renne. Wozu laufe ich die achthundert Meter schneller als alle anderen in der Klasse? Allerdings nicht mit Möhren unterm Arm ... da reißt das zarte Grün ab und die Möhren fallen auf den Bürgersteig. Schon stolpere ich über die runden Biester und ich lande beinahe mit dem Gesicht auf dem harten Boden.

Oh nein!

Eine Hand greift in meinen Nacken.

Japsend bleibe ich stehen und ziehe den Kopf ein. Mein Herz beginnt zu rasen. Mit einem Ruck dreht Herr Yildiz mich am Shirtkragen zu sich herum und starrt mich fassungslos an. Er schimpft etwas auf Türkisch und hält mich am ausgestreckten Arm von sich weg.

Mit grimmiger Miene häuft der Händler seine geklauten Möhren auf einen Postkasten am Straßenrand. Ich helfe ihm trotz zitternder Knie.

»Dieb«, wiederholt er ein paar Mal. »Schlimm.«

»Die sind nicht für mich.« Ich schüttele den Kopf. »Für ein Pony«, bringe ich nur stotternd hervor.

Sein Gesicht bleibt unverändert finster, sein Blick geht ständig zwischen mir und seiner fünfzig Meter entfernten offenen Ladentür hin und her. Kennt er das Wort Pony nicht?

Mit dem blutenden Zeigefinger zeichne ich ein Pferd in die Luft und wiehere.

Jetzt wird's auch noch peinlich. Wenn Papa mich so sehen könnte, würde er mich sofort in ein englisches Bildungsinternat verschiffen.

Herr Yildiz versteht jetzt wohl, was ich meine, mustert mich deswegen aber kein bisschen freundlicher. »Diebstahl ist falsch«, sagt er.

Ich winde mich wie ein Aal und starte einen neuen Erklärungsversuch.

»Ich wollte ja bezahlen, aber ich habe kein Geld mit. Hier, schauen Sie doch mal.«

Ich drehe meine Hosentasche nach außen, damit er sieht, dass nichts als Tempos und mein Handy drin sind. Auf meiner Jeans bleiben Blutflecken zurück. Herr Yildiz kratzt sich am Kopf. »Diebstahl verboten.«

Ich fühle mich wie eine fiese Ratte. Da kommt mir eine Idee. Ich zücke das Handy und rufe die Fotos von Horsti und dem betrunkenen Besitzer auf.

»Hier, gucken Sie. Wir haben das arme Pferd gerettet. Jetzt hat es Hunger.«

Misstrauisch wirft Herr Yildiz einen Blick auf das Display. Auf den Fotos wirkt Horsti fast noch armseliger als in Wirklichkeit. Jeder Knochen ist zu sehen. Das Schild »Horsti braucht Futtergeld« sieht stabiler aus als das Pony selbst.

Wieder ruft Herr Yildiz etwas auf Türkisch und schüttelt den Kopf.

Ich demonstriere ihm, wie der Betrunkene nach Horsti getreten hat, und versetze der glühenden Luft einen Fußtritt.

Im Großen und Ganzen begreift der Gemüsehändler den Ernst der Lage jetzt offenbar. Er überlegt kurz.

»Polizei holen wegen Pferd«, schlägt er vor.

»Was? Bitte nicht. Wenn die erfahren, dass wir das Pferd geklaut haben, informieren sie bestimmt unsere Eltern. Und dann gibt's zu Hause richtig Stress«, versuche ich, ihn zu beschwichtigen. »Und außerdem wissen wir ja schon, wohin mit dem Pony«, versuche ich es mit einer kleinen Notlüge.

Ich stehe hier wie auf glühenden Kohlen. Horsti wartet und hat Hunger. Amanda wartet und fürchtet sich.

Ich zeige auf das Ende der Straße. »Das Pferd ist in Sicherheit. Aber es ist schwach. Horsti braucht unbedingt Futter, bevor wir ihn zu seinem neuen Besitzer bringen können.«

Mit Händen und Füßen mache ich Herrn Yildiz Horstis lebensbedrohliche Lage klar. Er betrachtet mich lange, dann zeigt er mit dem Kinn zum Laden. Gemeinsam bringen wir die Möhren zurück.

Muss ich jetzt ohne Möhren gehen? Das ging ja voll in die Hose. Und jetzt?

Doch Herr Yildiz packt meine Beute zusammen mit noch mehr Möhren in einen Sack, so viel, wie ich tragen kann. Außerdem gibt er mir noch zwei Ballen Kaninchenheu mit. Und klebt mir ein Pflaster über den blutenden Finger. Ich mache auch noch schnell ein Foto von ihm in seinem Laden, dann winke ich Herrn Yildiz zum Abschied und trabe los. Amanda wird Augen machen.

Der Obdachlose schnarcht immer noch vor der Tür, ich steige über ihn hinweg.

»Der Weihnachtsmann ist da«, rufe ich nach innen.

Als niemand antwortet, bekomme ich erst einen Schreck. Aber mit einem Blick erkenne ich, dass nichts Schlimmes passiert ist. Alle sehen gelassen aus, Amanda, Chili, die Hunde und sogar Horsti, der inzwischen wieder auf allen vieren steht.

»Super, ich wusste, dass du es schaffst«, jubelt Amanda endlich los und nimmt mir die Heuballen ab, die sie sofort auseinanderpflückt.

Wir füttern Horsti langsam. Vorsichtig nimmt er Möhre für Möhre zwischen seine weichen Lippen und zerkaut sie ohne Hast. Zwischendurch hält ihm Chili immer wieder Wasser aus dem Hundenapf hin. Ammi und ich legen Horsti weiter kalte Umschläge ins Genick und auf den Rücken. Beim Wechseln sind die Handtücher längst nicht mehr so heiß wie noch vor ein paar Stunden.

»Mit den bunten Handtüchern sieht er aus wie die Flagge von Frankreich«, stellt Amanda fest und stößt mich an. »Blau, Weiß, Rot.«

»Stimmt. Super Geheimcode. Wenn wir zu Hause von Horsti reden, sagen wir einfach Frankreich. Und keiner außer uns weiß, worum es geht.«

Als Besiegelung klatschen wir die Hände zusammen und kichern.

»Ich glaub, jetzt reicht es mit den kalten Umschlägen«, beschließt Chili irgendwann.

Wir drücken die Sportshirts und Handtücher aus.

Der blaue und rote Frotteestoff ist voll mit weißen Ponyhaaren. Nie im Leben kriegen wir die da wieder raus. Bei unseren Sportshirts schon eher. Der Stoff ist so glatt, da reicht einmal Ausschütteln. Amanda und ich wechseln einen Blick und nicken uns zu.

»Wenn meine Mutter die weißen Haare im Handtuch sieht, stellt sie todsicher einen Haufen Fragen.« Wie immer spricht Amanda das aus, was ich gerade denke.

»Meine auch. Kannst du zwei Handtücher gebrauchen, Chili?«

»Nur her damit. Für das nächste Pony in Not.«

Wir kauern uns auf den Rand der Matratzen. Die gelben Hunde lassen sich neben uns fallen. Da fällt mir auf, dass ich bisher überhaupt nicht nach ihren Namen gefragt habe. Wir waren die ganze Zeit über so mit der Horsti-Rettungsaktion beschäftigt, dass ich das glatt vergessen habe.

»Chili, wie heißen eigentlich deine beiden Hunde?«, erkundige ich mich also.

»Der große da Curry und der kleinere Yellow. Mischlinge. Straßenhunde. Wurden irgendwo in Spanien ausgesetzt und schlugen sich am Strand mit Essensresten durch. Die haben dort oft so ein gelbes Fell. Tierfreunde haben sie nach Deutschland gebracht. Hab die beiden von einem Kumpel übernommen, der krank wurde. Wer weiß, wo sie sonst gelandet wären.«

Ein echter Tierfreund! Wie Amanda und ich.

Hingebungsvoll krault Chili das glatte Fell von Curry und Yellow. Zwischendurch kratzt er sich selber an der Wade.

»Mücken«, sagt Chili, aber ich glaube, es sind Flöhe, Wanzen oder Läuse. Kriechen Kopfläuse auch auf Waden? Jede Wette, die Hunde sind voller Ungeziefer. Und jede Sekunde wandern tausend Läuse zu mir und tausend zu Amanda. Unsere Eltern werden uns literweise mit Sagrotan übergießen, wenn sie erfahren, wo wir gelandet sind. Aber das wird ja zum Glück nicht passieren. Dieses Abenteuer bleibt nämlich unser Geheimnis – auf ewig.

»Genial, wie entspannt Horsti inzwischen aussieht«, meint Chili.

»Hätte nie gedacht, dass er sich so gut erholt«, bestätigt Amanda. »Aber was machen wir jetzt mit ihm? Wir können ihn schlecht für immer in dieser Ruine verstecken.«

»Zu dem Pferdeschinder kann er unmöglich zurück«, sage ich.

»Aber wo sollen wir Horsti unterbringen? Wir können ihn doch nicht mit nach Hause nehmen.«

»Lasst mich mal machen«, meint Chili.

»Wie denn? Besitzt du einen Reiterhof?«

»Guter Witz. Nö, hab keinen Reiterhof. Ab und zu helfe ich im Tierheim in der Nähe. Die Leute lassen mich in der Scheune schlafen. Ich nehme Horsti heute Abend mit, wenn es kühler wird.« Chili nickt zuversichtlich und betrachtet Horsti mit einem liebevollen Blick. »Auf jeden Fall gibt es dort Futter und Wasser. Die finden schon einen Platz für ihn.«

Ich glaube, Chili und Horsti werden richtig dicke Freunde.

»Du musst uns aber anrufen und alles genau berichten«, verlangt Amanda. »Schließlich wollen wir ihn mal besuchen.«

Chili hat zwar kein Handy, trotzdem schreiben wir ihm unsere Nummern auf. Er kann ja bestimmt das Telefon im Tierheim benutzen. Etwas mulmig ist mir aber schon, als ich die Zahlen auf ein Taschentuch kritzele. Meine Eltern warnen mich jeden Tag: »Gib niemals Fremden deine Nummer.« Aber sie kennen ja auch Chili nicht. Und Horsti. Und die ganze Geschichte.

Apropos Handy, da es inzwischen schon Nachmittag ist und wir eigentlich schon längst von der Schule zu Hause sein müssten, sind unsere Mailboxen voll mit Anfragen unserer Eltern. »Wo steckst du?« – »Was machst du gerade?« Wie immer wollen sie alles wissen. Echt nervig.

Amanda schickt eine nichtssagende SMS an ihre Mutter:

»Alles gut, Mama. Bin mit Leo Eis essen.
Komme etwas später, okay?«

Ich tippe haargenau denselben Text ein, nur Ammi statt Leo. Lange wird unser Verzögerungsmanöver unsere Eltern aber nicht beruhigen. Wenn wir nicht wollen, dass die ganze Sache auffliegt, müssen wir bald von hier verschwinden.

Aber wir können uns einfach nicht von Horsti trennen.

»Noch zehn Minuten«, sagt Amanda.

Und danach: »Nur noch fünf Minuten.«

»Noch drei.«

»Ich vertrockne gleich«, seufze ich, greife zum Wasserkanister und schüttele ihn. Leer.

Chili springt auf. »Hab noch einen Nottropfen.« Er holt drei alte Marmeladengläser und eine Thermosflasche aus einer Wandspalte, die mit losen Mauersteinen verschlossen ist.

»Falls ihr mal wieder in diese Gegend kommt, könnt ihr dort für mich eine Nachricht hinterlassen«, schlägt er vor und deutet auf das geheime Mauerloch. Dabei grinst er uns verschwörerisch an.

Mit kribbelndem Retter-Hochgefühl hocken Amanda und ich mit Chili und den Hunden um das Pony herum. Chili gießt uns kalten Tee ein, sehr dünnen schwarzen Tee. Zu Hause würde ich einen Mordsaufstand machen, wenn ich so ein Gesöff trinken müsste. Wenn, dann muss es schon Tee mit Vanillegeschmack sein, besser noch Eistee oder bunter Bubble Tea. Hier ist mir das völlig egal. Wie eine Kostbarkeit rinnt mir Chilis Tee aus dem Marmeladenglas die Kehle herunter.

Noch nie habe ich einen so aufregenden Tag verbracht. Solche total coolen Leute wie Chili und Herrn Yildiz gibt's in unserem Viertel nicht. Abgesehen von Amanda.

Ihr Handy klingelt schon wieder. Amanda wirft einen Blick aufs Display. Natürlich ihre Mutter.

Laut seufzend richtet sie sich auf. »Komm, Leo, wir müssen wirklich los.« Liebevoll streicht sie Horsti über die Nase. »Wir besuchen dich, Kleiner«, sagt Ammi. Ich drücke Horsti einen Kuss auf die weiße Stirn. »Das versprechen wir dir hoch und heilig, kleines Pony.«

Horsti grummelt zufrieden.

Chili hebt lässig die Hand. »Ich bleibe noch ein paar Stunden. Mit dem Pony darf mich keiner sehen. Gibt nur Nachfragen. Diebstahl und so weiter. Ihr hört von mir, Mädels.«

Wir schauen nach links und rechts und treten dann schnell aus unserem Abenteuerhaus in die Sonne.

Amanda macht einen Riesenschritt über den zotteligen grauen Mann, der noch immer im Eingang liegt. Irgendetwas an ihm wirkt anders als vorher.

Er schnarcht nicht mehr und regt sich überhaupt nicht.

»Atmet der überhaupt noch?«, sage ich zu Amanda.

Sie tritt einen Schritt zurück. »Keine Ahnung.«

»Ich berühr den auf gar keinen Fall!«

»Ich frage Chili«, sagt Amanda und stürzt ins Abbruchhaus. Im Nu ist sie mit Chili zurück. Er balanciert drei große Pappkartons auf den Armen und stapelt sie als Schattenspender auf.

»Ausgerechnet jetzt habe ich keinen Tropfen Wasser mehr«, sagt Chili und fächelt dem Mann Luft zu. Anschließend kauert er sich neben den Mann.

»Puh! Der hat ja eine üble Schnapsfahne, ist total abgefüllt.«

Dann legt er sein Ohr nahe an den Mund des Obdachlosen.

»Kein Atemzug«, meint Chili dann. Plötzlich bekomme ich eine Gänsehaut.

»Und wenn er... tot ist?«, frage ich mit zittriger Stimme.

Ängstlich verzieht Amanda das Gesicht und stellt sich neben mich. Dann legt Chili zwei Finger auf die Halsschlagader des Mannes. »Ich fühle den Puls, glaube ich. Ganz schwach.«

»Was machen wir denn jetzt? Wir können ihn doch hier nicht liegen lassen.«

»Notarzt? Polizei alarmieren?«, sage ich.

»Die wollen garantiert unsere Adressen. Dann

müssen wir zu Hause beichten, wo wir heute waren. Das gibt richtig Ärger.«

»Bei mir genauso. Und Computersperre.«

»Er muss ins Krankenhaus«, meint Chili. Er grübelt kurz. »Schwierige Situation. Rettungswagen bringen immer die Polizei mit. Wenn ich anrufe, werden die sich hier im Haus umsehen. Tätowierten wie mir trauen die alles zu. Wenn sie Horsti finden, muss der zurück zu seinem Besitzer.«

Drinnen bellen die Hunde.

Natürlich weiß ich, was ich tun muss. Tun *müsste*. Amanda und ich sehen uns nicht an. Wir bohren unsere Blicke in den Boden. Mein Kopf dröhnt. Tausend Fragen schießen hin und her. Todsicher geht es Ammi genauso. Zum Schluss denken wir wohl beide das Gleiche. Wie auf Kommando zücken wir unsere Handys und sagen: »Okay, ich rufe an.«

Schließlich wählen wir mit meinem Handy die 110.

Chili verschwindet im Haus und verrammelt die bruchfällige Tür von innen.

Wir fächeln dem Bewusstlosen weiter frische Luft ins Gesicht. Fünf Minuten später hören wir das Martinshorn. Ein Rettungswagen und ein Streifenwagen stoppen direkt vor uns. Die Alarmsirene verstummt, das Blaulicht dreht sich weiter.

Zwei Sanitäter springen aus dem Wagen und beugen sich über den ohnmächtigen Mann. Einer mit der Weste »Notarzt« läuft eilig zum Wagen zurück und kommt mit einem Infusionsbeutel zurück.

»Habt ihr angerufen?«, fragt plötzlich eine Stimme. Wir wirbeln herum. Zwei Polizisten stehen hinter uns und einer zückt sein Notizbuch. »Name, Adresse …«

Oh nein!

Zu Hause werden wir jede Menge Stress bekommen, weil wir uns in diesem Viertel »herumgetrieben« haben. So werden meine Eltern unseren abenteuerlichen Trip beschreiben.

Die Polizisten ziehen die Augenbrauen hoch, als sie unsere Adressen hören, und wollen wissen, was wir in dieser entfernten Gegend zu suchen haben. Und wie alt wir sind.

Wahrheitsgemäß berichten wir von unserem hitzefreien Sportfest und unserem harmlosen Ausflug. Klar unterschlagen wir Chili und Horsti.

Unauffällig bauen wir uns direkt vor der Haustür auf. Auf keinen Fall darf die Polizei drinnen schnüffeln. Hoffentlich hält Chili den Hunden und Horsti das Maul zu. Ein Bellen oder ein Wiehern und sie sind verraten. Und wir gleich mit.

Auf einer Liege schieben sie den Mann in den Rettungswagen.

»Wird er es überleben?«, fragt Amanda den Notarzt zögernd. »Wir haben ihn nämlich gefunden.«

Der Arzt schnallt den Patienten fest. »Denke schon.

Zu wenig Wasser getrunken, dann die Wärme. Hitzschlag.«

»Wie Horsti«, flüstert Amanda.

Aus dem Wagen heraus reicht der Arzt jeder von uns die Hand. »Gratulation. Ohne euren schnellen Anruf wäre er am nächsten Morgen nicht wieder aufgewacht.«

Die hintere Tür wird geschlossen.

Amanda legt mir den Arm um die Schultern. Wir betrachten uns in der Heckscheibe des Rettungswagens. Mein Ringelshirt spiegelt sich darin und daneben Amandas Jeansbluse. Genau wie meine blonden Zöpfe und Amandas kurze Haare. Alles wie immer. Aber unsere Gesichter sind nicht die von heute früh. Irgendwie erwachsener. So nah waren Amanda und ich uns noch nie.

Wir sehen dem Rettungswagen beim Abfahren hinterher. Auf keinen Fall wollen wir gehen, bevor die Polizei verschwunden ist. Nicht dass die Polizisten noch hinter unserem Rücken im Abbruchhaus herumgeistern. Aus dem Streifenwagen plärrt das Funkgerät irgendwelche unverständlichen Worte.

»Was habt ihr zwei jetzt vor?«, fragt der große Polizist, während sich sein Kollege in den Wagen beugt und halb laut antwortet. Einige Worte schnappe ich auf.

»... Hilflose Person. Einsatz mit Rettungswagen. Außerdem zwei minderjährige Mädchen ...«

Der Rest geht im Rauschen des Funkgeräts unter.

Amanda zuckt zusammen und sagt heiser: »Was wir jetzt machen? Nach Hause fahren und Ärger abholen.«

Da kommt mir eine grandiose Idee. Bevor die Polizei misstrauisch wird, weil wir Horstis Hauseingang so hartnäckig blockieren, trete ich die Flucht nach vorn an.

»Könnten Sie vielleicht unsere Eltern anrufen? Ziemlich spät geworden. Wir sind schon den ganzen Tag unterwegs. Aber wir konnten den Mann doch nicht liegen lassen.«

»Nummer?«, fragt der Polizist.

Er setzt sich in den Wagen. Wir horchen gespannt und schnappen Satzfetzen auf wie »... keine Sorgen machen. Ihre Tochter hat gerade ein Menschenleben gerettet.«

Besser können unsere Eltern nicht vorbereitet werden. Das riecht eher nach Belohnung als nach Computersperre.

»Einsteigen, die Damen.« Der große Polizist macht eine einladende Handbewegung.

Wieder setzt mein Herz für einen Moment aus. Nehmen die uns jetzt erst einmal mit und verhören uns? Und finden alles über Horsti heraus? Amanda denkt genau das Gleiche wie ich.

»Müssen wir jetzt mit auf die Wache?«, fragt sie schockiert.

»Keine Sorge, Mädels. Ich bring euch nach Hause, das habe ich euren Eltern versprochen.«

Gott sei Dank!

Erleichtert lassen wir uns auf die Rückbank fallen und der Fahrer startet den Wagen. Langsam fahren wir am Gemüseladen vorbei, vor dem Herr Yildiz unter der Markise steht. Rasch klopfe ich ans Autofenster und drücke mein Gesicht an die Scheibe. Er stemmt die Arme in die Seiten und guckt entgeistert aus seinem weißen Hemd. Was er wohl denkt, als er mich im Streifenwagen sieht? Ich recke beide Daumen zum Zeichen des Sieges hoch und Herr Yildiz lächelt breit.

Der Fahrer richtet seinen Rückspiegel auf uns. »Ich frage wohl besser nicht, was hier gelaufen ist?«

Wir kichern und er grinst auch. Total klasse, der Ordnungshüter.

Amanda beugt sich nah an mein Ohr. »Das mit Horsti und Chili und den Hunden erzählen wir keinem.«

Meine Freundin schiebt ihre warme Hand in meine und ich drücke sie ganz fest.

»Niemals. *Never.*«

»Mama denkt sonst, Chili hätte uns verlaust. Oder uns Drogen eingeflößt. Oder Glückspillen.«

»Was Erwachsene sich eben so vorstellen.«

Der Streifenwagen rollt durch Berlin. Mit Klimaanlage. Ich fühle mich großartig neben meiner Freundin. Mein Herz hüpft wie ein Pony. Alles, was wir heute gemacht haben, fühlt sich richtig an. Das Abenteuer mit Horsti und Chili verschließen wir für immer in unserem Kopf-Tresor. Unser gigantisches Geheimnis schweißt uns noch fester zusammen.

Amanda guckt mich an und liest wieder mal meine Gedanken. »Für immer und ewig«, sagt sie.

Stefanie Dörr

Lilly sucht die Superfreundin

Kapitel 1

Mit einem schnellen Blick überflog Terri das Zettelchen, das ihr Anna heimlich zugesteckt hatte. »Achtung, megawichtig«, stand darauf und: »Lilly möchte alle in der Pause am Set sehen.« Darunter befand sich Annas Unterschrift und das Zeichen von Lillys Clique, ein Smiley mit Engelsflügeln und erhobenem Mittelfinger. Übrigens die coolste Mädchen-Clique, die man sich vorstellen konnte. Noch immer erschien es Terri wie ein wunderschöner Traum, dass sie wirklich dabei sein durfte. Immerhin war sie erst ein halbes Jahr in der Klasse, aber sie hatte von Anfang an gewusst, was sie wollte: zu Lillys Freundinnen gehören. Behutsam faltete Terri das Papier zusammen und schob es weiter zu Inga, die neugierig zappelte und in ihre Richtung Grimassen schnitt. Lilly, das schönste, aufregendste und umwerfendste Mädchen, dem Terri jemals begegnet war. Mit den langen blonden Haaren, den blitzenden blauen Augen und den vollen Lippen war es ein Wunder, dass sie nicht schon längst von einer Modelagentur entdeckt worden war. Ihre Figur: der Hammer. Ihr Styling: unerreicht. Ihre Ausstrahlung: so stark, dass sie für die ganze Clique reichte. Obendrein war sie noch nett. Also, in erster Linie natürlich zu denen, die auch nett zu ihr waren, aber das waren sowieso fast alle.

Mit einem geringschätzigen Blick streifte Terri ihre Sitznachbarin. Jolli. Wie die heute wieder aussah! Ständig trug sie schwarze, fade Klamotten, obwohl gerade Knallbunt angesagt war. Von den Haaren ganz zu schweigen. Wenn Terri solche Haare hätte, die wie ein verlassenes schwarzes Krähennest aussahen, dann würde sie die bestimmt nicht auch noch mit schrägen Strähnchen oder schwarzen Bändern betonen. Das war einfach so was von daneben. »Gruftig«, sagte Lilly dazu und hatte ihren Freundinnen zu verstehen gegeben, dass eine wie Jolli nicht in die Clique passte. Dass Terri nun ausgerechnet neben dieser Gestalt sitzen musste, war zum Verzweifeln. Vor allem weil Jolli sich von ihrer Ablehnung gar nicht beeindrucken ließ, sie immer wieder fröhlich zuquatschte und sich Terri irgendwann eingestehen musste, dass sie Jolli trotz ihres niederschmetternden Aussehens gar nicht so blöd fand. Aber egal, jetzt zählte erst einmal Lillys Aufruf.

Nach der Stunde flitzte Terri rasch zur Toilette, um einen Blick in den Spiegel zu werfen. Lilly legte Wert auf tadelloses Aussehen. Gut, nichts auszusetzen. Peinlich nur, dass sie als Letzte am Set eintraf, einem Tisch in der Cafeteria, der ausschließlich von Lilly und ihrer Clique belegt wurde, als stünde ein unsichtbares »Reserviert«-Schild darauf. Unter Annas strafendem Blick murmelte Terri ein kurzes »Sorry, musste noch mal zum Klo« und quetschte sich auf einen Stuhl. Lilly thronte auf dem Tisch und baumelte mit den Beinen, sodass man prima ihre neuen neongelben Sneakers bewundern konnte.

»Mädels«, verkündete sie mit Grabesstimme, »es geht mir echt mies.« Stille folgte, die nur vom übrigen Lärm der Cafeteria umbraust wurde. Fünf Augenpaare hingen an Lilly, die ihre Freundinnen zappeln ließ und sich gedankenverloren die Haare ordnete. »Ehrlich«, sagte sie schließlich leise seufzend, »manchmal habe ich das Gefühl, die totale MOBFI zu sein. Das macht mich so unheimlich traurig.«

Terri verstand nur Bahnhof und sah Hilfe suchend zu Vera, die verblüfft nach Luft schnappte und ihr schnell »Mädchen ohne beste Freundin« zuflüsterte. Jetzt verstand sie noch weniger. Lilly hatte nicht nur eine beste Freundin, sondern fünf und es gab ungefähr zehn andere Mädchen, die das auch gerne gewesen wären. Mit feuchten Augen und zitternden Lippen sprach Lilly weiter. »Ich fühle mich manchmal so einsam. Ich wünschte, eine von euch würde mir einfach mal zeigen, wie viel ich ihr bedeute. Mal angenommen, ich hätte eine furchtbare Krise, würdet ihr wirklich zu mir halten oder ist das hier alles nur Show?« Mit einem gekonnten Schwung warf Lilly den Kopf nach hinten. Sie schien tatsächlich kurz davor, in Tränen auszubrechen. Terri konnte es nicht glauben. Sie trafen sich fast jeden Nachmittag, machten gemeinsam Hausaufgaben, gingen selbst dann zum Shoppen in die City, wenn das Taschengeld schon lange ausgegeben war, oder riskierten Ärger mit ihren Eltern, wenn sie sich abends noch ewig in ihrem geschlossenen Chatroom tummelten. Kurz, sie hatten jede Menge Spaß miteinander und waren garantiert beste Freundinnen. Nach einer kurzen Schrecksekunde prasselten die Beschwichtigungen wie ein warmer Sommerregen auf Lilly nieder.

»Wie kannst du nur so etwas sagen, wir sind immer für dich da«, stieß Anna eilig hervor und griff nach Lillys Hand, um ihre Worte zu unterstreichen.

»Wir gehören doch zu dir, wir würden niemals etwas machen, was dir nicht gefällt«, sagte Vera ein bisschen beleidigt und knabberte nervös an den lackierten Fingernägeln.

»Wir haben dir doch erst gestern geschworen, dass wir auf ewig deine beste Freundinnen sind«, bestätigte Inga, ein dünnes Mädchen mit braunen Fusselhaaren. Wenn sogar Inga auf eine witzige Bemerkung verzichtete, war die höchste Alarmstufe erreicht.

»Wir helfen dir immer, wenn du uns brauchst,

du kannst auf uns zählen«, erklärte Conni schlicht, packte ihre extragroße Vesperbox auf den Tisch und begann, sich Kuchen und Weintrauben in den Mund zu stopfen. Annas verkniffener Mund drückte äußerste Missbilligung aus. Wie konnte jemand ans Essen denken, wenn so wichtige Dinge besprochen wurden!

Bevor Terri eine passende Entgegnung einfiel, unterbrach Lilly das Stimmengewirr mit einer schnellen Handbewegung. Die Tränen waren verschwunden, sie richtete sich ein wenig auf. »Genau das ist der Punkt. Ihr SPRECHT immer nur davon. Und dann sagt ihr immer WIR. Ich habe mir überlegt, dass es nur eine Lösung gibt.« Sie legte eine spannungsgeladene Pause ein und nutzte die Zeit, um schnell einem blonden Jungen aus der achten Klasse zuzuwinken, der im Pulk seiner Freunde dem Ausgang zustrebte. »Hi Ray! Bleibt es bei Samstag?« Er nickte lässig, streckte den Daumen nach oben und beachtete die Mädchen nicht weiter. »Ray hat mich zum Tennisturnier eingeladen«, erklärte sie, »er spielt in der ersten Mannschaft.« Terri schaute angemessen beeindruckt und stimmte in das allgemeine »Ist ja toll. Super. Ray sieht so klasse aus. Er ist ja so süß. Voll der Hammer, Lilly« ein. Ihr grauste es bei dem Gedanken, ein Typ wie Ray könnte auf die Idee kommen, sie zu irgendeiner Veranstaltung einzuladen. In seiner Gegenwart fühlte sie sich so hässlich und unbedeutend wie eine ausgeleierte Socke. Aber dass sich Lilly ernsthaft in diesen Ray verknallt hatte, war kein Geheimnis.

»Jedenfalls finde ich, es ist an der Zeit, dass ihr mir BEWEIST, dass ihr meine besten Freundinnen seid.«

Anna ließ ein gequältes Winseln hören, Inga blies die Backen auf und ließ die Luft blubbernd ab und Vera rutschte beinahe von ihrem Stuhl. »Ich schenke dir das neue Parfum, das ich zum Geburtstag bekommen habe. Es ist superteuer und noch originalverpackt«, platzte Conni heraus, wobei ein paar Kuchenkrümel auf ihrem Schoß landeten. Lilly schüttelte nur den Kopf.

»Das T-Shirt von Mum, das sie letztens beim Interview getragen hat. Du kannst es haben, ich lasse mir schon etwas einfallen«, stieß Vera hervor, und das war wirklich ein super Angebot, da Veras Mutter eine stadtbekannte Politikerin war, ultrastreng und in etwa so entspannt wie ein Tiger vor dem Sprung.

»Vergesst es. Ich will richtige Freundschaftsbeweise. Und damit jede von euch eine Chance hat, habe ich mir eine Art Wettbewerb mit drei Runden ausgedacht. Das läuft absolut fair ab.« Alle hingen gebannt an Lillys Lippen.

»Also, hört zu«, Lilly kramte ein Papier aus ihrer Handtasche und glättete es auf ihren Knien. »Die erste Runde ist einfach, da geht es ums Vertrauen. Meiner besten Freundin muss ich absolut vertrauen können. Voll logisch, oder?« Unruhiges Stühle- und Hinterteilrücken folgte auf ihre Ankündigung. Terris Magen meldete sich knurrend, worauf sie nach einem Riegel kramte. Vertrauen?, dachte sie und versuchte, die Packung des Riegels aufzubekommen, ohne ihre Zähne einzusetzen. Ja, das war wirklich ein großes Wort. Aber bei Lilly war sie sich hundertprozentig sicher. Schließlich hatte Lilly sie in ihre Clique aufgenommen, das sagte eigentlich schon alles. Ermutigt hob sie den Kopf und schaute ihr direkt in die Augen. Kein Problem, sie würde beweisen, dass sie eine echte beste Freundin war. Endlich gab die Packung mit einem Knistern nach und Terri biss herzhaft zu.

»... dass es Geheimnisse bleiben«, verkündete Lilly gerade. Verflixt, jetzt hatte Terri etwas Wichtiges verpasst.

»Also möchte ich, dass mir jede von euch ihr geheimstes aller geheimen Geheimnisse anvertraut. Umgekehrt verrate ich euch auch eines von mir, ist klar, oder? Wenn es herauskommt, dann weiß ich genau, wer den Mund nicht halten konnte.« Fasziniert betrachtete Terri das makellose Gesicht ihrer Freundin. Dahinter sollten mindestens fünf außerordentliche Geheimnisse schlummern? Unvorstellbar.

»Ich kaue manchmal an den Fingernägeln«, erzählte Vera bereitwillig, streckte zum Beweis ihre Hand vor und schaute Beifall heischend auf Lilly.

»Mein Dior-Shirt ist eine Fälschung«, flüsterte Anna. Lilly zog verblüfft die Augenbrauen hoch und meinte: »Ehrlich? Hätte ich nie gedacht, ist ja witzig.«

Nachdenklich verzog Terri den Mund. Sie selbst war in etwa so geheimnisvoll wie eine Packung H-Milch, aber ihr würde schon etwas einfallen. Pünktlich zum Pausenläuten sprang Lilly vom Tisch und klatschte in die Hände als Zeichen, dass das Treffen beendet war. »Nichts Langweiliges, bitte. Und kommt mir bloß nicht mit ekligem Zeug. Fußpilz, Läusebefall oder so, igitt. Heute Nachmittag will ich echte Geheimnisse hören.«

»Und die zweite und dritte Runde, was ist damit?«, fragte Conni, schloss hastig ihre Plastikbox und verteilte beim Aufstehen zahlreiche Brösel um sich herum. Terri fragte sich zum hundertsten Mal, was Lilly an Conni fand. Gut, ihre Klamotten waren die mit Abstand teuersten in der Klasse und sie löste jede noch so schwere Matheaufgabe. Dafür war sie aber sterbenslangweilig, fand Terri. Was für ein Geheimnis bitte sollte in Conni schlummern, wenn schon bei ihr, Terri, nichts zu holen war?

»Das sag ich euch, wenn es so weit ist«, meinte Lilly unergründlich und schulterte ihr Täschchen. »Auf, Leute, wir werden erwartet!«

Kapitel 2

Anstrengende Stunden lagen hinter Terri, als sie am frühen Nachmittag bei Lilly eintraf. Ihr Kopf brannte vom Nachdenken und ihr Magen schmerzte, weil es umsonst gewesen war und sie noch immer nicht wusste, was sie Lilly anvertrauen wollte. Ob sie sich einfach irgendetwas ausdenken sollte? Lilly anschwindeln? Terri war ratlos. Sie war in niemanden verknallt, hatte noch nie – und das war nicht gelogen – ihren Eltern Geld geklaut, hatte noch nicht einmal einen Kaugummi beim Kiosk mitgehen lassen und schummelte wie jede andere in den Klassenarbeiten, wenn sie die Gelegenheit dazu hatte. Sie hatte noch nie die Unterschrift ihrer Eltern auf einem schlecht ausgefallenen Test gefälscht, einfach deshalb, weil es nicht nötig war. Natürlich log sie manchmal, um keinen Ärger zu bekommen, aber noch nie war es dabei um etwas Wichtiges gegangen. Auch ihre Familie hatte keine dunkle Vergangenheit, die man besser verschwieg. Bei so viel Durchschnittlichkeit war es schon schwierig, Geheimnissen auf die Spur zu kommen.

Vor Lillys Haus saßen bereits Anna, Vera und Inga auf dem Bordstein, weiter unten an der Straße kämpfte sich Conni mit ihrem Fahrrad den Berg hinauf. »Wollen wir zusammen reingehen?«, fragte Terri anstelle einer Begrüßung, worauf Anna trübsinnig den Kopf schüttelte.

»Wir müssen warten. Sie hat ihre Vorbereitungen noch nicht abgeschlossen.«

»Und inzwischen sitzen wir hier auf der Straße herum?«, fragte Terri ungläubig.

»Wir dürfen gleich auf die Terrasse«, erklärte Vera und starrte stumpf vor sich hin. Was Vera wohl Lilly erzählen würde? Und Anna? Und Inga und Conni? Terri setzte sich neben Inga und stützte den Kopf in die Hände. Eigentlich war es lustig. Sie unterdrückte ein Kichern. Sicher dachten in diesem Moment alle dasselbe. Nein, eigentlich war es überhaupt nicht lustig, sich vorzustellen, wie die anderen Lilly mit unglaublichen Geständnissen beeindruckten und sie, Terri, mit leeren Händen vor ihr stehen würde.

»Hi«, japste Conni, als sie endlich den Berg bewältigt hatte. »Ist Lilly nicht da?«

»Schon, aber sie trifft VORBEREITUNGEN.« Inga zog das Wort bedeutungsvoll in die Länge und drückte damit aus, was alle empfanden. Doch kaum hatte Conni ihr Fahrrad nachlässig vor der Garageneinfahrt fallen lassen und sich zu ihren Freundinnen gehockt, riss Lilly die Haustür auf.

»Es ist so weit, ihr könnt reinkommen!«, flötete sie, als wäre heute der Heilige Abend und das Christkind hätte eben seine Geschenke abgeladen. Ungewöhnlich schweigsam folgten die Mädchen Lilly durchs Haus in den Garten. »Niemand da außer uns. Ihr könnt es euch gemütlich machen, während ihr wartet. Conni, wir beide fangen an.« Conni, noch immer ein wenig außer Atem, zuckte gleichmütig die Achseln. Ihr schien es offensichtlich keine Probleme zu bereiten, Lilly mit einer Heimlichkeit zu überraschen. Unsicher sah sich Terri um und entdeckte den Gartentisch, der sich unter Getränken und Süßigkeiten bog, als feierten sie hier eine Geburtstagsparty. Niemand setzte sich, keine nahm sich einen Muffin oder Eistee. Nur Terri konnte nicht widerstehen, mopste zwei XXL-Gummibären und grübelte, ob Süßigkeitssucht wohl als Geständnis durchgehen würde. Mindestens drei Handvoll Gummischlangen, Schaumküsse und Minimuffins später trat Conni endlich auf die Terrasse. War sie ungewöhnlich rot im Gesicht? Hatte sie Schweißperlen auf der Nase?

»Na, alles klar?«, versuchte Anna, Connis Zustand zu erfragen. Doch die lächelte nur leicht und nahm sich eine quietschbunte Limo.

»Und was macht ihr so?«, fragte sie und schien die neugierigen Blicke der Mädchen nicht zu bemerken. »Ach so, Vera, du bist die Nächste, Lilly wartet in ihrem Zimmer«, sagte sie so beiläufig, als wären sie beim Zahnarzt, worauf sich Vera mechanisch erhob, ganz so, als würde ihr tatsächlich eine schmerzhafte Wurzelbehandlung bevorstehen.

Terri musste als Letzte zu Lilly. Noch immer war ihr kein passendes Geständnis eingefallen und sie war kurz davor zu verzweifeln, als sie leise an der Tür klopfte.

»Komm schon rein!« Als sie Lilly in geschäftiger Haltung hinter ihrem Schreibtisch sitzen sah, mit einem kleinen Buch vor sich und einem Stift in der Hand, rutschte ihr das Herz in die Hose. Lilly wies auf einen Stuhl. »Also? Was vertraust du mir an?«

»Lilly, ehrlich, ich habe keine Geheimnisse. Ich habe noch nie Blödsinn angestellt oder so, ich habe keine Ahnung, was ich dir sagen soll, obwohl ich mir seit Stunden den Kopf zerbreche.«

Hochgezogene Augenbrauen und ein kritischer Blick folgten dieser gestotterten Erklärung. »Das gilt nicht. Aber ich kann dir zuerst mein Geheimnis sagen, wenn du möchtest.« Dankbar nickte Terri. Wieder ein paar Minuten Zeit gewonnen.

»Also«, Lilly lehnte sich zurück, holte tief Luft und servierte ihre Beichte wie den sensationellen Nachtisch eines fünf-Gänge-Menüs. »Terri, niemand außer dir und mir weiß, dass ich mich bei ›young stars‹, der neuen Talentshow im Fernsehen, beworben habe und in die zweite Runde gekommen bin.« Triumphierend beobachtete sie, wie sich auf Terris Gesicht langsam das Verstehen ausbreitete. »Du hast was?«, rief sie, als sie endlich das ganze Ausmaß dieser Information begriffen hatte. »Aber warum hast du es niemandem erzählt, das ist doch galaktisch, ein Hammer, die Mädels werden ausflippen! Lilly, das ist... wow!«

»Tja, eigentlich schon. Aber stell dir mal vor, was ich mir anhören muss, wenn ich rausfliege und nicht weiterkomme. Das ertrage ich nicht. Also halte ich lieber den Mund.«

Erst jetzt dämmerte Terri, dass sie mit dem Geheimnis im Falle von Lillys Erfolg – und daran durfte sie ja als echte Freundin nicht zweifeln – nicht viel anfangen konnte. Damit es geheim blieb, müsste Lilly nämlich in der Vorrunde ausscheiden, und das war natürlich das Letzte, was Terri ihrer Freundin wünschte.

»So, jetzt bist du dran.« Lillys erwartungsvoller Blick schien sich in Terris Kopf zu bohren, als würde sie am liebsten direkt vor Ort auf Suche gehen.

»Ich mag Anna nicht«, brach es plötzlich aus Terri heraus, und als sie es sagte, wurde ihr klar, dass es tatsächlich so war. Annas Nähe machte sie nervös, ständig fühlte sie sich beobachtet und hatte das Gefühl, etwas falsch zu machen. Sie hatte sogar den Verdacht, dass Anna ihr nicht gönnte, in die Clique aufgenommen worden zu sein, und dass sie Terri am liebsten wieder loshaben wollte. Außerdem nervte ihr andauerndes Gewusel um Lilly, das an einen jungen Hund erinnerte, der unbedingt ein Lob oder Leckerli seines Frauchens erbetteln wollte. Lilly lachte laut auf. »Du magst Anna nicht? Was hast du gegen sie? Sie ist unglaublich lieb. Letzte Woche, als mein Handy-Guthaben auf null war, hat sie mir zwei Tage ihres geliehen. Einfach so. Und sie ist eine geniale Stylistin. Ohne sie hätte ich mir nie die knallrote Short gekauft.«

»Ich weiß, es ist nur, weil ...«, verlegen verstummte Terri. Ihre Gründe klangen zu sehr nach kleinlicher Eifersucht. »Es ist halt so. Man mag manche Leute und andere eben nicht.«

»Ist ja auch egal. Lass uns zu den anderen gehen. Ich sag dir, das war die spannendste Stunde, die ich je erlebt habe, wenn du wüsstest ... puh!« Lilly riss ihre sowieso schon großen Augen auf und verdrehte sie himmelwärts. Terri war einfach nur froh, dass es vorbei war. Fast wäre sie an ihrer Freundin vorbeigehüpft, so erleichtert fühlte sie sich, aber das war ihr dann doch zu kindisch. Sie hatte die Sache maßlos überbewertet! Ganz bestimmt hatten auch die anderen nur unwichtige Kleinigkeiten gestanden. Als sie auf die Terrasse traten, empfand Terri wieder unbändige Freude darüber, dass sie dazugehören durfte, und hätte am liebsten jede Einzelne umarmt.

»Wow, Mädels, der Wahnsinn, was ihr mir da erzählt habt!« Fröhlich nahm sich Lilly eine Limo und hielt die Flasche hoch. »Auf uns und unsere Geheimnisse!«, rief sie aufgekratzt und nickte in die Runde. Täuschte sich Terri oder zwinkerte sie bei Vera ein bisschen anzüglicher und grinste bei Anna breiter als bei den anderen?

»Lasst uns zur Feier des Tages noch irgendetwas unternehmen, ja?«, schlug Terri vor, doch Lilly hatte andere Pläne.

»Bevor ich nicht weiß, wie ihr zu mir steht, läuft hier gar nichts.« Sie platzierte sich inmitten der Mädchen und zückte ihr Notizbuch. »Also, so sieht es aus. Das allerunglaublichste Geheimnis hat mir Vera anvertraut, das witzigste Inga, das peinlichste Anna. Und Terri und Conni, ihr seid so ungefähr gleich. Damit führt Vera!« Sie klatschte als Einzige Vera Applaus zu, die feuerrot angelaufen war. »Ihr seht also, wie wichtig es ist, dass es mehrere Runden gibt, dann kann jede von euch zeigen, was in ihr steckt.«

Es würde also weitergehen. Natürlich. War Terri die Einzige, die dabei ein ungutes Gefühl hatte? Warum sagte denn keiner etwas? Terri glaubte, eine geradezu fiebrige Ungeduld zu spüren, als sie in die gespannten Gesichter der Mädchen schaute.

»Runde zwei, also. Ständig sagt ihr, ICH TUE ALLES FÜR DICH. Ich kann es bald echt nicht mehr hören. Zeigt es mir! Verzichtet für mich auf etwas, das euch ganz besonders am Herzen liegt. Stellt euch vor, mir ist etwas Schreckliches zugestoßen und jetzt müsst ihr mich trösten oder mir etwas geben, damit es mir besser geht. Ach, ich bin ja schon so gespannt, was ihr euch einfallen lasst!« Lilly nahm einen riesigen Schluck Limo, bevor sie weitersprach. »Umgekehrt biete ich natürlich auch etwas an, was euch viel bedeutet. Macht das Beste daraus. Wir sehen uns morgen in der Schule und ich will, dass ihr toll ausseht, Mädels! Und am Nachmittag treffen wir uns um Punkt siebzehn Uhr hier bei mir.« Zögernd erhoben sich die Mädchen und verabschiedeten sich mit Umarmungen und nichtssagendem Gemurmel. Conni schwang sich auf ihr Fahrrad und ließ sich gemächlich den Hang hinunterrollen, Vera, Inga und Anna trotteten schweigend davon, bis sich Inga umdrehte und Terri zurief: »Was ist? Kommst du nicht mit?« Um mir mit euch darüber den Kopf zu zerbrechen, was Lilly am meisten beeindrucken könnte?, dachte Terri. Nein, das erschien ihr wenig verlockend.

»Ne, ich muss noch etwas erledigen. Wir sehen uns morgen!« Sie wandte sich in die andere Richtung. Irgendwie würde sie schon nach Hause finden. Und sollte sie länger brauchen, hatte sie immerhin Zeit, darüber nachzudenken, was sie Lilly morgen anbieten würde.

Kapitel 3

Unglücklicherweise kannte sich Terri in dieser Gegend der Stadt überhaupt nicht aus und erst nach mehreren Hundert Metern fand sie eine passende Abzweigung, die allerdings in einer langen Straße mit sanfter Linksbiegung mündete. Komplett die falsche Richtung. Als sie bereits völlig die Orientierung verloren hatte und sich überlegte, ob sie einen Notruf an ihren Vater abschicken sollte, rumste sie mit einer dunklen Gestalt zusammen, die ihre Haare wie die Überreste eines zerrupften Hutes trug. Jolli.

»Hey, guck doch, wo du hinläufst!«, schnauzte die, ohne Terri zu erkennen. Dann verzog sich ihr Gesicht zu einer überraschten Grimasse. »Ach herrje, du bist das. Wie bist du denn hierher geraten?«, fragte sie und zauste sich durch die Haare, die daraufhin noch wilder abstanden.

»Hi Jolli«, murmelte Terri. Jolli könnte ihre Rettung sein. Immer noch besser, als ihren Vater um Hilfe zu bitten. »Ich glaube, ich habe mich irgendwie verirrt. Der Bus zum Zentrum?«

Jolli lachte. »Kommst du von Lilly? Dann hast du dich komplett verlaufen.«

»Äh, ja, stimmt. Ich habe keine Ahnung, wo ich überhaupt bin. Ich wollte mich gerade abholen lassen, aber vielleicht kannst du mir ja helfen.«

Jolli schaute sich unschlüssig um, dann entschied sie: »Na gut, ich bring dich zum Bus. Ist nicht so weit. Dafür erzählst du mir, was euer Wettbewerb macht.«

Terri staunte sie an. »Woher weißt du davon?«

»So was spricht sich schnell herum, glaub mir. Lilly macht einen riesigen Wirbel um die Sache. Und: Wie weit seid ihr?«

»Ich dachte, die Sache ist geheim!«, empörte sich Terri. Na danke, sie fühlte sich auf der Stelle noch elender, wenn sie daran dachte, wie sich die halbe Schule den Mund über den Wettbewerb zerriss.

»Ach, komm schon, Lilly läuft herum, als wäre sie Dieter und Heidi in einer Person. Wenn fünf Mädels so einen Superfreundinnen-Wettbewerb veranstalten, dann kannst du gleich Plakate aufhängen.«

»Trotzdem«, murrte Terri. Also SIE hatte garantiert noch niemandem davon erzählt.

»Lilly liebt eben solche Veranstaltungen«, erklärte Jolli großmütig. »Wirst du schon noch sehen.«

»Woher willst du das wissen. Ich dachte immer, ihr habt nichts miteinander zu tun.«

»Pfff, wir kennen uns schon ewig«, erklärte Jolli. »Ich bin ja der Meinung, dass jemand, der immer die große Bühne und einen eigenen Hofstaat braucht, ein Problem hat. Da läuft irgend so ein Psychodingens. Aber mir kann das ja egal sein, gell?« Sie zwinkerte fröhlich. »Aber jetzt sag schon, wer hat die erste Runde gewonnen?«

»Vera«, knurrte Terri. Tja, das war bitter. Völlig umsonst hatte sie gestanden, Anna nicht zu mögen, und war damit ein ziemliches Risiko eingegangen.

»Vera? Ach, da wäre ich aber gerne Mäuschen gewesen«, kicherte Jolli ein bisschen schadenfroh. »Und was hast du verraten?«

»Geht dich nichts an.« Jollis gute Laune ging Terri auf die Nerven. Sie verhielt sich, als wäre das der beste Witz aller Zeiten, dabei hatte sie doch keine Ahnung, wie Terri sich fühlte.

»Jetzt komm schon, morgen weiß es eh die ganze Schule«, bohrte Jolli.

Das wäre definitiv das Ende, dachte Terri und versuchte, sich ihre Besorgnis nicht anmerken zu lassen. »Ne, Lilly hat versprochen, dass sie niemandem etwas sagt«, erklärte sie möglichst gelassen.

»Schon gut. Und wie geht es weiter?« Terri zuckte die Achseln. Jolli war ihr eindeutig zu neugierig. Auf der anderen Seite schien sie ja bestens informiert zu sein, was sollte Terri da noch verheimlichen?

»Morgen treffen wir uns zur zweiten Runde. Wir müssen auf etwas verzichten. Für Lilly.« Schon als Terri den Satz beendete, spürte sie eine gewisse dunkle Ahnung. »Verzicht« klang in etwa so wünschenswert wie eine bevorstehende Magen-Darm-Grippe oder ein unangesagter Vokabeltest.

»Ich nehme mal an, es reicht nicht, ihr einen Schokoriegel anzubieten?«, mutmaßte Jolli.

»Neee, an Süßigkeiten hat sie weniger gedacht.«

»Und? Weißt du schon, worauf du für Lilly verzichtest?«, fragte Jolli und Terri spürte ihren durchdringenden Blick, den sie lieber nicht erwiderte. Mit Bedauern schaute sie auf ihre Schuhspitzen. Leider hatten Lilly und sie nicht die gleiche Schuhgröße. Ihre neuen Sneakers konnte sie ihr also schon mal nicht schenken.

»Vergiss es«, bestätigte Jolli prompt, als hätte sie ihre Gedanken erraten. »Schuhe hat Lilly mehr, als sie in ihrem ganzen Leben tragen kann. Überhaupt muss es ja wohl etwas sein, das man nicht kaufen kann.« Jolli schaute sie erwartungsvoll an. Klar, die war einfach nur froh, dass sie nicht Terris Probleme hatte, und lachte sich bestimmt innerlich kaputt.

»Es muss was sein, das uns echt wichtig ist. Mir sind zum Beispiel mein Gitarrenunterricht wichtig und das Klettertraining und halt noch so ein paar Sachen.«

»Nichts für Lilly. Sie will mehr.« Jolli grübelte so angestrengt, dass sich ihr Gesicht zu einer runzligen Fratze verzog und sie wie ein drolliger Gartenzwerg aussah. »Wie war das doch gleich mit deiner Mutter?«

»Mam?« Was um Himmels willen sollte Lilly mit ihrer Mutter anfangen? »Die bleibt noch für mindestens ein Jahr in unserer alten Wohnung. Wenn sie eine passende Stelle gefunden hat, kommt sie nach. Wir sind mit Paps hierher gezogen, als er seinen neuen Job angetreten hat. Auch wegen der Schule und so. Deshalb sehe ich sie nur an den Wochenenden.« Verständnislos betrachtete Terri Jollis vielsagend hochgezogene Augenbrauen. In ihrem Kopf ratterten die Gedanken, bis ihr klar wurde, worauf Jolli abzielte. »Ich soll auf das Wochenende mit meiner Mutter verzichten? Unmöglich! Nein, das darf ich bestimmt nicht und das will ich auch gar nicht. Letztes Wochenende war Mam geschäftlich unterwegs und davor hatte ich einen Wettkampf, da ging es auch nicht, und jetzt hat sie einen Überraschungsausflug mit uns geplant…« Jolli hörte nicht auf zu starren, bis Terri klar wurde, dass sie es ernst meinte. »Nein, nein, nein, ich muss mir etwas anderes einfallen lassen. Vielleicht doch meine Gitarre? Zu Hause könnte ich erzählen, dass ich sie im Bus vergessen habe, und dann gebe ich sie Lilly.«

»… und wünschst dir zum Geburtstag eine neue. Gilt nicht, sag ich dir«, machte Jolli ungnädig ihren Vorschlag nieder.

Langsam ärgerte sich Terri. Was war nur in sie gefahren? Da besprach sie ihre Freundschaftsrettungspläne mit dem absolut merkwürdigsten Mädchen der Klasse, das offensichtlich keinen Schimmer hatte, was seine bekloppten Ideen bedeuten würden. Sie musste Jolli so schnell wie möglich loswerden. »Ach, mir wird schon etwas einfallen«, wiegelte sie darum ab. »Ups, da vorne ist ja mein Bus. Danke und mach's gut, wir sehen uns morgen.« Ohne auf Jollis »Tschüssi dann« zu reagieren, aber mit dem deutlichen Gefühl, ganz schön unhöflich gewesen zu sein, rannte Terri zur Haltestelle und mischte sich unter die wartenden Leute. Puh, hoffentlich hatte niemand gesehen, wie lange sie mit Jolli geredet hatte. Obwohl – so richtig blöd war Jolli gar nicht gewesen. Immerhin hatte sie ihr zugehört und ihr den Weg gezeigt. Wenn diese Lilly-Sache erledigt war, dann konnte sie es sich vielleicht erlauben, zu ihrer unmöglichen Sitznachbarin ein bisschen netter zu sein, ganz sicher.

Kapitel 4

Lillys kleine Schwester Isi war als Türöffnerin eingeteilt und ließ die Freundinnen ins Haus. »Seid leise, Lilly ist total krank«, flüsterte sie bedeutungsvoll. »Es darf immer nur eine von euch zu ihr, sonst ist es zu anstrengend. Sie hat ein düsendes Pfeiffieber.«

»Pfeiffersches Drüsenfieber, du Nuss«, tönte es von oben, was bewies, dass Lilly nicht im Bett lag, sondern auf der Treppe saß und alles belauschte.

»Jedenfalls müsst ihr auf die Terrasse und ich rufe euch dann auf, ja?« Isi überflog einen der typischen Lilly-Anweisungszettel und las vor: »Heute fängt Terri an, dann kommt Inga, dann Conni, danach Anna und zuletzt Vera, weil die gestern am besten war.«

Also hatte Terri bisher tatsächlich am schlechtesten abgeschnitten. Ihr wurde übel, als sie mit pochendem Herzen hinter Isi die Treppen hinaufging. »Hast du dir was Tolles einfallen lassen?«, fragte Isi im Plauderton, aber bevor Terri antworten konnte, klopfte sie schon an Lillys Zimmertür und wartete, bis ein schwaches »Herein« ertönte. Lilly lag im Bett, die Decke hochgezogen bis zum Kinn, im

Rücken ein dickes Kissen, sodass sie ihrem Besuch immerhin halbwegs in die Augen schauen konnte. »Setz dich«, hauchte sie und zeigte auf den pinkfarbenen Sessel, der Terri so gefiel und den sie neben das Bett geschoben hatte. »Wie lieb von dir, mich zu besuchen.«

Unsicher schaute sich Terri um. Erwartete Lilly wirklich, dass sie bei diesem Theaterstück mitspielte? Da entdeckte sie, dass Lillys Gesicht blass geschminkt war und sie sich dunkle Kajal-Ringe unter die Augen gemalt hatte. Kein Zweifel, sie meinte es ernst. »Machen wir es wie gestern, du zuerst?«, fragte Terri knapp, obwohl ihr klar war, dass sie sich zuerst hätte erkundigen sollen, wie es Lilly überhaupt ging.

»Ach nein, dazu bin ich heute zu schwach. Fang einfach an, dann höre ich dir ein wenig zu.« Lilly schloss die Augen und faltete bedächtig die Hände über ihrer Brust, was Terri ziemlich übertrieben fand.

Was soll's, sie hatte keine Wahl, und weil ihr trotz aller Anstrengung nichts Besseres eingefallen war, sagte sie: »Also, weil du so schrecklich krank bist, habe ich mir überlegt, dass ich nächstes Wochenende bei dir bleibe, um dir Gesellschaft zu leisten, anstatt wie verabredet zu meiner Mutter zu fahren. Sie wollte mit uns einen Überraschungsausflug machen, aber das ist schon in Ordnung, ich meine, weil du doch krank bist, mich brauchst und so.« Terri schluckte. Nichts war in Ordnung. Natürlich hatte sie ihrer Mutter noch nichts davon gesagt. Ihrem Vater schon gar nicht. Sie hoffte einfach, dass Lilly Freundin genug war, das Angebot als Geste zu würdigen, sich darüber zu freuen und es dann großzügig zurückzuweisen.

»Ach, Terri, das ist so lieb von dir. Ich weiß ja, wie sehr du an diesen Mama-Wochenenden hängst. Dass du so ein Opfer für mich bringst!« Lilly richtete sich ächzend auf, um sich auf ihre Ellenbogen zu stützen.

Terri saß wie versteinert und betete still, dass Lilly sie erlösen würde. Bitte sag, dass ich zu Mam fahren kann, bitte sag, dass du das nicht annehmen wirst, dass wir ein anderes Wochenende zusammen verbringen und du sowieso keine Zeit hast, bitte, bitte, bitte, wiederholte sie für sich, bis Lilly endlich sprach.

»Du Arme. Es ist echt blöd, wenn die Familie so zerrissen ist. Damit du weißt, dass du immer bei mir sein kannst, darfst du nächstes Wochenende hier übernachten und wir machen es uns so richtig gemütlich. Das wird bestimmt viel toller als der langweilige Ausflug mit deiner Mama. Wir laden uns einen Film herunter oder zwei oder drei und holen Chips und Cola und keiner darf in mein Zimmer außer uns beiden.«

Terri konzentrierte sich darauf, nicht in Tränen auszubrechen. Sie blinzelte unablässig und suchte nach ein paar harmlos klingenden Sätzen, um nicht wortlos hinausgehen zu müssen. Dabei meinte es Lilly gut, das war klar. Mühsam erhob sie sich und sagte tonlos: »Wow, spitze, das wird bestimmt toll. Super Idee.« Sie ging langsam zur Tür. Irgendetwas musste sie noch hinzufügen. Weil es zum Spiel gehörte. »Also, äh, gute Besserung dann. Ich schicke dir Inga hoch, ja?« Und ohne auf Lillys Antwort zu warten, stolperte sie aus dem Zimmer, die Treppen hinunter, auf die Terrasse, rief kurz nach Inga, stammelte eine Entschuldigung und lief auf direktem Weg nach Hause. Die fragenden Blicke der anderen kümmerten sie in diesem Moment nicht.

Zu Hause war es leer und still, ihre Geschwister gingen irgendwelchen Hobbys nach, ihr Vater arbeitete und ihre Mutter saß in einer anderen Stadt und wartete auf den Besuch ihrer Familie, die dieses Mal nicht komplett sein würde. Mindestens eine halbe Stunde hockte Terri vor dem Telefon, bevor sie es aufnahm und im Adressverzeichnis auf »Mama mobil« drückte.

»Mam?«, fragte sie leise, als am anderen Ende ein dumpf klingendes, hektisches Hallo zu hören war.

»Terri? Ich bin in einer Besprechung. Kannst du Papa nicht erreichen?«

»Mam, ich kann am Wochenende nicht. Obwohl

ich so schrecklich gerne kommen würde, aber ich bin eingeladen und kann da nicht absagen und... Mam, bist du noch dran?«

»Und ich kann jetzt nicht, Terri, aber wir finden eine Lösung, bestimmt. Ich rufe dich gleich zurück. Halbe Stunde, ja? Ich hab dich lieb.« Und weg war sie. »Anruf beendet« stand leuchtend auf dem Display. Terri starrte auf die Anzeige. Sollte sie Pa anrufen? Er würde null Verständnis haben, wo er doch gerade alles gab, die Familie zusammenzuhalten. Sie seufzte. Wen dann? Die fünf Mädchen ihrer Clique konnte sie ja schlecht einweihen und sonst hatte sie noch keine Freundinnen. Komischerweise fiel ihr Jolli ein. Jolli wusste Bescheid. Und sie hatte Verständnis. So wie gestern. Und Zeit, denn Jolli hatte bestimmt keine Freundinnen. Oder doch? Nachdenklich öffnete sie ihren Laptop und rief das E-Mail-Programm auf, wo sie die Klassenliste abgespeichert hatte. Da, Jolina Brand, gleich die Nummer zwei. Sollte sie wirklich anrufen? Noch während Terri darüber nachgrübelte, klingelte das Gerät in ihrer Hand. Ihre Mutter. Am liebsten wäre sie nicht rangegangen.

»Hei Mam!« Wunderbar, es gelang ihr sogar, einen erfreuten Klang in ihre Stimme zu zaubern.

»So, jetzt hab ich ein paar Minuten. Was gibt's denn so Wichtiges, Liebes?«

»Du, nächstes Wochenende. Es ist wirklich total

bescheuert, aber Lilly hat mich zu einer Übernachtungsparty eingeladen und ich kann unmöglich absagen. Das ist total wichtig, weißt du, ich bin ja irgendwie immer noch die Neue.« Schweigen am anderen Ende der Leitung. »Mam?«

»Wir haben uns ewig nicht gesehen. Ich habe alles sorgfältig geplant und endlich mal zwei ganze Tage frei!«

»Ich weiß, Mam, ich find's ja auch blöd, aber ich bin so froh, dass Lilly meine Freundin ist.«

»Hm und wenn du ihr absagst, dann ist sie es nicht mehr?«, fragte ihre Mutter irritiert.

»Mam, nein. Du verstehst das nicht.«

»Aha, trotzdem. Das ist alles ein bisschen kurzfristig.«

»Ich weiß. Deshalb rufe ich dich ja an. Ich brauche einen Rat, wirklich!«

Ihre Mutter war keine Hilfe. Es ging eine ganze Weile hin und her, und als Terri schon kurz davor war zu verzweifeln und sich langsam Groll in ihr zusammenbraute, erklärte ihre Mutter zögernd: »Lass mich nachdenken. Wir könnten den Ausflug verschieben und ich komme zu euch. Dann mache ich eben mit Juli und Sara was Schönes und Pa kann in Ruhe seine Steuerunterlagen zusammensuchen.«

Terri konnte ihr Glück kaum fassen. »Wirklich? Also, das wäre super, ich danke dir. Klärst du das mit Pa? Die Übernachtung bedeutet mir echt viel.« Mit einem frohen Jauchzer tanzte sie durch die Wohnung. Sie würde bei Lilly übernachten und ihre Mutter würde zu ihnen kommen und damit hatte sie gleich zwei Dinge, auf die sie sich am Wochenende freuen konnte. Besser konnte es gar nicht laufen.

»Annas Angebot war das beste«, verkündete Lilly ihr Urteil abends im Chat, wo sie wie immer zusammenkamen, um über die Ereignisse des Tages zu tratschen. »Ich bin so gerührt, ihr seid alle toll«, fügte sie in der nächsten Zeile hinzu und setzte eine Reihe knutschender Smileys hintendran. »Gut, dass wir uns morgen zur letzten Runde treffen.« Jetzt folgte ein breit grinsender Smiley, dessen Zähne blitzten. Irgendwie sah er gehässig aus, fand Terri.

»In der großen Pause?«, schrieb sie.

»Wann sonst?«, kam prompt die Antwort. »Ich verrate euch schon so viel: Es geht um Mut. Bis morgen, ihr besten aller Freundinnen, schlaft gut.« Und weg war Lilly.

Toll. Wie sollte sie jetzt noch gut schlafen. Terri seufzte, als sich nach und nach die anderen aus dem Chat verabschiedeten, bis sie als Letzte noch eingeloggt war. Ihre Wochenendvorfreude war verflogen. Bis jetzt hatte sie Lilly anscheinend kein bisschen überzeugt. Vermutlich hatte sie gegen die alte Clique mit Mädchen wie Anna, Vera oder Inga eh keine Chance. Sie wollte gerade ihren Rechner runterfahren, als sie von Jolli angestupst wurde.

»Huhuu, noch online?« Das war das erste Mal, dass sie Terri im Chat ansprach, und offensichtlich war sie in Plauderlaune. »Ich seh dich, also versteck dich nicht.«

»Mache ich nicht. Wollte gerade rausgehen. Bin müde«, antwortete Terri zurückhaltend, spürte aber gleichzeitig, wie sich ihre Laune ein wenig hob.

»Alles geklärt mit dem Wochenende?«, fragte Jolli und Terri ersparte es sich, darüber nachzudenken, wieso Jolli schon wieder so gut Bescheid wusste.

»Jap, meine Eltern sind cool. Meine Mutter kommt her und ich kann trotzdem übernachten.«

»Huch, verrate das besser nicht Lilly. Das bringt sie noch auf die Idee, dass dein Verzicht gar keiner ist, und sie disqualifiziert dich.«

»Echt? Daran habe ich noch gar nicht gedacht. Hab die Runde sowieso verloren.«

»Ups, sorry, tut mir leid. Um was geht's morgen?«

»Mut. Mehr wissen wir nicht.«

»Mutproben? Auweia, ich wünsch dir viel Glück.«

»Danke.« Terris Finger schwebten einen Augenblick über der Tastatur, dann traute sie sich zu fragen. »Warum interessiert dich das eigentlich so?«

»Reine Neugier. Außerdem finde ich das mit eurer Clique spannend. Ehrlich, mir wäre das alles viel zu anstrengend.« Sie schickte eine Reihe keuchender und vor Schweiß tropfender Smileys.

»Also, ich finde unsere Clique großartig und gar nicht stressig«, tippte Terri schnell. »Und ich finde Lilly toll.«

»Wie du meinst. Hast du für Bio gelernt? Mein kleiner Finger sagt mir, dass ein Quick-Test ansteht.« Ein die Schulbank drückender Smiley schickte viele Grüße und Jolli verschwand aus der Liste der eingeloggten Chatmitglieder. Terri schloss ihren Laptop. Bio? Darauf hatte sie jetzt bestimmt keine Lust. Trotzdem holte sie ihr Heft heraus. Mühsam und mit roten Augen kämpfte sie sich durch die Seiten. Rein damit ins Kurzzeitgedächtnis, ein paar Notizen auf einen Notfallzettel geschrieben und dann schnell ab ins Bett.

Kapitel 5

Drei der fünf Fragen des Bio-Tests hatte Terri nur lösen können, weil sie gestern noch gelernt hatte. Dankbar linste sie mehrfach auf Jollis schlauen kleinen Finger, um festzustellen, ob irgendetwas daran auffällig war. Außer dem abblätternden Nagellack in Dunkelblau war der leider ganz gewöhnlich. Ein kleiner Silberring mit schwarzem Signet schmückte den rechten, ein Silberring mit dunkelgrauem Stein den linken, für Jollis Verhältnisse geradezu auffällig normal. Terris Blick wanderte weiter zu Lilly, die ungeniert von Anna abschrieb, die langen Haare wie einen Vorhang um ihr Gesicht drapiert. Was Lilly wohl für ihre Übernachtung geplant hatte? Musik hören, DVD gucken, durch Lillys Klamotten stöbern und sich schön machen? Vielleicht mit ein paar Leihgaben aus dem Kleiderschrank von Lillys Mutter? Fast hätte Terri die Abgabe des Tests verpasst. Erst als Jolli sie in die Seite stieß, schmierte sie in letzter Sekunde ihren Namen auf das Aufgabenblatt und brachte es nach vorne.

»Aufgeregt wegen der nächsten Runde?«, flüsterte Jolli, als Terri an ihren Platz zurückkehrte.

»Ne, gar nicht«, sagte Terri entschlossen und tatsächlich sah sie Lillys letzter Aufgabe inzwischen recht gelassen entgegen. Auch wenn sie nicht Lillys allerbeste Superfreundin in diesem Wettbewerb werden würde, stand ihr ein unvergessliches Übernachtungswochenende mit ihr bevor und das – fand Terri zumindest – machte einiges wett und zeigte deutlich, dass sie Lilly nicht gleichgültig war.

»Mut«, dozierte Lilly wenig später in der großen Pause am Set, »bedeutet, dass man über seinen Schatten springen muss, also etwas zustande bringt, was man nur im äußersten Notfall machen würde.« Träumerisch schaute sie in die Weite der Cafeteria. Niemand traute sich nachzuschauen, was oder wen Lilly da gerade anträumte. »Ich zum Beispiel habe schreckliche Angst vor Hunden und Spinnen, das nennt man Cynophobie und Arachnophobie, habe ich gestern extra nachgeschaut. Für mich also wäre es mutig, euch eine Spinne aus den Haaren zu ziepen oder den Sitter für Veras Hundekoloss zu spielen.« Terri und die anderen aus der Clique grinsten. Lillys Spinnenangst war geradezu legendär. Noch nie hatte man jemand so hoch und spitz schreien hören wie damals, als in ihrem Klassenzimmer ein harmloser, langbeiniger Weberknecht am Fenster entlangspaziert war. Und dass sie Veras Haus nur betrat, wenn deren italienische Dogge Gassi war, wusste ebenfalls jeder. Terri schöpfte Hoffnung.

Auch sie hatte Ängste. Zum Beispiel hasste sie es, Achterbahn zu fahren. Für Lilly allerdings würde sie sich sogar in den Silver Star, Europas höchste Achterbahn, wagen und eine Extrarunde drauflegen.

Lilly ließ streng den Blick über ihre Freundinnen wandern. »Also habe ich mir Gedanken gemacht, wie ihr euren Mut beweisen könnt. Nicht mit so blöden Mutproben wie Zimt essen oder vom Zehn-Meter-Turm hüpfen, sondern jede von euch bekommt eine ganz spezielle Aufgabe.« Die Luft vibrierte vor Spannung, als Lilly tief Luft holte. »Ja, also, Anna wird morgen beim Vokabeltest kein einziges Wort eintragen, weil sie immer schreckliche Angst vor schlechten Noten hat. Einen verhunzten Test machst du locker wieder wett. Vera, du wirst zu spät zum Unterricht kommen und dir eine witzige Entschuldigung einfallen lassen. Conni, ich habe mir überlegt, dass du dich während der großen Pause auf den Schulhof stellst und unser Lieblingslied singst. Aber bitte genau so, wie du es bei ›SingStar‹ machst, ja? Inga wird beim Dönerstand um die Ecke einen extra XXL-Döner essen. Der ist eklig und hat superviele Kalorien, aber du schaffst das schon. So und Terri wird Ray in aller Öffentlichkeit auf die Wange küssen, weil, wenn es um Jungs geht, bist du echt ein hoffnungsloser Fall, oder?« Lilly nickte ihr aufmunternd zu.

Mit offenem Mund starrte Terri sie an. Das konnte nur ein Scherz sein. Ray, der Schwarm sämtlicher Mädchen, der nie ein Wort mit ihr wechselte, um den sich immer ein Haufen supercooler Freunde scharte – und, ja noch schlimmer, auf den Lilly doch selbst stand. »Guter Witz«, meinte sie krächzend. »Da könnte ich ja gleich Herrn Siebert eine Ohrfeige verpassen oder das Handy vom ollen Meyer klauen. Nein, sag schon, was soll ich wirklich machen?«

»Ray auf die Wange küssen und fertig!« Lillys Haltung duldete keinen Widerspruch. Terri wurde blass. Lieber würde sie ein ganzes Wochenende auf der Achterbahn verbringen, jeden Tag fünf Döner essen und eine Woche lang die Charts der Volksmusik auf dem Pausenhof singen! Ihre Zuversicht war wie weggeblasen und einem harten, kalten Angstklumpen gewichen. War's das jetzt mit ihrer Freundschaft zu Lilly? Wie hatte die sich nur so etwas Unmögliches ausdenken können! Küssen! Terri war weit davon entfernt, irgendjemanden küssen zu wollen, außer vielleicht mal ihre süßen Goldhamster auf die weichen Schnuppernasen. Jeder Gedanke an »Jungs küssen« war ihr so fern wie Stern HD 10180.

»Wie lange haben wir Zeit«, flüsterte Conni, die genau wie Terri unter Schock zu stehen schien.

»Zeit? Bis morgen. Und dann haben wir mehr als genug Gründe, unsere Freundschaft zu feiern!«, rief

Lilly unbekümmert, warf ihre Mähne zurück und glitt lässig von der Tischkante.

Terri war klar, dass es nichts zu feiern geben würde. Wahrscheinlich war damit auch die Übernachtung ins Wasser gefallen, denn weder heute noch morgen noch übermorgen würde sie diesem Ray einen Kuss geben können. Traurig und leicht benommen schlich sie in den Klassenraum und rutschte auf ihren Stuhl. Wie eine Marionette, die von einer unsichtbaren Hand gesteuert wurde, überstand sie die nächste Stunde. Immer wieder spürte sie Jollis prüfende Blicke oder die neugierigen und mitleidigen der anderen Mädchen aus der Clique. Keine Frage, jede hatte eine schwierige Aufgabe bekommen, doch sie hatte mit Abstand die allerpeinlichste, allerwahnsinnigste und vor allem sinnloseste.

Kapitel 6

In der Mittagspause wollten die Mädchen Inga zum Dönerstand begleiten und zusehen, wie sie ihren XXL-Döner verspeiste. Schon jetzt war Ingas Gesicht so grün, als müsste sie sich in den nächsten Busch übergeben, und sie wirkte in etwa so fröhlich wie Krusty, der Clown aus den Simpsons, bei einem Kindergeburtstag.

»Geht schon mal ohne mich, ich muss mir etwas ausdenken«, entschuldigte sich Terri. »Schließlich habe ich auch eine nicht ganz einfache Aufgabe abbekommen«, ergänzte sie mit schiefem Grinsen. Natürlich zeigten alle größtes Verständnis. Sogar Anna klopfte ihr mitfühlend auf die Schulter, worauf Terri bereute, jemals etwas Schlechtes über sie gesagt zu haben. Aber Annas Aufgabe war ja auch so ungerecht einfach. Sie musste einfach nichts tun, nur Löcher in die Luft starren und Arbeit verweigern. Voller Selbstmitleid suchte sich Terri eine ruhige Ecke im Pausenhof. Am liebsten ruhig genug zum Sterben.

»Verkriechen hilft nicht«, stellte Jolli fest und setzte sich ungefragt neben sie. Toll, die war einfach überall und anscheinend auch schon wieder auf dem aktuellen Stand der Dinge. Zum Glück waren Lilly und die Clique unterwegs und konnten Terri und Jolli nicht sehen. »Hätte schlimmer kommen können, findest du nicht? Ich meine, irgendwann küsst jede zum ersten Mal einen Jungen, also kannst du es auch heute oder morgen erledigen.« Fassungslos schnaubte Terri. Also echt, wenn es nur das Küssen an sich gewesen wäre. Nein, ihr Hauptproblem hatte blonde Haare und eine Piloten-Sonnenbrille mit weißem Gestell auf der Nase und lief gerade quer über den Hof, sah mal wieder spektakulär einschüchternd aus und trug den Spitznamen Ray. Sie musste ihn anstarren wie das Kaninchen den großen bösen Wolf. Jolli war dieser Blick natürlich nicht entgangen. »Na und? Ein ganz normaler Typ. Der frisst keine Zwölfjährigen.« Sie schwieg kurz und ergänzte: »Auch keine, die ihn in aller Öffentlichkeit abknutschen. Ich sag dir was, wenn einer gut aussieht, steckt meistens nicht viel dahinter, glaub mir.«

»Vielen Dank, es ist schon ohne deine Kommentare schlimm genug. Alle werden sich kaputtlachen. Im besten Fall haben sie Mitleid, das hasse ich besonders. Die denken, ich bin verrückt, durchgeknallt, reif für eine geschlossene Station! Und überhaupt will Lilly so eine Loserin bestimmt nicht mehr in ihrer Clique haben. Ich brauche mich gar nicht mehr für den diesjährigen Opferpokal bewerben, ich bekomme ihn einfach so!« Terri war den Tränen nahe.

»Ich habe höchstens Mitleid, weil du dir unnötige Sorgen machst. Aber dein Gejammer ertrage ich keine Sekunde länger und außerdem habe ich keine Lust, den Rest des Tages neben deinem Miesepeter-Heulgesicht zu sitzen. Deshalb verrate ich dir was.« Jolli konnte mindestens so gute Kunstpausen einstreuen wie Lilly. Da hatten die beiden echt was gemeinsam.

»Von Geheimnissen aller Art will ich garantiert nichts mehr wissen«, schnauzte Terri zurück.

»Na gut, dann behalte ich für mich, dass Ray zufälligerweise um sieben Ecken mein Cousin ist, und zwar einer, der mir mehr als nur einen Gefallen schuldet.«

»Deine Familiengeschichten sind total spannend, aber eben gerade habe ich andere Sorgen, Jolli.«

»Schön, dann sage ich ihm auch nicht, dass er brav stillhalten soll, wenn du mit gespitzten Lippen auf ihn zuläufst und ihm einen Kuss verpasst, weil ich sonst nämlich seiner Mutter verklickere, dass ...« Jolli gab ein kratzendes Lachgeräusch von sich, das an Ernie erinnerte, der Bert gerade einen Streich gespielt hatte. Aber die Vorstellung, wie sie selbst mit Kussmund über den Pausenhof lief und die Jungs mit einem Aufschrei auseinanderspritzten, ließ sie fast mitlachen. Betont brummig überspielte sie ihre Kicherlaune. »Ich werde garantiert keine spitzen Lippen machen.«

»Ach, komm schon. Ich rede mit Ray. Das ist mir

der Spaß wert. Allein sein Gesicht, wenn ich ihn frage und er dann bemerkt, dass er keine Wahl hat.« Jolli amüsierte sich köstlich.

»Na danke, du siehst mich hier gerade vor Freude in die Luft springen«, schimpfte Terri, insgeheim aber froh über diese Rettungsleine, die sich ihr bot. Schon wieder lachte Jolli. Schön, dass sie ihren Spaß hatte. »Stimmt, ihr seid ganz das glückliche Paar. Und wenn er auch nur im Geringsten lacht, grinst oder einen überflüssigen Spruch fabriziert, dann darfst du ihm ans Schienbein treten, versprochen!« Sie klopfte Terri aufmunternd auf den Rücken. »Denn die Macht ist mit mir«, erklärte sie dann mit übertrieben tiefer Stimme.

Terri wollte lieber nicht wissen, was genau Jolli gegen den unglaublichen Ray in der Hand hatte, aber wenn es ihr half, ihr klitzekleines Freundschaftsproblem zu beseitigen, warum also nicht? Langsam nickte sie: »Na gut, wann kannst du das mit ihm klären?«

»Jetzt gleich. Ich weiß ja, wie dringend es ist.« Sie erhob sich und fasste ihr Opfer ins Auge, das nichts ahnend am anderen Ende des Hofes stand.

»Warum? Ich meine, warum hilfst du mir? Ich bin ja nicht einmal besonders nett zu dir gewesen.« Jolli legte sich mächtig für sie ins Zeug. War das nicht irgendwie verdächtig? Wollte Jolli sich etwa über sie lustig machen oder ihr eine Falle stellen?

»Pfff«, machte die nur und wedelte mit einer Hand, als wollte sie schlechte Luft vertreiben. »Ich finde diesen *Best-Friend-Contest* langsam total bescheuert. So eine echte Lilly-Wahnsinns-Idee, die jederzeit nach hinten losgehen kann. Es macht mir einfach Spaß, ein bisschen mitzumischen, und wenn ich gleichzeitig Ray noch ein bisschen ärgern kann, prima!«

Obwohl oder gerade weil Terri wusste, dass sie ihr Problem am nächsten Vormittag aus der Welt schaffen konnte, lag sie die halbe Nacht wach. Seit ihr Vater sie um kurz vor Mitternacht bei einer allerletzten Jeansanprobe ertappt und sie mit Donnergewitter-Miene und ohne jegliches Verständnis für ihre Nöte ins Bett geschickt hatte, produzierte ihre Fantasie eine Horror-Kuss-Szene nach der anderen. Wie sie Ray küsste und es niemand mitbekam. Wie sie stolperte, in seinen Armen landete und ihren Kuss versehentlich auf seiner Nasenspitze ablieferte. Ray, wie er sie auslachte und vor seinen Kumpels lächerlich machte. Ray, der so groß war, dass sie selbst auf Zehenspitzen nicht an sein Gesicht herankam. Ray, der sie entsetzt abwehrte und um Hilfe rief. Sie und Ray umringt von Tausenden von Schülern, die sie anfeuerten. Ray, Ray, Ray, Ray. Er war plötzlich überall.

Entsprechend mies fühlte sie sich am nächsten Tag. Dabei war das Thema weitgehend geritzt. Sie musste ES nur noch machen, also, diese paar Schritte gehen, diesen, nun, sie musste die Tatsache beim Namen nennen, diesen Kuss also, ordnungsgemäß platzieren und fertig. Doch ihre aufgebrachten Nerven machten sie zu einem Wrack.

»Ich mach's«, verkündete sie Lilly nach der zweiten Stunde. »In der großen Pause. Ray wird wie immer in der Cafeteria abhängen, dann, ja dann mach ich's eben …«

»Du schaffst das. Ich mach ein Foto!« Terri schaute Inga böse an. Die hatte gut reden. Gestern hatte sie ihre Mutprobe mit der Note Eins plus bestanden und sogar einen zweiten Döner verputzt. »Ich drück dir die Daumen«, sagte Conni und Vera nickte bestätigend. War Annas schiefes Lächeln mitleidig oder schadenfroh?

Kurz bevor sie die Cafeteria betrat, raunte ihr Jolli zu: »Hey, stell dir einfach vor, Ray wäre dein kleiner Bruder oder ein süßes Hundebaby oder so. Und denk dran, wenn er nicht mitspielt, dann tritt ihm gegen das Schienbein. Kräftig.« Dazu lächelte sie aufmunternd, drückte Terris Hand und schubste sie die letzten Meter, als wäre sie ein bockiges Schaf. Hinter ihr standen ihre Freundinnen, versuchten, einen Platz mit bester Aussicht zu ergattern, und machten damit eine Flucht unmöglich.

Ray war nicht zu übersehen. Schon von Weitem konnte Terri seinen hellen Schopf erkennen. Er lehnte seitlich neben der Eingangstür, und zwar allein. Ungewöhnlich. Er war nicht zu verfehlen. Jetzt war die beste Gelegenheit, los, Terri ... Sie fing seinen Blick auf und hielt ihn fest, als fürchtete sie, er könnte ausbüxen, sobald sie woandershin schaute. Einen Moment hatte Terri das Gefühl, ihren Körper zu verlassen und von hoch oben zuzusehen, wie ihre Beine sie zu Ray hinübertrugen. Langsam richtete er sich auf, nahm die Hände aus den Hosentaschen, wartete. Noch zehn Schritte. Noch fünf. Es ging zu schnell, sie war noch nicht so weit! Schauten schon alle neugierig? Grinsten die ersten? Kicherte da nicht jemand? Jetzt. Sie stand vor ihm, schaute zu ihm hinauf. Kurz stellte sie verblüfft fest, dass er gar nicht so groß war, wie sie gedacht hatte. Sie musste sich nur ein winziges bisschen auf die Zehenspitzen stellen und dann ...

Als Terri ihre Augen wieder öffnete, war es vorbei. Jolli hing ihr um den Hals, um ihr zu gratulieren, gefühlte eintausend Mitschüler verrenkten sich die Hälse und starrten herüber und Lilly samt Anhang bahnte sich den Weg zu ihr. Und Ray? Der drückte ihr ganz frech noch einen Zusatzkuss auf die Wange! Kein Wunder, dass Terri flammende Röte ins Gesicht schoss, ihr Herz ungefähr eine Minute aussetzte und sie fast ohnmächtig wurde – was natürlich nur an Jollis enger Umarmung und ihrer eigenen grenzenlosen Erleichterung lag.

»War das jetzt eine eurer kindischen Wetten, oder was? Worum ging's denn?«, fragte Ray und schnappte im selben Moment nach Luft, da Jolli ihren Fuß gegen sein Schienbein gerammt hatte.

»Spar dir deine schwachsinnigen Bemerkungen, verkrümle dich lieber, da kommt die heilige Inquisition«, schnauzte sie ihn an, worauf Ray den Mund verzog und verstummte. Nein, Terri wollte wirklich nicht wissen, womit Jolli ihn in der Hand hatte.

»Hi Ray«, säuselte Lilly in diesem Augenblick. »Alles klar?«

»Hmhm«, traute er sich nur zu sagen und trollte sich aus der Gefahrenzone. Für seinen Geschmack waren hier sowieso viel zu viele aufgeregte Frauen unterwegs, die aus unerfindlichen Gründen ein Problem mit ihm hatten.

»Komm jetzt mit, Terri.« Ohne auf Terris Gegenwehr zu achten, die zumindest Ray und Jolli zum Dank zuwinken wollte, zog Lilly ihre Freundin aus dem Gewühl zum Set. Was dann folgte, damit hatte Terri nicht im Geringsten gerechnet. »Was hast du dir eigentlich dabei gedacht!«, fauchte Lilly wütend.

»Wieso? Ich sollte doch Ray auf die Wange küssen«, fragte Terri verwirrt.

»Ja, genau, auf die WANGE, nicht auf den Mund. Der gehört mir, ist das klar?« Auf den Mund? Terri hatte keine Ahnung, wovon Lilly sprach. Niemals hätte sie freiwillig... doch Inga hielt ihr schon ein

Mobiltelefon unter die Nase. Kameramodus. Auf dem Display sah man ganz deutlich, wie Terri Ray küsste – und zwar direkt auf oder zumindest unmittelbar neben die Lippen. Terris Gesicht wurde heiß und brannte. So ein Mist. Wieso hatte sie nur die Augen geschlossen und nicht aufgepasst? »Aber das war keine Absicht, Ehrenwort, das… ich…«, verteidigte sie sich stotternd.

»Wollen wir es mal hoffen«, zischte Lilly und versuchte, die Fassung wiederzuerlangen. »Du hast zwar die Aufgabe erfüllt, aber gewonnen hast du mit dieser Show nicht, das sag ich dir. Übers Ziel hinaus ist auch daneben. Voll daneben.« Damit wandte sie sich ab und ließ Terri einfach stehen. Die Clique blieb zurück.

»Die regt sich wieder ab, wirst schon sehen«, meinte Inga versöhnlich, als sie ihr Handy wegsteckte.

»Es war eine bescheuerte Aufgabe. Sie hätte sich eben jemanden aussuchen sollen, in den sie nicht selbst verknallt ist«, tröstete sie Conni und wandte sich zum Gehen. »Aber ich habe gleich meinen großen Gesangsauftritt, los, ich brauche Unterstützung.«

Anna trat auf sie zu. Auch sie hatte Lillys Prüfung bestanden und in der vorhergehenden Stunde ihre Englischlehrerin, Frau Westermann, mit einem leeren Vokabeltest-Blatt verblüfft. »Kommt ihr? Conni, bist du bereit? Ich glaube, Lilly weiß, dass du nichts dafürkannst, Terri. Immerhin hast du es getan und ehrlich, das war ganz schön mutig. Ich weiß nicht, ob ich das geschafft hätte. Irgendwie bescheuert, der ganze Wettbewerb, oder?« Verwundert nickte Terri. Sah sie da wirklich Anerkennung in Annas Augen? Und Vera, die hinter ihr stand, nickte die tatsächlich zustimmend? »Aber zu Ende bringen müssen wir es. Sonst ist es unfair. Nur noch Conni ist übrig.«

»Ts, ts, das klingt ja fast nach Revolution? Probt ihr die Meuterei?« Unvermittelt stand Jolli neben Terri, packte sie am Arm und zerrte sie kurzerhand zum Pausenhof, wo Conni gerade ein Liedblatt zückte. Als Conni mit ihrer rauen Singstimme loslegte, wurde es mucksmäuschenstill. Die Reihen neben Terri und ihren Freundinnen füllten sich. Es entstand ein Gedränge, bei dem sie zwischen Lilly und Jolli gequetscht wurde, während alle Conni bestaunten, als wäre sie vom Himmel gefallen. »Jetzt schau dir die Conni an«, flüsterte Lilly ehrfurchtsvoll. »Die hat's echt drauf. Endlich zeigt sie es mal.« War das Lillys Plan gewesen? Hatte sie gewollt, dass Conni ihr Talent vorführte? Ratlos schaute Terri zu Jolli, die ebenso fasziniert von Connis Darbietung war wie alle anderen. Jolli und Lilly – schon merkwürdig, diese Mädchen, die sich in etwa so gut verstanden wie Hannah Montanas Tanten. Irgendwie mochte Terri beide, obwohl sie so grundverschieden waren und obwohl Terri ihre Clique über alles schätzte, würde Jolli wohl von nun an für sie auch eine Rolle spielen. Gedankenverloren jubelte sie mit den anderen Conni zu, die sich mit tiefen Verbeugungen für den Applaus bedankte.

Als das Pausenzeichen die Show beendete und sich die Zuhörer nach und nach zerstreuten, standen die Mädchen unschlüssig beisammen. Jolli hielt sich ein wenig abseits, wie so oft mit einem spöttischen Grinsen im Gesicht.

»Und, war's das jetzt?«, fragte Conni, von ihrem Erfolg ganz aufgekratzt. »Glaubst du uns nun, dass wir bombenfest hinter dir stehen?«

»Sicher«, meinte Lilly unbekümmert, »aber das wusste ich schon vorher.«

»WAS?«, schrien die Mädchen im Chor. »Was soll das heißen? Machst du Witze? Und wieso bitte haben wir uns so angestrengt?«

»Vielleicht weil ihr euch selbst etwas beweisen musstet? Jedenfalls hat es Spaß gemacht! Hättet ihr gedacht, zu was ihr alles fähig seid? Ich finde es auf jeden Fall toll, dass wir zusammengehören und uns vertrauen können!«

Terri sah Lilly an, als hätte sie den Verstand verloren. Von wegen toll und Spaß!

»Ich jedenfalls fühle mich beschissen«, fasste sie ihren eigenen Zustand der letzten Tage zusammen. »Und wenn ich herausfinden will, wozu ich fähig bin, dann brauche ich dazu keinen bescheuerten Wettbewerb.«

»Sei doch nicht gleich eingeschnappt.« Jolli war näher gekommen und legte versöhnlich die Hand auf Terris Arm, »es war doch witzig.«

»Was mischst du dich eigentlich schon wieder ein?«, fauchte Terri.

Jolli nickte in Lillys Richtung und gestand zerknirscht. »Lilly und ich haben uns das gemeinsam ausgedacht. Ich habe sie damit aufgezogen, dass ihre Freundinnen bestimmt kneifen, wenn es hart auf hart kommt. Na ja, Lilly hat dann bei der Umsetzung mal wieder ein bisschen übertrieben.«

»Jetzt fall du mir nicht auch noch in den Rücken«, empörte sich Lilly. »Wer hatte denn die Idee mit dem Wettbewerb?«

»Schon, aber die Aufgaben, die hast du dir ausgedacht und ...«

»Moment«, unterbrach Terri, der plötzlich schwindelig geworden war. »Ihr habt die Idee gemeinsam gehabt? Anna, hast du das gewusst? Vera, Inga, Conni?«

Anna schüttelte langsam den Kopf, während Inga nach Worten rang und Vera rot im Gesicht angelaufen war und offensichtlich unter Atemnot litt. »Nein«, hauchte Anna, »mit Jolli hatten wir ja nie was zu tun, sie ist doch total anders drauf als wir.« Fast entschuldigend zuckte sie mit den Schultern.

»Aber so ganz kapiert habe ich nie, warum Jolli und Lilly nicht einmal miteinander reden.«

»Zumindest nicht in der Schule, sonst schon«, korrigierte Jolli. »Lillys und meine Mutter waren mal eng befreundet. Es fing an zu kriseln zwischen den beiden, weil ich im Kindergarten zur musikalischen Frühförderung angenommen wurde und Lilly nicht. Irgendwann schubste dummerweise unser Hund Lilly in die Rosen und meine Mutter hat nur gelacht.«

»Deshalb habe ich Angst vor Hunden«, erklärte Lilly. »Im Kindergarten und der Grundschule hingen wir ständig zusammen. Als ihr dann zu deinem Stiefvater gezogen seid, da hat Mama uns verboten, befreundet zu sein. Als ob man so etwas verbieten kann! Sie meinte, du und deine Familie seien nicht der richtige Umgang für mich und blablabla. Also wirklich! Seitdem treffen wir uns umso lieber und chatten die ganze Zeit.«

Terri zählte mindestens drei offene Münder neben ihrem eigenen. Sie hatte gerade den Jungen geküsst, in den ihre beste Freundin verknallt war, weil diese Freundin mit ihrer anderen Freundin – von der allerdings niemand wusste, dass sie befreundet waren – so eine Art Wette abgeschlossen hatte? Das war absurd! Sie spürte das gefürchtete Kichern in sich aufsteigen, das sie oft befiel, wenn Situationen völlig unerträglich wurden.

»Du hast unsere Freundschaft lächerlich gemacht – und uns, deine Freundinnen, auch«, explodierte sie und kämpfte das aufsteigende Glucksen nieder. »Du hast uns angelogen und ausgenutzt! Und Jolli, du hast das alles noch überboten mit deinem scheinheiligen Getue. Danke.« Als sie erneut Luft holen wollte, brach das Lachen als unschönes Prusten aus ihr heraus. »Dafür habe ich Ray geküsst, und zwar richtig!«, japste sie, »Mann, das geschieht dir so etwas von recht, Lilly! Und damit du es weißt, ich würde ihn jederzeit wieder küssen, jawohl! Direkt auf den Mund. So und jetzt gehe ich lieber in den Unterricht und später suche ich mir mal echte Freundinnen.« Terri wandte sich ab und machte ein paar Schritte, bis Jolli sie zurückhielt.

»Hey, komm. Wir sind alle schwer beeindruckt von dir. Ich dachte bis zuletzt, du kneifst.« Das Grinsen wurde wieder breiter. »Du hättest dich sehen sollen, Mensch, Terri, das war der Hammer, da reden wir noch in hundert Jahren drüber!« Ihre lustigen Augen funkelten Terri begeistert an. Doch da ging Conni dazwischen. »Lilly, Jolli, ihr seid die miesesten Freundinnen, die man sich vorstellen kann. Ich weiß nicht, wie ihr dazu steht«, wandte sie sich an die anderen Mädchen, »aber für mich haben die beiden den Wettbewerb haushoch verloren.«

»Finde ich auch«, meldete sich Inga. »Lilly und Jolli sollen selbst beweisen, dass sie unsere Freundschaft verdienen. Lasst euch mal schön was einfallen, vielleicht vergeben wir euch dann.«

Plötzlich verzog sich Connis Gesicht, als würde ein unsichtbarer Geist daran herumzerren. »Und ich habe mich hier auf den Hof gestellt und gesungen!«, japste sie und wischte sich Lachtränen aus den Augen. »Vor mindestens hundert Leuten! Ich fass es nicht! Mannomann, ist das verrückt!«

»Und ich mit diesen fiesen Dönern – nie wieder, sage ich euch! Ich habe immer noch den Ekelgeschmack im Mund!«, lachte Inga hemmungslos und gab würgende Spuckgeräusche von sich.

Vera stimmte ein: »Das Zuspätkommen war eigentlich ganz lustig«. Sie schaute auf ihre Armbanduhr. »Prima, gleich zwei Mal an einem Tag.«

Terri sah erstaunt von einer zur anderen. Nach dem ersten Schreck nahmen die Mädchen die Sache viel lockerer, als sie gedacht hatte. Nur Anna sah aus, als hätte sie in eine unreife Kiwi gebissen. Klar, sie hatte am meisten zu knabbern – nicht wegen des verhunzten Vokabeltests, sondern weil sie ihren Rang als Lillys innigste und älteste Freundin an Jolli verloren hatte.

»Tut mir echt leid, dass du wegen mir den Test versaut hast«, sagte Lilly in diesem Augenblick zerknirscht zu Anna. »Sag, wie ich's wiedergutmachen kann, ja?«

Anna schniefte laut auf, reckte ihr Kinn in die

Höhe und sammelte die Reste ihres Stolzes zusammen. »Mal sehen«, überlegte sie, aber Terri fiel ihr ins Wort.

»Wir wollten doch feiern. Und am Wochenende übernachten. Du musst uns alle einladen und dann schauen wir mal, ob wir noch Freundinnen sind, ja?«

Lilly verzog den Mund, denn eine Übernachtung mit sechs Mädchen war doch eine größere Nummer. Aber die Mädchen bestürmten sie so lange, bis sie nachgab: »Abgemacht. Bei mir steigt am Wochenende die Versöhnungsparty. Und Jolli kommt dazu.«

Die Mädchen brachen in Jubel aus. Terri hatte sich noch selten so ausgelassen und unbeschwert gefühlt wie jetzt, als sie völlig uncool zum Klassenraum flitzten, als riesiger giggelnder Haufen in den Unterricht platzten und mindestens zehn Minuten und vierundfünfzig Ermahnungen brauchten, um sich zu beruhigen. Tja, so waren beste Freundinnen eben, oder?

Ilona Einwohlt

Eine Freundin ist besser als gar keine Schwester

Die Geschichte, die ich euch gleich erzähle, ist echt. In echt. Aber wahrscheinlich glaubt ihr mir sie nicht. Ehrlich gesagt: Wäre mir das alles nicht selbst passiert, würde ich mir diese Geschichte auch nicht glauben. Aber seit ich Isabelle kenne, ist das Unmögliche wahr geworden: Ich habe Bio-Müsli mit Chemikalien gemischt und Lavendel mit Knoblauch. Ich habe bei einem grünen Daumen rotgesehen, nasses Feuer erlebt, fliegende Bilder gefangen, eine Katze mit der Hilfe von einem Hund gerettet und Frieden bei Donnerknall geschlossen. Und jetzt habe ich eine anwesende und eine abwesende Mutter, einen total verknallten Vater, eine Kräuterhexe zur Oma und eine Schwester als Freundin. Echt in echt. Glaubt ihr nicht? Dann lest doch selbst!

Kräuterhexe

»Die Neue von deinem Vater wird nächste Woche tatsächlich bei uns einziehen. Mit ihrer Tochter!«, begrüßte mich Oma Edith an jenem verhängnisvollen Nachmittag, als ich nach Hause auf unseren Kräuterhof kam. Sie sah aus wie Drei-Tage-Regenwetter, während sie missmutig winzig grüne Blättchen von den Thymianzweigen zupfte. Ich hatte ebenfalls schlechte Laune, weil sie mich in der Schule mal wieder als *Unkraut* beschimpft hatten, und hörte ihr nur halb zu.

»Hä?« Ich pfefferte meinen Rucksack in die Ecke, holte mir einen Teller aus dem Küchenschrank und hob den Topfdeckel.

»Bäh!« Die Linsensuppe im Topf gehörte wirklich nicht zu meinen Lieblingsgerichten. Ich ließ den Deckel klappernd zurückfallen und stellte den Teller wieder weg. Wie immer nach der Schule hatte ich einen gigantischen Hunger, aber Linsensuppe ging gar nicht. Dann lieber ein stinknormales Butterbrot mit Kresse.

»Sie kommen in ein paar Tagen!«, fuhr Edith fort, ihre Handbewegungen waren geübt und energisch. Sie war mit Leib und Seele Kräutergärtnerin und gerade dabei, ihre berühmte Marmelade herzustellen.

»Uäh.« Angeekelt fischte ich ein verschimmeltes Stück Brot aus dem Kasten. Offensichtlich sorgte der Bärlauch darin nicht für den erwünschten Frischekick, im Gegenteil.

»Aber dann bin ich nicht mehr da. Dann kann dein Vater seine Kräuter selber gießen und ernten und mit seiner Angebeteten Schmatzi-Schmatzi im Lavendelgarten machen.« Edith leerte eine Tüte Gelierzucker mit so viel Schwung in einen Topf, dass die Hälfte vorbeirieselte.

»Och näh!« Auch im Kühlschrank herrschte Ebbe, gerade mal einen Zipfel Salami und einen Becher Joghurt konnte ich ausfindig machen.

»Kannst du auch mal was anderes sagen als *Hä* und *Bäh* und *Uäh?«,* fauchte mich Edith an, während sie den Zucker aufwischte und in den Topf zurückbugsierte. »Maxi, das mit der Neuen und deinem Vater, das ist diesmal etwas Ernstes, sagt er. Und sie wird mit ihrer Tochter wirklich bei uns einziehen, hast du das verstanden?« Kopfschüttelnd rührte sie jetzt in ihrer Kräutermarmelade.

»Ist ja schon gut, reg dich ab, du kennst doch Papa. Das tun sie doch alle, bei uns *einziehen«,* antwortete ich schulterzuckend und löffelte in aller Seelenruhe meinen Joghurt. Immerhin ohne Schimmel, dafür mit Geschmack. »Das geht ein paar Wochen gut und dann ist sie wieder weg, weil sie die Landluft nicht verträgt.«

»Ich bin mir da nicht so sicher.« Oma hatte eine ernste Miene aufgesetzt. »Sie hat dir immerhin diesen Brief geschrieben und wollte dich bei einem Treffen längst kennenlernen. Schließlich hat sie eine Tochter in deinem Alter... hast du überhaupt reagiert?«

»Ach, was«, winkte ich ab. »Wenn es wirklich was Ernstes wäre, hätte Papa auf das Treffen bestanden. Aber so? Seit Monaten erzählt er davon, aber nichts passiert. Wollen wir wetten...«, ich guckte meine Oma gelassen an, »...in spätestens sechs Wochen sind die beiden wieder ausgezogen.«

Es war nämlich so, dass es keine Frau außer Oma und mir mit meinem Vater lange aushielt. Als seine Mutter fühlte sie sich nun mal für ihn verantwortlich, auch wenn Papa schon über vierzig Jahre alt war. Nach ihrer Scheidung vor rund zehn Jahren war sie einfach zu uns gezogen. Edith wollte mit Männern nichts mehr zu tun haben und sorgte jetzt auf dem Hof für alles – von Küche bis Kräutergarten, vom Einmachen bis Einkaufen, von Waschen bis Werkeln. Sie war eine Mischung aus Oma, Gärtner und Hausmeister. Natürlich verkaufte sie in unserem Hofladen und auf dem Wochenmarkt unsere selbst hergestellten Kräuterprodukte: Bonbons, Limos, Tees. Der neuste Hit war ihre

Kräutermarmelade, die sie für den bevorstehenden Sommer für unseren selbst gemachten Kräuterkäse kreiert hatte.

Ich kam mit meinen fast dreizehn Jahren ganz gut alleine mit Papa und Edith klar und konnte auf eine weitere Frau im Haus gerne verzichten – auf deren Tochter, die dann so etwas wie meine Schwester wäre, sowieso. Wo meine Mutter steckte, wusste ich nicht. Sie hatte sich, Ediths Erzählungen zufolge, mit ihrem Surflehrer aus dem Staub gemacht, als ich noch im Kindergarten war, und sich seither nie wieder bei uns gemeldet – wie übrigens alle Frauen, mit denen Papa mal zusammen war. Warum genau, wusste ich nicht. Aber wenn ich Papa mit seinen Frauen erlebte, erfasste mich eine leise Ahnung davon, warum. Ganz bestimmt lag es nicht daran, dass wir eine Dreiviertelstunde von der Stadt entfernt mitten auf dem Land wohnten. Auch nicht, dass Edith und er einen Kräuterhof bewirtschafteten, der viel Arbeit machte und nur wenig Geld abwarf. Dass er vierundzwanzig Stunden am Tag an seinen Garteninstallationen und Kunstwerken arbeitete, war sicher auch nicht der Grund. Und schwul war Papa auch nicht, dafür küsste er seine jeweilige Angebetete für meinen Geschmack viel zu oft und schwirrte wie ein verliebter Gockel um sie herum.

Ich glaubte, es hatte eher etwas damit zu tun, *wie* mein Vater mit den Frauen umging. Denn am Anfang war es immer so, dass er ihnen morgens, halb nackt und nur mit der Küchenschürze bekleidet, liebevoll das Kräuterrührei briet, ihnen geduldig die verschiedenen Pflanzen auf dem Hof erklärte und Lavendelbäder zubereitete. Irgendwann, meistens nach zwei, drei Wochen, war es umgekehrt. Da standen Brigitte oder Monika oder Sabine oder Maren oder Kerstin in der Küche und machten Rührei. Aber es schmeckte Papa nicht! Überhaupt schien er plötzlich an allem etwas auszusetzen zu haben, war schlecht gelaunt und meckerte in einer Tour. Meistens zog er sich dann zurück, studierte seine Fachliteratur über alte Klostergärten und Kräuterkunde, fertigte unzählige Skizzen an, um dann zwei Wochen später, wenn Brigitte oder Monika oder Sabine oder Maren oder Kerstin wieder ausgezogen waren, mit Feuereifer ein neues Stück Land umzugraben und zu bepflanzen oder neue, innovative Kräuterarrangements zu installieren. Papa malte, gestaltete und pflanzte zugleich, probierte und experimentierte, bis er mit der wahlweise üppigen oder kargen Pracht seiner Kräuter zufrieden war. An guten Tagen bezeichnete er sich selbst als *Monet der Kräuter,* an schlechten stand er erst gar nicht auf.

»Dein Vater ist eben ein Landschaftsgärtner mit der sensiblen Seele eines Künstlers«, pflegte Edith in solchen Situationen dann immer zu sagen, machte ihm Borretschbrote und literweise Minztee zur Inspiration, offensichtlich froh darüber, nun wieder alleine über ihre Küche herrschen zu können.

Ich gewöhnte mich an das Kommen und Gehen der Damen, die glücklicherweise nie versuchten, meine Ersatzmutter zu werden. Erstens hatte ich Oma Edith, mit der ich bestens auskam und alles bequatschen konnte. Und zweitens brauchte ich niemanden, der mich ständig in den Arm nahm oder versuchte, Frauengespräche zu führen.

»Maxi braucht maximale Freiheit«, war der Spruch, mit dem ich groß geworden bin und den mein Vater und ich auch lebten. Ich konnte mehr oder weniger machen, was ich wollte: Papa, den ich oft auch Jan nannte, hatte immer Verständnis und unterstützte mich, wo er konnte – auf seine Weise. Wenn ich in Kunst keine Lust hatte, mit Filzstiften langweilige Farbkreise zu malen, zeigte er mir zum Entsetzen der Lehrerin die Aquarelltechnik, weil damit viel schönere Farbübergänge entstanden. Weigerte ich mich, bei einer Theateraufführung einen öden Baum darzustellen, übte er so lange mit mir, bis ich eine witzige dicke Tanne spielen konnte. Und wenn sämtliche Mütter meiner Klassenkameradinnen meinten, ich bräuchte wie ihre Töchter ein volles Nachmittagsprogramm mit Tennis, Ballett und Klavier, zeigte mein Vater ihnen auch schon mal den Vogel.

In der Schule nannten sie mich *Kratzdistel,* weil ich gerne für mich war und dieses ganze Bussi-

Bussi-Getue der anderen Mädchen nicht leiden konnte. Ich galt als Einzelgängerin und hatte auch noch nie eine allerbeste Freundin. Dass ich mit Anna aus unserem Dorf befreundet war, wussten die wenigsten und wahrscheinlich interessierte es auch niemanden. Anna war lustig und nett, hatte aber wegen ihrer beiden Vielseitigkeitspferde Max und Moritz nur wenig Zeit. Und weil ich hauptsächlich ein Feld-, Wald- und Wiesendasein auf dem Kräuterhof führte, sahen wir uns entsprechend selten. Doch jetzt, in der siebten Klasse, spürte ich, wie wichtig das Thema Freundschaft wurde. Dauernd ging es darum, wer mit wem befreundet und ob man nun ABF, BF oder nur F war. Aber was sollte ich tun? Freundinnen wuchsen nicht einfach wie Gänseblümchen auf der Wiese. So wurde nicht nur mein knallvoller Stundenplan für mich zur Qual, sondern auch das Gekicher und Gegacker meiner Mitschüler, wenn ich mal wieder im grün befleckten Karohemd im Unterricht saß und meine roten Haare in alle Richtungen abstanden, weil sie sich nur schwer mit einem Zopfband bändigen ließen. Statt french manikürten Fingernägeln besaßen meine Finger nun mal einen Dauertrauerrand und anstatt schicker Ballerinas trug ich praktische Boots, die ich bequemer fand. Und nach der Schule half ich oft auf unserem Kräuterhof, statt mich, wie meine Klassenkameraden, nach drinnen zu verziehen, um mich dort sofort an die Hausaufgaben zu setzen. »Schule hat Vorrang«, pflegte Edith jedoch stets zu sagen und fragte mich während des Aromasäckchennähens englische Vokabeln ab oder triezte mich mit mathematischen Formeln, wenn wir Holunderblüten ernteten.

»Das geht eben nicht einfach so vorbei mit dieser Eileen!«, schnaubte meine Oma jetzt und holte mich in die Realität unserer Küche zurück.

»Vorsicht, die werden zu voll!« Ich war aufgesprungen, um ihr beim Abfüllen der Marmelade zu helfen und die Twist-off-Deckel aufzuschrauben. Edith war so in Rage, dass sie vor lauter Wut alles danebenkleckste.

»Dann werden sie eben zu voll«, fauchte sie, fuchtelte mit dem Kochlöffel und schob den Topf so energisch zur Seite, dass die heiße Kräutermarmelade auf ihren Daumen schwappte.

»Autsch!«

Edith hielt mit schmerzverzerrtem Gesicht ihre Hand unter kaltes Wasser. Die Haut war knallrot.

»Oje!«, war alles, was mir einfiel angesichts des heillosen Durcheinanders in unserer Küche: verletzte Oma, umgekippter Kochtopf, missratene Kräutermarmelade... Zu allem Übel klingelte in diesem Moment auch noch mein Handy.

Es war Pietro aus meiner Klasse, der wissen wollte, was wir in Bio aufhatten. Aber an dem Gelächter im Hintergrund wusste ich, dass es nur Verarsche war.

»Könntest du bitte etwas Nützliches tun, anstatt zu daddeln«, schimpfte Edith, die immer noch ihren Daumen unter fließendes Wasser hielt. Die Haut war fies gerötet, ganz sicher würde es eine große Brandblase geben. »Beispielsweise diese Kräuterpampe aufwischen, bevor sie endgültig festtrocknet.« Sie deutete vorwurfsvoll auf die Schweinerei auf dem Küchentisch.

»Ich *daddel* nicht, ich telefoniere in Sachen Schule«, notlügte ich, legte aber sofort auf und machte mich beflissen daran, sauber zu machen und zu retten, was noch zu retten war.

»Ist es sehr schlimm?«, fragte ich nach einer Weile behutsam nach. Edith hatte sich mittlerweile einen Blutwurz-Verband gemacht und saß missmutig auf der Küchenbank.

»Geht schon«, schnaubte sie düster. »Viel größere Sorgen macht mir dein Vater.«

»Ach, was«, ich hockte mich neben sie und strich ihr versöhnlich über die Wange. »Du kennst ihn doch…«

»Eben. Deswegen weiß ich, dass es in diesem Fall nicht so schnell vorbeigeht.«

»Lass sie erst mal *einziehen,* dann sehen wir weiter«, antwortete ich seufzend und wollte aufstehen. Immerhin hatte ich wirklich noch jede Menge Bio-Hausaufgaben vor mir.

»Er will sie heiraten«, antwortete Edith düster und rollte genervt die Augen.

»Klar, das sagt er jetzt. Wart's nur ab.«

»Dein Gesicht will ich sehen, wenn sie mit Kind *und* Hund hier aufkreuzt.«

»Ein Hund?!« Ich blieb sitzen. Jetzt war ich doch etwas beunruhigt. Frau, Kind und einen Hund! Papa hatte sich immer einen Hund gewünscht, aber Oma und ich liebten Katzen nun mal über alles und waren eine eingeschworene Gemeinschaft, da hatte er keine Chance. Deswegen durften auch mehrere fremde Katzen auf unserem Kräuterhof herumstreunen, richtig zu uns gehörte aber nur die getigerte Kesha.

»Und am Ende hat sie noch genügend Geld, um Papa das heiß ersehnte Atelier zu finanzieren und den Kräuterhof aus dem Minus zu holen«, fügte ich scherzend hinzu. Doch am Blick meiner Oma merkte ich: Volltreffer.

»Und jetzt?«, fragte ich nach einer Weile, in der ich das Unmögliche zu verdauen versuchte.

»Jetzt ziehe ich aus«, antwortete Edith energisch, strich sich durch ihre kurzen grauen Haare und stand auf.

»Das ist unfair! Das kannst du nicht machen!«, bestürmte ich sie. »Du kannst doch nicht einfach abhauen und mich mit ihnen allein lassen! Was soll ich denn ohne dich tun?« Ich war ebenfalls aufgesprungen und klammerte mich an ihren Hals. Ein Leben auf dem Kräuterhof ohne Oma konnte ich mir unmöglich vorstellen.

Da tat Edith etwas, was sie nie vorher und niemals nachher wieder getan hat: Sie umarmte mich und hielt mich für eine gefühlte Ewigkeit fest.

»Du hast recht. Ich bleibe«, flüsterte sie mir ins Ohr, »so einfach lassen wir uns hier nicht vertreiben, oder?« Sie schob mich energisch ein Stück von sich weg und wischte sich die Augen, während sie mich verschwörerisch angrinste. »Den beiden werden wir schon zeigen, wer hier die echten Kräuterhexen sind, was?«

Als ich Papa später beim Gießen empört auf Eileen und den bevorstehenden Einzug ansprach, winkte dieser nur lässig ab.

»Wir haben doch Platz genug«, sagte er, als ob *das* mein Problem wäre. »Ihr werdet euch schon zusammenraufen. Bestimmt werden aus Isabelle und dir gute Freundinnen, schließlich seid ihr im gleichen Alter.« Er grinste mich an, während er am Schlauch herumfummelte. »Außerdem waren ja mehrere Treffen geplant, um die beiden kennenzulernen. Aber da hattest du ja nie Zeit ...«

Toll! Da hatte ich ja auch keine Ahnung, dass die beiden mit Sack und Pack und Hund hier einziehen würden! Typisch Papa, die wichtigsten Informationen behielt er meistens für sich – oder kam gar nicht auf die Idee, dass sie eine Rolle spielen könnten. Bei seinen Freundinnen hingegen war Papa blind vor Liebe und ging voll aufs Ganze. Wie eben jetzt mit seiner Neuen, die er sogar *heiraten* wollte.

»Eileen ist Rechtsanwältin und arbeitet in einer renommierten Kanzlei«, erzählte er begeistert, als ich versuchte, ihn weiter über die neuen *Familienmitglieder* auszuquetschen. »Und Isabelle ist Kunstturnerin. Du wirst sie mögen! Sie sind total natürlich und gar nicht so ... Dreh mal den Wasserhahn weiter auf!«

Na besten Dank auch! Dieses *und gar nicht so* wollte ich mir lieber nicht ausmalen. Oft genug hatte ich schon erlebt, wie Brigitte oder Monika oder Sabine oder Maren oder Kerstin angewidert die Kanne mit der Brennnesseljauche ausgetragen hatten und danach nie wieder Petersilie essen wollten. Die waren angeblich auch *nicht so*. Wütend drehte ich das Ventil bis zum Anschlag auf.

Mehr war aus ihm an jenem Abend nicht herauszubekommen. »Warte es einfach ab! Wenn ich dir jetzt sage, sie sind blond und hübsch, aber vor allem lieb und nett, glaubst du mir sowieso nicht. Bitte, Maxi, gib ihnen eine Chance, ich brauche hier endlich eine richtige Frau auf dem Hof, Edith geht mir manchmal grässlich auf den Geist. Und für dich wird es bestimmt ganz lustig, jemanden wie Isabelle zum Spielen zu haben, dann bist du nachmittags nicht mehr so oft alleine.« Er drehte das Wasser wieder ab, bevor er auf mich zukam und mir mit dem Zeigefinger einen sanften Stups auf die Nase verpasste. Wie immer sagte er dazu: »Komm schon, Maxi! Alles wird gut!« Er nickte mir aufmunternd zu.

Es war das erste Mal, dass Papa mit mir so offen redete. Ich hatte mir nie Gedanken darüber gemacht, dass er mit Oma ein Problem haben könnte. Für mich war das alles normal – und gut.

»Ich finde Oma klasse! Und ich brauche niemanden, zum *Spielen* schon gar nicht!«, schleuderte ich ihm entgegen, befreite mich aus seinem Griff und trat wütend gegen eine herumstehende Gießkanne. Jan zuckte nur grinsend mit den Schultern und ging in den Klostergarten hinterm Haus, um nach seinen neuen Ysop-Pflänzchen zu sehen, die er in einem kunstvollen Spiralenturm angelegt hatte. Mich und meine tausend Fragen ließ er einfach stehen.

Eine Woche später war es dann so weit: Eileen und ihre Tochter Isabelle zogen bei uns ein. Mit einer Mischung aus Neugier, Aufregung und Skepsis erwartete ich also am Samstagmorgen die Ankunft von unseren neuen Mitbewohnern. Oma Edith hatte zur Feier des Tages einen großen Topf Gemüsesuppe gekocht und einen Hefezopf gebacken – und sich selbst aus dem Staub gemacht. Wie jeden Samstag war sie auf dem Wochenmarkt und verkaufte ihren *Kräuterkram,* wie sie es immer nannte. Normalerweise half ich ihr dabei, aber Jan hatte mich dazu verdonnert, zu Hause zu bleiben.

»Schick mir sofort eine SMS, wenn sie angekommen sind«, hatte Oma mir eingeschärft, »oder noch besser ein Foto …« Sie wedelte mit ihrem Smartphone. »Schließlich habe ich ein Recht darauf zu erfahren, wer hier in Zukunft die Rechnungen bezahlt.«

Ich grinste, zückte mein Handy und legte mich auf die Lauer. Mein Vater lief den ganzen Morgen über wie ein verrücktes Huhn über den Hof, fegte hier, pflückte dort und war so aufgeregt wie ich, wenn ich früher im Weihnachtsmusical in der Schule einen Hirten gespielt hatte. Er hatte sich sogar richtig rausgeputzt: Statt wie üblich Jeans und T-Shirt hatte er heute ein kariertes Hemd an und seine dunkelbraunen Haare ordentlich gekämmt. Jan gab sich für die beiden wirklich alle Mühe und hatte es in den letzten Wochen tatsächlich geschafft, drei Zimmer zu entrümpeln und komplett zu renovieren. Und bei unserem zweiten Badezimmer das Klo zu putzen! So etwas machte er sonst nie. Als jetzt Punkt zehn Uhr der Umzugslaster hielt, stand er mit einem selbst gepflückten Kräuterstrauß Spalier. Mich hatte er vorher vergeblich versucht dazuzurufen. Aber ich dachte nicht daran, mich blicken zu lassen.

»Herzlich willkommen!«, begrüßte er nun eine blonde, zierliche Frau, die aus einem BMW-Cabrio stieg, das hinter dem Laster auf den Hof rauschte. Sie trug ein rosafarbenes Poloshirt zu einer hellen Jeans und sah aus wie diese Frauen aus den Werbeprospekten: makellos. Neben ihr kletterte ihr Abziehbild in noch dünner vom Beifahrersitz. Das musste Isabelle sein. Aber wieso sah sie so aus wie ihre Mutter? Selbst ihre Haare trug sie wie sie zum Pferdeschwanz gebunden, während Perlenstecker an ihren Ohrläppchen blinkten.

So gut es ging, versuchte ich, Fotos von den beiden zu knipsen. Ich hatte mich unterm Kirschlorbeerbaum versteckt und verfluchte Kesha, die diesen Ort offensichtlich als Katzenklo missbrauchte. Ich hatte die beiden gerade wunderbar vor der Linse, als mir eine sabbernde Hundeschnauze den Blick verstellte.

»Nemo, kommst du da raus!« Eileen rief mit energischer Stimme, doch Nemo schien sie überhaupt nicht zu hören. Offensichtlich gefielen ihm die neuen Düfte vor der Nase und er war darin ganz vertieft, er kam meinen Schuhen immer näher.

»Nemo!«

Ich versuchte, mich so klein wie möglich zu machen, dieser Nemo mit seinem wuchtigen Körper machte mir Angst. Musste mich dieser Köter aufspüren! Ich konnte ihn jetzt schon nicht leiden. Zum Glück gehorchte er endlich und trottete zurück zu seinem Frauchen.

»Siehst du, er ist gut erzogen«, sagte Eileen und tätschelte Nemo den Kopf, der immer noch sehr interessiert in meine Richtung starrte. Dabei strahlte sie meinen Vater verliebt an. *Kotz!*

»Kommt, gehen wir ins Haus. Maxi wartet schon auf euch ...«, sagte er, umarmte die beiden links und rechts und bugsierte sie Richtung Kücheneingang. Dabei drehte er sich noch einmal um und bedeutete mir mit einem leichten Kopfnicken, ebenfalls zu folgen. Keine Frage, er hatte die Lage souverän im Griff und bat mich auf diese Weise, ihm keinen Strich durch die Rechnung zu machen. Also tat ich ihm den Gefallen, schickte aber vorher noch fix das Ankunftsfoto der beiden Grazien an Oma. Dann parfümierte ich mich mit Brennnesseljauche und stapfte durch die Gartentür in die Küche. Dort saßen die drei gemütlich bei Kräuterlimo und Hefezopf beisammen, während die Umzugsmänner mit dem Ausladen der Kartons und Möbel begannen.

»Du musst Maxi sein!«, begrüßte mich Eileen überschwänglich, als sie mich erblickte. »Es ist so schön, dass wir uns endlich kennenlernen. Dein Vater hat mir schon viel von dir erzählt.« Sie war aufgesprungen und hielt mir freundlich die Hand hin. Ihre blauen Augen strahlten mich an, es war, als ob ihr ganzer Körper lächelte. Ich schluckte. Verdammt, musste die so nett sein? Eigentlich war ich extra stinkend und schlammig hier aufgetaucht, weil ich sie doof fand und rausekeln wollte. Ich atmete tief durch, hielt ihrem Blick stand und gab ihr meine dreckverkrustete Hand.

»Hey!« Zu mehr Worten war ich nicht in der Lage. Ein Hilfe suchender Blick zu meinem Vater verriet mir, dass sein Plan aufgegangen war. Er lächelte mir zufrieden und aufmunternd zu.

»Ich würde mich später mit dir gerne alleine unterhalten, geht das?«, fragte Eileen rundheraus und guckte mich prüfend an, ihr Blick ging mir durch und durch. »Vielleicht hast du Lust, mir bei einem Spaziergang euren Kräuterhof zu zeigen …«

Abermals schluckte ich. Ich wollte ablehnen, eine Ausrede erfinden à la samstags brauchen die Kräuter ihre Ruhe, aber ich kam mir plötzlich sehr dämlich vor.

»Okay«, brachte ich krächzend hervor. »Gerne.«

»Gut.« Eileen nickte mir freundlich zu. Dann zog sie ihre Tochter vom Stuhl. »Das hier ist Isabelle. Und um es kurz zu machen: Sie hat überhaupt keinen *Bock,* hier zu sein.«

Danke gleichfalls, hätte ich am liebsten geantwortet, biss mir aber gerade noch rechtzeitig auf die Zunge.

»Mama will, dass wir Freundinnen werden, aber das kannst du knicken. Ich bleibe hier nur so lange, bis ich einen Platz im Sportinternat bekomme. Spätestens nach den Sommerferien bin ich weg. Verstanden?« Isabelle machte nicht die geringsten Anstalten, mir die Hand zu reichen. Stattdessen starrte sie mich feindselig an und musterte mich abschätzig von oben bis unten.

Sicher gab ich ein besonderes Bild ab: Mit meinen ältesten Jeans, den ollsten Gummistiefeln und meinem zerfetzten Shirt entsprach ich dem Klischee des Bauerntrampels.

Dabei war *ich gar nicht so.* Plötzlich schämte ich mich angesichts ihrer piekfeinen Klamotten für meinen kindischen Auftritt.

»Habt ihr hier auf dem Land keine Duschen?«, kam auch prompt der passende Kommentar.

»Isabelle!«

»Nee, nur den Brunnen«, giftete ich zurück, »Waschtag ist nur einmal in der Woche, da wirst du dich leider dran gewöhnen müssen. Aber sicher hast du genügend Parfüm dabei.« Wenn die mir so kam, ich konnte auch bissig sein. Wer in der Schule als *Kratzdistel* und *Unkraut* bezeichnet wird, hat einige Sprüche auf Lager.

»Na, das kann ja lustig werden mit euch zweien«, meinte mein Vater lapidar. »Komm, Eileen, schauen wir, was die Möbelpacker veranstalten, hier sind wir überflüssig.« Er legte seinen Arm um ihre Schultern und zog sie sanft mit sich.

Ich konnte es nicht fassen, dass er mich mit dieser Giftspritze einfach alleine ließ! Ich weiß nicht, wie lange wir uns noch feindselig in die Augen gestarrt hätten, wäre nicht in diesem Moment Kesha mit lautem Gefauche und gesträubten Fell in die Küche gestürzt. Hinter ihr ein hechelnder Nemo, der sich in einem unbeobachteten Moment aus dem Staub gemacht haben musste.

»Ihr habt eine Katze?!«, stellte Isabelle nicht gerade geistreich fest. Kesha hatte sich mittlerweile hoch oben auf den Küchenschrank in Sicherheit gebracht, während Nemo laut bellend daran hochsprang.

»Ja und sie wohnte hier *zuerst*«, antwortete ich sehr klar und sehr bestimmend. »Also sag deinem sabbernden Köter, er soll die Biege machen.«

Ich sah ihr an, dass sie am liebsten »Fass« oder Ähnliches geantwortet hätte. Doch stattdessen nahm sie Nemo einfach am Halsband, zog ihn von Kesha weg und schleifte ihn nach draußen, wo sie ihn versuchte zu beruhigen. Das war gar nicht so einfach. Weniger weil Nemo am Knurren war, sondern weil er endlich seine Chance witterte, mit jemandem zu spielen. Muss ich erzählen, dass er Isabelle von oben bis unten nass mit seinem Sabber machte, als er seinen Kopf schüttelte und freudig an ihr hochsprang? Während sie pikiert auf ihre versifften Klamotten starrte, stand ich in der Küchentür und grinste schadenfroh vor mich hin – die schnurrende Kesha auf dem Arm, die sich genüsslich durchkraulen ließ und zufrieden zuguckte, wie Nemo von Isabelle angeleint und am Zaun festgebunden wurde. Später sollte sich herausstellen, dass Nemo ein typischer Dogo Canario war, total verschmust und verspielt und gleichzeitig äußerst wachsam. Isabelle jedoch hatte mit Tieren nichts am Hut und erst recht nichts mit dieser dauerspeichelnden Dogge.

»Der Waschtrog ist um die Ecke«, rief ich ihr zu und schüttelte mich insgeheim. Brennnesseljauche war eine Sache, aber Hundesabber? Hoffentlich kam mir dieser Nemo nie zu nahe.

Sauerampfer

Das sieht ja übel aus«, rief ich, als ich am Tag darauf frühmorgens in die Küche kam. Und damit meinte ich nicht die zehn Umzugskartons mit Töpfen und Geschirr, die Eileen hier abgeladen hatte, sondern Ediths Daumen. Die Brandblase war offensichtlich aufgegangen und die Wunde hatte sich entzündet, zumindest war der Daumen rot und dick geschwollen.

»Ich weiß«, seufzte meine Oma und rieb sich die Augen. »Ich fühle mich auch nicht besonders. Aber irgendjemand muss hier ja für Ordnung sorgen, Unkraut jäten und die Kräuter ernten.« Seufzend machte sie sich einen neuen Calendulaverband, ich reichte ihr die Pflasterstreifen.

»Ich habe gestern den ganzen Nachmittag die Erde zwischen den Salbeibüschen aufgelockert«, verteidigte ich mich. »Und dann hatte ich noch ein Gespräch mit Eileen«, fügte ich nach einer Weile hinzu.

»Und?«, hakte Oma nach und schaute mich forschend an. »Wie ist sie? Als ich gestern Abend spät nach Hause kam, war niemand da und du warst auch schon im Bett.«

»Sie waren essen«, antwortete ich, »im Lohengrin, aber ich wollte nicht mit.«

»Aha«, kam es nur von Edith, aber ich konnte mir schon vorstellen, was sie dachte. Der Lohengrin war ein Fünf-Sterne-Restaurant, wo ein Menü Omas gesamten Tageseinnahmen auf dem Markt entsprach.

»Also sollte ich doch ausziehen«, fuhr sie fort, während sie anfing, den Frühstückstisch für fünf Personen zu decken.

»Solltest du nicht«, erwiderte ich. Ich atmete tief durch, trat einen Schritt näher und nahm ihr die Müslischalen aus der Hand. Dann fuhr ich fort. »Eileen ist sehr nett, du wirst sie mögen.«

»Du hörst dich an wie dein Vater!«

»Ich weiß. Und ich wollte sie ja auch nicht leiden können, deshalb habe ich ja auch immer unsere Wir-sind-bald-eine-Familie-Treffen abgesagt, aber nach dem Gespräch… echt, sie ist so… so…« Ich suchte nach den passenden Worten.

»Nett.«

»Mehr als das. Sie hat voll den Durchblick und weiß genau, was hier auf sie zukommt. Und sie will weder meine Mutter sein noch dich vertreiben, das hat sie ausdrücklich gesagt. Aber sie hat einen tollen Plan für den Kräuterhof.«

»Hat sie das?!« Edith runzelte die Stirn. »Vielleicht tut sie ja deinem Vater gut und kann dich auf ihre

Weise einlullen, aber mit mir wird das nicht funktionieren. Wir kommen hier ganz gut klar, wir brauchen ihr Geld nicht.«

»Jetzt warte doch erst mal ab, bis du sie kennengelernt hast. Gib ihr eine Chance! Ich bin mir sicher, du wirst mit mir einer Meinung sein.«

Ich konnte kaum fassen, was ich da sagte. Aber Eileen hatte mich tatsächlich mit ihrer gewinnenden Art überzeugt, dass sie nur in bester Absicht zu uns gekommen war und, das fand ich viel wichtiger, meinen Vater aufrichtig liebte.

»Ich habe noch nie einen so einfühlsamen wie intelligenten wie lebenspraktischen Menschen kennengelernt«, hatte sie mir begeistert erzählt und mich glücklich angelächelt, »wirklich, Maxi, dein Vater ist ein Geschenk für mich, ich bin sehr froh, hier zu sein.«

Ich mochte kaum glauben, dass sie von Jan sprach, den Oma immer als Schluri bezeichnete und dessen gefühlvolle Seite ich nicht so gut kannte. Wir waren eben mehr gute Kumpel. Und lebenspraktisch?! Papa war Künstler, kein Handwerker... Gerade wollte ich Edith davon erzählen, als Isabelle mit missmutigem Gesicht in die Küche geschlurft kam.

»Guten Morgen«, grüßte Oma freundlich und streckte ihr die Hand entgegen, »ich bin Edith und wer bist du?«

»Hallo, ich bin Isabelle«, antwortete sie artig. »Gibt

es hier O-Saft? Ich bin am Verdursten.« Sie ließ sich auf die Küchenbank plumpsen.

»Hier ist Selbstbedienung«, fauchte ich. »Dort oben stehen die Gläser und wie ein Kühlschrank aussieht, weißt du ja wohl.«

»Stell dir vor«, antwortete Isabelle, aber bevor sie aufstehen konnte, hatte Oma ihr bereits ein Glas Saft eingegossen und hingestellt.

»Du wirst dich hier bestimmt schnell eingewöhnen. Wie gefällt dir denn dein Zimmer?«, versuchte sie, ein Gespräch mit ihr anzufangen, doch Isabelle zuckte nur gleichgültig mit den Schultern und schwieg, nachdem sie ihren Saft auf ex abgepumpt hatte.

Währenddessen hatte ich für unser Müsli Hafer und Weizen im Getreideflocker gequetscht und frische Milch hingestellt, Oma schnippelte noch einen Apfel dazu und ich füllte mir voller Vorfreude meine Schale.

»Ich esse kein Müsli, davon bekomme ich Bauchweh.« Isabelle schaute uns herausfordernd an.

»Dann lässt du es«, antwortete ich schnippisch. »Frischer und gesünder kann man den Tag nicht beginnen.« Dass das Omas Worte waren, mit denen sie jeden Morgen begeistert ihr Bio-Müsli löffelte, verschwieg ich.

»Was frühstückst du dann?«, fragte Edith und verzog vor Schmerzen ihr Gesicht. Sie hatte sich den Daumen aus Versehen an der Tischkante gestoßen.

»Natürlich essen wir Müsli!« Eileen kam schwungvoll in die Küche, komplett angezogen und geschminkt. »Und selbst gemachtes sowieso.« Strahlend ging sie auf Edith zu und begrüßte sie herzlich. Dann stellte sie ihrer Tochter ein kleines Fläschchen hin. »Laktoseintoleranz, aber damit geht's«, erklärte sie entschuldigend und ich nahm mir vor, dieses Wort bei nächster Gelegenheit einmal zu googeln.

Isabelle griff genervt nach der Tinktur, machte sich dann aber brav daran, genau zehn Tropfen in die Milch zu zählen, die sie sich vorher umständlich über ihre Flocken gegossen hatte.

»Mmmh, sehr lecker«, bedankte sich Eileen bei Oma nach den ersten zwei Löffeln. »Davon habe ich immer geträumt, dass alles auf dem Tisch schön frisch und selbst gemacht ist...« Sie lächelte Edith an und ich grinste in mich hinein. Sagte ich doch, sie war zu nett, um wahr zu sein. Dafür war ihre Tochter die reinste Giftspritze.

»Hast du deine Klamotten schon eingeräumt?«, wollte sie jetzt von Isabelle wissen. »Vielleicht mag dir Maxi helfen, dann könnt ihr euch ein bisschen näher kennenlernen.«

»Danke, das mache ich alleine!«, schnaubte Isabelle. Sie hatte ihr Müsli in Windeseile leer gelöffelt. Wenn sie jetzt Bauchweh bekam, lag es daran.

»Auch gut.« Ein Blick in Richtung Eileen verriet mir, dass genau das ihr Plan gewesen war. Nie im Leben war sie davon ausgegangen, dass wir gemeinsam ein Zimmer einräumen. Prompt fuhr sie fort: »Dann kann Maxi *mir* ja beim Einräumen helfen. Ich habe nämlich jede Menge Küchen- und Dekokram, der hier bestimmt nicht den allgemeinen Geschmack trifft oder sowieso schon da ist. Aber ... am besten entscheidet Edith, was wir damit machen.« Sie nickte Oma freundlich zu. »Und dann setzen wir uns bei einer Tasse Kräutertee zusammen und besprechen, wie wir uns hier alle in Zukunft organisieren, einverstanden?«

»Sehr gerne!«, räusperte sich Edith zwanzig Trockenblumen aus dem Hals. Ein Zeichen dafür, dass sie zu ihrer eigenen Verwunderung mit Eileens Vorgehensweise absolut einverstanden war.

»Aber vorher fahre ich Sie zum notärztlichen Bereitschaftsdienst«, sagte Eileen mit einer Stimme, die keinen Widerspruch duldete, »diese rote Linie hier gefällt mir gar nicht. Damit können wir nicht bis morgen warten!« Sie deutete auf Omas Unterarm und stand auf. Und – ich konnte es nicht fassen! – Oma erhob sich ebenfalls, strich ihr Sweatshirt zurecht und ließ sich willig Richtung Cabrio geleiten, obwohl sie sonst gegen Schulmedizin jeder Art wetterte. Musste ich mir ernsthaft Sorgen um sie machen? Aber vielleicht war sie einfach nur vernünftig.

Nachdem Isabelle und ich eine gefühlte Ewigkeit vor uns hin geschwiegen hatten, beschloss ich, gute Miene zum bösen Spiel zu machen. Offensichtlich war Eileen wirklich *nicht so.*

»Soll ich dir den Hof zeigen?«, fragte ich deswegen freundlich und versuchte es mit einem Scherz. »Es gibt da ein paar Ecken, die stinken gar nicht…«

»Vergiss es, gib dir keine Mühe!«, winkte Isabelle ab. »Und wenn es hier nach tausend Rosenblüten duften würde, es interessiert mich nicht die Bohne, welche Kräuter wo wachsen. Aber meine Mutter freut sich bestimmt, wenn du ihr den Unterschied zwischen Kräutlein A und Kräutlein B erklärst. Im Gegensatz zu deiner Oma hat sie nämlich überhaupt keinen grünen Daumen, bei ihr gehen selbst Kakteen ein.« Sie grinste schief und ich fragte mich, ob es eine gute Gelegenheit war, sie weiter auszuhorchen. Mehr als dass sie noch sauertöpfischer als der sauerste Sauerampfer reagierte, konnte mir ja eigentlich nicht passieren, oder?

»Kakteen sind grässlich, die haben überhaupt nichts Lebendiges an sich, nur tote Stacheln… aber was will sie dann hier, wenn sie mit all dem Grünzeugs nichts anfangen kann?«, hakte ich nach und goss mir noch einen Schluck O-Saft ein.

»Hast du doch selbst gehört: deinen Vater. Seit sie sich kennen, schwebt sie wie eine verliebte Vierzehnjährige durch die Gegend und schwärmt in einer Tour von seinen tollen Bildern – und von seiner einfühlsamen Art und dass er eine Seite an ihr zum Schwingen brächte, von der sie nicht gewusst hatte, dass sie sie überhaupt besaß, blablabla …« Isabelle rollte genervt mit den Augen. »Mama ist eine toughe Rechtsanwältin, aber ihr Herz schlägt für die Kunst. Schon lange träumt sie davon, mit einer eigenen Galerie einen Naturkünstler zu fördern. Und außerdem hat sie gerade ein Vermögen von ihrem Patenonkel geerbt, das sie investieren will. Das heißt«, jetzt blinzelte sie mich schlitzig an, »sie wird sich nach der Hochzeit euren Hof einverleiben, ihn ordentlich aufmöbeln und dann …« Isabelle machte mit der Hand eine eindeutige Geste, die nur eins bedeuten konnte: aus die Maus.

»Nein, niemals, das glaube ich nicht!« Ich war aufgesprungen. »Das würde mein Vater niemals zulassen. Er würde nie verkaufen, dafür hat er in all den Jahren viel zu schwer geschuftet.« In Wahrheit hatten Edith und ich den Hof nach seinen Vorstellungen umgebaut, denn Jan hatte, technisch gesehen, zwei linke Hände. Dafür hatte er Visionen! Und Geschmack! Und nur deshalb war unser Kräuterhof ein Gesamtkunstwerk geworden, mit geschwungenen Wegen und Rabatten, duftenden Blumentürmen und immergrünen Blätterbögen. Selbst wenn wir finanziell am Rande des Ruins standen, mein

Vater würde niemals seinen Hof hergeben, der sein Lebenswerk bedeutete.

»Du wirst schon sehen«, meinte Isabelle leichthin, »Mama ist total ehrgeizig. Und wenn sie sich etwas in den Kopf gesetzt hat, schafft sie das auch. Notfalls geht sie über Leichen«, fügte sie theatralisch hinzu.

Ich schluckte. Sollte ich mich in Eileen getäuscht haben? Gestern auf unserem kleinen Spaziergang durch den Hof wirkte sie so ehrlich und vertrauenerweckend. Sie steckte voller Bewunderung für Jans Gartenkunst und unser Anwesen.

»Und das stemmt ihr hier alles ganz alleine?«, wollte sie ein ums andere Mal wissen und deutete auf die grün schillernde Basilikumwiese und blühenden Schnittlauchbeete.

»Oma und ich und zur Erntezeit ein paar Studenten«, antwortete ich stolz und fragte mich in diesem Moment selbst, wie wir das alles schafften. Aber zum einen waren Kräuter in der Regel robuste und dankbare Pflanzen. Und zum anderen sahen wir das mit dem Unkrautjäten nicht so eng, weil es ja auch irgendwie Kräuter waren …

»Ich für meinen Teil packe jetzt meine Sachen aus und dann will ich mit meinem Morgentraining beginnen«, beendete Isabelle unser Gespräch und riss mich aus meinen Gedanken. »Nemo muss übrigens Gassi gehen, ich denke mal, dass du das übernimmst, wo du dir doch sehnlichst einen Hund gewünscht hast…«

»Wer behauptet denn so was?«, fragte ich entsetzt, ahnte aber sofort, dass nur mein Vater dahinterstecken konnte. Wütend und traurig zugleich blieb ich sitzen, während Isabelle auf ihr Zimmer verschwand. Erst als Nemo seine triefende Hundeschnauze in meinen Schoß legte, fiel mir das Gassigehen wieder ein.

»Na, du Sabberbacke, schon gefrühstückt?« Ich kraulte ihm seinen Kopf. Wenn Eileen mit Edith beim Notdienst war, musste ich mich wohl oder übel um Nemo kümmern, auch wenn ich aktuell alles andere als erfreut darüber war, weil ich meine Katze seit dem traumatischen Vorfall gestern nicht mehr gesehen hatte. Meinen Vater brauchte ich erst gar nicht zu stören, garantiert arbeitete er drüben in der alten Scheune an einem neuen Kunstwerk, Hund hin oder her.

»Aber vorher drehen wir 'ne Runde und ich zeige dir dein neues Revier. Und lass Kesha in Ruhe, sie ist hier die Chefin, verstanden?«

Frauenmantel

Oma war noch einmal mit dem Schrecken davongekommen. Dank Antibiotika und Eileens energischem Handeln war ihr roter Daumen nach einer Woche wieder so grün wie vorher, diesmal vom Löwenzahnpflücken, den sie im Mörser samt Olivenöl, Parmesan und Pinienkernen zu Pesto verrieb und in kleine Gläschen abfüllte. Tatsächlich hatte sie mit Eileen Freundschaft geschlossen, keine Rede mehr von Auszug oder Kräuterhexenalarm. Gemeinsam hatten sie in den letzten Tagen die Küche auf Vordermann gebracht, alte Töpfe ausrangiert und überflüssiges Designerzeugs von Eileen entsorgt. Wie sich herausstellte, war Eileen eine ausgezeichnete Hobbyköchin, die zu Ediths Entzücken gerne mit frischen Kräutern experimentierte. Das führte zu den bizzarsten Mischungen und brachte mich dazu, eines Tages Lavendel mit Knoblauch zu einer feinen Paste zu verreiben, um damit Schweinelende zu bepinseln. Ich war gerne in Eileens Nähe und mochte ihre unbekümmerte, fröhliche Art, mit der sie neuen Schwung auf unseren alten Kräuterhof brachte. Leider gab es wenig Gelegenheit für gemeinsame Aktivitäten, denn ihr anstrengender Job in der Kanzlei forderte ihren vollen Einsatz. Wenn sie dann zu Hause war – also bei uns! –, kümmerte sie sich erst um Jan, dann um Nemo und schließlich um die dauerübelschlecht gelaunte Isabelle, die ja bald meine Schwester werden sollte. Die konnte und wollte sich trotz allen Bemühungen seitens Edith und ihrer Mutter nicht bei uns einleben. Mit mir sprach sie sowieso kein Wort, im Schulbus setzte sie sich demonstrativ ans andere Ende. Zum Glück hatte sie viermal in der Woche Training und verbrachte ihre freie Zeit, wann immer es die Hausaufgaben zuließen, auf der Wiese hinterm Haus mit zusätzlichen Übungen.

Ehrlicherweise war ich nicht unschuldig an Isabelles schlechter Laune, denn wo es nur irgendwie ging, versuchte ich, ihr das Leben schwer zu machen. Jan hatte an ihr offensichtlich einen Narren gefressen und lud sie zu sich in die Scheune ein, wenn er malte oder seine Kräuterstudien betrieb. Wenn ich ihn hingegen besuchen wollte oder ihm ein Kressebrot für zwischendurch vorbeibrachte, war er meistens so auf seine Arbeit konzentriert, dass er mich kaum beachtete. Es passte mir überhaupt nicht, dass er sich bei dieser blöden Isabelle anders verhielt. Deshalb versteckte ich zum Beispiel ihren rechten Glitzerballerina im Schnittknoblauch und behauptete, es wäre Nemo gewesen. Ich erzählte ihr, dass Kornblumentee fit und schlank machte, mit dem Erfolg, dass sie freiwillig die Blüten erntete und zum Trocknen auslegte und mir somit einen halben Tag Arbeit sparte. Ich düngte die Blumen unter ihrem Fenster mit Brennnesseljauche, sodass sie beinahe an dem Gestank erstickte.

Mit Nemo hatte ich meine liebe Mühe, ich hasste Isabelle noch mehr dafür, dass ich den jetzt auch noch an der Backe hatte. Doch eines Nachmittags sollte sich das ändern. Ich hörte Kesha oben im Flur verzweifelt maunzen und rannte los. Zu meinem Entsetzen sah ich, dass sie mit dem Kopf zwischen den Gitterstäben des alten Treppengeländers stecken geblieben war, vermutlich wieder einmal auf der Flucht vor Nemo. All meine Bemühungen, sie wieder frei zu bekommen, waren vergeblich, zumal sie mit allen vier Pfoten um sich kratzte und sich nicht anfassen ließ. Ich war gerade am Ende meiner Kräfte und wollte Edith holen, damit sie mit der Säge unsere Katze befreite, da tauchte Nemo auf. Leise knurrend schlich er heran, Kesha erstarrte zu Eis und ich befürchtete das Schlimmste. Sicherheitshalber hielt ich mir die Hände vors Gesicht, nicht ohne vorsichtig hindurchzuspicken. Und was passierte? Nemo begann, vorsichtig und beinahe zärtlich, Keshas Kopf zu lecken – als ob er sie als leckeres Fresschen weich und zart lutschen wollte! Erst fauchte sie, dann ließ sie es willig geschehen, was hätte sie auch tun sollen, sie hatte ja überhaupt keine Chance! Von Nemos Lefzen tropfte der Sabber, irgendwann war Keshas Fell klitschnass. Dann plötzlich machte es *Flutsch!* und Kesha rutschte wie ein geölter Blitz aus dem Treppengeländer raus und rannte die Stufen hinunter. Unten angekommen, wischte sie sich mit der Pfote mehrmals übers Ohr, was ich ihr wirklich nicht verdenken konnte, und machte sich aus dem Staub, garantiert in ihr Geheimversteck bei Jan in der alten Scheune, um sich dort ausgiebig zu putzen.

Seit jenem Vorfall herrschte zu unser aller Erstaunen und Freude einvernehmlicher Frieden zwischen Hund und Katz, auch ich kam super mit ihm zurecht. Mit der Zeit gelang es mir sogar, ihm einen Trick beizubringen: Ich sorgte dafür, dass Nemo an Isabelle hochsprang und ihr einen Sabberkuss verpasste, wann immer er sie sah. Denn er war nicht nur ein ausgezeichneter Haus- und Hütehund, sondern zudem auch sehr gelehrig...

Mein Vater war natürlich der Glücklichste von allen. Und das, obwohl Eileen die erste Frau war, die sein Kräuterrührei verschmähte und auch nichts von Lavendelbädern hielt. Aber sie inspirierte ihn! Seit sie bei uns wohnte, steckte Jan voller kreativer Ideen. Zum Beispiel hatte er ein Sofa aus bunt blühenden Pelargonien gebaut, dessen Duft- und Farbspiel einem die Sinne benebelte, sobald man in die Nähe kam. Noch durfte sich niemand »draufsetzen«, aber ich freute mich schon jetzt auf ein Chill-out darauf im Freien... Eileen hatte meinem Vater aber auch immer wieder unmissverständlich klargemacht, dass er dringend seinen Kräuterhof von Grund auf sanieren musste. Andernfalls würde er irgendwann, aber dann für immer, auf sein Gesamtkunstwerk verzichten müssen.

Als sie wieder mal eins dieser Gespräche führten, hatten sie Oma dazugebeten. Mich hatten sie rausgeschickt, aber selbstverständlich lauschte ich an der Küchentür. Wenn Isabelle recht haben sollte und Eileen es nur auf den Hof abgesehen hatte, wollte ich gewappnet sein. Was ich dann aber hörte, übertraf meine schlimmsten Befürchtungen.

»Einen Kräuterkunstpfad?«, rief Edith entsetzt. »Nur über meine Leiche! Ich hab doch nicht all die Jahre dafür geschuftet, nur damit fremde Leute in meinen Beeten herumtrampeln!« Offensichtlich hatte sie ihren Teebecher energisch abgestellt, es klirrte bedrohlich. »Jan, jetzt sag du doch auch mal was!«

Ich habe an jenem Abend leider nicht mehr erfahren, was mein Vater erwiderte, weil mir Isabelle von hinten ins Ohr zwickte und ich mich sehr beherrschen musste, um ihr nicht einfach eine zu scheuern.

»Spinnst du?«, zischte ich.

»Spinnst du?«, zischte sie zurück. »Einfach zu lauschen wie eine Fünfjährige.«

»Ach, halt die Klappe«, fauchte ich sie an und trat ein paar Schritte zurück. »Du bist ja bald weg. Aber mein ganzes Leben kommt wegen euch durcheinander!«

Der Satz war mir so rausgerutscht, erst langsam kapierte ich, was ich da eigentlich gesagt hatte.

»Vielleicht ist es ja längst durcheinander und kommt jetzt endlich in Ordnung?«, antwortete Isabelle spitz und verschwand ebenso plötzlich, wie sie aufgetaucht war. Deswegen konnte ich sie auch nicht leiden, weil sie wie ein Schatten durch unser Haus waberte. Klar, als Kunstturnerin war sie spargeldünn und äußerst gelenkig. Garantiert hatte sie sich mehr als einmal heimlich in einer der vielen Holztruhen versteckt, um heimlich zu lauschen oder zu beobachten. Und jetzt hatte ich ihr einen Strich durch die Rechnung gemacht.

»Blöde Kuh!«, rief ich ihr hinterher. Ich brauchte eine Weile, um daraufhin ihre Antwort zu verdauen, und möchte sie hier nicht gerne wiederholen. Wütend pfiff ich nach Nemo und machte mich auf zu unserem allabendlichen Spaziergang, der mir inzwischen zur Gewohnheit geworden war. Seit er Kesha gerettet hatte, konnte ich nicht mehr viel gegen ihn haben.

»Komm, du Sabberbacke, gehen wir Kaninchen jagen!« Obwohl es eigentlich ein bisschen gemein war, hatte ich nichts dagegen, dass Nemo diese lästigen Nagetiere von unserem Grundstück fernhielt. Wir hatten ja auch nur einen kleinen Gemüsegarten und es gab nichts Traurigeres als angenagte Möhren...

Ich lief ein paar Meter übers Feld, bis ich zu einer Bank kam. Blöder Kräuterkunstpfad! Blöde Isabelle! Blöde Eileen! Wo hatte Papa die nur kennengelernt?! Konnte die nicht wie Brigitte oder Monika oder Sabine oder Maren oder Kerstin einfach nach ein paar Wochen wieder verschwinden und alles so lassen, wie es war? Stattdessen mischte sich Eileen von vorne bis hinten in unser Leben ein! Das hatte sie in unserem Vieraugengespräch ja schon angedeutet. Auch, dass Isabelle ein schwieriges weil hoch talentiertes Kind sei. Aber dass sie einen Kräuterkunstpfad installieren und tausend Menschen auf unseren Hof holen wollte, hatte sie mir nicht erzählt. Und auch nicht, dass sie zu diesem Zweck die Scheune abreißen wollte, um ein zweistöckiges Kunstloft, wie sie es nannte, zu bauen. »Jan bekommt dort sein Atelier und die Kräuterpädagogin ihr Büro. Mensch, Jan, denk mal weiter. Kräuterlikörchen zu verkaufen ist ja ganz nett, aber nichts für immer! Man muss doch auch von irgendetwas leben«, waren ihre Worte gewesen, bevor mich Isabelle beim Lauschen gestört hatte.

Pah, Kräuterpädagogin, wer brauchte denn so was? Duft- und Tastgarten, die hatte wohl einen

Knall! Und was sollte Oma dann machen? Alles, was ich über Kräuter wusste, hatte ich von Edith gelernt. Und Oma ohne ihren Verkauf von Salbeilikör, Thymianmarmelade und Engelwurzbalsam, das konnte ich mir beim besten Willen nicht vorstellen. Missmutig stützte ich mein Gesicht in die Hände und grübelte, während sich am Himmel über mir ein Gewitter zusammenbraute. Hatte ich mich so in Eileen getäuscht? Sie konnte doch nicht einfach so unser gesamtes Leben umkrempeln! Und sie selbst war dann tagsüber in der Stadt, ihre Tochter sonst wo im Internat. Nein!, das konnte ich mir nicht gefallen lassen. Entschlossen sprang ich auf und stapfte zurück. Ich musste sofort mit meinem Vater reden! Was fiel ihm eigentlich ein, diese Anwaltstussi einfach über mich, über uns und unsere Zukunft bestimmen zu lassen?! Und noch schlimmer: Mir gegen meinen Willen eine Schwester zu verpassen?!

Nemo musste meine angespannte Gefühlslage gespürt haben. Zumindest trabte er mit fünf Metern Sicherheitsabstand hinter mir her, sonst wich er nicht von meiner Seite. Als ich zurückkam, herrschte auf dem Hof absolute Stille. Wie die Ruhe vor dem Sturm... Super, da machte mein Vater einen auf Großfamilie und niemand war da, wenn man ihn brauchte. Wütend rannte ich in die Scheune, ich war seit Ewigkeiten nicht mehr in seinem Atelier gewesen. Erstens weil Jan keinen Hehl daraus machte, dass er für Besucher keine Zeit hatte. Und zweitens fühlte ich mich zwischen all den Kunstwerken immer unterbelichtet, denn sie zeigten für mich nur Variationen von Grün. Ich konnte nicht ganz verstehen, was an ihnen so besonders war. Ich war einfach viel lieber draußen zwischen den Pflanzen und bewunderte das Farbspiel der Blätter in echt, anstatt es *in Öl* zu interpretieren. Offensichtlich fehlte mir da ein Gen.

»Papa?« Mein Vater saß mit gesenktem Kopf vor einer Leinwand. Mir fiel auf, dass an der Seite drei neue Bilder standen, die für seine Verhältnisse merkwürdig bunt geraten waren.

»Was ist, Maxi?« Seine Augen wirkten, als ob er geweint hätte.

»Muss das alles sein? Brauchen wir wirklich Eileens Kompletterneuerung samt ihrer tussigdoofen Nervtochter?«, fragte ich, immer noch stocksauer.

»Ja«, war seine knappe Antwort. »Ich habe keine andere Wahl.«

»Aber Oma und du, ich meine, deine Bilder, der Markt, die Marmelade… alles läuft doch auch so!«

»Eben nicht«, war seine Antwort. Er seufzte. Mein Vater blickte auf und gab mir einen sanften Nasenstüber. Normalerweise sagte er dann: »Alles wird gut!« Diesmal nicht. Diesmal guckte er mich nur traurig an und schüttelte den Kopf.

»Du bist doch ein großes vernünftiges Mädchen«, sagte er und seine Stimme klang rau dabei. »Wir leben seit Jahren an der finanziellen Grenze. Immer wieder konnte ich die Bank überzeugen ... aber jetzt ... Eileens Idee ist unsere einzige Chance!«

»Bist du deswegen mit ihr zusammen?«, fragte ich zweifelnd. Ich mochte nicht glauben, dass mein Vater so ein eiskalter, berechnender Fuzzi war, der nur aus Geldgründen heiraten wollte.

»Nein, das ist Zufall ... Glück ... Liebe, nenn es, wie du willst.« Jetzt lächelte er mich an. »Eileen ist ein Geschenk des Himmels, wenn du verstehst, was ich meine. Sie ist endlich eine Frau, die mich so akzeptiert, wie ich bin. Und die von mir keine Heldentaten verlangt, zu denen ich überhaupt nicht in der Lage bin.«

»Einen Hof zu bewirtschaften, zum Beispiel.«

»Oder Apfelbäume zu beschneiden. Oder einen Internetanschluss zu installieren. Oder dir einen Kaninchenstall zu bauen«, machte er weiter. »Und alle lachen mich aus, weil Oma das alles kann, und verschwinden, bevor ich ihnen erklären kann, dass Edith in solchen Dingen eben viel besser ist als ich. Aber Eileen ...«

»... hast du von deinen anderen Qualitäten voll überzeugt, oder?« Ich rückte ein Stück von ihm ab, um ihn besser betrachten zu können. Es war das erste Mal, dass ich mit ihm über seine unzähligen

Frauengeschichten sprach. Peinlich. Andererseits erfuhr ich auf diese Weise vielleicht endlich die Wahrheit.

»Und Mama?«, fragte ich leise. »Hat sie dich auch für ein Weichei gehalten und ist deswegen abgehauen?«

Er dachte einen Moment nach, bevor er antwortete. »Der Kräuterhof war ursprünglich ihre Idee, sie suchte nach einem Stück Land, um sich endlich niederzulassen, um ein Zuhause zu haben. Aber es hat nicht geklappt. Sie wollte frei sein, um die Welt reisen.« Papa seufzte und machte eine lange Pause. »Du erinnerst mich manchmal sehr an sie, so kratzbürstig, wie du sein kannst. Und ich frage mich oft, ob du den Freiheitsdrang von ihr geerbt hast oder ob du eher nach mir kommst und eines Tages brotlose Kunst fabrizierst.«

»Weder noch«, antwortete ich, ohne lange nachzudenken. »Ich bin eher wie Edith praktisch veranlagt. Ich mag, wenn Dinge funktionieren und gleichzeitig schön sind. Deswegen verstehe ich ja auch nicht, warum du all das aufgeben willst.«

»Die Zahlen sprechen eine eindeutige Sprache, Maxi. Und in den nächsten Monaten wird es mit dem Geld immer knapper…« Jan guckte mir jetzt direkt in die Augen. »Eileen ist eine von den Guten, vertraue ihr. Sie wird es schaffen, den Hof so zu organisieren, dass alle zufrieden sind: Oma kann weiterhin als Kräuterhexe wirken, du kannst helfen, wo du willst – und ich verdiene mit meinen Bildern endlich einmal Geld!«

Welche Rolle dabei Isabelle spielen sollte, erwähnte er nicht. Aber das fiel mir erst später auf.

Ich habe in jener Nacht kein Auge zugemacht, und das hatte drei Gründe. Erstens hatte mich das Gespräch mit Papa dermaßen aufgewühlt, dass an Schlaf nicht zu denken war. Als ich dann *zweitens* in die Küche kam, um mir einen Melissentee zur Beruhigung zu kochen, kauerte dort Isabelle auf der Küchenbank. Und *drittens* schlug der Blitz ein. Aber der Reihe nach.

Isabelle hielt einen Umschlag in der Hand und weinte leise vor sich hin.

»Hey, was ist denn mit dir los?«, fragte ich, teils aus Pflichtgefühl, teils aus Neugier. Wenn Menschen weinen, habe ich immer Mitleid. Selbst bei so Ätztanten wie Isabelle.

»Lass mich in Ruhe!«, fauchte sie. »Musst du überall deine neugierige Nase reinstecken?«

»Ich wohne hier, falls du es vergessen haben solltest, und kann fragen, was ich will!«, fauchte ich zurück. Das hatte ich jetzt von meiner Anteilnahme. »Und ich war schon hier, bevor dein sabbernder Hund und deine giftige Art alles verseuchten!« Es war nicht ganz fair, sie auf diese Weise zu beschimpfen, aber in diesem Moment tat es mir wahnsinnig gut, einmal richtig Dampf abzulassen.

Statt einer Antwort starrte Isabelle mich feindselig an. Sie schluckte. Dann sagte sie leise: »Ich würde gerne alles dafür tun, um hier zu verschwinden, das kannst du mir glauben. Aber leider wird nichts daraus.« Sie wedelte mit dem Umschlag und verzog gequält das Gesicht, sichtlich bemüht, bloß nicht vor mir loszuflennen.

»Na super! Und ich hatte gehofft, dich in zwei Monaten für immer los zu sein.«

Das war wohl die falsche Bemerkung, denn daraufhin legte Isabelle richtig los, schniefte und schluchzte.

»Hey, krieg dich mal wieder ein.« Sie tat mir leid und auch wieder nicht, irgendwie ging sie mir gehörig auf den Zeiger. Ich reichte Isabelle ein Taschentuch. »Hier, putz dir mal die Rotze von der Nase, du siehst ja aus wie Nemo.«

»Du bist blöd!«, antwortete sie, griff aber danach und schnäuzte kräftig hinein. Als sie sich endlich wieder beruhigt hatte, sagte sie mit dünner Stimme: »Die haben mich beim Sportinternat abgelehnt. Mama hat mir gerade erst den Brief gezeigt und mir die Hölle heiß gemacht. Weißt du, was das bedeutet? Ich kann meine Karriere als Kunstturnerin vergessen! Alles umsonst, all die Jahre harten Trainings vergeblich. Und nur, weil ich angeblich eine zu schwache Leistung am Schwebebalken bringe und beim letzten Wettkampf bei der Kür gepatzt habe. Da hatte ich Bauchschmerzen von eurem beknackten Bio-Müsli und konnte mich überhaupt nicht auf den Salto konzentrieren. Aber denkst du, dafür hätte jemand Verständnis? Meine Mutter nicht, weil ich so funktionieren soll wie sie. Mein Trainer nicht, ihm geht es nur ums Gewinnen. Und ihr ja auch nicht, weil euch eure Bio-Bio-Kräuter das Hirn vertrocknet haben und ihr euch für nichts anderes interessiert außer Blattlausbefall bei den Rosen oder Schneckenalarm im Majoran ...«

Ich schwieg betroffen. So viel hatte ich Isabelle noch nicht reden hören, seit sie hier eingezogen war. Ich hatte mir auch nie ernsthaft Gedanken darüber gemacht, wie wichtig das Turnen für sie sein könnte und dass sie womöglich unter enormem Leistungsdruck stand.

»Dabei kannst du dich so kunstvoll verbiegen! Wirklich, deine Spagatsprünge oder dein Salto ...« Erschrocken brach ich ab.

»Du hast mir nachspioniert«, stellte Isabelle nüchtern fest. »Du hast mich die ganze Zeit über heimlich beobachtet, wenn ich auf der Wiese trainiert habe.«

»Und dafür gesorgt, dass du dir nicht die Haxen knackst«, fügte ich feixend hinzu. »Oder wer, denkst du, hat all die Kaninchenlöcher zugemacht, hä?

Auch wenn ich dich nicht leiden kann, so gemein bin ich nicht.«

»Echt jetzt? Danke.« Es klang ehrlich.

In den folgenden Minuten passierte irgendetwas in der Küche, von dem ich nicht genau erklären kann, was es war. Kann sein, dass der Melissentee, den ich inzwischen gekocht hatte, seine beruhigende Wirkung entfaltete. Kann sein, dass wir beide erleichtert darüber waren, dass draußen endlich der Gewitterregen losprasselte. Den ganzen Tag über hatte eine drückend schwüle Hitze über dem Land gelegen. Alle warteten nur darauf, dass die dicken Wolkentürme hielten, was sie versprachen. Kann sein, dass es an dem frischen Luftzug lag, der plötzlich durch die Küche zog und sämtliche schlechte Stimmung mit nach draußen durch die geöffnete Tür fegte. Kann aber auch sein, dass es daran lag, dass Isabelle und ich uns einen Moment lang offen in die Augen guckten, ohne uns anzugiften.

»Frieden?« Sie hielt mir die Hand hin.

Ich schluckte. »Frieden.«

»Trotzdem hast du einen Grünfimmel«, meinte sie grinsend und griff nach einem Rosmarinkeks. Erst jetzt fiel mir auf, dass sie nie auch nur einen Krümel von unseren selbst gemachten Leckereien gegessen hatte, bloß um in Form zu bleiben.

»Und du einen Sporttick!«, konterte ich. Dann hob

ich meine Teetasse. »Auf die Kräuterkunst!«, proste-te ich ihr zu.

In diesem Moment krachte der Donner über un-ser Haus, dass die Scheiben in den Fenstern klirr-ten. Das fand ich eher unpassend für eine Ver-söhnungszeremonie und musste lachen. Isabelle konnte ebenfalls wieder ein kleines bisschen lä-cheln.

»Dein Vater muss übrigens ein wahres Genie sein«, meinte sie, nachdem sie einen tiefen Schluck getan hatte. »Ich habe meine Mutter noch nie so begeistert von einem Künstler reden hören wie von ihm. Und sie hat in den letzten Jahren einige vielversprechen-de Talente unter ihren Fittichen gehabt.«

»Sie meint es wirklich ernst, oder?«

Blitze zuckten draußen am mittlerweile stockfins-teren Himmel und machten, dass wir jedes Mal er-schrocken zusammenfuhren, wenn der Donner kurz darauf hinterherkrachte. Kesha hatte sich bei Nemo zwischen die Vorderpfoten gekuschelt, während er ihr beruhigend die Öhrchen leckte.

»Was dachtest du denn? Meinst du, sie lebt aus Spaß hier draußen auf dem Land, wo sie es in der Stadt viel bequemer haben könnte? Sie ist in der Kanzlei ordentlich eingespannt, vergiss das nicht. Diesen Kunstkram macht sie nebenbei…« Isabelle schüttelte den Kopf. »Sie wittert mit Jan einen gro-ßen Erfolg. Und wenn sie sich einmal etwas in den

Kopf gesetzt hat, bringt sie niemand davon ab. Deswegen sollte ich ja unbedingt weg.«

»Wie, du solltest? Ich dachte, du wolltest?!« Erstaunt guckte ich sie an.

»Nein, es war ihre Idee, aus mir eine Kunstturnerin zu machen. Seit ich denken kann, trainiere ich täglich fast vier Stunden dafür. Eigentlich sollte ich ja Malerin werden… aber ich habe da kein Talent, findet sie.« Isabelle zuckte mit den Schultern. »Aber offensichtlich bin ich auch dafür nicht gut genug.« Sie sah aus, als wolle sie abermals losheulen.

Ich hätte ihr gerne geantwortet, dass ich glaubte, dass sie andere Qualitäten besaß, aber da kam der Moment, ab dem sich die Ereignisse überschlugen. Daran, dass es die ganze Zeit über in einer Tour blitzte und donnerte und blitzte, hatten wir uns längst gewöhnt. Aber der flackernde Schein draußen quer vor unserer Küchentür war neu.

»Es brennt!«, schrie Isabelle alarmiert und sprang auf. »Eure Scheune brennt, schnell, ruf die Feuerwehr, ich sag den anderen Bescheid.«

Aber das konnte sie sich sparen. Jan und Eileen standen bereits draußen im Gewittersturm und sahen tatenlos zu, wie sich das Feuer vom linken Dachstuhl aus durch das alte Gebälk fraß.

»Was steht ihr hier so rum, tut was!«, rief Oma, die atemlos angehechtet kam, einen Gartenschlauch im Anschlag.

»Vergiss es!«, meinte Eileen. »Die Feuerwehr ist jede Sekunde hier. Außerdem regnet es so stark, da passiert so schnell nichts. Und wir wollten sie ja sowieso abreißen. Jetzt ist uns der Blitz zuvorgekommen.«

»Und Papas Bilder?«, fragte ich. Wie konnte sie so ruhig sein, wenn drinnen ihr Kapital verbrannte?

Jan wurde kreidebleich. Daran hatte er wohl nicht mehr gedacht. Eileen sah ihn erschrocken an.

»Sag bloß, die hast du nicht in den Wintergarten geräumt? Ich hatte dir doch gesagt, in der alten Scheune sind sie nicht sicher, baufällig, wie sie ist.«

Als Jan den Kopf schüttelte, riss Eileen Edith mit einem Entsetzensschrei den Schlauch aus der Hand. »Worauf wartest du noch! Wasser, Marsch!«

Jan stand wie angewurzelt neben ihr, unfähig, sich auch nur einen Millimeter zu rühren.

Da zupfte mich Isabelle am Ärmel. »Komm schnell, ich brauche deine Hilfe! Hol ein paar Kissen und meine Matratze und dann komm auf die Rückseite der Scheune.«

»Du willst da doch nicht rein... Du hast einen Knall!«, rief ich, aber sie war schon losgerannt. Keine Ahnung, was sie vorhatte, aber ich gehorchte. Keine drei Minuten später stand ich hinter der brennenden Scheune, legte eine Matratze vors Fenster und polsterte sie mit Kissen und Decken, die ich in Windeseile zusammengerafft hatte. Isabelle war gerade dabei, an der Regenrinne hochzuklettern. Dann hangelte sie sich von Balken zu Balken des Fachwerks und schwang sich mit einer Rückwärtsrolle in ein offenes Fenster. Oben angekommen, winkte sie mir zu, holte tief Luft und verschwand. Eine gefühlte Ewigkeit später tauchte sie wieder auf, schwer atmend.

»Hier, vorsichtig! Zum Glück hatte er einige schon zusammengeschnürt.« Sie ließ vorsichtig einen Stapel Leinwände an einem langen Seil hinunter.

»Das dauert zu lang, du musst die Bilder werfen«, rief ich ihr verzweifelt zu. Immer noch zuckten die Blitze um uns herum, Regen peitschte mir ins Gesicht.

»Dann gehen sie kaputt!«

»Ich kann fangen.«

»Also gut!«

Wieder verschwand Isabelle im Inneren der brennenden Scheune. Das war der helle Wahnsinn, jederzeit konnte das alte Gebälk einkrachen. Wann kam nur endlich die Feuerwehr?

Isabelle kam mit dem nächsten Schwung Bildern unterm Arm ans Fenster. »Fang!«, rief sie. Eins nach dem anderen segelte wie ein Frisbee hinunter, ich fing sie sicher auf. In meiner Not hatte ich die Plane von Ediths Anhänger gezerrt, um die Kunstwerke wenigstens vor dem Regen zu schützen. Der Dreck würde ihnen nicht so viel ausmachen wie die Nässe.

Ich weiß nicht, wie oft Isabelle in jener Nacht »Fang!« gerufen hat und ich mit einem »Yepp!« antwortete, Jan hatte unzählige Bilder fabriziert. Irgendwann stand Isabelle wieder am Fenster, da hörte ich endlich das Tatütata der anrauschenden Feuerwehr.

»Ich springe jetzt!«, rief sie.

»Du spinnst, warte, die Feuerwehr ist gleich da, die haben Sprungtücher dabei.«

»So lange halte ich es nicht mehr aus«, antwortete sie keuchend. »Hier oben ist alles voller Qualm!« Dann fixierte sie die Matratze. »Nimm die Kissen weg, aber bleib an der Seite stehen«, rief sie gegen den Donner an und ich gehorchte.

Und dann, ich schwöre, sprang sie aus dem Fenster. Nicht einfach so. Sondern sehr grazil und elegant mit einem Schraubsalto. Als sie mit beiden Füßen sicher auf der Matratze stand, riss sie automatisch die Arme hoch und streckte den Rücken durch. Wie bei einem Wettkampf. Ich applaudierte.

»Blöde Kuh!« Sie lachte.

Erleichtert fielen wir uns in die Arme, ihre Haare rochen versengt.

»Wo sind die Bilder?«, fragte sie. Isabelle rieb sich den Ruß aus den Augen.

»Hier, unter der Plane, im Trocknen. Wenn der Regen nachlässt, holen wir sie ins Haus. Und Nemo passt höchstpersönlich auf, dass ihnen nicht noch einmal etwas passiert!« Tatsächlich saß Nemo wie ein Wachsoldat daneben und knurrte die Feuerwehrmänner gefährlich an, die jetzt mit dem Schlauch anrollten. Kesha zwischen seinen Vorderpfoten tat es ihm nach.

»Um Himmels willen, was hast du denn gemacht? Sag bloß...« Eileen kam in Begleitung von Jan und Edith um die Ecke gestürmt und betrachtete erschrocken ihre Tochter, deren Klamotten komplett verrußt und durchnässt waren. »Wir haben euch überall gesucht!«

»Du hast unsere Bilder gerettet!«, rief Jan atemlos und ich fragte mich, seit wann mein Vater so ein Schnellmerker war. »Danke! Vielen Dank! Das werde ich dir niemals vergessen.« Er umarmte Isabelle überschwänglich, für meinen Geschmack zu lange. Das hatte es zwischen uns nie gegeben. Es gab einen fiesen Stich in meinem Herzen.

»Ich verstehe nicht?!« Eileen guckte verwundert von einem zum anderen.

»Hast du es nicht bemerkt? Isabelle und Jan haben in den vergangenen Wochen oft gemeinsam gemalt.« Das kam von Edith, die einen Arm um mich gelegt hatte. »Und die Idee mit dem Pelargoniensofa kam auch von dir, stimmt's?«

Isabelle nickte verlegen. »Nicht böse sein, Mama, aber deswegen habe ich für die Aufnahmeprüfung für das Sportinternat nicht genug geübt und sie vermasselt. Erst war ich traurig, aber jetzt...«, sie griff nach meiner Hand und drückte sie fest, »...jetzt bin ich froh, dass ich hierbleibe.«

»Isabelle ist wirklich schrecklich mutig«, fügte ich schnell hinzu, bevor Eileen sauer werden konnte. »Du kannst sehr stolz auf sie sein, denn ohne sie...«

Ich grinste Isabelle an. Wer hätte gedacht, dass ich mit dieser Ätzgurke jemals Freundschaft schließen würde? Aber heute Nacht hatte sie gezeigt, welch feiner Kerl tatsächlich in ihr steckte.

»Dann ist ja alles gut!«, rief Jan glücklich und zog Eileen in seine Arme, die sich mittlerweile von dem Schock erholt hatte. »Nicht wahr, Edith? Jetzt willst du auch nicht mehr ausziehen.«

»Natürlich bleibe ich, Dummkopf! Aber nur unter einer Bedingung«, antwortete Edith und sah Eileen offen an. »Keine Kräuterpadägogin auf meinem... äh, unserem Hof! Und einen privaten Garten nur für uns.«

»Abgemacht!«

Wie gesagt, in jener Nacht hat niemand mehr geschlafen, auch nicht, als das Gewitter längst weitergezogen war.

Nemo und Kesha nicht, weil sie neben den Bildern Wache hielten.

Oma, Eileen und Jan nicht, weil sie Zukunftspläne geschmiedet und über die bevorstehende Hochzeit geredet haben.

Isabelle und ich nicht, weil wir uns noch stundenlang gegenseitig aus unserem Leben erzählten und erzählten. Wir lagen gemeinsam in meinem Bett, weil ihre Matratze ja draußen im Matsch lag. Obwohl es ein ungewohntes Gefühl war, jemanden so nahe zu haben, genoss ich ihre Wärme und kuschelte mich an sie. Zum ersten Mal in meinem Leben spürte ich, wie sehr ich jemanden wie Isabelle vermisst hatte. Jemanden zum Streiten und zum Versöhnen, zum Lachen und zum Weinen, zum Reden und zum Schweigen. Eine richtige Freundin eben. Oder eine Schwester…

Alice Pantermüller

Der Zickenzoff oder warum ich plötzlich zwei beste Freundinnen hatte

Kapitel 1

In der Stadt gibt es eine Menge Marktplätze, aber der vor unserem Haus ist bestimmt der kleinste. Während der Woche ist total wenig los. Von hier oben kann ich dem türkischen Gemüsehändler ins Fenster gucken und der kleinen Buchhandlung. Autos parken zwischen Bäumen und in der Mitte steht der Neptunbrunnen und plätschert vor sich hin.

Als ich klein war, fand ich es immer total irre, wie wuselig der Platz jeden Samstag wird, wenn Wochenmarkt ist. Ich hab oben auf unserem Balkon im zweiten Stock gestanden und den Trubel beobachtet... die vielen Marktstände, die aussahen, als könnten sie nie alle auf den winzigen Platz passen, und die vielen, vielen Leute... wo waren die bloß alle hergekommen? Die waren doch sonst nicht hier!

Na ja. Inzwischen bin ich zwölf und finde es nicht mehr so spannend, vom Balkon runterzugucken, obwohl ich es immer noch total gern mag, wenn so viel los ist. Aber nicht mal mehr meine kleinen Schwestern Selma und Linni finden es aufregend, den Markt zu beobachten.

Linni geht lieber gleich mitten rein ins Getümmel. Für sie ist es immer noch das Größte, samstags zum Stand vom Bio-Bäcker zu gehen und die Wochenendbrötchen für die ganze Familie zu kaufen. Wir sagen ihr vorher, welche Brötchen wir haben wollen, und sie schreibt alles ganz gewissenhaft und im Schneckentempo auf einen Zettel. Und dann zieht sie mit ihrem Stoffbeutel los.

Für *uns* wird es immer spannend, wenn Linni zurückkommt. Sie geht nämlich erst seit ein paar Wochen zur Schule und kann noch gar nicht richtig schreiben. Deshalb kriegen wir meistens ganz andere Brötchen als die, die wir bestellt haben.

Am ersten Samstag im Oktober war es ziemlich warm, deshalb hatten wir die Balkontür offen stehen. Wir mögen nämlich alle gern dem Marktgetümmel zuhören, wenn wir frühstücken.

In der Nacht hatte es geregnet, aber jetzt schien die Sonne und das feuchte Straßenpflaster sah fast aus, als würde es ein bisschen dampfen.

Gerade kratzte ich den Kümmel von meiner Kümmelstange. Bestellt hatte ich ein Mohnbrötchen. Ich bestelle jeden Samstag ein Mohnbrötchen bei Linni, aber meistens bringt sie was anderes für mich mit.

Mama und Papa unterhielten sich über Uroma, die schon ziemlich alt ist und immer schlechter hören kann, da ratterte mit einem Mal irgendwas los. Als würde ein Trecker über den Marktplatz fahren. Und wir hörten Stimmen, die sehr laut und sehr wütend klangen.

Da sind wir natürlich doch nach draußen auf den Balkon gelaufen, Selma, Linni und ich.

Und dann hörte ich Selma nach Luft schnappen. Zwischen den Rückseiten der Marktstände und unserer Häuserwand quetschten sich nämlich gerade ein paar Wagen durch, halb auf dem Bürgersteig, halb auf der Straße. Hinter einem ziemlich dreckigen Lieferwagen röhrte eine Art Wohnmobil, mit bunten Blumen bemalt. Dahinter hoppelte so ein kleiner Laster mit flatternder Plane. Weil es so eng war, ditschte er einen Stand mit Obst und Gemüse an und irgendwelche Früchte hüpften auf die Straße. Von hier oben konnte ich allerdings nicht erkennen, ob es Äpfel waren oder Pfirsiche. Wieder wurde das Geschrei der Marktleute lauter, die da unten standen und mit den Fäusten drohten.

Selma war blass geworden. »An Markttagen dürfen hier keine Autos fahren!«, quiekte sie und klammerte sich ans Balkongeländer. »Und schon gar nicht auf dem Bürgersteig!« Selma war acht und immer sehr dafür, dass alles seine Ordnung hatte.

Linnis Augen hingegen funkelten begeistert. »Das sind Umzugslaster!« Sie beugte sich so weit vor, dass ich sie lieber hinten an der Hose festhielt. »Unten in die Wohnung zieht endlich jemand ein! Jemand mit Kindern hoffentlich vielleicht!«

»Nee, Linni«, sagte ich. »Umzugslaster sehen gaaanz anders aus.«

Aber Linni hatte recht!

Kapitel 2

Kaum hatte der erste Lieferwagen angehalten, direkt vor der Treppe zu unserem Haus, sprangen viel mehr Leute raus als eigentlich in so einen Wagen reinpassen und rissen die Klappe hinten auf. Auch aus den anderen Wagen quollen Männer und Frauen und Kinder, große und kleine. Die meisten hatten lange Haare, auch die Männer. Ein paar sahen allerdings auch ganz normal aus. Einer sah aus wie der Kinderarzt von Linni, bei dem ich auch früher immer war. Die Frauen trugen bunte Schlabberkleider oder Latzhosen und Tücher in den Haaren. Gerade schleppte ein Mann mit Pferdeschwanz und Piratenhosen eine Kiste die Treppe hoch.

»Wahrscheinlich vielleicht sind die vom Zirkus!«, schrie Linni und trommelte auf dem Geländer herum.

Selma schüttelte entsetzt den Kopf. »Die ziehen aber nicht *alle* hier ein, oder?« Da unten liefen nämlich bestimmt fünfzehn oder zwanzig Leute hin und her, lachten und riefen und schrien und wuchteten Lampen, Tische und Kartons aus den Wagen.

»Das geht doch gar nicht«, sagte ich. »Die Wohnung ist genau so groß wie unsere. Selbst wenn immer zwei Kinder in ein Zimmer kommen, passen nicht mehr als sieben oder acht Leute rein.«

»Oder neun«, behauptete Linni wichtig. Dann zeigte sie runter zur Treppe. »Wieso hilft *der* eigentlich nicht mit beim Auspacken?«

»Und was hat der überhaupt für komische Haare?« Selma hatte die Stirn gerunzelt. »Schuhe hat er auch keine an.«

»Das sind Dreadlocks«, erklärte ich meinen kleinen Schwestern. »So laufen die Leute in der Karibik rum.«

Der Junge mit den Dreadlocks war vielleicht vierzehn oder fünfzehn Jahre alt. Er saß barfuß auf der Treppe und trommelte auf einer Trommel herum. Ich strengte mich an, etwas zu hören, aber leider ging das bei dem ganzen Markt- und Umzugslärm fast gar nicht.

Ich seufzte ein kleines bisschen. Dreadlocks finde ich total cool! Am liebsten hätte ich auch welche gehabt. Aber ich glaub nicht, dass Mama mir das erlaubt hätte.

Dann seufzte ich noch ein bisschen mehr. Vielleicht würde mir Mama sogar Dreadlocks erlauben. Aber ich würde mich gar nicht trauen, mir welche machen zu lassen. Dazu muss man seine Haare nämlich völlig verfilzen. Und wenn man keine Dreadlocks mehr haben will, muss man sie rappelkurz abschneiden. Man kann sie nicht einfach rauswachsen lassen.

Ich guckte runter zu dem Jungen mit der Trommel und hoffte ein ganz kleines bisschen, dass er mit hier einziehen würde, in unser altes Stadthaus.

Drei Stunden später war nichts mehr zu sehen vom Markt. Nicht das kleinste Salatblatt lag mehr auf der Straße, der Platz war wieder genauso winzig und ruhig wie vorher.

Auch die komischen Umzugswagen waren verschwunden. Vor dem Haus parkte nur noch das Wohnmobil mit den Blumen quer über drei Parkplätze.

Am Rand des Brunnens saß ein Mädchen und ließ seine Finger durchs Wasser gleiten.

Ich linste aus dem Küchenfenster. Sie schien ungefähr so alt zu sein wie ich. Schwarze Haare, bunte Klamotten ... sie gehörte auf jeden Fall mit zu diesen Zirkusleuten. Und wahrscheinlich war sie gerade in unser Haus eingezogen!

Ein bisschen fing es an, in meinem Bauch zu kribbeln.

Aber ich konnte ja schlecht runtergehen und zu ihr sagen: *Hallo, ich bin Alva, wer bist du denn?* Das wär ja total peinlich gewesen! Linni würde das so machen, aber ich bin ja schließlich keine sechs mehr.

Ich konnte allerdings meine Inliner anziehen und ein bisschen skaten gehen. Und genau das tat ich auch.

Ich rollte den Marktplatz auf und ab und hin und her und dabei guckte ich natürlich immer wieder rüber, zu dem Mädchen.

Sie sah wirklich ein bisschen komisch aus ... ihre Haare waren zu ganz vielen winzigen Zöpfen geflochten und sie trug ziemlich ausgelatschte Flipflops zu einem Kleid mit riesigen Blumen drauf und einer grünen Trainingsjacke. Ich überlegte, ob ich überhaupt mit ihr reden sollte. Aber irgendwie wäre das jetzt blöd gewesen, einfach wieder reinzugehen und nichts zu sagen.

Also bremste ich irgendwann einfach am Brunnenrand. »Hallo«, begrüßte ich das Mädchen mit den seltsamen Klamotten. »Du bist heute hier eingezogen, oder? Ich hab's vom Balkon aus gesehen. Wir wohnen auch in dem Haus.« Ich zeigte über meine Schulter.

Sie baumelte mit den Beinen und grinste mich an. Zwischen den oberen Schneidezähnen hatte sie eine ziemlich große Zahnlücke und ihre Augen waren grün und schräg, wie Katzenaugen. Irgendwie war sie hübsch ... aber irgendwie sah sie auch komisch aus.

»Genial!« Sie strahlte mich an. »Dann sind wir ja Nachbarn. Echt toll! Ich hatte schon Angst, dass in dem Haus nur alte Leute wohnen. Ich bin übrigens Tinatin.«

»Tina... *was?*« Ich riss die Augen auf.

»Tinatin.« Sie grinste noch breiter, wenn das überhaupt möglich war. »Das ist ein georgischer Name. Wie heißt du denn?«

»Ich heiß Alva«, sagte ich.

»Scheiß-Alva«, sagte sie.

»Was?« Ich starrte sie an.

»'tschuldigung, das hat sich so angehört, als du das gesagt hast. War nur ein Witz«, kicherte sie, aber ich fand das nicht besonders komisch.

Ich wollte schon Tschüss sagen und reingehen, da fragte sie: »Spielst du ein Instrument, Alva? Das wäre nämlich total genial!«

»Ein Instrument?« Die Frage fand ich ein bisschen merkwürdig. Auf jeden Fall wäre es ganz sicher nicht das Erste, was *ich* fragen würde. »Ich hab Klavierunterricht«, sagte ich dann langsam. »Wieso?«

»Weil ich nämlich Steelpan spiele«, rief sie und es klang begeistert. »Dann können wir mal zusammen Musik machen. Hier auf dem Marktplatz zum Beispiel. Wir haben ein Akkordeon, das kriegst du, weil du dein Klavier ja nicht mit rausnehmen kannst. Und dann ziehen wir durch die Straßen!«

Ich wich zurück und schüttelte den Kopf. »Nee... Akkordeon kann ich nicht spielen... und überhaupt...« Das fehlte mir gerade noch! Durch die Straßen ziehen und Musik machen! Da gehe ich ja lieber zum Zahnarzt, mit Bohren. Und das auch noch nackt. Ehrlich! Was sollte das überhaupt sein – eine Steelpan?

»Ach, das kriegst du hin, ganz bestimmt!« Tinatins Augen glitzerten vergnügt. »Akkordeon ist doch so ähnlich wie Klavier! Vielleicht kommt mein Bruder ja auch mit, mit seiner Trommel.«

»Dein Bruder?« Ich war schon ein bisschen zurückgerollt, auf unsere Haustür zu, aber jetzt blieb ich doch stehen. »Ist das der, der vorhin auf der Treppe gesessen hat? Der mit den Dreadlocks?«

Tinatin nickte und sah stolz aus. »Wenn Sindri singt, dann werfen alle Mädchen Kusshände nach ihm. Wenn ich singe, dann werfen die Leute höchstens mit Kuhfladen. Deshalb spiele ich lieber Steelpan.« Sie lachte laut auf, ein glucksiges und perlendes Lachen. Es klang, wie es sich anfühlt, wenn man ein Glas Sprudelwasser mit einer ganzen Tüte Brausepulver trinkt.

»Sindri«, wiederholte ich, weil ich ihren Bruder interessanter fand als die Kuhfladen, »ist das auch ein gregorianischer Name?«

Jetzt lachte sie wieder und ich musste grinsen, obwohl ich es gar nicht wollte. Aber irgendwie war ihr Lachen ansteckend.

»Nee!«, gluckste sie. »Sindri ist nicht georgisch, sondern isländisch!«

Isländisch... »Hast du noch mehr Geschwister?«, fragte ich vorsichtig.

Tinatin schüttelte den Kopf, dass ihre schwarzen Zöpfchen wild um sie flogen. »Nee. Wir zwei, wir reichen auch. So als Kinder, meine ich. Bist du eigentlich schon mal in den Brunnen getaucht?«, fragte sie unvermittelt und ließ wieder ihre Hand durchs Wasser gleiten.

Hä? In den... was? Ich starrte sie an.

»Da unten ist doch so ein Loch, siehst du? Am Boden. Ich glaube, da leben Wassergeister. Gute Wassergeister müssen das sein, weil das Wasser auch gut ist. Ich hab schon davon probiert.« Sie guckte mich an mit ihren grünen Katzenaugen und lachte jetzt nicht mehr.

Trotzdem... sie veräppelte mich doch, oder?

Ich wusste echt nicht, was ich dazu sagen sollte. Aber dann redete sie sowieso schon wieder weiter.

»Hast du Taucherbrille und Schnorchel? Meine sind nämlich noch irgendwo in den Umzugskartons und ich weiß nicht, wo«, plapperte sie fröhlich. »Ich würd zu gern mal runtertauchen.« Sie beugte sich so weit zum Wasser hinunter, dass ihre Stirnzöpfchen einstippten.

Wieder rollte ich ein kleines Stück rückwärts. Schüttelte den Kopf. »Mh-mh. Haben wir nicht«, murmelte ich nur und rollte gleich noch ein kleines Stück weiter. Dabei wusste ich genau, dass Selma und Linni in ihrer Badewannen-Kiste mehr als eine Taucherbrille und einen Schnorchel hatten. »Ich muss dann auch.« Mittlerweile war ich schon ein ganzes Stück rückwärtsgerollt. »Man sieht sich!«

Dann drehte ich mich um und fuhr die letzten Meter bis zur Haustür. Nichts wie weg hier!

Beim Reingehen drehte ich mich noch einmal um.

Das Mädchen sah mir nicht nach. Sie guckte immer noch in den Brunnen und spielte mit dem Wasser.

Völlig durchgeknallt.

Kapitel 3

Am Montag in der Schule wollte ich Lea gleich von Tina...dings erzählen. Oh Mann, ich hatte echt schon ihren grönländischen Namen vergessen.

Lea ist meine beste Freundin und sie hat eine Klappe so groß wie Brasilien. Deshalb kann man auch so klasse mit ihr ablästern. Sie hat unglaubliche Sprüche drauf und wir müssen immer wahnsinnig viel lachen, wenn wir zusammen sind.

Aber dann kam Lea auf mich zugelaufen, in ihren superengen gelben Hosen, die gerade total angesagt sind, und mit ihren dunkellila lackierten Fingernägeln, und fing sofort an zu sabbeln. Ohne Pause.

Sie erzählte von irgend so einer abgedrehten Party, auf der ihr Bruder Jan am Samstag gewesen war... und davon, wie er am Sonntag aus dem Bett gekrochen kam, ganz blau im Gesicht, weil ihn jemand mit Kugelschreiber angekritzelt hatte... und wir lachten uns wieder mal halb tot.

Dann klingelte es und wir gingen in die Klasse. Und dort verging mir das Lachen. Echt.

Herr Heinke kam nämlich rein, unser Klassenlehrer. Und er hatte Tinadings dabei.

Ich dachte, mir fallen die Augen aus dem Kopf.

Und ich dachte: *Wieso hast du dich bloß nicht ein kleines bisschen ...* normaler *angezogen?*

Natürlich haben alle gekichert. Wenn jemand Ringelleggings in Ballerinas trägt und einen bunten Poncho mit Bommeln dran, dann muss er sich nicht wundern, wenn alle kichern.

Mir wär das ja so peinlich gewesen, echt! Aber Tinadings schien das nicht zu stören. Sie grinste ihr breites Zahnlücken-Grinsen in die Klasse und guckte uns an, ohne das kleinste bisschen rot zu werden. Dann entdeckte sie mich und winkte.

Ich winkte nicht zurück, sondern rutschte lieber ein bisschen auf meinem Stuhl nach unten.

»Wer ist denn das?«, wisperte mir Lea zu. »Die sieht ja verboten aus! Will die etwa die Wahl zur *Miss Altkleidersammlung* gewinnen?«

Ich konnte ein Kichern nicht unterdrücken und hoffte gleichzeitig, dass Tinadings es nicht gehört hatte.

»... aber vielleicht möchtest du selbst ein bisschen über dich erzählen, Tinatin«, sagte Herr Heinke gerade.

»Klar«, meinte Tinatin. Sie schien sich überhaupt nicht blöd zu fühlen, obwohl das doch ihr erster Schultag in einer neuen Klasse war. Sie lehnte sich sogar gegen den Lehrertisch und sah aus, als wollte sie jetzt die Deutschstunde unterrichten.

»Also, ich bin Tinatin Niebuhr. Die letzten Jahre

war ich mit meinen Eltern und meinem Bruder auf Haiti.«

»Tahiti, cool«, rief Jannick aus der hintersten Reihe. »Das ist doch in der Südsee!«

Tinatin lachte ihr glucksendes Lachen und schüttelte den Kopf. Die Perlen in ihren schwarzen Zöpfchen klackerten.

»Nee, HA-iti, nicht Tahiti«, kicherte sie vergnügt. »Das ist eine Insel in der Karibik.« Und dann hat sie losgequasselt. Wie arm die Leute auf Haiti sind und dass es dann auch noch dieses Wahnsinns-Erdbeben gegeben hat mit ganz vielen Toten.

»Und da sind meine Eltern mit meinem Bruder Sindri und mir nach Haiti gefahren, um zu helfen. Weil meine Eltern nämlich für eine gemeinnützige Organisation arbeiten. Deshalb haben sie mitgeholfen, ein paar neue Schulen zu bauen.«

»Schulen!«, rief Nils in die Klasse. »Klar, mit dem Unwichtigsten fangen sie an!«

Natürlich haben wir alle gelacht. Auch Tinatin hat gegrinst.

Dann hat sich Herr Heinke eingemischt. »Und jetzt seid ihr wieder hier, weil der Bau der Schulen beendet ist?«

»Och«, meinte Tinatin, »Schulen brauchen die da immer noch eine Menge. Aber unsere Eltern meinten, dass wir auch mal wieder eine vernünftige Schule brauchen können, mein Bruder und ich.

Deswegen bleiben wir jetzt hier, bis wir beide fertig sind mit der Schule.«

Dann stieß Tinatin sich vom Tisch ab. Über ihr Gesicht glitt ein Leuchten. »Aber schade ist das schon. Weil nämlich die Musik von Haiti, die ist total klasse! Morgen bringe ich meine Steelpan mit! Und dann machen wir Musik.« Sie trommelte auf dem Tisch in der ersten Reihe herum. So doll, dass Lana und Charlotte, die da saßen, gleich ein bisschen zurückwichen. »Ihr habt doch bestimmt auch Instrumente, oder?!«

Das war der Augenblick, in dem Herr Heinke eingriff. »Vielleicht sprecht ihr das lieber mit eurem Musiklehrer ab«, sagte er. »Ich hab hier nämlich noch ein paar Klassenarbeiten, die ich mit euch durchgehen möchte.« Dann wandte er sich an Tinatin und sagte noch etwas zu ihr, aber das ging im Gestöhne der ganzen Klasse unter.

Kapitel 4

»Also, die hat ja wohl ein bisschen zu viel Sonne abgekriegt.« Lea hakte sich bei mir ein und zog mich raus auf den Schulhof.

Ich kicherte. »Ja, die hat echt nicht alle Lichter am Tannenbaum.« Aber ein bisschen mulmig war mir schon dabei. Schließlich hatte ich Lea ja noch gar nicht gesagt, dass Tinatin mit ihrer Familie in unser Haus eingezogen war. Und jetzt wollte ich das auch nicht mehr erzählen. Irgendwie war ich mir nämlich ziemlich sicher, dass Lea das überhaupt nicht gut finden würde.

Aber Lea war zum Glück gerade sowieso mit etwas anderem beschäftigt. »Guck mal, mein neues Handy«, sagte sie und zog ein quietschgelbes Teil aus der Tasche. »Cool, was? Die Schutzhülle leuchtet sogar. Siehst du? Ist ein Touchscreen von Samsung. In zwei Jahren kauf ich mir dann ein richtiges Smartphone. Von dem Geld, das ich zur Konfirmation krieg.« Lea warf ihre Haare zurück und zeigte mir, wie man die Kamera einschaltet. Dann legte sie mir einen Arm um die Schulter, presste ihren Kopf an meinen und rief »Aaameisenscheiße!«. Und klick, hatte sie abgedrückt.

Anschließend lagen wir fast am Boden vor Lachen, so dämlich sahen unsere Gesichter auf dem Foto aus. Um nicht umzukippen, klammerten wir uns aneinander fest. Davon mussten wir noch viel mehr lachen.

»Darf ich mal gucken?«

Lea quietschte auf vor Schreck und auch ich zuckte ein bisschen zusammen. Auf einmal stand Tinatin hinter uns und zeigte auf das Handy. Lea zog es weg.

Aber Tinatin strahlte mich nur an. »Alva! Das ist ja so genial, dass ich in deine Klasse gekommen bin! Da können wir ja zusammen zur Schule gehen!«

»Ich ... ähm ... ich fahr aber immer mit dem Fahrrad«, stotterte ich und kam mir ziemlich blöd vor.

»Ach, macht ja nichts. Bald hab ich auch ein Fahrrad.«

Ich merkte, wie ich knallrot wurde und mich nicht traute, Lea anzugucken. So ein Mist, hätte ich ihr doch bloß schon eher von Tinatin erzählt! Aber warum musste diese komische Trulla auch ausgerechnet in unser Haus ziehen?

Tinatin grinste ihr breitestes Zahnlückengrinsen. Sie stand jetzt ganz nah vor uns. Irgendwie roch sie komisch ... aber irgendwie auch gut. Nach fremden Gewürzen oder so. Ich musste an einen orientalischen Laden denken, in dem ich mal mit Mama gewesen bin. Da hatte es auch so gerochen. Nach

Früchten aus Afrika und Räucherstäbchen und Vanille und Zimt... Die Verkäuferin da hatte bunte Kleider an, große Ohrringe und kringelige schwarze Locken.

»Und du? Wie heißt du?« Tinatin hatte sich zu Lea gedreht. »Du bist bestimmt Alvas beste Freundin, oder? Deine Haare sind total schön. Und ich mag deine Hose.«

Die Neue schoss eine Frage nach der anderen ab. Lea trat einen Schritt zurück, als hätte sie Angst, Tinatin würde sie anfassen. »Lea«, murmelte sie und warf misstrauische Blicke zwischen Tinatin und mir hin und her.

»Lea!« Jetzt lachte Tinatin ihr glucksendes Lachen, das so ansteckend war, dass selbst Lea ein bisschen schief grinste. Oder machte sich Tinatin gerade über Lea lustig?

»Meine beste Freundin in Trou-du-Nord hieß auch Léa! Ihre Eltern waren Kinderärzte aus Frankreich. Spielst du ein Instrument, Lea?«

»Nein«, sagte Lea und drehte sich weg. Ihre Stimme klang plötzlich total frostig.

»Ach, schade! Ich hätte Lust, auf so 'ne richtig laute Truppe. Bam-bam, bam-bam. Tschakkatschakka!«

Und da zog Lea mich am Ärmel weg, quer über den halben Schulhof. Erst im Mädchenklo ließ sie mich los, stemmte ihre Hände in die Seiten und guckte mich böse an. »Was bitte war denn das eben? Woher kennst du die? Und wieso hast du mir nichts davon erzählt?«

»Hätte ich doch noch.« Mir schlug das Herz bis zum Hals. Oh Mann, jetzt war Lea sauer auf mich und dabei war das ja echt nicht meine Schuld, dass Tinatin meine neue Nachbarin war.

Also verdrehte ich die Augen und hob die Hände. »Was meinst du, was für einen Schreck ich gekriegt hab, als ich gesehen hab, dass die in unserer Klasse ist?« Ich senkte die Stimme, als wollte ich meiner Freundin ein Riesengeheimnis verraten. So was zog bei Lea immer. »Am Samstag sind die bei uns eingezogen. In unser Haus. Du weißt doch, im ersten Stock stand schon seit Wochen die Wohnung frei.«

»In euer Haus? Sie wohnt in eurem Haus?« Jetzt starrte Lea mich entsetzt an.

Ich nickte und seufzte dabei ziemlich übertrieben. Ein bisschen auch, weil ich erleichtert war. Lea sah jetzt nämlich nicht mehr so aus, als sei sie böse auf mich. Zum Glück!

Leas Blick flackerte. Dann packte sie mich wieder fest am Arm. »Pass bloß auf, Alva«, raunte sie. »Sei bloß nicht zu freundlich zu der. Da sagst du einmal was Nettes und schon klebt sie an dir wie Hundekacke unter der Schuhsohle und du wirst sie niemals mehr los. Ich kenn mich da aus, echt!« Sie sah mir tief in die Augen. »Die glaubt wahrscheinlich jetzt schon, dass du ihre beste Freundin bist. Die Spinnerin mit ihren Urwald-Klamotten!«

Ich schüttelte den Kopf und zog meinen Arm aus ihrer Hand. »Keine Angst. Auf die komische Trommeltante kann ich echt verzichten. Sonst will sie mir am Ende noch Steelpan-Spielen beibringen.«

Lea kicherte. »Buschmusik mit Tina...dings. Umpa, umpa, umpapa!«

Ich kicherte auch. »Uga, uga, bäng, bäng.«

Dann kicherten wir zusammen. Das fühlt sich immer gut an, mit Lea zusammen zu kichern. Deshalb verstand ich nicht, warum es sich heute auch ein klitzekleines bisschen falsch anfühlte. Ich meine, Tinatin war ja wirklich eine total verrückte Trommeltante mit Urwald-Klamotten. Die musste sich doch wohl echt nicht wundern, wenn die Leute über sie kicherten. Und trotzdem... irgendwie war Tinatin auch cool. Irgendwie.

Aber so wie sie in der Klasse von Haiti erzählt hatte, vorn am Lehrerpult... also, das könnte ich nicht, glaub ich.

Egal. Ich hakte mich bei Lea ein und zog sie wieder raus, aus dem Mädchenklo.

Kapitel 5

Als ich nachmittags vom Klavierunterricht zurückkam, war es fast fünf. Schon vor der Haustür hörte ich die Musik und im Treppenhaus klang es, als würde gerade ein Konzert stattfinden. Hauptsächlich Trommeln und Rasseln und so, aber auch Stimmen, die sangen. Und lachten.

Ich presste mein Ohr an die Tür neben dem neuen Namensschild von Familie Niebuhr und lauschte. Es hörte sich total schön an. Laut und fröhlich. Dann hörte ich eine Tür klappen und die Stimme von Frau Große-Freese durchs Treppenhaus hallen.

Früher hieß sie nur Frau Freese, aber dann hatte sie Herrn Große geheiratet.

Selma, Linni und ich nennen sie aber nur *Frau Große-Fresse,* heimlich natürlich. Bloß Linni hat sie auch einmal so genannt, als sie mit ihr gesprochen hat. Und zwar ausgerechnet nachdem Frau Große-Freese ihr gerade eine Tafel Schokolade geschenkt hatte, zur Einschulung.

Frau Große-Freese beschwerte sich über den Lärm und ich lief schnell eine Treppe hoch und klingelte an unserer Wohnungstür.

»Hast du Linni gesehen?«, fragte Mama mich, als

sie öffnete. »Sie wollte draußen spielen, aber vom Balkon aus kann ich sie nicht entdecken.«

Aber ich hatte Linni nicht gesehen. Ich brachte meine Klaviernoten ins Zimmer und warf mich aufs Bett. Sogar bis hier oben drang die Musik dumpf durch die Wände. Es klang wirklich voll schön. Ich machte die Augen zu und meine Füße bewegten sich von ganz allein im Takt der Musik.

Eine halbe Stunde später klingelte es an unserer Wohnungstür Sturm. Es war Linni. Als ich öffnete, hüpfte sie in den Flur wie ein Gummiball. Ihre Wangen glühten und die blonden Haare waren zu unzähligen dünnen und ziemlich schiefen Zöpfchen geflochten. »Maa-maa!«, trompetete sie durch die Wohnung. »Ich will doch nicht Geige lernen! Ich will zum Geburtstag lieber ganz furchtbar schrecklich gerne eine Trommel haben! Bittebittebitte!«

»Eine Trommel.« Mama holte tief Luft. »Huuups!«

Und dann erzählte Linni ohne Punkt und Komma, wie sie mit Tinatin und Sindri und ihrem Vater Florian Musik gemacht hatte und wie gut sie das schon konnte, weil Sindri ihr genau gezeigt hatte, wie das ging mit dem Trommeln.

Sindri. Der mit den coolen Dreadlocks. Plötzlich war ich ein klitzekleines bisschen eifersüchtig auf meine kleine Schwester. Oder vielleicht sogar ein bisschen mehr. Weil sie mit Sindri getrommelt hatte. Und nicht ich.

Am nächsten Tag war es ziemlich lustig in der Schule. Tinatin mischte eine Unterrichtsstunde nach der anderen auf. Es fing damit an, dass sie ihre Steelpan in den Klassenraum schleppte, vor der Mathestunde.

So eine Steelpan sieht aus wie eine große Schüssel aus Metall mit ziemlich vielen Dellen drin. Natürlich wollten gleich alle Jungs mit den Holzschlegeln auf dem Teil rumkloppen. Einige nahmen auch ihre Lineale zur Hilfe oder Bleistifte. Es war ein Höllenlärm.

Dann kam Frau Barke, die Mathelehrerin, und schickte Tinatin mit ihrer Steelpan in den Musikraum. »Und dort lässt du das Instrument bis zur Musikstunde stehen. Die Schlegel steckst du bitte in deine Schultasche.«

»Ooooh!«, machten wir alle enttäuscht, als Tinatin mit der Steelpan abzog.

In der zweiten Stunde hatten wir dann Musik, auch bei Frau Barke. Endlich durfte Tinatin auf ihrer Steelpan spielen und es hörte sich klasse an. So richtig nach Karibik. Dann verteilte Tinatin auch noch Rasseln und Triangeln und Schellen und Klanghölzer, die sie im Schrank gefunden hatte, und erklärte uns, was wir damit machen sollten. Frau Barke hatte nichts mehr zu melden. Das schien sie aber nicht zu stören. Sie stand an ihren Tisch gelehnt und grinste, während wir Lärm ohne Ende machten.

Wobei, eigentlich hörte es sich auch echt gut an, nicht nur laut.

»Ich bin völlig taub«, stöhnte ich, als ich in die Pause stolperte, und hielt mir die Ohren zu.

Lea war seltsam still. Sie hatte die Lippen ganz fest zusammengepresst. Schließlich holte sie ihr Handy aus der Jackentasche und steckte die Stöpsel in die Ohren. »Ich muss erst mal wieder richtige Musik hören.« Ihre Stimme klang giftig. »Von diesem dämlichen Bongo-Getrommele krieg ich Ohrenkrebs.« Mit den dunkellila lackierten Fingernägeln fuhr sie sich durchs Haar. Dann setzte sie sich auf eine Bank, schloss die Augen und bewegte sich leicht im Takt der Musik.

Da sagte ich lieber nichts mehr. Wenn Lea so drauf ist, dann ist es nämlich besser, die Klappe zu halten. Das ist so ähnlich, wie wenn sie eine schlechte Arbeit schreibt und ich eine gute. Dann muss man sie auch erst mal ein bisschen in Ruhe lassen.

Kapitel 6

In Erdkunde durfte Tinatin dann mal so richtig von Haiti erzählen und wir stellten ihr tausend Fragen. Sonst hätte uns Frau Fledermann nämlich mit Kohleabbau im Ruhrgebiet vollgelabert. Dabei waren wir beim letzten Mal schon fast alle eingeschlafen. Also taten wir furchtbar interessiert. Zumindest am Anfang. Denn als Tinatin erst mal so richtig loslegte mit Erzählen, war es auch wirklich total spannend. Mann, echt krass, das Leben auf Haiti!

Und es ging so weiter. Auch in Französisch stand Tinatin im Mittelpunkt. Weil sie nämlich fließend Französisch sprechen konnte. Allerdings hörte sich ihre Aussprache sehr komisch an, ganz anders als das, was uns Frau Ehlers immer beibringen will. Ich verstand nicht ein Wort.

»Kreolisch!«, rief unsere Französischlehrerin. Es klang halb entzückt und halb entsetzt. »Du hast auf Haiti sicherlich keine europäische Schule besucht, nicht wahr?«

Tinatin schüttelte den Kopf und grinste ihr breites Zahnlücken-Grinsen. »Nee, dafür haben wir viel zu weit entfernt gewohnt von der Hauptstadt Port-au-Prince. Im Norden. Bei uns gab's nur eine kleine Dorfschule. Meine Freundin Léa und ich waren die einzigen weißen Kinder da.« Sie lachte glucksend.

Lea beugte sich zu mir rüber. »Tja, so ein Pech«, zischte sie in mein Ohr. »Leider versteht kein Mensch ihr Hottentottenfranzösisch. Nun muss sie noch mal gaaanz von vorne anfangen, die Aaarme!« Sie klang schon wieder ziemlich giftig und ich erkannte sie langsam kaum wieder. Sonst war sie doch immer viel witziger.

Kaum klingelte es zur Pause, da zog sie mich, ohne etwas zu sagen, am Ärmel nach draußen.

»Mann, lass das!«, schimpfte ich und befreite meinen Ärmel aus ihrer Hand. »Was bist du nur so mies drauf im Augenblick?«

»Warum ich mies drauf bin?« Lea holte tief Luft und ihre Augen blitzten zornig. »Das fragst du noch? Da kommt so eine Bekloppte neu in unsere Klasse, läuft rum wie 'ne Bantu-Oma mit ihren bunten Schlabberkleidchen und meint, sie kann sich gleich aufspielen, als wär sie… als wär sie ein Popstar oder so? Was glaubt die eigentlich, wer sie ist?« Leas Stimme klang schrill.

»Nee, hast schon recht, so ganz dicht ist die nicht«, sagte ich und nickte. Aber eigentlich nur, damit Lea nicht noch mehr rummeckerte. Auf jeden Fall war das bestimmt nicht der richtige Augenblick, um ihr zu sagen, dass ich Tinatin irgendwie ganz witzig fand. Dann wär Lea nämlich total ausgeflippt, glaub ich.

Ausgerechnet in dem Moment kam Tinatin um die Ecke gebogen.

»Pssst, da kommt sie!«, konnte ich gerade noch flüstern.

»Mir doch egal!«, zischte Lea und drehte sich weg.

Aus dem Augenwinkel sah ich, wie Tinatin direkt auf uns zukam, und einen Moment lang wusste ich nicht, was ich tun sollte.

Auf Tinatins Brust klimperten mehrere Halsketten mit bunten Glasperlen und dann war es auch schon zu spät. »Hallo Alva, hallo Lea!«, rief sie fröhlich.

»Und Tschüss!«, fauchte Lea, wirbelte herum und stapfte von dannen, mit geballten Fäusten.

Ich grinste Tinatin nur entschuldigend an, dann lief ich hinter Lea her. Und fühlte mich schlecht. Total feige irgendwie. Schließlich hatte Tinatin mir nichts getan. Auch wenn sie natürlich echt gaga war mit ihren bunten Klamotten und dem Getrommele und den Sachen, die sie ständig erzählte.

Aber immerhin war ich Leas beste Freundin. Und wenn irgendjemand sie wieder beruhigen konnte, dann ja wohl ich.

Die Religionsstunde war die Krönung des heutigen Schultags. Als wir anschließend in die Pause gingen, grölte Lea vor Lachen und streckte ihre Hände in Richtung Himmel. »Ich sag nie, nie, nie wieder irgendwas gegen Tinadings«, wieherte sie. »Sonst bastelt sie noch eine Lea-Voodoopuppe und steckt lauter Nadeln rein und dann muss ich ewige Schmähääärzen leiden!« Lea wollte sich ausschütten vor Lachen. Ich musste auch kichern. Dabei hatte Tinatin eigentlich überhaupt nichts von Voodoopuppen erzählt. Erzählt hatte sie von Geistwesen, die zwischen den Menschen und einem Gott vermitteln, der *Bondieu* heißt, und die Stürme und Erdbeben auslösen... oder Schlangen Befehle erteilen. Von weißer und schwarzer Magie... und Tieropfern.

Ich hatte gar nicht gewusst, dass Voodoo auch eine Religion ist, und fand das Ganze ziemlich spannend.

»Und die hat das echt geglaubt, was sie da gesabbelt hat«, kicherte Lea. »Hast du das gemerkt? Ganz todernst hat sie von ihren Geistern erzählt... huuuh!« Sie hakte ihren Arm bei mir ein und buffte mich ein bisschen mit der Schulter an.

»Ja, das war echt... total abgefahren«, sagte ich und merkte selbst, wie lahm das klang.

»Und das in der Religionsstunde! Hast du gesehen, wie grün kariert Pastor Hoffmann geguckt hat? Der fand das bestimmt alles total daneben, was Tinadings da gelabert hat. Schließlich sind wir evangelisch! In zwei Jahren werden wir alle konfirmiert!« Jetzt klang Leas Stimme fast streng und sie hielt meinen Arm fest umklammert.

Ich sagte lieber nichts. Schließlich wusste ich genau, dass es Lea bei ihrer Konfirmation nur um das Geld ging, das sie einsacken würde.

Aber weil ich so froh war, dass Lea endlich wieder ein bisschen besser drauf war, hielt ich meine Klappe.

Obwohl ... irgendwie war das ja schon komisch, oder? Das mit den ganzen Göttern, meine ich. Wenn die Leute auf der Erde überall an verschiedene Götter glauben, warum sind sie sich dann so sicher, dass ausgerechnet ihrer der einzige und richtige ist?

Nachmittags klingelte es an der Tür. Mama ging hin und dann rief sie mich.

Es war Tinatin. Ich schluckte. Was wollte die denn jetzt von mir? Irgendwie fühlte sich das komisch an, dass sie hier vor unserer Tür stand. Hoffentlich wollte sie nicht reinkommen. Ich wusste doch gar nicht, über was ich mit ihr reden sollte.

»Hallo«, murmelte ich und lehnte mich gegen den Türrahmen.

»Hallo Alva«, sagte Tinatin und strahlte mich an. Dann streckte sie mir einen Schuhkarton entgegen. »Guck mal, ich hab Frösche gebastelt. Papierfrösche, die richtig springen können. Ich zeig's dir mal!« Schon hatte sie sich hingekniet, in den Hausflur.

Ich starrte ihr von oben auf die schwarzen Zöpfchen. Papierfrösche! Also, die hatte ja wohl echt einen Knall, oder? Dann ging ich ein paar Schritte rückwärts, weil Tinatin gerade einen roten Papierfrosch auf die Türschwelle setzte. Genau zwischen meine Füße.

»Guck mal!« Sie drückte dem Frosch auf den Schwanz, ließ los und ... er sprang zwischen meinen Beinen durch.

Tinatin quietschte vergnügt auf. »Tooor!«, schrie sie begeistert.

Ich hob den Frosch auf und setzte ihn zurück zu den anderen Fröschen. Der ganze Karton war voll von ihnen. Rote, grüne, blaue, gelbe Frösche ... Oh Mann! Irgendwie wünschte ich mir, dass Tinatin jetzt wieder gehen würde. Echt! Sie wurde mir langsam ein bisschen unheimlich.

Mit dem Karton im Arm rappelte Tinatin sich wieder auf. »Ich will sie verkaufen«, erklärte sie mir dann. »In der Nachbarschaft. Also, nicht direkt verkaufen. Aber ich will Spenden sammeln für Haiti. Und jeder, der etwas gibt, kriegt einen Frosch. Machst du mit?«

Wie? Nein, ganz bestimmt nicht! Ich trat noch einen Schritt rückwärts. »Ich, äh, ich bin noch nicht mit den Hausaufgaben fertig«, sagte ich dann. Es hörte sich fiepsig an. Wie immer, wenn ich lüge. »Und dann soll ich noch zu meiner Tante. Sie hat heute Geburtstag.« Das klang genauso fiepsig.

»Ach, schade«, Tinatin sah ein bisschen enttäuscht aus. »Aber vielleicht morgen?«

Ich schüttelte nur den Kopf. Bloß nicht, dachte ich. Frag bloß nicht weiter! Ich gehe nicht mit einem Karton voller Papierfrösche durch die Nachbarschaft und sammle Spenden. Das ist doch so was von peinlich!

»Na gut, dann geh ich eben alleine«, verkündete Tinatin und lächelte schon wieder. Sie hielt mir den Karton hin. »Aber vorher darfst du dir noch einen Frosch aussuchen. Welche Farbe willst du? Vielleicht Grün?«

Am liebsten wollte ich gar keinen Frosch. Aber ich hab doch einen genommen, einen grünen.

»Danke«, murmelte ich dann. »Und, äh … viel Erfolg noch.«

»Vielen Dank!«, rief Tinatin. »Tschüss, Alva! Bis morgen in der Schule!« Und dann hüpfte sie die Treppe runter mit ihren Fröschen.

Ich ging rein und machte die Tür zu.

Erst wollte ich den Frosch in den Papierkorb werfen, aber dann hab ich ihn Selma geschenkt. Die mag solchen Bastelkram.

Kapitel 7

Tsching-tsching-tsching. Wie automatisch gingen Lea und ich hinter einer Stellwand in Deckung, an der die grellbunten Herbstbilder von Fünftklässlern hingen. Lea presste beide Hände auf den Mund, um nicht laut loszulachen. Dabei wär ihr Gekicher sowieso im Lärm untergegangen.

Es war zwei Tage später, kurz vor der ersten Stunde und gerade stürmten haufenweise Schüler die Treppe hoch, rufend und schreiend. Nur die hellen Glöckchen an Tinatins Schultasche konnte man gut heraushören.

Tsching-tsching-tsching.

»Ich würde ja blöd im Kopf werden mit diesem ständigen Gebimmel in den Ohren.« Lea schüttelte die Haare und grinste. »Aber praktisch ist das ja schon. Wie bei unserer Katze. Die hat auch ein Glöckchen am Halsband, damit die Vögel sie rechtzeitig hören und wegfliegen können.«

»Tschiep, tschiep!« Ich flatterte mit den Armen und dann prusteten wir beide los bei der Vorstellung, dass Tinatins Glöckchen uns warnten, damit wir uns rechtzeitig vor ihr verstecken konnten. Wie Vögel vor der Katze.

Zehn Minuten später lachte ich nicht mehr. Die Deutschstunde hatte angefangen und Herr Heinke war echt sauer. Und zwar auf mich. Dabei konnte ich gar nichts dafür. »Ich war aber diese Woche gar nicht dran mit Fischefüttern!« Meine Stimme klang, als würde ich gleich losheulen, und genau so fühlte ich mich auch. Ich blinkerte mit den Augen, dann starrte ich wieder auf das Aquarium, in dem unsere Guppys und Prachtkärpflinge alle mit dem Bauch nach oben schwammen.

»Alva!« Herr Heinke hob die Hände. »Sieh an die Pinnwand! Unter *Fische füttern* steht dein Name. Wer sonst sollte also in dieser Woche für die Fische verantwortlich sein?«

»Ich jedenfalls nicht!« Jetzt schniefte ich wirklich. Total peinlich, aber ich hätte die Fische niemals sterben lassen! »Gestern stand da noch ein anderer Name, ich weiß bloß nicht, welcher! Ich war diese Woche nicht mit den Fischen dran, das war ich nicht, echt!« Eine Träne lief über meine Wange.

»Das stimmt«, hörte ich da jemanden hinter mir. Es war Tinatin. Ich drehte mich zu ihr um und wischte mir schnell mit der Hand über die Augen.

Tinatin war aufgestanden. »Vor der Stunde hat jemand die Namensschilder vertauscht. Ich hab's gesehen. Und mindestens fünf andere aus der Klasse auch.« Sie nickte in meine Richtung. »Alva war das nicht mit den Fischen.«

Jetzt war es ziemlich still in der Klasse. Tinatin setzte sich wieder.

Ich sah auf meine Hände. Dann sah ich hoch, zu Herrn Heinke.

»Und wer hat die Schilder vertauscht?«, fragte er Tinatin. Aber die schüttelte den Kopf. »Nö«, sagte sie. »Petzen tu ich nicht.«

Es wurde noch stiller, wenn das überhaupt möglich war. Als ob alle die Luft anhielten.

»Und wer war mit Fischefüttern dran diese Woche?«, fragte Herr Heinke nach einer gefühlten Ewigkeit.

Ich guckte in die Klasse und sah gesenkte Köpfe und Augen, die nach rechts und links schielten, und Ellenbögen, die sich anstupsten, und ich hörte Tuscheln. Ab und zu verstand ich den Namen *Nils*.

»Nils ... oder?« Zögernd drehte sich Caro zu Nils um.

Nils wurde knallrot.

»Okay, Nils. Du kommst bitte nach der Stunde zu mir.« Die Stimme von Herrn Heinke klang sehr ruhig.

Nils nickte nur.

Und dann wiederholten wir Kommaregeln. Ich glaube, so leise war es noch nie in der Klasse.

»Nööö. Petzen tu ich nicht«, äffte Lea Tinatins Stimme nach. Es war Pause und ich war noch immer ziemlich fertig wegen der Fische.

Lea schüttelte ihre Haare und tänzelte wie eine Ballerina über den Schulhof. »Denn ich bin ja sooo gut und sooo toll und muss mich überall einschleimen!«

»Mann, lass das doch!«, fuhr ich sie an. Ich wollte es gar nicht, es kam einfach aus mir raus und hörte sich so rau und wütend an, dass ich fast selbst erschrak. Aber irgendwie ging mir ihr Gemecker über Tinatin so langsam echt auf den Keks. »Wenn sie mir nicht geholfen hätte, dann würden immer noch alle glauben, dass ich das war. Das mit den Fischen.«

Lea verdrehte die Augen. »Ach Quatsch! Das wär sowieso noch rausgekommen. Haben ja schließlich genug Leute dabei zugeguckt, wie Nils die Schilder vertauscht hat. Außerdem weiß doch jeder, dass du die beste Fischmutti der Klasse bist!« Sie versuchte, mir verschwörerisch zuzublinzeln. Aber vielleicht klebten auch nur ihre getuschten Wimpern aneinander fest.

Ich biss die Zähne fest aufeinander. »Nein«, sagte ich dann. »Keiner hätte was gesagt. Denen wäre es allen egal gewesen, wenn ich den Ärger gekriegt hätte!« Ich verschränkte die Arme vor der Brust. »Außer Tinatin.«

»Tinatin! Tinatin! Immer nur die wunderbare Tinatin!« Mit einem Mal war Leas Stimme laut und schrill geworden und sie stapfte vor mir auf und ab.

»Wenn ich den Namen schon höre, dann kommt mir der Grünkohl vom Frühstück wieder hoch!« Dann packte sie meine Schultern und sah mir ins Gesicht. Ihre braunen Augen blitzten vor Wut. »Alvi, Süße, du musst das doch mal merken! Die ganze Schule glitscht doch schon von der Schleimspur, die die hinter sich herzieht wie so 'ne fette Schlammschnecke. Überall will die sich einschmeicheln und auf dich hat sie's ganz besonders abgesehen!«

Ich sah Lea stumm in die Augen und schüttelte den Kopf.

»Aber klar doch! Hast du gestern nicht gesehen, wie sie Frau Tannigels Korb mit den Heften getragen hat? Als Nächstes legt sie ihr einen Apfel auf den Tisch und küsst ihr die Füße!« Lea schnaubte verächtlich und nahm ihre Hände von meinen Schultern. Sie wandte sich ab.

»Frau Tannigel ist schwanger«, sagte ich und hatte das Gefühl, dass mein Hals zu eng war, um richtig zu atmen. »Tinatin hat ihr doch bloß beim Tragen geholfen, damit sie nicht so schwer schleppen muss.« Ich holte tief Luft. »Vielleicht ist das ja auf Haiti so. Dass die Leute sich mehr helfen, meine ich…«

Lea starrte mich an. Einen Augenblick lang hatte ich Angst, dass sie auf der Stelle umdrehen und abrauschen würde. Aber dann hob sie die Arme und sah ein bisschen verzweifelt aus. »Alva, meine Süße, ich will dir doch nur helfen! Echt! Ich bin doch deine allerbeste Freundin! Ich, Lea! Aber wir müssen Tinadings ein für alle Mal klarmachen, dass wir nichts mit ihr zu tun haben wollen, kapierst du das denn nicht? Sie will dich für sich ganz alleine haben. Und wenn sie das erst mal geschafft hat, dann wirst du sie nie mehr los!« Sie legte mir einen Arm um die Schultern und schob mich in Richtung der piksigen Büsche, die am Rand des Schulhofs stehen.

Ich ließ mich schieben, obwohl ich ganz genau merkte, dass ich das eigentlich überhaupt nicht wollte.

»Pass auf«, sagte sie. »Ich überleg mir was. Ich denk mir was aus. Irgendwas, damit du endlich merkst, dass sie gar nicht so lieb und süß ist, wie sie immer tut. Sondern eine total falsche Schlange. Überlass das mir. Okay?«

Nach Schulschluss, als wir Arm in Arm über den Schulhof gingen, erzählte Lea mir, dass sie einen tollen Plan hatte. Wegen Tinadings.

Sofort gluckerte es total ungut in meinem Bauch. »Und was hast du vor?«, fragte ich und befreite mich aus ihrer Umarmung.

»Das wirst du schon sehen.« Lea grinste zufrieden. »Und zwar schon morgen. Morgen siehst du endlich, wie mies Tinadings in Wirklichkeit ist. Und wer deine wahre Freundin ist!«

Sie drehte sich um, schwang sich auf ihr Fahrrad und fuhr fast einen Fünftklässler um.

Ich hielt die Griffe meines Fahrradlenkers umklammert, aber konnte nicht sofort losfahren. Irgendwie fühlte ich mich ganz steif. Wie erfroren.

Warum nur war Lea sich so sicher? Wusste sie irgendwas, was ich nicht wusste? Was war, wenn sie recht hatte?

Kapitel 8

Ich war gerade mal fünf Minuten zu Hause, da kam Selma in mein Zimmer gestürmt. »Irgendwas ist mit Linni!«, rief sie und sah beunruhigt aus. »Du musst mal gucken!« Dann zog sie mich ans Fenster und öffnete es.

Und ich sah Linni unten auf dem Marktplatz. Von hier oben sah sie winzig klein aus mit ihrem riesigen Schulranzen auf dem Rücken. Und sie lief so merkwürdig. So, als wolle sie sich noch kleiner machen, als sie schon war. Es sah aus, als ob sie weinte.

Sie war nicht allein. Tinatin ging neben ihr und redete auf sie ein. Dabei hüpfte sie und lachte und wedelte mit den Händen. Leider verstand ich nicht ein Wort von dem, was sie sagte.

Was wollte sie nur von Linni?

Am liebsten wäre ich sofort runtergelaufen und hätte meine kleine Schwester gerettet. Warum weinte sie?

Doch bevor ich losrennen konnte, machte Tinatin etwas sehr Merkwürdiges. Sie winkte Linni zum Brunnen hinüber. Linni zögerte einen Moment, aber dann ging sie langsam hinterher, mit kleinen, trippeligen Schritten.

Selma und ich lehnten uns weiter aus dem Fenster. Was hatte Tinatin vor? Was machte sie da bloß?

Sie stemmte sich am Brunnenrand hoch und dann ... dann tunkte sie ihren Po im Wasser ein.

Selma neben mir wurde ganz starr. »Sie hat doch Sachen an!«, fiepte sie. »Damit kann man sich doch nicht ins Wasser setzen! Ihr Kleid wird doch hinten ganz nass!«

Aber da war Tinatin schon wieder auf die Straße gesprungen und hüpfte mit Linni an der Hand aufs Haus zu. Bei jedem Schritt hinterließ sie eine tropfnasse Spur auf dem Pflaster.

Ich musste an die schleimige Schlammschnecke denken. Und daran, dass Lea vielleicht doch recht hatte. Dass man besser nichts mit Tinatin zu tun haben sollte, weil sie völlig durchgeknallt war.

»Warum hat sie das gemacht?« Selma verstand die Welt nicht mehr. Sie war ganz blass geworden.

Wir liefen zur Wohnungstür und öffneten sie. Und warteten auf Linni. Da waren Stimmen im Treppenhaus. Eine Tür klappte. Und dann war es still. Viel zu still.

Ich hatte das Gefühl, irgendjemand quetschte mein Herz zusammen. Mein Mund war plötzlich so trocken, dass ich nicht sprechen konnte. Ich guckte Selma an und Selma guckte zurück, mit riesigen Augen.

»Linni ...«, wimmerte sie.

Ich merkte, wie ich anfing zu zittern. Warum war ich nicht sofort runtergelaufen auf die Straße? Zu Linni? Ich hatte doch gesehen, dass sie unglücklich war! Und nun... und nun...

»Wir müssen runter«, flüsterte ich und meine Stimme klang ganz heiser. »Tinatin hat sie mit in ihre Wohnung genommen. Wir müssen... wir müssen Linni da rausholen.«

Jetzt hatte Selma Tränen in den Augen. »Was macht die da mit Linni?«, fiepte sie.

»Weiß ich doch nicht!«, fuhr ich Selma an und es klang ziemlich böse. Dabei konnte Selma doch gar nichts dafür.

Aber nun fing sie erst recht an zu heulen. »Und... und wenn Tinatin die Tür nicht aufmacht?« Sie klammerte sich an mir fest und ich wusste nicht, was ich sagen sollte. Weil ich nämlich auch schon daran gedacht hatte.

Was, wenn die durchgeknallte Tinatin die Tür nicht aufmachte?

»Wir müssen runter«, sagte ich diesmal lauter und dann schlichen Selma und ich auf Socken in den ersten Stock. Vor Tinatins Tür guckten wir uns noch einmal kurz an. Ich holte tief Luft. Und klingelte. Und zwar ziemlich lange.

Wir lauschten. Mein Herz schlug bis zum Hals.

Dann ging die Tür auf. Es war Tinatin.

»Hallo!«, rief sie und grinste sofort wieder ihr breitestes Zahnlücken-Grinsen. »Kommt rein! Linni ist schon da.« Ihr Blick fiel auf Selma und sie stutzte. »Hast du geweint?«

Schnell schob ich meine Schwester an Tinatin vorbei in den dunklen Flur, der irgendwie merkwürdig roch. Merkwürdig, aber gut. Nach fremden Gewürzen...

»Hallo Alva«, hörte ich Linnis Stimme und sie klang sehr fröhlich. Dann sah ich auch Linni. Sie trug einen viel zu langen bunten Rock, den sie wie eine Schleppe hinter sich herzog.

»Linni!« Oh Mann, jetzt hätte auch ich fast geheult, vor lauter Erleichterung. »Was ist bloß passiert?« Ich nahm sie in den Arm und drückte sie fest an mich.

Linni antwortete nicht und sah plötzlich wieder ganz unglücklich aus.

»Och«, mischte sich da Tinatin ein. »War überhaupt nichts Schlimmes. Bloß ein kleiner Pipi-Unfall. Da hab ich ihr ein paar trockene Sachen gegeben.«

Ich guckte sie an und dann Selma. Und schließlich auch Linni.

Und dann passierte etwas sehr Merkwürdiges. Ohne Übergang prustete Linni nämlich mit einem Mal los vor Lachen. Sie kicherte und giggelte wie verrückt. »Tinatin hat gesagt, och, das ist doch gar nicht schlimm mit einer nassen Hose und... und sie findet das eigentlich ganz erfrischend ab und zu und... und dann hat sie sich in den Brunnen gesetzt! Ins

Wasser!« Jetzt konnte Linni kaum weitersprechen, weil sie so gackerte. »Und dann hat sie gesagt ... Sie hat gesagt: Herrlich! Man müsste viel öfter mal eine nasse Hose haben! Hihihi!«

Selma neben mir kicherte los und ich konnte auch nicht anders, als zu lachen. »Oh, ich pinkel mir auch gleich in die Hose«, giggelte ich und sah, wie Tinatin übers ganze Gesicht grinste. Dann lachten wir alle zusammen.

Und plötzlich wurde mir ganz schlecht, weil mir wieder einfiel, was ich alles über Tinatin gedacht hatte, als sie mit Linni in ihre Wohnung verschwunden war.

»Hey, ich hab da eine Idee«, rief Tinatin dann auch noch. »Wollt ihr nicht bei uns Mittag essen? Sindri hat Spaghetti gekocht!«

»Au ja!«, schrie Linni. »Dürfen wir, Alva? Bittebittebitte!«

Ich konnte gar nicht antworten, weil ich sofort ein noch viel schlechteres Gewissen bekam. Tinatin war so ... lieb. Und ich hatte echt gedacht, dass sie Linni irgendwas tut ...

Und außerdem war Sindri da und hatte Spaghetti gekocht. Sindri mit den Dreadlocks ...

Ich nickte nur.

Kapitel 9

Wir saßen ganz schön lange bei Tinatin und Sindri in der Küche. Auch, als die Spaghetti längst alle waren.

Die Küche bestand aus lauter alten bunten Möbeln, gar nicht so wie bei uns, wo alle Schränke gleich aussehen. An der Wand hing ein bunter Teppich und es roch irgendwie räucherig... und nach den Spaghetti mit Tomatensoße... von Sindri.

Tinatins Bruder hatte genau die gleichen grünen Katzenaugen wie Tinatin und er war echt süß. Er erzählte von den Jungs, mit denen er auf Haiti Musik gemacht hatte, und dann legte er eine Kassette mit seiner eigenen Musik ein. Dazu sang und tanzte er durch die Küche und schlug mit einem Holzlöffel auf einen Kochtopf.

Selma und Linni lachten, weil es sich total lustig anhörte, aber ich fand es einfach nur toll. Leider musste Sindri irgendwann weg und da fiel mir ein, dass wir ja auch noch Hausaufgaben machen mussten.

»Tinatin und Sindri sind ja echt verrückt«, grinste Selma, als wir vor unserer Wohnungstür angekommen waren.

»Ja, aber voll total nett, nä?« Linni drehte sich zu mir. »Findest du die auch so nett, Alva?«

Da nickte ich nur und seufzte ein bisschen. »Ja, das finde ich«, sagte ich. »Das finde ich echt, Linni.«

Und mit einem Mal wusste ich, was zu tun war. Ich musste noch heute zu Lea fahren und ihr erzählen, dass Tinatin kein bisschen falsch und schleimig war, sondern total nett. Und Lea musste mir unbedingt ihren Plan verraten.

Als Mama endlich von der Arbeit zurück war, flitzte ich in den Fahrradkeller, so schnell ich konnte. Wie der Wind raste ich durch unser Viertel bis zu der Reihenhaussiedlung, in der Lea mit ihrer Familie wohnte.

Dann stand ich vor der Tür und mein Herz klopfte. Ich wischte meine schwitzigen Hände an der Hose ab; ich hatte ordentlich in die Pedale getreten. Einen Augenblick zögerte ich noch, dann klingelte ich an der Tür. Es schrillte und ich guckte auf das weiße Holzherz, auf dem *Willkommen!* stand und auf das ich schon so oft geguckt hatte.

Dann riss Lea auch schon die Tür auf und gluckste erfreut, als sie mich sah. Ihr Gesicht war gerötet, sie sah aus, als hätte sie gerade gelacht. »Alva, supi!«, rief sie. »Komm rein, meine Süße! Jan und ich spielen gerade ein neues Spiel auf der Wii. Golf! Ich hab noch nicht einen Ball getroffen!« Sie quietschte vergnügt.

»Nee, du haust immer nur Löcher in den Rasen«, ertönte die Stimme von Leas Bruder Jan hinter ihr.

Wieder lachte Lea auf. »Komm, Alvi!« Am Ärmel zog sie mich bis ins Wohnzimmer und drückte mir den Controller in die Hand oder wie das Ding heißt. »Probier mal! Da unten ist der Ball und dahinten das Loch.« Sie zeigte auf den Fernseher.

Okay. Also spielte ich erst mal Golf. Konnte nichts schaden, wenn die Stimmung etwas entspannt war.

Ich holte aus – und verfehlte den Ball.

»Hey, du bist ja genau so ein Bewegungslegastheniker wie ich!« Jetzt kicherten Lea und ich beide los, nur Jan verdrehte die Augen und sagte: »Ihr Hühner!« Aber dabei feixte er sich eins.

Nach einer halben Stunde waren wir völlig fertig vom Lachen und Lea hatte keine Lust mehr. »Komm, wir gehen in mein Zimmer«, sagte sie. Auf dem Weg nahm sie noch ein paar Kekse aus der Küche mit.

Dann fläzten wir uns auf ihrem Bett und wieherten über allen möglichen Blödsinn. Es war wie immer. Am liebsten wär ich ewig hier so liegen geblieben und hätte mit Lea Quatsch gemacht. Aber ich hatte ja was vor.

Allerdings merkte ich, dass ich überhaupt keine Lust hatte, über Tinatin zu sprechen und über Leas Plan. Immer wieder holte ich tief Luft… und dann sagte ich doch nichts.

Deshalb bekam ich echt einen Schreck, als sie

selbst damit anfing. »Ich bin total gespannt, was unsere Ich-bin-ja-so-ein-Engelchen-Tinadings morgen macht, wenn sie ein hippes Handy in ihrer Dritte-Welt-Tasche findet.« Lea drehte sich auf den Bauch und stützte das Gesicht in die Hände. »Ich wette, sie will's nicht wieder rausrücken.« Sie sah zufrieden aus.

Mir klumpte sich der Magen zusammen. Und das Lachen verging mir auch sofort. »Was hast du vor?«, fragte ich und meine Stimme klang mit einem Mal total krächzig.

»Hörst du doch«, sagte Lea vergnügt. »Morgen findet unser ach so gutes Schätzchen ein nagelneues Handy in ihrer Tasche. Von Samsung. Mit Touchscreen. Und ich glaub im Leben nicht, dass sie so edel ist, dass sie es freiwillig wieder hergibt.«

Ich schnappte nach Luft. »Du willst... du willst, dass alle glauben, sie hat es dir geklaut?«

»Quatsch!« Plötzlich machte Lea schmale Augen. »Hör mir doch mal zu! Ich will nur sehen, was sie damit macht. Ob sie es wieder zurückgibt. Oder ob sie es... behält.« Sie sah mich an und ihr Blick flackerte so komisch. »Ich glaub nämlich nicht, dass sie so eine Heilige ist, wie sie immer tut.«

»Nee«, wisperte ich fast tonlos. Mir war echt schlecht. »Nee, die Idee finde ich echt blöd! Echt, Lea! Lass das bloß lieber!«

Ich rappelte mich vom Bett hoch und versuchte,

sie ganz ruhig anzugucken. Aber ich war total zitterig. »Lass sie doch einfach in Ruhe. Ich meine, sie hat dir ja nichts getan, oder? Und heute Mittag hat sie...«

»Hallo?« Jetzt setzte Lea sich mit einem Ruck auf. »Sie hat mir nichts getan? Mit ihren grottigen Klamotten beleidigt die meine Augen, jeden Tag. Und meine Ohren, sobald sie ihren Mund aufmacht und ihren Quasselmist ablabert. Und außerdem schmeißt sie sich an meine beste Freundin ran. Das lass ich mir nicht gefallen!« Jetzt war er wieder da, der fiese Zug um ihren Mund.

»Mann, Lea!« Wieso war das bloß plötzlich so anstrengend mit ihr? »Das ist doch totaler Quatsch! Du weißt doch, dass ich deine beste Freundin bin. Und du bist meine, ist doch klar! Ich kann doch trotzdem auch jemand anderen nett finden.« Ich merkte, wie es wieder eng wurde in meinem Hals. »Das hat doch nichts mit dir zu tun.«

Aber ich sah, dass Lea ihre Lippen zusammengepresst hatte. Ein bisschen blass war sie auch geworden.

»Die ist echt nett, weißt du«, versuchte ich es noch einmal. »Heute Mittag hat sie nämlich...«

»Ich hab die Schnauze voll davon, ständig zu hören, wie nett und toll diese Schleimschnecke ist, ja?«, brüllte Lea da los. »Tinadings hier und Tinadings da! Ich kann's einfach nicht mehr hören!« Sie sprang auf und lief zum Schreibtisch, wo sie mit dem Geodreieck auf der Platte rumhämmerte. Einen Moment lang war nur das Geklopfe zu hören. Dann drehte sie sich um und pfefferte das Geodreieck quer durchs Zimmer. Sie verschränkte die Arme vor der Brust. »Wenn du meine Freundin bist, dann machst du morgen mit.« Leas Stimme war jetzt viel leiser, aber sie klang rau und ich sah, dass ihre Hände zitterten, mit denen sie sich selbst umklammerte. »Und wenn nicht… dann bist du eben nicht mehr meine Freundin.«

Ich zitterte auch, weil das alles so schrecklich war. »Mann, Lea!« Meine Stimme war ganz fiepsig. »Ich *bin* deine Freundin. Das weißt du doch ganz genau. Aber das mit dem Handy… das ist einfach nur gemein. Da mach ich nicht mit. Und du machst das auch nicht. Weil… weil… das total fies ist.«

Einen Augenblick lang war es ganz still im Zimmer. Ich starrte Lea an und sie mich. Sie war jetzt richtig blass. »Dann kannst du eben nicht mehr meine Freundin sein«, zischte sie. »Entweder die oder ich. Du kannst nicht so eine nett finden und gleichzeitig mit mir befreundet sein. Das kannst du vergessen, dass ich eine Freundin hab, die sich mit so 'ner abgedrehten Tussi sehen lässt.« Sie holte tief Luft. »Entweder die oder ich. Du musst dich entscheiden.«

Ich stand vom Bett auf, obwohl sich meine Beine

anfühlten wie Wackelpudding. »Nee«, krächzte ich. »Muss ich nicht. Ich muss mich gar nicht entscheiden.«

Und dann drehte ich mich um und ging raus.

Kapitel 10

Auf der ganzen Fahrt nach Hause heulte ich und heulte. Völlig egal, dass die Leute sich nach mir umdrehten. Ich raste auf meinem Fahrrad durch die Straßen und konnte kaum was sehen. Was für ein bescheuerter Tag war das bloß heute? Heulen und Lachen, Lachen und Heulen... hatte ich wirklich gerade meine allerbeste Freundin verloren? Das durfte doch alles nicht wahr sein!

Nachdem ich mein Rad in den Fahrradkeller gebracht hatte, blieb ich noch eine Weile stehen, wischte mir mit dem Ärmel übers Gesicht und wartete ein bisschen, damit ich nicht mehr ganz so verheult aussah, wenn ich oben ankam. Dann huschte ich leise die Treppe hoch. Ich wollte nicht, dass mich irgendjemand hörte. Oder sah.

Im ersten Stock schlich ich gerade an der Tür von Familie Niebuhr vorbei, als sie von innen aufgerissen wurde. Boah, hab ich einen Schreck gekriegt!

Natürlich war es Tinatin. »Alva!«, rief sie und grinste von einem Ohr zum anderen. »Ich hab dich gesehen, aus dem Fenster! Wie du mit dem Fahrrad angekommen bist. Komm rein!«

Und ich ging tatsächlich rein. Obwohl ich eigentlich lieber weggelaufen wäre. Am liebsten hätte ich mich oben auf mein Bett geworfen und die Tür zugeknallt. Stattdessen stand ich jetzt bei Tinatin im Flur und starrte auf die bunten Tücher an den Wänden.

Tief atmete ich wieder den fremden, würzigen Geruch ein.

»Willst du bei uns mitmachen?«, fragte Tinatin. »Deine Schwestern sind schon hier.«

»Meine... *Schwestern?* Du meinst, Selma auch?« Das hätte ich nicht gedacht von Selma. Auch wenn sie heute Mittag schon mal hier gewesen war. Aber ohne mich?

»Klar«, sagte Tinatin. »Selma auch.«

»Und ihr macht Musik?«

»Nee, wir basteln Handpuppen aus alten Socken.« Tinatin lief ein paar Schritte, dann winkte sie mich zu sich. »Selma hat gerade einen total süßen Frosch gemacht. Komm doch mit in die Küche!«

Und ich kam mit.

Als ich abends im Bett lag, konnte ich ewig nicht einschlafen. Wegen Lea. Wir waren doch schon so lange beste Freundinnen... Seit ich denken konnte... das durfte einfach nicht vorbei sein! Bestimmt war das doch nur ein normaler Streit, oder? Und bald würden wir uns wieder vertragen. Genau so wie das eine Mal in der Grundschule, als wir uns gestritten haben, ob wir zum Fasching als Prinzessinnen oder als Pippi Langstrümpfe gehen sollten. Und dann haben wir uns wieder vertragen und sind beide als Hexen gegangen.

Oh bittebittebitte!

Ich heulte wieder ein bisschen in mein Kopfkissen und dann dachte ich an Tinatin. An ihre grünen Katzenaugen und dieses Lächeln, das übers ganze Gesicht ging, bis zu den witzigen schwarzen Zöpfchen. Wie wir zusammen über meine Handpuppe gelacht hatten, die ausgesehen hatte wie ein erschrockener Karpfen... Nee, echt, es war klasse, dass sie bei uns eingezogen war. Tinatin war supergummigut. Es war bloß so traurig, dass Lea das nicht sehen konnte. Oder wollte. Und dabei hatte es doch echt nichts mit ihr zu tun, dass ich Tinatin gerne mochte!

Ich seufzte noch einmal tief, drehte mich auf die andere Seite und machte die Augen zu.

Morgen frage ich Mama, ob ich Dreadlocks haben kann. Wahrscheinlich vielleicht.